高句丽渤海研究丛书

高句丽传说的
整理与研究

董 健／著

社会科学文献出版社
SOCIAL SCIENCES ACADEMIC PRESS (CHINA)

目 录

CONTENTS

第一章 传说与历史

一 什么是传说

提到传说，人们总会联想到一些神仙鬼怪或超自然事件，觉得是虚构的，是在人们头脑中空想出来的，是超现实主义的，似乎距离我们十分遥远。其实，传说并不遥远，它曾是我们儿时心心念念的外婆口中的一个个古老的故事，是泛黄书页上记载的一段段传奇，在没有手机、电视，没有现代娱乐的过去陪伴着我们成长。它从未离开过我们，正如每逢七夕时人们会想到在鹊桥上相会的牛郎织女；泛舟西湖时会想到雷峰塔下的白蛇娘娘；过年时会记得给孩子们压岁（祟）钱。传说已然经过世代的流传而融入我们生活的方方面面。现今很多我们耳熟能详的传说大多被拍成影视作品，以更加喜闻乐见的形式展现在人们面前，这让我们对传说有了一个更为具体、更为直观的认识。

传说是人类的社会历史记忆，产生于先人们的社会生活之中并流传至今。做任何研究，我们首先都要明确研究对象的定义，研究传说也不例外。然而遗憾的是，时至今日，学界对"传说"一词尚未有明确精准的统一定义，学者们各自的定义有所不同，不同民族国家的定义也存在着一定的差异。但综合来说，传说，即人们口头上流传下来的关于某人某事的述说，是在具有历史性基础的同时又具有一定虚构性的故事，是文学创作与历史表达的有机组合。

在论述"传说"的同时，学者们还常论及"神话"这个字眼。最先从事该领域研究的学者茅盾就在其专著《神话研究》中指出："神话是一种流行于上古时代的民间故事，所叙述的是超乎人类能力以上的神们的行

1

事，虽然荒唐无稽，可是古代人民互相传述，却确信以为是真的。"继而
又在同书中写明神话与传说两者的关系为："神话自神话，传说自传说，
二者绝非一物。"① 此外，学者顾颉刚认为"中国的历史，先有神话，再到
传说，再到历史"②。神话与传说，是一种演化关系，是不同时期出现的两
个截然不同的概念。而截至目前，学界中亦普遍认为传说与神话是不同的
两个概念。学者们的研究亦时而提及"传说"，时而提及"神话"，也有部
分学者认为二者概念很难区分，极易混淆，那么传说与神话的关系果然如
此吗？

笔者认为不然，传说与神话并非截然对立，而应是存在着一定关系
的。学界对于传说与神话的异同，总的来说有以下几种观点：两者都是一
种蕴含较大信息量的原始意识，是在特定环境下产生的；两者都是当时人
们对世界的理解与解释，是人们活动的产物，无时无刻不反映着当时人们
所生活的自然环境与社会环境；两者的记述都较为荒诞。对于其不同之
处，则认为有神出现的是神话，没有神出现的是传说。那么，这就存在一
个问题，即人神同台的情况究竟该如何界定呢？其实，神话也好，传说也
罢，其中很多都是有神亦有人。举例来说，每个民族的起源，都会有一段
美丽的传说，那么，确切地说，这究竟是祖先传说，还是祖先神话呢？通
过对历年来学者们所发表的学术成果的统计分析，可知学者们都是时而
"祖先神话"，时而"祖先传说"，那么，既然如此，为何从未有人提出过
质疑呢？笔者认为，这是因为这两种说法都没错，这两种说法都为"祖先
神话传说"的简称而已，也是"神话"与"传说"这两个概念之间所存
在的关系所致。

笔者认为传说与神话并不处于同一层面，而是存在着一定的包含关
系，即传说包含神话，而传说则可进一步再细分为神话传说与民间传说。
对于神话传说与民间传说，笔者认为，两者都反映了人们对外界的认识与
看法，意义相同，只是荒诞程度有所不同。神话传说的荒诞程度要高于民

---

① 茅盾：《神话研究》，百花文艺出版社，1981，第 3 页。
② 顾颉刚：《中国史学入门》，北京出版社，2002，第 26 页。

间传说。具体来说，两者之间的区别主要有三。一是神话传说疏于常规，有着明显不符合自然规律的特点，其非理性较强，内容太过荒谬；而民间传说则具有一定的合理性成分，较合乎自然规律与人情，符合一定的逻辑规律。二是叙述中"人"所占的比重不同，对"人"着墨较多的即为民间传说；神话传说大多反映的是人与自然的关系，民间传说则主要反映人与人之间的关系，更加侧重于对社会生活的描绘。三是神话传说一般发生在文明之始，如各文明的始祖神话传说，虽然十分荒谬，但在当时人的眼中却是神圣的，是真理，是真实可信的；而民间传说则往往记述着历史上影响较大的社会事件或深受人们喜爱的人物，其记述更加接近客观事实，记述的事实基础亦更加牢固。总之，神话传说具有非理性，内容荒诞不经。民间传说相较神话传说更加合理、更加真实，且与一定的社会事件、历史人物有关。此即两类传说的不同之处。下面我们再来探讨一下传说的由来与产生过程。

在文字没有形成的时代，很多事情都要靠口耳相传的叙述得以流传，而人们都是依靠结绳记事的方法记录事件。遇到大事就结一个大一些的结，遇到小事就结一个小一些的结，并通过这些结扣回忆曾经发生过的事情。通过这种方式对历史所做的记录，即为传说的由来。

传说的产生是人们集体创造的过程，因此传说也是人们共同的历史记忆。传说来源于现实生活，是人们社会生活的实录，是时代面貌的生动写照，具有现实的一面。但同时，传说的产生毕竟是一种艺术创作过程，其来源于生活又高于现实生活，具有超现实的一面。传说中出现的人有的是神仙，有的是具有某些超人神力的人，且其中有很多是历史上的著名人物，如黄帝大战蚩尤、治水的大禹化身为熊打通辕山、后羿开弓而射日、越王勾践卧薪尝胆，等等。传说中所描述的事件则往往采用更加夸张的手法，故事情节曲折生动，可读性极强，具有一定的感染力与艺术性，如精卫填海、愚公移山；再如教会人们耕种技术的被人们奉为神农的炎帝，教会人们钻木取火从而结束了人们茹毛饮血时代的燧人氏，教会人们养蚕种桑的黄帝元妃嫘祖，等等。这些都是生活在远古时期，生活在恶劣的生存环境中的人们所创造出来的传说，就是这些传说中的英雄们在与自然的斗争中获得的胜利使人们对生活充满信心，备受鼓舞。这正如高尔基所说："在原始人的观念中，神并非一种抽象的概念，一种幻想的东西，而是一种用某种劳动工具武装着的十分现实的人物。神是某种手艺的能手，人们的教师和同事。"①

　　传说产生于群体创作，而进行这种艺术创作的人，即传说的制造者，则不仅有广大的人民群众，还有上层社会的统治者。每个民族的祖先传说，就是出自统治者之手。原始社会后期，阶级意识开始萌芽，统治阶级便把传说中的英雄奉为自己的祖先，并赋予其神格，这些神一般的存在，足以让后代子孙世世顶礼膜拜，尤其是对民众，除了使其心怀敬畏，还更多地起到一种震慑作用，使底层民众失掉反抗意识，进而实现统治者更好地管理统治国家之目的。这一点在朝代更替之际往往表现得尤为明显，因为不仅要说明被推翻政权的昏庸无道、尽失民心、为天理所不容，还要证明推翻旧政权建立新政权的合理合法性。当然，此时亦需要请出神意的认同，以获取天下百姓的认可，令百姓心向往之。如"赤帝子"刘邦就是很好的例证，据《史记·高祖本纪》所载：

> 高祖被酒，夜径泽中，令一人行前。行前者还报曰："前有大蛇当径，愿还。"高祖醉，曰："壮士行，何畏！"乃前，拔剑击斩蛇。蛇遂分为两，径开。行数里，醉，因卧。后人来至蛇所，有一老妪夜哭。人问何哭，妪曰："人杀吾子，故哭之。"人曰："妪子何为见杀？"妪曰："吾子，白帝子也，化为蛇，当道，今为赤帝子斩之，故哭。"人乃以妪为不诚，欲告之，妪因忽不见。后人至，高祖觉。后人告高祖，高祖乃心独喜，自负。诸从者日益畏之。②

　　旧传汉朝开国之帝刘邦为"赤帝子"；秦朝统治者为"白帝子"，赤帝子杀白帝子，借指汉必灭秦。汉高祖刘邦正是以此神化自己，从而束缚了人们的思想，获取百姓的信任、拥护与敬畏。

---

① 孟昌、曹葆华译《文学论文选·苏联的文学》，转引自袁珂《中国神话传说》，北京联合出版社，2010，第24页。
② （汉）司马迁：《史记》卷8《高祖本纪》，中华书局，1959，第347页。

当然，存在即合理，人们之所以会不自觉地进行这种创作，或者可以说是一种编造，正因为这是一种社会需要。远古时期，人们处于蒙昧状态，社会生产力低下，他们并不十分了解身在其中的大自然，而将其想象成凶猛的怪兽，对于恶劣的自然环境人们充满了无尽的恐惧。在与大自然及困难的条件作斗争的过程中，出现的能够带领人们战胜自然、改善生存环境、提高生活质量的人便是人们心中所向往的英雄，是受人们尊崇的对象。如补天的女娲、尝百草的神农、钻木取火的燧人、治水的大禹、教会人们耕种的后稷，有关他们的传说流传至今。这些英雄们毫无疑问都极大地鼓舞了人们的劳动热情与征服自然的信心。再如，以化蝶双飞为结局的梁山伯与祝英台的凄美传说，则反映了青年男女对旧势力压迫以及封建制度下的父母包办婚姻的反抗，同时也反映了他们对自由婚姻的向往与期待。在封建礼制之下，青年男女内心正需要这种令人神往的鼓舞人心的传说。其实，从某种意义上说，当对现实存有不满，虽意图变革却不具备应有力量之时，传说便会应运而生。这同时也是人们向社会抒发自己情绪、表明自己想法的途径，也是一种对社会正义的伸张。虽然这其中有着一定的幻想成分，但无不是人们心理上的寄托。在阶级斗争尖锐时期，对残暴阶级统治的愤恨与反抗、对减轻劳动的祈愿、对美好生活的向往，使得大量传说因此而产生。可以说，传说，表达了社会各阶层人们各自的诉求，是一种集体创作的结晶。

这种集体智慧，是经全体人民的传承与发展而来。而在最初，传说是以口耳相传的方式流传的，文字产生后方被载入史册。在口耳相传的过程中，难免会使情节有所改变。这也说明了传说作为口传文学的一种，其所具有的口传文学流变性的特点。如孟姜女传说就是很好的例证。说起孟姜女，大家首先可能会联想到哭长城。其实传说最初的内容，与哭倒长城没有任何关系。故事缘起于齐国攻打莒国，齐国将军杞梁战死沙场，齐侯在班师回朝的途中遇到杞梁之妻，因为是在郊外，不是吊唁之地，杞梁妻就拒绝了齐侯就地吊唁之意，最后齐侯到杞梁家吊唁。而这一传说到了战国时期则增加了杞梁妻善哭的情节，流传至汉代，则增加了杞梁妻哭倒城墙的部分，南北朝时期则又增加了杞梁修长城死后葬身长城内的情节，直至唐代，孟姜女哭长城的传说才被最终确定下来，也才有了今日所闻的孟姜女千里寻夫哭倒长城的故事情节。而在此后路工编的《孟姜女万里寻夫集》中则又增加了"姑苏有个万喜良，一人能抵万民亡"的桥段，说是修长城需要杀活人镇城城墙方才坚固，一里需要一人，万里长城则需要杀掉一万个人，而流传的童谣则是说只要杀了万喜良一人则抵得上一万人，于是秦皇才派人捉拿万喜良，最终将其埋在长城下。而这也就是现今传说内容的梗概：孟姜女与书生万喜良①成亲才三日万喜良便被捉去修长城，孟姜女为送御寒的衣服千里寻夫，而从民工口中得知其夫已死的消息，得知这个消息的孟姜女便在长城下痛哭起来，哭得天昏地暗日月无光，忽然长城倒塌，万喜良的尸体被找到。在这段传说中，不仅孟姜女之夫的名字不尽相同，故事情节更是经历了数次的删减、修改与不断的丰富充实。

传说在流传的过程中之所以会发生流变，一是因为人的记忆能力有限，很难将传说一字不差地传承下去；二是因人们在口述过程中从自身的情感出发会不自觉地增加或删减一些情节，因此不同的人对同一段传说的叙述也不尽相同；三是人们会根据当时的社会现实需求而有意地对其进行改动；四是为了使传说能够不断地流传，人们就需要最大限度地发挥想象力，对其进行一系列创新，只有如此才能使传说始终保持鲜活的生命力。

传说既然反映了社会生活，那么，传说之变亦可以说是社会大环境之变，社会需求之变。正如上文孟姜女传说，最初是写杞梁妻不在郊外为夫吊丧，这体现的是她懂得礼法，进而可以看出在群雄争霸的战国时期，生活在当时社会的人们对恢复周礼所寄寓的美好愿望。而后期孟姜女哭倒长城的内容，无疑反映了秦皇之暴政，体现出人们对封建君主残暴统治的憎恶之情及推翻暴君专制的祈愿。从中也体现了传说中的主人公为了理想，敢于挑战强权，不惧怕牺牲的舍己为人的大无畏精神，而这也反映了创造这些传说的族群所具有的传统性格。

传说在社会上产生并流传至今，经久不衰。人们一代代的口述、记录与传播，并非仅出于文学上的审美与娱乐、出于表达内心的诉求，更是因传说参与了社会构建，体现了社会的发展过程。其产生于现实社会，并为现实社

---

① 另有版本作"范喜良"。

会服务。首先，传说增强了民族认同感。传说往往是特定群体的共同记忆和共同话语，是沟通、维系群体并形成群体认同的精神纽带。任何一个民族群体，都以本民族悠久的历史及历史上传奇的英雄事迹而倍感自豪，这种自豪感不仅增强了民族内部的认同，更增添了上溯本民族历史、讲述本民族传说的动力与热情。其次，传说参与了社会秩序的构建，促进了社会整合。传说不仅反映了社会生活，更反映了特定时代人们的价值观念，是社会意识的重要表现形式。人们传播传说，而传说中所蕴含的道德、原则无不时时刻刻潜移默化地规范、约束着人们的行为。这种民众的自我道德约束有利于社会秩序的构建，亦有利于统治阶层的制度构建。传说正是因其具有这一重要的社会价值与社会功能方才得以更加长久地存在、传承与发展。

传说经口传，而后被记录在册。"说"出来的传说被"写"出来后，与历史掺杂在一处。而史家写史，则在"子不语怪力乱神"的总体思想的指导下，对传说的原始材料进行一系列加工，使其更符合逻辑、更合理，或者说看起来更加像"历史"，而后再将其载入史册。如此一来，人们渐渐地只相信记载在简册上的传说，而那些曾经口传的传说就变得面目全非，进而日渐消亡了。然而写作形式与内容是无法完全分离的，在使其"雅驯"之后，史家还要斟酌修辞与陈述，使其更加完美、更具可读性。传说与历史记载于一处，注定从此纠缠不清。那么，又将如何来看待传说与历史二者之间的关系呢？

二　传说与历史

广义上来说，历史是指过去所发生的所有的事实。而狭义上来说，历史仅指人类社会的发展过程。历史在人们心中一直被认为是客观且真实的存在。那么，历史与传说之间又有着怎样的关系呢？对此，学界一向众说纷纭。20世纪二三十年代的古史辨派学者们认为传说与历史是完全对立的，传说与真实的历史没有任何关系，而古史辨派的鼻祖顾颉刚先生亦主张"用故事的眼光看古史"[①]，认为先秦典籍中的古史皆经过人们后期的改

---

① 顾颉刚：《〈古史辨〉自序》，河北教育出版社，2000，第4页。

造，将传说与历史完全剥离。与之相反，也有观点认为传说就是历史，曾一度流行于德美学界的神话历史学派便将所有神话传说都当成了真实的历史，当然，中国亦有学者赞同此观点，将"传说与历史画等号"①。笔者认为，这些观点都太过于极端，并不科学。对于传说与历史，既不可简单地否定二者之间的关系，认为传说与历史是二元对立且相互排斥的，亦不可简单地肯定二者之间的关系，将传说与历史完全等同，而应从多个角度来辩证地看待传说与历史。

通过上文对传说的分析我们很清晰地了解到传说是不同于历史的。因为，其一，传说是感性的形象思维，而历史则是理性的、严谨的逻辑思维。传说经人们的主观创作、幻想过程后，生动活泼，有血有肉，其中夸张、虚构的成分很多，而历史则需要客观的视角，不可虚构。其二，传说具有一定的流变性，会随着时间的流逝与历史的变迁而发生改变，而历史则不会被随意删减。其三，传说为使其故事本身更具典型性，可以将很多人的事迹集中在一个人身上来写，可以将不同时空发生的事件集中在一个时空中来写，而历史则绝不可如此"张冠李戴"地编写。

还需说明的是，传说所具有的虚构性与历史的客观真实性相冲突的特点，难免让史家将其与历史区别对待。但进一步思考却会发现，传说虽不同于历史，但传说与历史间却存在着一定的关系，在传说中能够找到历史的痕迹。其实，传说只是从另一个侧面反映出某些历史真实。可以说，传说并不是完全的凭空想象，而是以一定的历史为依托，是一种基于历史的创作。就比如孟姜女哭长城的传说，传说内容未必是真，但其所反映的秦始皇暴政却千真万确；再如梁山伯与祝英台的传说，人变成蝴蝶双宿双飞的确缺少真实性，但其所反映的当时人追求美好爱情的愿景确是真实存在的。因此，传说内容虽未必真实，但其产生并流传于社会，为当时的人们所接受，那么我们从中定会找寻到历史的影子，进而还原某些历史真实。

换句话说，如果我们不纠结于传说内容的真实与否，而仅仅将其视为

---

① 刘宗迪：《古史、故事、瞽史》，《读书》2003 年第 1 期，第 15 页。

一种信息的话，我们反而会豁然开朗，从而得到很多史籍记载中所找寻不到的反映某些社会现实状况的另类史实。这更好地补充了正史记载的不足之处，有助于我们更好、更全面地理解分析相关历史情景。

传说可以很好地补充史料，这一点是十分重要的。因为史官大都为社会上层的知识精英，其记录亦多为宫廷实录，因此才有二十四史皆为"帝王家史"之说。而史官之所以多写上层社会的历史，主要还是因为其所在阶层与身份的缘故。其一，既然手握写史之笔，自然要用好这一权利，记录本阶层的作为，传授并宣传本阶层的思想与观点。其二，这也是他们并不了解底层民众所致，既不了解百姓所思所想，亦不了解他们的现实生活状况，而传说一般流传于民间，其产生与流变皆反映了百姓的生产劳作与社会生活现状。故而，对于经百姓之口说出的传说，无疑是我们了解民间现实生活的一面镜子。

总之，传说与历史之间，并无明显边界，二者相形相生。不仅如此，二者有时还会相互转化，即传说的历史化与历史的传说化。

传说的历史化，是将神的故事写成历史，其主要针对的就是古代神话传说。这些神话传说在其流传的过程中因社会需要而进行了历史化的改写，这些改写是基于儒家的理性思想及"子不语怪力乱神"的原则。而儒家创始人孔子可以说是将神话传说历史化的第一人，其对"黄帝四面""夔一足"的解释堪称经典。

据《太平御览》记载："子贡曰：'古者黄帝四面，信乎？'孔子曰：'黄帝取合已（己）者四人，使治四方，不计而耦，不约而成，此之谓四面。'"[1] 在这里，孔子巧妙地将黄帝长有四张脸这一非人类的面孔解释为黄帝任用四人分别管理国家四方，进而将黄帝人性化；且同书同传亦有载："宰我问于孔子曰：'昔者予问诸荣君，黄帝三百年，请问黄帝者，人也，抑非人耶？何以至于三百年？'孔子曰：'黄帝，少典之子也，曰轩辕。生而神灵，弱而能言，教熊、罴、貔、貅、豹、虎以与赤帝大战于阪

---

① （宋）李昉等：《太平御览》卷79《皇王部四·黄帝轩辕氏》引《尸子》，中华书局，1960，第369页。

泉之野，三战然后得行其志。黄帝斧拂，衣大带斧裳，乘龙驾云，劳勤心力耳目，节用水火财物，生而民得其利百年，死而民得其神百年，亡而民用其教百年，故曰三百年。'"① 在这里，孔子将黄帝活了三百岁的这一神格特征解释为黄帝对人民的贡献为三百年。经孔子的合理化解释后，人们对这段记载更易接受与理解。

再如《山海经·海经·大荒东经》中："东海中有流波山，入海七千里。其上有兽，状如牛，苍身而无角，一足，出入水则必风雨。其光如日月，其声如雷，其名曰夔。黄帝得之，以其皮为鼓，橛以雷兽之骨，声闻五百里，以威天下。"对此，《孔子集语》中，（鲁）哀公问于孔子曰："吾闻夔一足，信乎？"对曰："夔，人也，何其一足也？夔通于声。尧曰'夔一而已'，使为乐正。故君子曰：'夔有一足。'非一足也。"② 此处的"夔一足"即指夔这种动物只有一只脚。而孔子却认为所谓"夔"，是一个人，而人不会只有一只脚。夔只是精通音律而已。并借用尧的话将"一足"解释为"有夔这样的，一个人就足够了"。而对于夔成为乐正（官名），《尚书·尧典》中则有"夔曰：'於，予击石拊石，百兽率舞，庶尹允谐。'"《帝王世纪集校》中有"夔仿山川溪谷之音，作乐《大章》，天下大和"，记录了夔做了尧的乐官后在乐曲方面的才能与作为。

将"夔一足"解释为"像夔这样贤明的人，有一个就足够了"，这就是孔子对黄帝神话中的动物夔进行的历史化解释。其实，"夔"在《山海经》中就只是一足怪兽而已，直到《书·尧典》中，才成为舜的乐官。而通过孔子对其做出的解释，让我们不得不慨叹儒家将神话传说历史化的方法之高妙。儒家学派可以说是将神话传说历史化的主力军，为了适应其学说与主张，他们努力将神加以人格化，对神话传说做一合理性解释。除了孔子之外，司马迁也是传说历史化的倡导者，其所做的雅驯工作，使上古史变得更容易被人理解和接受。

---

① （宋）李昉等：《太平御览》卷79《皇王部四·黄帝轩辕氏》引《大戴礼》，中华书局，1960，第368页。

② 《孔子集语》卷上《孔子御第三》，日本早稻田大学藏书，平安九华中岛先生鉴定，书林天明戊申，1788，第6页。

当然，既然能将传说人物写成历史，那么历史人物也免不了被传说化。历史的传说化，就是将现实中的人或事写成超现实的，并赋予其神的特性。对于将上层社会人物的历史传说化无疑是统治阶级为巩固自身政权而有意为之，目的在于显示其祖先地位的神圣性，证明其自身的高贵身份，进而说明其统治的合法性。尤其值得一提的，是对底层民众人物的传说化。通过对他们的神格化、理想化塑造，呈现出在民间社会广大民众的憎恶与喜好，如对欺民霸市、强权压迫的痛恨及对平反冤屈、惩治豪强的英雄的敬重与崇拜之情。

传说走进历史与历史衍生出传说，两者是相辅相成的，为我们更好地认识与理解历史提供了途径。那么，在传说与历史之间，我们又该如何建立联系呢？首先，人们无法做到记忆过去发生的一切，而总要进行筛选，做选择性的记忆，从这个角度来说，传至今日的传说与历史处于同等重要的地位，即传说与记录在册的正史史料在价值上是相同的。其次，传说与历史的内核，即两者背后的共同本质都为历史记忆，历史记忆可以说是搭建在两者之间的一个媒介。最后，传说大多是民间社会所建构的，而历史则多为上层社会史学家们所撰写。

历史史料记载的非全覆盖、间断性与跳跃性，遗留了大量的"历史空白"，而传说则是对这些历史空白的很好补充，传说对历史研究具有重大的现实意义。这不仅因为人们愈来愈认识到传说中所蕴含的一定的理性逻辑，亦因为传说所反映的当时的真实社会时代面貌，毕竟不论人们的想象力有多强，都无法脱离其所生活的社会状况及自然地理状况。

而对于传说，我们则应剔除其中的虚构成分，找出传说中的合理成分，找出其中所隐藏的客观历史真实，并分析哪些内容是后人所为，而哪些才真的是对当时人具有特殊含义；理解当时人的心理状态、所思所想；总结其中符合社会因果、逻辑的部分，并将其更好地应用于历史研究。

三　高句丽传说

高句丽先民们自古便生活在东北这片热土的高山深谷之间。早在西汉

11

时期，"武帝灭朝鲜，以高句骊为县，使属玄菟"①。而到了西汉昭帝始元五年（前82）则"罢临屯、真番，以并乐浪、玄菟。玄菟复徙居句骊"②。高句丽兴起于汉四郡之玄菟郡高句丽县。而在武帝设置四郡之前，高句丽则处在部落林立时期。虽然高句丽人生活的自然地理环境十分适合渔猎生产，但因其受汉文化影响较早，中原的农耕文化很早就传入高句丽，其先民们"力佃作"③，实行以农业生产为主、渔猎采集为辅的生产方式。后来，西汉王朝又将玄菟郡治所迁至高句丽县，史称第二玄菟郡。此后高句丽先民与中原王朝的联系也愈发紧密，时"汉时赐鼓吹技人，常从玄菟郡受朝服衣帻，高句丽令主其名籍"④。高句丽政权的建立对东北地域的历史发展起到极其重要的作用。因此，高句丽史的研究意义重大而深远。当然，对高句丽传说的研究亦离不开高句丽历史的大背景。我们首先来简略了解一下高句丽历史的发展轨迹。

公元前37年，为躲避迫害，22岁的朱蒙率亲信部族从夫余南逃至卒本川地区建国称王。有关高句丽的始祖朱蒙，有着一段美丽的传说。据史载，他的出生就很神秘：朱蒙之母名叫柳花，乃河伯之长女。时天神解慕漱下凡偶遇柳花，并诱其同住熊心山下、鸭绿水边。柳花因无媒妁之言而与男子同居被驱逐离家，在外流浪期间与夫余王子金蛙相遇并被带回王都幽闭于室。一天，柳花被日光照射，有感而生一个肉卵，金蛙多次将其丢弃却每每有百兽护佑。金蛙遂将肉卵交还柳花，不久，有一男婴破卵而出。他自出生就骨表英奇，与众不同，且年龄尚幼便箭术非凡。及至其长大后，夫余王室恐其非夫余血统且才智过人而有异心，故欲除之而后快。得知消息的朱蒙带着心腹火速逃离了夫余，在他无路可走时，河中的鱼鳖自动浮出水面排成浮桥，助朱蒙等人渡河，在沿途又有人不断归附。最后他们来到卒本川地域，建国立都，开启了高句丽历史纪元。

建国后，朱蒙便开始了对外的开拓疆土。他先是发现了距离高句丽较

---

① （南朝宋）范晔：《后汉书》卷85《东夷·高句骊传》，中华书局，1965，第2813页。
② （南朝宋）范晔：《后汉书》卷85《东夷·濊传》，中华书局，1965，第2817页。
③ （晋）陈寿：《三国志》卷30《魏书·东夷·高句丽传》，中华书局，1959，第843页。
④ （晋）陈寿：《三国志》卷30《魏书·东夷·高句丽传》，中华书局，1959，第843页。

近的沸流国，并大战沸流国国王松让，与其比试射箭时，朱蒙于百步之外精准地射碎了玉戒指；与其比试立都先后，朱蒙以朽木为宫阙楼阁支柱，仿佛已经建都千年之久；朱蒙又使用巫术，使得天降大水淹没沸流国国都，每次的比试都以朱蒙的胜利而告终，最后松让带领举国臣民归顺高句丽。随后，朱蒙又征服了周边一些国家，使国家疆域渐广。并且，在其任内有"黄龙见于鹘岭""神雀集宫廷""鸾集于王台"等祥瑞出现。当年朱蒙在逃离夫余之时，已娶夫余人礼氏为妻，且其时礼氏已有孕在身。朱蒙南逃建国并未带妻礼氏，只是藏断剑于隐秘之处，自己拿着另一半断剑离开，并约定父子相认时以断剑为信物。后礼氏生子取名类利，果真拿着断剑来到高句丽，朱蒙大喜，立他为太子，这就是高句丽的第二代王琉璃明王。

琉璃明王即位的第二年便迎娶多勿侯松让之女为妃，进一步巩固了自己在高句丽的王权之位。可谁料一年后王妃松氏就撒手人寰，琉璃明王又迎娶了两位妃子，两妃互妒而不合，汉人之女无奈离开，琉璃明王作诗一首："翩翩黄鸟，雌雄相依。念我之独，谁其与归？"表达了无限的感伤。而后，祭祀之猪逃跑，掌管祭祀的官员抓到猪后挑断其脚筋。祭祀之事何等重要，王怒，故杀了这两个官员。两年后，祭祀用猪又一次逃跑，还一口气跑到了国内地域，因此地宜五谷、利人民，王迁都于此。迁都后，太子解明仍留在古都卒本川地区。卒本川地区的近邻黄龙国对此地垂涎已久。现如今高句丽南迁，留守卒本的太子解明又很年轻。面对空虚的卒本地区和尚且年轻的太子，黄龙国以为终于有了可乘之机，于是派遣使者赠解明以强弓，试探其胆识谋略。太子解明折断黄龙国所赠强弓，由于此举过于强硬不符合琉璃明王的外交策略，令王十分懊恼，遂请黄龙国主杀掉太子解明，后太子走马触枪自杀。在琉璃明王时，中原王朝王莽篡汉，建立新朝。新朝所实行的高压政策，引起了周边各民族的反抗。琉璃明王三十一年，新莽政权从高句丽强行征兵讨伐匈奴。高句丽人不愿离家出征而纷纷逃回故乡，辽西大尹田谭发兵追捕高句丽逃兵，反为其所杀。王莽大怒，设计诱斩了高句丽大将延丕。高句丽遂起而反叛，趁中原之乱而不断发兵侵扰其边境地域。琉璃明王类利在对外开疆拓土方面虽然没有其父朱蒙激进，但他也兼并了周边的一些弱邻，使高句丽的国力得以持续增强。在太子解明自杀后，王子无恤的才能逐渐显露。其在幼年时曾以累卵之说而震惊夫余朝野，在少年时领兵抵御夫余大军，并大败夫余军队于鹤盘岭下。无恤的能力得到父王的认可而被立为太子，琉璃明王死后，无恤即位，是为大武神王。

大武神王即位不久，中原重归一统，进入东汉光武中兴时期。高句丽则遣使入东汉朝贡，接受中原王朝管辖，东汉"光武帝复其王号"①。在大武神王即位的第三年，立东明王庙。始祖庙的建立使得祭祀祖先更加方便，加深了高句丽先民们对祖先的崇拜之情。自从始祖朱蒙逃离夫余另立国而王之，其与夫余国的关系就很微妙，夫余老王尚且念及养父子之情分，但王子带素则一向与朱蒙关系不睦。此时已成为夫余国王的带素趁高句丽新王初立，政权未稳之机，向高句丽施压，派遣使者送来一只一头两身的红乌鸦。带素的本意是：乌鸦本来是黑色，而此乌鸦是红色的，又长有一个头，两个身体，预示着兼并两国，即夫余兼并高句丽之意。但谁料朱蒙却将其解释为：黑色象征北方，现在黑色的乌鸦变成了象征南方的红色，这是高句丽将兼并夫余之意。带素闻言惊悔。

随着高句丽的日渐强大，大武神王决计出师征伐夫余，沿途得神鼎、神器、神将。进入夫余境内后，几乎陷入绝境之时忽然天降大雾七日，被围困的高句丽军得以顺利班师。此战怪由斩杀夫余王带素，夫余国元气大伤，而高句丽遂从夫余人手中夺取了本地区的霸主地位。高句丽的一系列扩张动作，引起了中原汉王朝的关注，辽东太守率军讨伐高句丽。兵临城下，大武神王听取了左辅乙豆智智取之计，移军尉那岩城，固守十日有余。可汉军攻势依旧不减，王依乙豆智之计，遣使到汉营，送鲜鱼美酒。汉军见此，料定城内水源充足，撤回了大军。这便是高句丽历史上著名的"鲤鱼退汉兵"。

汉军走后，高句丽又开始谋划夺取乐浪地区。其时，乐浪国内有一件

①〔朝〕金富轼著，孙文范等校勘《三国史记》卷14《高句丽本纪·大武神王》，吉林文史出版社，2003，第187页。

镇国之宝，就是只要有人侵入本国，就会自动发出警报的自鸣鼓角。王子好童暗自潜入乐浪，讨得乐浪王崔理的欢心，将女儿嫁给了他。当得到了乐浪公主的心之后，好童便开始实施夺取乐浪的计划。他让公主毁掉自鸣鼓角，公主深爱着好童，竟然真的偷偷潜入武库，用刀割破了鼓角。得到消息后，大武神王立即出兵讨伐乐浪，乐浪人习惯于依赖自鸣鼓角，没有报警声响便毫无防备，高句丽兵长驱直入，包围了王都。乐浪人得知真相后，杀了乐浪公主，出城投降。高句丽此次虽然击败了乐浪，却并未完全占有乐浪地域，直到五年后，"（大武神）王袭乐浪，灭之"①，才最终灭掉乐浪国。好童对这次乐浪的攻取立有战功，但正是因此而遭到元妃的妒忌与陷害。好童为大武神王次妃所生，元妃唯恐他的优秀会威胁到自己儿子的太子之位，便诬陷好童非礼她。大武神王虽然不信，但愚忠愚孝的好童，为了不让父亲担忧，不显元妃母后之恶毒，拔剑自刎，献出了自己年轻的生命。

以上记载多源自传说，且其中的神话传说占有较大的比例，这是一个充斥着怪力乱神的时期，是一个传说的时期。因此笔者对这期间的传说与历史事件大体上做了一些梳理。而这些传说的背后其实隐藏着很多的历史真实、社会现状，这将在下一章详细探讨，此处不做赘述。至于为何在高句丽的早期史料中会存在如此之多的传说，尤其是神话传说，笔者认为，这应该与现今我们所能查看到的史料的原典有关，而高句丽史料的原典学界一致认为是古记，即一系列远古时期的、现早已遗失的书籍。在大武神王时期之后，特别是长寿王时期之后，有关高句丽历史的记载中传说部分相对较少，而其中的神话传说更是如此。朝鲜半岛史籍《三国史记》中在这期间的文字记载亦多来自中国正史，可见金富轼在高句丽古记资料极其缺乏的条件下选择了中原史书作为补充。

大武神王死时，太子解忧尚且年幼，故由王弟解色朱继位，是为闵中王。闵中王仅在位 5 年而亡，在其任内并无大的作为。闵中王死后，王位

---

① 〔朝〕金富轼著，孙文范等校勘《三国史记》卷14《高句丽本纪·大武神王》，吉林文史出版社，2003，第187页。

重回大武神王之子解忧之手，是为慕本王。慕本王生性暴虐，在其为高句丽王期间，多有灾象显现，而王却不知收敛反而暴虐益甚，"（王）居常坐人，卧则枕人。人或动摇杀无赦。臣有谏者，弯弓射之"①。近臣杜鲁恐为王所杀，反用刀将慕本王杀害。

慕本之后，太祖大王宫即位，他是琉璃王子古邹加再思之子，出生就能睁眼视人，年纪尚幼便聪慧过人，时年7岁得以即王位。在高句丽的历史中，太祖大王是唯一一位禅让王位的王，加之他的长寿与超长的统治时间，使得相关传说较多。在其任内，太祖大王致力于对外扩张，使高句丽"拓境东至沧海，南至萨水"②。虽然他也时常对中原的东汉王朝发动袭扰战，但其与东汉之间的宗藩关系依旧，遣使朝贡依旧。在太祖大王之前的高句丽传说中神话传说较多，而在其后则民间传说较多。

太祖大王在位期间，其弟遂成功勋卓著，屡立战功，是公认的下一任王位的继承人。但太祖大王极其长寿，其在位就足有94年之久，因其执政时间过久，遂成唯恐阳寿不及其兄而欲起而反叛，太祖大王无奈只得主动让位于遂成，是为次大王。可遂成却是个暴戾不仁之君，即位后杀害忠臣右辅高福章、太祖大王元子莫勤，莫勤之弟莫德恐牵连自身而选择了上吊自杀。其后，次大王田猎遇白狐跟随鸣叫，巫师解释此为天意在警示次大王，如能改过修德，便能变祸为福。王不信，杀巫师，此后的巫师皆不敢说出真话。次大王的残暴引起了国人的愤慨，最终次大王被椽那皂衣明临答夫所杀。其后，新大王即位，他是太祖大王的季弟，即高句丽王位时已经是77岁的老人。时汉军来袭，王采纳了明临答夫婴城固守的建议，待汉军疲惫饥饿而被迫撤军时，明临答夫率军乘胜追击战于坐原，汉军大败。

而其后的故国川王与山上王时期则主要致力于政权的稳固。时外戚贵族权势极大，气焰嚣张，在故国川王任内竟发生了左可虑聚众攻王都之事。故国川王离世后，王后于氏施计嫁给王弟，即高句丽下一任国王山上

---

① 〔朝〕金富轼著，孙文范等校勘《三国史记》卷14《高句丽本纪·慕本王》，吉林文史出版社，2003，第188页。

② 〔朝〕金富轼著，孙文范等校勘《三国史记》卷13《高句丽本纪·大祖大王》，吉林文史出版社，2003，第191页。

王。嫁给山上王后，于氏倚仗助山上王即位之功再次被册封为王后。再次成为王后的她依然独断专行，专横跋扈，要求山上王专宠自己。于氏无子多年，这成了山上王的一块心病。王曾向山川祈求赐予子嗣，就在他祈祷当月的十五那天，梦到上天对他说他的小后日后会为他生个儿子。果然，发生了祭祀之猪逃跑事件，猪跑到了酒桶村，当掌管祭祀的官员费了九牛二虎之力都没能将其捉住时，突然出现了一位年轻貌美的女子，她轻而易举地就将东奔西撞的祭祀用猪捉住了。山上王听闻很想见一见这位奇女子，于是，半夜微服出行来到酒桶村，当夜便宠幸了她。酒桶村女子因之有了身孕，为山上王生下了一位太子，她也被册封为小后。由于这位太子是因为一只祭祀之猪的逃跑才得以出生，冥冥之中似是上天的安排，因此山上王为其取小名——郊彘，这就是下一任高句丽王——东川王。

东川王生性仁爱，在其任内高句丽国力有所恢复，内部矛盾有所缓和。曹魏政权对东北边疆的统治本就鞭长莫及，而曹魏又灭掉了称霸东北地域的公孙氏政权。于是高句丽对外扩张的野心又一次被点燃。对于高句丽的侵扰，曹魏政权迅速做出了回应，派大将毌丘俭东征高句丽。其大败丽军，攻陷丸都城并屠城，后刻石记功。这场战争给高句丽带来了几近毁灭性的打击，实力大减，直接导致高句丽搁浅了争夺辽东的计划，而不得不屈服于曹魏政权。

毌丘俭东征高句丽国两年后，东川王离世。此后高句丽先后出现了中川王、西川王两位守成君主。至于守成到何种地步呢，中川王为了国家的安定，甚至不惜将自己宠爱的小后，一位长发美人投入大海，因为她与王后之间的妒忌，而王后有着势力强大的椽那部背景。为了国家的安定团结，中川王只能做出这样无奈的决定。不仅如此，他还将公主嫁给椽那部明临笏覩，进一步巩固与椽那部的关系。而西川王则聪慧而仁德，在其任内从未远征他国。总之，在这两代王长达近半个世纪的在位时间里，与民休养生息，高句丽国力快速恢复。

西川王后，继任者是高句丽历史上著名的暴君烽上王。烽上王在位期间，对内杀害至亲功臣，如谋杀王叔安国君达买、王弟咄固，并且穷奢极欲，连年修筑豪华宫室。对外则多次遭到慕容廆政权的侵袭。高句丽统治者对民脂民膏的搜刮与战火的破坏，令高句丽百姓苦不堪言，对高句丽国力及社会经济的发展造成了极大的破坏。故中川王在位不足9年，便为国相仓助利所废。取而代之的便是被烽上王杀掉的王弟咄固之子，美川王乙弗。

美川王在其父咄固被杀之后就逃跑了。他流落民间，隐姓埋名，做过佣人，贩盐被骗，饱尝人间艰辛，直到最后衣衫褴褛、面容憔悴，才被萧友等人找到，迎接回宫并拥立为王。美川王有过流浪民间的经历，更加了解民间的疾苦，他的统治深得民心，成为高句丽历史上的一代英主。

美川王死后，王子斯由继任国王，是为故国原王。其时恰值慕容氏政权势力正盛，致力于对外征讨，而高句丽被他们列为攻取的目标。故国原王十二年（342），慕容皝大举出兵东征，大破高句丽军，并掘其父尸，俘其母，烧宫室，毁王都丸都城而还，无奈之下，故国原王只得称臣于慕容氏，同时将兵锋南指，征讨百济。可谁料在一场与百济的战役中，故国原王竟为流矢所伤，不治而死。其子丘夫即位，是为小兽林王。

小兽林王即位后对高句丽进行了大刀阔斧的改革。即位第二年（372），前秦苻坚派遣使者与僧人顺道入高句丽送佛像、经文，小兽林王便将僧人顺道留在了了高句丽，这是佛教传入高句丽之始。同年，小兽林王在高句丽"立太学，教育子弟"。第二年，又"始颁律令"。在其即位的第四年，又一位僧人阿道来到了高句丽。小兽林王任内兴佛教、立太学、颁律令，积极向中原学习，高句丽汉化速度也进一步加快。《南齐书》中，便有高句丽人"知读《五经》"的记载。并且，《周书》《隋书》《通典》《旧唐书》《新唐书》等史籍中也都记载了高句丽人喜读书的事实。小兽林王之改革，为高句丽培养储备了大量人才。在小兽林王推动旨在富国强兵的改革之后，高句丽政权得到了巩固，王权得到了加强，国力不断提升，为其日后的发展做了充分的准备。但世事难料，就在改革初见成效之际，小兽林王却撒手人寰，其远大的理想与抱负只能由高句丽的继任者来完成了。

小兽林王在位14年后离世，由于其并无子嗣，故高句丽王位由其弟伊连继承，是为故国壤王。其即位第二年便西侵辽东，次年又南征百济，然而却屡屡败北。虽曾一度攻陷辽东、玄菟等重镇，但很快便被收复。在其任内，曾有"牛生马，八尾二足"、饥荒，以至于人吃人的情况发生。故国壤王崇信佛法，曾下令立国社、修宗庙。其在位9年而亡，由其子谈德即位，即高句丽一代英主广开土王。

广开土王在位期间，南征北战，广开疆土，加快了高句丽对外扩张的脚步。其北伐契丹，掳民口而归；南破百济，迫使其对高句丽俯首称臣。西战慕容氏政权，攻克辽东城。辽东城为东北重镇，其战略地位不言而喻，可以说，辽东城的获取，实现了高句丽人一直以来的梦想，此后辽东城在高句丽统治之下达200年之久，直至唐太宗亲征，方才被中原王朝收复。广开土王雄才大略，但天妒英才，其在位执政仅22年，便英年早逝了，其子巨连即位，是为长寿王。

如其号，长寿王真长寿，他在位79年而薨，时年98岁。在他即位的第二年（414），便有神奇的鸟儿聚集在王宫，预示着祥瑞。长寿王在位时最大的壮举便是迁都，王都由卒本迁至国内城时，曾有祭祀之猪逃跑至国内城之事，而此次长寿王的迁都，并未做任何铺垫，而是果断决策、快速行动。从这里也可以看出其父广开土王所打下的良好的国内政治基础。而长寿王的迁都，亦是因为其父为广开疆土而进行的长期战争消耗了高句丽巨大的人力物力财力资源，此时的高句丽急需一个和平的大环境来休养生息，储备力量。但此时，中原新兴的拓跋魏政权时刻威胁着高句丽，为此，迁都朝鲜半岛方为上策。在对外关系上，长寿王对南北两朝同时朝贡称臣且定期纳贡。当然这只是表面的臣服，每当影响到高句丽自身的利益时，高句丽便会及时止损，采取消极抵抗甚至拒不服从的对策。迁都至平壤后，长寿王很快制定了"西事中原，南侵罗济"的计划，使得高句丽辖区空前广大，国力快速恢复与发展，很快成为区域性霸主。在其统治的第七十九年（491），长寿王薨，其孙文咨明王即位。

文咨明王，讳罗云，其父为长寿王之子古邹大加助多。由于父亲的早逝，文咨明王自幼便被长寿王抚养在宫中。文咨明王即位后，面临的国内外环境很复杂。对内，长寿王死后，贵族势力再度膨胀，各大贵族趁机争权夺利，国内陷入混乱，国力渐入低谷。史载："正始中，世宗于东堂引见其使芮悉弗，悉弗进曰：'高丽系诚天极，累叶纯诚，地产土毛，无愆王贡。但黄金出自夫余，珂则涉罗所产。今夫余为勿吉所逐，涉罗为百济所并，国王臣云惟继绝之义，悉迁于境内。'"① 高句丽国力由盛转衰的状况，由此可见一斑。对外，在此前"南侵罗济"的政策之下，南方的新罗、百济两国已结成稳固的联盟，一致对抗高句丽，济罗联盟与高句丽呈现势均力敌的态势。文咨明王时期，高句丽与中原各政权之间的关系则较为密切，在其任内频繁遣使朝贡，其中遣使入北魏朝贡次数最多。文咨明王执政28年而亡，其后即位的为安臧王与安原王。

安臧王与安原王皆为文咨明王之子，安臧王无子嗣，故死后由其弟安原王承继大统。这两位王在位时间较短，其中安臧王在位13年，安原王在位15年。虽然当时的中原正值南北朝对立，北魏政权暂时统一了北方，但安原王即位不久，北魏集团内部发生了严重的内讧，就此分裂为东魏和西魏。随着中原北方再次陷入混乱，边疆地区也再次成为权力的真空区域。没有了来自中原专权的钳制，高句丽获得了绝好的发展时机。两王在任内都很好地秉承了与中原南北两朝修好的政策，维持了国内较为安定的环境。两位王与南方新罗、百济的关系亦较为和谐，仅与百济发生过两场战争。同时，两位王广施仁政，关心人民疾苦，在发生天灾之时从国家层面给予赈济，并能很好地体察安抚百姓。安原王死后，继任者为其子阳原王。

阳原王，讳平成，乃安原王之长子。史称其生而聪慧，及壮雄豪过人。在其任内亦多次遣使向中原朝贡，并改筑白岩城，修葺新城。阳原王曾多次与罗济两国开战，但都以失败而告终。在其即位的第六年时被新罗人夺取了高句丽的两座城，第七年又被其夺取了十座城池。当然，未能守住祖先基业而丢城失地，也并非全是阳原王之过，高句丽国力的持续下滑才是战争失利的根本原因。阳原王的统治时间也仅有15年，其死后，由其子平原王即位。

平原王，讳阳成，史称其有胆力，善骑射。在平原王即位的第二十三

---

① （北齐）魏收：《魏书》卷100《高句丽传》，中华书局，1974，第2216页。

年（581），中原隋王朝统一了北方地区，并很快消灭了偏安南方的陈朝，结束了中原自晋"八王之乱"以来长达数百年的分裂局面，最终完成了统一大业。统一后的中原地区迅速崛起，隋境之辽阔与富庶吸引了四夷来朝，俨然一派太平盛世之景象。而在隋朝一统天下之时，高句丽与中原的关系也在悄然发生着变化。中原统一、强大政权的出现，给高句丽带来的威胁是不言而喻的。实力正盛的隋王朝能否允许高句丽继续割据一方呢，对此，平原王做出了积极的应对，其"治兵积谷，为拒守之策"。而此举却惹恼了隋文帝，其降玺书严厉斥责了平原王。至此，高句丽与中原的和睦被打破，双方关系再度紧张起来。就在此时，平原王撒手人寰，其子婴阳王继任。

婴阳王，讳元，平原王长子，史称其风神俊爽，以济世安民为己任。在其任内的最初几年，尚能遣使入隋朝贡，尽藩属之礼。但就在其统治高句丽的第九年，婴阳王却亲自率领一万多靺鞨兵，侵扰隋朝辽西地域。此举激化了高句丽与隋朝之间的矛盾，并最终招致了隋朝的大规模讨伐。当然，对于婴阳王，敢于主动挑战实力如此雄厚的大隋王朝，其实也从另一个角度说明了一点，即经过几代高句丽王的努力，高句丽国力已经恢复并有复兴之势。也正因如此，在隋朝文帝、炀帝两代君王对高句丽进行大规模讨伐后，此战反以隋王朝的灭亡而告终。618 年，婴阳王在位 29 年而亡，其弟荣留王即位。同年，中原大地上崛起了新的王朝——大唐王朝。

荣留王，讳建武，乃婴阳王之异母弟。荣留王即位之时，正值中原唐朝建立。隋末战乱令中原王朝民不聊生，满目疮痍，为此，唐高祖暂时没有再征高句丽之心，而只是将精力更多地用于休养生息，巩固新政权的统治。而荣留王即位后亦按部就班地遣使入唐朝贡，以示臣属，从无任何侵扰唐境之举，故而唐朝建立之初的二十几年中，唐丽双方一直相安无事。而唐朝也在极短的时间内恢复了国力，再现往昔中原王朝之繁荣景象。此时的高句丽国内却因上层统治阶级内部矛盾重重，王纲不振，导致国力持续下滑。而其中各方贵族势力对大对卢之官位的争夺尤为严重，有时甚至兵戎相见，国王也只能在大对卢争夺战中闭宫自守，而不能制御。其实，就荣留王其人来说，确是一位智勇双全之人。在隋丽战争中他就曾崭露头角，其时，隋将来护儿进攻平壤，当时作为王弟的建武便率五百死士击败来护儿所部，立下了赫赫战功。兄死弟及，即位后的荣留王，更是审时度势，采取了积极的亲唐政策，主动与唐修好，遣使入唐，请其颁布历法。又使贵族子弟入唐学习先进文化，为高句丽培养人才，求学佛老教法于唐，加强对人民的道德约束，加速了高句丽在文化、思想领域的发展。即便是在唐朝毁京观之时，亦表现出十分配合的态度，避免与唐朝的冲突。但在其表面配合的背后，却倾举国之力修筑长城，以防备唐朝出兵征讨，为更好地保卫高句丽做准备。只可惜荣留王生不逢时，其在位之时，王权衰微，大权旁落，泉氏家族独揽大对卢一职，权势如日中天。荣留王对此心知肚明，但也只能默默地积蓄力量，密谋除掉盖苏文。谁知这一谋划被盖苏文得知，抢先下手将荣留王杀害。一代明君就此陨落。而权臣盖苏文在弑君后，另立容留王之侄为王，是为宝臧王。

宝臧王，荣留王弟大阳王之子。其即位时，中原唐王朝已然进入政权稳固、经济繁荣、天下归心的贞观盛世。且唐朝又接连消灭了突厥，平定了吐谷浑，解决了边患问题。而此时在高句丽国内，权臣盖苏文在发动政变之后，自知弑君非诚臣之作为，为树立个人威信、缓解国内矛盾，挑起了对外战争。其首先攻取的对象为地处南方的新罗。然而新罗为唐朝属国，唐朝不会放任高句丽对其征讨，而当唐太宗出面调解时，盖苏文不仅拒不接受，甚至还扣押了唐朝使者，唐丽关系随之激化，最终引发了唐太宗亲征高句丽。此次唐太宗亲征给高句丽以沉重的打击，但与此同时，唐朝的大举讨伐也对国内经济及人民生活造成了一定的影响。为此，唐朝改变了对高句丽的作战计划，以小规模袭扰战为主，意图等到高句丽国力消耗殆尽之时，再一鼓作气一举将其讨灭。宝臧王八年（649），当一切都准备就绪，唐朝将再次东征高句丽之时，一代英主唐太宗却与世长辞，即将爆发的唐丽之战也随之被搁置。经过了几年的停战，谁料高句丽权臣盖苏文竟联手百济，再次进攻新罗。唐丽之间的战火再度被点燃。

当唐丽之战开启之时，高句丽国内流传出一些有关亡国之征兆的传说。如獐与狼连续三日成群结队向西逃走；有人在马岭上见到神人，神人说高句丽国的君臣奢侈无度，很快就会败亡；平壤的河水呈现出血色；据传《高丽秘记》中有记载，不到900年，就会有80岁大将灭掉高句丽国，而征讨高句丽的唐将李勣的年龄又正好80岁。高句丽其地灾象频发，人心危骇，国之将亡矣。诸如此类的传说，其实一定程度上具有谶纬之意，而之所以这些说法会流传下来，无非都说明人民心中对高句丽必然亡国的认同。唐丽战争之时，高句丽社会动荡不安，政权摇摇欲坠，但好在有权臣盖苏文的铁腕治国，凭借他的一己之力，暂时稳住了将倾之国，尽全力抵挡住了中原强大的唐王朝的征伐。可在盖苏文死后，高句丽国内再无像他一样能够团结上至朝臣贵族下至黎民百姓，让人们一致对外的铁腕人物。再加之，他的离世，让高句丽国内意图争权夺利的贵族们蠢蠢欲动。此时的高句丽国，可谓外有强敌大唐王朝，内有贵族明争暗斗，国家迅速衰败。盖苏文死后不久，在各贵族势力的挑唆下，其长子泉男生与次子泉男建及三子泉男产之间发生内讧，男生投奔唐朝。而唐朝则乘机以男生为唐之向导，再次发起了大举征讨高句丽的战争。在这次征讨之中，立国700余年的高句丽国终为唐朝所灭。唐灭高句丽后，在高句丽故地设置安东都护府对其实施统治与管理。其后，由于高句丽旧贵族剑牟岑欲兴复国家而发动叛乱，唐朝便将安东都护府治所由平壤移至辽东故城，翌年，又移至新城。以高句丽亡国之君宝藏王为辽东州都督、封其为朝鲜王，并将其送回到安东以安抚高句丽余众。可谁知他回到辽东后竟勾结靺鞨人图谋复国。唐朝立即将其召回并流放至边地，有鉴于此，唐朝又将安东地区的百姓大批迁入内地。就这样，高句丽遗民大部分迁往中原，一部分迁往新罗，余众则散入突厥、靺鞨等地。至此，曾一度活跃在东北历史舞台的高句丽民族走完了其全部历史进程。

总的来说，高句丽国在其存续期内一直隶属于中原王朝。高句丽在新王即位时需向中原王朝请求赐予封号，得到所赐封号后，继承方才合法；而在旧王离世时亦要向中原王朝请谥号，足见高句丽在中原王朝所构筑的中华册封体制之内。并且，高句丽按时遣使朝贡，以示臣服，即便在中原多政权同时并立的情况下，高句丽依然向这些政权同时称臣纳贡。如在南北朝时期，高句丽便既向南朝请求册封，又向北朝请封，并同时向南北两朝朝贡。当然高句丽也并非对中原政权完全绝对地服从。高句丽人尚武，"其人性凶急，喜寇钞"①，英勇好战是其民族性格，且历代高句丽王都致力于广开疆土，对外征战。但高句丽毕竟隶属于中原王朝，而中原王朝为平衡协调各方力量，绝不会允许高句丽一家独大，对高句丽的扩张及争霸定会予以制止。高句丽一面想要向外扩张，一面又受到来自中原王朝的制约。也正因如此，高句丽对中原才表现出时叛时服的特点，当中原王朝安定强大之时，高句丽便俯首称臣，安分守己；当中原王朝战乱纷争，无暇顾及边疆事务之时，高句丽便趁机扩大疆域，壮大实力。至于高句丽的灭亡，也是因其不断地挑战中原政权的权威，引发隋唐两大王朝大规模征讨所致。

高句丽自建国始，便在中原土境，因此受中原影响颇深。受中原农业经济的影响，高句丽人"种田养蚕，略同中国"②。在高句丽国内以农业生产为主，辅之以渔猎。高句丽"多大山深谷，无原泽。随山谷以为居，食涧水。无良田，虽力佃作，不足以实口腹。其俗节食"③。高句丽人的"力佃作"说明了他们对农耕的执着与热爱。但就高句丽所生活地区的自然地理环境来说，仅靠农业生产所得难以满足人们的生存需求，故高句丽人善猎，"猎于野"④、"田猎"⑤、"出猎"⑥等字样多见于史料。且因其地水资源丰富，可谓江河纵横，多鱼虾之类，故渔业亦形成了一定规模。另外，高句丽经常在征服周边部族和寇钞中原之边疆地域之时，掠夺牛、马、军事器械等各种资源，甚至是掠夺当地的人口。这不仅充实了高句丽的物质财富，更充实了劳动力，为高句丽带来了先进的生产技术，促进了高句丽的经济增长及社会发展。

① （晋）陈寿：《三国志》卷30《魏书·东夷·高句丽传》，中华书局，1959，第843页。
② （后晋）刘昫等：《旧唐书》卷199上《东夷·高丽传》，中华书局，1975，第5320页。
③ （晋）陈寿：《三国志》卷30《魏书·东夷·高句丽传》，中华书局，1959，第843页。
④ 〔朝〕金富轼著，孙文范等校勘《三国史记》卷13《高句丽本纪·始祖东明圣王》，吉林文史出版社，2003，第174页。
⑤ 〔朝〕金富轼著，孙文范等校勘《三国史记》卷13《高句丽本纪·琉璃明王》，吉林文史出版社，2003，第179页。
⑥ 〔朝〕金富轼著，孙文范等校勘《三国史记》卷14《高句丽本纪·大武神王》，吉林文史出版社，2003，第184页。

当然，受中原影响最大的，还是高句丽的思想文化领域，史载高句丽"书有五经及《史记》、《汉书》、范晔《后汉书》、《三国志》、孙盛《晋春秋》、《玉篇》、《字统》、《字林》；又有《文选》，尤爱重之"①。在中原王朝的长期管理下，高句丽民族与汉民族得到充分交流及广泛交融。而中原的思想文化体系在高句丽地区得以确立，中原的儒家思想也得以快速而广泛的传播，并逐渐成为高句丽社会的主流意识，成为人们道德的理论依据乃至日常的行为规范。

高句丽于公元前 37 年建国，公元 668 年灭亡，历时 705 年，中经 28 代王。历经中原之两汉、三国、两晋、南北朝及隋唐王朝。在中原王朝正史《后汉书》《三国志》《宋书》《南齐书》《梁书》《魏书》《周书》《南史》《北史》《隋书》及两唐书中均为高句丽立传。在《魏略辑本》《翰苑》《唐会要》《全唐文》《通典》《通志》《文献通考》《册府元龟》《资治通鉴》等中原史籍，以及《三国史记》《三国遗事》《旧三国史》等朝鲜半岛史籍及日本正史《日本书纪》中均有所记载。虽然这些史籍中都有相关高句丽的记载，但从内容上来说则多为对前史的转载，重复部分较多。因此，综合来说，高句丽的史料还是十分缺乏的。

可以说，高句丽史料之缺乏是高句丽专门史研究领域的共识。由于历史记载会不自觉地对本民族着墨较多，而对非主体民族的记载少之又少，故而在中原正史中出现的高句丽史料其实并不多。当然，对其记载较少，也有中原史家对非主体民族了解甚少的原因。即使是在综合了中原史籍、半岛之《三国史记》及《日本书纪》等诸多史籍记载的基础上，可考的高句丽历史文献仍十分有限。对于如此之少的高句丽史料，传说无疑对补充史料之不足起到了巨大的作用。很好地利用传说，深入了解高句丽社会生活的方方面面，借以补充高句丽史料之不足，也是高句丽传说研究的主要目的。

当然，传说不仅仅存在于文献记载之中；传说的产生早于文字，传说最初是口传的，因此传说亦存在于人们的口口相传之中。不仅如此，传说

① （后晋）刘昫等：《旧唐书》卷 199 上《东夷·高丽传》，中华书局，1975，第 5320 页。

也存在于古坟、壁画、器物之中。但本书将重点放在对散落在各古籍文献中的高句丽传说进行搜集整理与分析。其中，始祖朱蒙时期至大武神王时期的传说更具神话传奇色彩，从这些非理性、非现实性的虚幻故事情节中可知，高句丽的神话传说大多源自中原，中原文化对高句丽的影响重大而深远。而太祖大王时期之后的传说大多在中原典籍中有所记载，展现出更多的社会历史现实。

传说虽然具有极强的故事性，但不能将传说仅仅当成故事来看，更要对其进行反思。在当今高度文明的社会，若是以现代人的视角来看古代高句丽人所创造的传说，无疑是荒诞不经的，但如果将其置于传说产生的古代高句丽社会则可视为照见当时社会现实及人们思想和认知的一面镜子。我们之所以研究高句丽传说，并不是为了证明其如何虚伪，而是要以古代社会的文明程度为基准，站在古代高句丽人的角度来看问题。探讨传说在古代高句丽得以创造并流传所具有的合理性，探讨当时人们的世界观及思维方式，探讨古人为何要以文献记录保存这段传说，探讨传说所反映的社会现状、社会背景及当时人的目的所在，进而辨析传说在当时社会具有怎样的意义及产生了怎样的影响。

对于高句丽传说，国内外学者对其有所考察。其中，国内学者多集中在对始祖传说的研究，如姜维公、姜维东的《高句丽始祖传说研究》，李英、范犁的《东明王史诗与高句丽传说》，魏存成的《夫余高句丽族源传说考》，李德山的《高句丽建国传说考》，杨军的《高句丽朱蒙神话研究》，李新全的《高句丽建国传说史料辨析》，徐栋梁的《从开国传说看高句丽文化的渊源》，朱春荣的《高句丽朱蒙神话溯源》，张碧波的《感日卵生——高句丽族源神话——兼及〈东明王篇〉的解析》，巩春亭的《从〈朱蒙神话〉看高句丽的尚武习俗》，刘洪峰的《高句丽与夫余建国神话初探》等，以上著作主要针对高句丽民族族源及始祖的降世与建国进行探究。当然，亦有从宏观层面整体论述高句丽传说的，如耿铁华的《高句丽神话解析》，姜润东、林至德的《高句丽的传说》等，并且，姜维东还对高句丽传说进行了系列化研究，如其发表的《高句丽黄龙升天传说》《高句丽卵生传说研究》《高句丽神马传说》《高句丽始祖传说中河伯女内容探源——高句丽传说考源之四》《高句丽延优传说》《高句丽王室得姓传说》等多篇研究论文。

对于朝鲜学者的研究，可查的有金石亨的《高句丽始祖朱蒙及其出生传说》、金浩成的《高句丽建国神话朱蒙传说》、崔洪植的《建立高句丽国的朱蒙传说》等文章。日本学者对高句丽的研究较早，如三田村太助的《朱蒙传说及高句丽的文化性质》，大林太良的《神武东征传说与百济·高句丽的神话》，李成制的《〈梁书·高句丽传〉及东明王传说》及《高句丽的建国传说与王权》，井上秀雄的《在神话里展现的高句丽王的特点》，高宽敏的《夫余、高句丽、百济建国传说》等，对高句丽早期传说研究比较多。

韩国学者对高句丽传说的研究成果颇丰，且其研究视角独特。不仅有李在洙的《朱蒙传说"东明王篇"论考》、尹成龙的《高句丽建国神话和祭仪》、金成焕的《高句丽建国神话体现出的古朝鲜认识》、李福揆的《朱蒙神话文献记录研究》、琴京淑的《高句丽建国神话的形成与变化》等有关高句丽的始祖传说；亦有《高句丽古坟壁画的神话学考察》《峨嵯山传说》《高句丽古坟壁画舞蹈研究：以神话解析为中心》等通过考古视角对传说的研究；再有权都京的《高句丽神话范畴的新界定及鹿女护国地母神话的形成、展开过程》与《高句丽鹿女护国地母神话的湖南分支与巫俗神话〈七星草〉的关系》《从传说和语言看朱蒙的语源弓和巫的共同基语》，《高句丽神话与道教》等从宗教层面的解读，《高句丽与拓跋鲜卑始祖神话比较研究》等的比较类研究，《三国传说和现代韩国小说——以都弥、广德、温达传说为中心》《温达、署童的传说和高句丽六世纪社会》《朱蒙神话分析的心理学解释》《好童王子传说的现代释意》等社会学层面的分析。

本书旨在对高句丽传说进行更加系统全面的分析，以期发现更多的传说内容，并尽可能地从多角度对传说进行解读，透过传说挖掘其背后存在的历史事实及一些当时人的生活习俗与观念信仰，同时借鉴考古学、人类学、历史学、宗教学、心理学、民族学等领域的相关成果及研究方法。

简言之，对高句丽传说的研究，其写作意图与研究目的主要有四。一是很好地弥补高句丽史料的缺乏。高句丽史料本就不多，若再除去其中的传说部分则高句丽史料就更少之又少。虽然高句丽传说部分并非完全的信史，但透过传说，必定会反映出当时社会的某些历史真实。二是了解为什么会创造传说，当时人的所思所想，传说产生的社会背景，并分析创造与传播传说的人群。三是考察传说的流变，分析不同时期传说内容发生了怎样的变化及发生变化的原因。四是传说给当时社会的人带来了什么，对后世又有哪些影响。

第二章　高句丽始祖传说

在遥远的过去，人们对祖先顶礼膜拜，充满幻想，因此都会有一段有关民族之初美丽的始祖传说流传于后世。高句丽始祖朱蒙也是如此，他的一生都是以传说的方式记述的，从他神异的出生方式，异于常人的智勇与高超的骑射技术，到危急时刻得神相助而顺利南下建国；再到与沸流王之间展开的三次奇幻对决，其仅凭一己之力而立朽木为柱，建千年古都；直到他离世，亦有其遣黄龙下界，而后乘龙升天，回到天庭的传说。不仅如此，在高句丽建国前传中，朱蒙的父母亦是天上的天神与地上的水神，而这也很好地呼应了朱蒙离世时的乘黄龙登天。

一　感日卵生

（扶余王金蛙）得女子于太白山南优渤水，问之，曰："我是河伯之女，名柳花。与诸弟出游，时有一男子，自言天帝子解慕漱，诱我于熊心山下，鸭渌边室中私之，即往不返。父母责我无媒而从人，遂谪居优渤水。"金蛙异之，幽闭于室中。为日所照，引身避之，日影又逐而炤之。因而有孕，生一卵，大如五升许。王弃之与犬豕，皆不食；又弃之路中，牛马避之；后弃之野，鸟覆翼之。王欲剖之，不能破，遂还其母。其母以物裹之，置于暖处，有一男儿，破壳而出，骨表英奇。年甫七岁，嶷然异常。自作弓矢射之，百发百中。扶余俗语，善射为朱蒙，故以名云。①

---

① 〔朝〕金富轼著，孙文范等校勘《三国史记》卷13《高句丽本纪·始祖东明圣王》，吉林文史出版社，2003，第174页。

一日，夫余王金蛙出行至太白山之南优渤水，见一女子，自称：
"我是河伯之女柳花。与诸姐妹出游遇一男子，他自称是天帝之子解慕
漱，在他的诱惑下，我与他私奔，并来到熊心山鸭绿水边居住下来。
不料他始乱终弃，一去不返，而父母又因为我无媒而私自从人，便把
我赶到这里居住。"金蛙感到很奇异，便将她带回，幽闭于房中。有一
日，忽有一束阳光射向柳花，柳花移身欲躲开光线，不料这束光线却
追着她照射。继而柳花怀孕，生一大卵，有五升之重。金蛙得知此事，
便令人将卵丢弃于猪圈，猪不吃。于是又丢之于路上，牛马又避开它
而行。弃之于荒野，众鸟却用羽翼覆盖，保护它。金蛙更加奇怪，便
想剖开它，却无论如何也剖不开。最后只好将它还给柳花。于是柳花
便将它包裹起来，放在温暖之处。不久，有一男孩破壳而出。这个男
孩出生之日，便显得聪明健壮，异于常人。7岁时，他便显现出超人的
才能，能自制弓矢，且百发百中。因为夫余语中善射音"朱蒙"，故名
之朱蒙。

朱蒙，高句丽政权的创建者。22岁建都卒本，建立高句丽王国。在位
期间并沸流、驱肃慎、平荇人国、灭北沃沮，名震海东，为高句丽政权的
巩固和发展奠定了良好的基础。上文史料生动地描述了朱蒙的出生过程，
极富传奇色彩。其中的河伯女柳花因日照而生卵，弃卵而百兽皆护之而不
食，这些都有着极强的超现实性，赋予了高句丽始祖朱蒙以神格特性。朱
蒙非人，而是神之子，是神一般的存在。显然，这是一段有关高句丽始祖
的神话传说。

先从史料入手进行分析，此段神话传说在《魏书》《梁书》《周书》
《北史》《隋书》《通典》《通志》《文献通考》等中原史籍，以及好太王
碑、牟头娄墓志铭等碑文，《三国史记》《三国遗事》《东国李相国集》
《帝王韵纪》等半岛古籍中均有所记载。本书史料仅选自《三国史记》。

虽然各文献所载的故事情节大体一致，但在细节上却又不尽相同。仅
就始祖姓名来说，本书所引《三国史记》及《魏书》等中原史籍中记为
"朱蒙"，好太王碑碑文中记为"邹牟"，《梁书》《论衡》等则记为"东
明"。好太王碑为长寿王为其父广开王土而建，其碑文本身为高句丽人所

写应不会有误。而《魏书》中的"自言先祖朱蒙"① 亦为北魏使者李敖亲自游历高句丽，听高句丽人所说后的记录，可见李敖所听闻的"朱蒙"即是"邹牟"，应唯音近而形异。而本书之所以选用"朱蒙"说，则是因碑文所载文字有限，对此段传说叙述过于简略。再来看"东明"说，在《梁书·高句骊传》中将高句丽始祖记为东明。值得一提的是，即便在引文《三国史记》中亦有朱蒙"号东明圣王"② 的记载，且该卷卷名记为"始祖东明圣王"。

朱蒙、东明似为一人，那么，果真如此吗？"东明"，最早见于王充的《论衡·吉验篇》，其文中所载如下：

> 北夷橐离国王侍婢有娠，王欲杀之。婢对曰："有气大如鸡子，从天而下，我故有娠。"后产子，捐于猪溷中，猪以口气嘘之，不死；复徙置马栏中，欲使马藉杀之，马复以口气嘘之，不死。王疑以为天子，令其母收取奴畜之，名东明，令牧牛马。东明善射，王恐夺其国也，欲杀之。东明走，南至掩淲水，以弓击水，鱼鳖浮为桥，东明得渡，鱼鳖解散，追兵不得渡。因都王夫余，故北夷有夫余国焉。③

这是一段有关夫余始祖的神话传说，但传说的故事情节与上文高句丽始祖传说如出一辙。不仅如此，在《后汉书·东夷·夫余传》《三国志·魏书·夫余传》中，所载相差无几。面对如此混乱的文字记录，我们不禁产生疑问，东明究竟为夫余始祖还是高句丽始祖呢？笔者对这一问题有三种推测：一是高句丽始祖传说借鉴了夫余始祖东明传说。正所谓"高句丽者，出于夫余"④，高句丽国从夫余国中分化而出，其最初的文明程度、综合国力自然无法与夫余国相比，抄袭先进国家始祖传说之举亦在情理之中，况且高句丽国本就来自夫余国，有着相同的始祖传说也很自然。二是

---

① （北齐）魏收：《魏书》卷100《高句丽传》，中华书局，1974，第2213页。
② 〔朝〕金富轼著，孙文范等校勘《三国史记》卷13《高句丽本纪·始祖东明圣王》，吉林文史出版社，2003，第176页。
③ （汉）王充：《论衡·吉验篇》，《诸子集成》本，中华书局，1954，第18页。
④ （北齐）魏收：《魏书》卷100《高句丽传》，中华书局，1974，第2213页。

高句丽统治阶层为了国家日后的内政外交，有意选择了相同的始祖传说。从高句丽国的内部构成来看，高句丽"有五族，有消奴部，绝奴部，顺奴部，灌奴部，桂娄部"①。可见，高句丽国并非由单一部族组成，而是多个部族组成的联合体。在远古时期，各部族的历史皆源于神话传说，故选取统一的始祖神话传说至关重要。在众多部族中夫余族是最先参与高句丽建国并且也是高句丽人中的重要组成部分②，这从高句丽为朱蒙建庙并称其为夫余神之子中便可得知③。将夫余始祖传说改动变成高句丽始祖传说，能够很好地安抚国内的夫余部族。而且，确立各部族统一的始祖传说无疑能更好地将各部族人紧密地团结在一起。这是出于对高句丽国之内政考虑。对于外交，在高句丽建国之初，夫余尚为区域霸主，奉夫余祖先为本国祖先明显是在向夫余国示好。若说这样做能够增进两国友好往来还在其次，起码夫余国不会向刚刚建立的高句丽国发兵征讨，这就为高句丽的发展壮大争取了极为有利的时机。三是东夷各部族的祖先传说都十分相似，哪个部族强盛则被记为哪个部族的传说，夫余国力强盛时则记为夫余始祖传说，而至高句丽强大并在第三代继承人"并夫余"④取得区域霸主地位后，这段传说便作为高句丽始祖传说得以记录与传承。因此，笔者认为，此段传说极有可能是东夷部族共有的祖先传说范本，当然，仅就高句丽传说而言，应直接来源于夫余始祖传说，是在夫余传说的基础上进行修改而得。随着高句丽国力的日渐强盛，不断兼并收复周边部族，广开疆土，且对于中原王朝时叛时降，经常趁中原王朝统治混乱之时寇略中原边疆地区，而愈发引起了中原统治者对其的重视。随着高句丽国影响力的逐渐加

① （南朝宋）范晔：《后汉书》卷85《东夷·高句骊传》，中华书局，1965，第2813页。

② 〔朝〕金富轼著，孙文范等校勘《三国史记》卷14《高句丽本纪·大武神王》（吉林文史出版社，2003，第184页）记载，秋七月，扶余王从弟谓国人曰："我先王身亡国灭，民无所依。王弟逃窜，都于曷思。吾亦不肖，无以复兴。"乃与万余人来投。王封为王，安置掾那部。高句丽国内的夫余人，不仅有从夫余国内随朱蒙一同出逃的夫余人，亦有后期陆续前来投奔的众多夫余人。

③ （唐）令狐德棻等：《周书》卷49《异域上·高丽传》，中华书局，1971，第885页。史载：高句丽"有神庙二所：一曰夫余神，刻木作妇人之象；一曰登高神，云是其始祖夫余神之子。并置官司，遣人守护。盖河伯女与朱蒙云。"

④ （唐）李延寿：《北史》卷94《高丽传》中记载："朱蒙死，子如栗立。如栗死，子莫来立，乃并夫余。"（中华书局，1974，第3111页）。

大，其国广为人知，并被载入各国史册，而这段修改后的传说便作为高句
丽的始祖传说得到广泛流传。

再来看这段传说的核心部分，即对朱蒙出生过程的描写。朱蒙母柳花
神奇的受孕方式是"感日影"而生卵。感日，体现了古代高句丽先民对太
阳的一种崇拜意识。而有关太阳神的记载，则有《白虎通·五行》的"炎
帝者，太阳也"。可见，炎帝即是太阳神。因日而生子的记载则有《拾遗
记》中的吞日生子部分。

> 帝喾之妃，邹屠氏之女也。轩辕去蚩尤之凶，迁其民善者于邹屠
> 之地，迁恶于有北之乡。其先以地命族，后分为邹氏、屠氏。女行
> 不践地，常履风云，游于伊、洛。帝乃期焉，纳以为妃。妃常梦吞
> 日，则生一子，凡经八梦，则生八子。世谓为"八神"，亦谓"八
> 翌"，翌明也，亦谓"八英"，亦谓"八力"，言其神力英明，翌成万
> 象，亿兆流其神睿焉。[1]

帝喾之妃因梦到吞下太阳而接连生了八个儿子，这也是因有感于太阳
而生子的传说，只不过有感的方式并非通过直接的日照，而是通过梦境中
的吞日。有感吞日所生的八子，则不禁让人联想到上古时期天空中多个太
阳一同高高悬挂在天空，天帝派羿下凡射日的传说。

柳花被幽闭于室内，受日照而有所感，生下高句丽始祖朱蒙。依照传
说内容，则高句丽祖先即为太阳之子，而世代高句丽人则都为太阳的后
代。太阳是光明的象征，在天空中周而复始地照耀着人间大地。由此可
见，朱蒙是高句丽族人心中的日神、光明之神、天神。而朱蒙在后文出逃
过程中亦称自己为"日子"[2]、"日之子"[3]、"天帝子"[4]，表明了作为天帝

---

① （晋）王嘉撰，（梁）萧绮录《拾遗记》卷1《高辛》，中华书局，1981，第18页。

② 《魏书·高句丽传》《北史·高句丽传》有此记载。（北齐）魏收：《魏书》卷100《高句
　丽传》，中华书局，1974，第2214页。

③ 在《隋书·东夷·高丽传》《通志·高句丽》中有此记载。（唐）魏征、令狐德棻：《隋
　书》卷81《东夷·高丽传》，中华书局，1973，第1813页。

④ 〔朝〕金富轼著，孙文范等校勘《三国史记》卷13《高句丽本纪·始祖东明圣王》，吉林
　文史出版社，2003，第174页。

之子的朱蒙身份地位的神圣。这也反映出高句丽人对太阳、对光明，乃至对上天的崇拜。

对于太阳的崇拜其实并不奇怪，远古时期的先人们虽无法解释昼夜的更替，但夜的到来给人以寒冷、漆黑和无尽的恐惧。而太阳的升起则给人以温暖、活力，人们的情感自然倾向于这光芒万丈的照耀，这孕育着生命的光明，进而产生了崇拜的心理。这在最初是一种对大自然最原始的天体崇拜，而后逐渐演进为一种图腾崇拜。在世界上很多的地方都有对太阳的崇拜，如希腊与罗马人都有日神，且他们都为日神建庙祭祀；印度的婆罗门经中有太阳是光耀之神的说法；在墨西哥则有杀人以祭日的风俗；而古秘鲁的传说则与本书所介绍的这段高句丽始祖传说最为相似，他们的人民坚信秘鲁之王乃是太阳的儿子。在印度，最高神既是太阳之神同时又是火神，这也是人们对光明崇拜的一种延伸，通过对太阳的崇拜进而亦崇拜能给漫漫黑夜带来光明的火光，而火亦结束了人们茹毛饮血的恶劣生活。可见，刀耕火种，崇拜都是与人们的生活劳动密不可分的。

万物生长靠太阳，尤其是与人们生活息息相关的农作物的生长，更是离不开太阳的光照。正因为太阳对农作物的这一决定性作用，太阳与农业有着天然的密切关系，这也正如我们的太阳神炎帝又被人们尊为农业生产神一样。《帝王世纪》有"炎帝神农氏人身牛首"的记载，被奉为"神农"的炎帝长着牛头，而牛千百年来一直是人类重要的耕种工具，如此描述炎帝，其与农业的紧密联系由此可见一斑。高句丽人对太阳的这一图腾崇拜意识，恰恰能说明高句丽人从事农业生产活动，农耕乃是高句丽社会经济的重要组成部分。

高句丽兴起于汉四郡之玄菟郡治下的高句丽县。自建国之初便在西汉政权管辖之下。中原地区的生产方式对其产生了最直接的影响。历代中原王朝不仅有着辽阔的疆域，而且地理位置也较为优越，如大部分地域位于中纬度，为农业发展提供了适宜的条件。因此中原自古便以农业生产为其主要的经济形式。高句丽受中原农耕文化的影响，虽然境内"土田薄埆"①

①　（北齐）魏收：《魏书》卷100《高句丽传》，中华书局，1974，第2215页。

且"多大山深谷，无原泽"①，但高句丽人仍"力佃作"②。即便作物产量不足，却也为高句丽人提供了相对稳定的物质基础。另外，有关高句丽"常以十月祭天"③的记载，亦可很好地佐证高句丽社会中存在的农业生产。十月，秋季，正是作物收获的季节。选择在十月祭天，是人们在耕种之后对上天赐予的丰收表示感谢。祭祀活动与古代人们的社会生活休戚相关，高句丽举行有关丰收的祭祀，说明了其社会中所存在的农耕文明。关于高句丽十月祭天之举，《后汉书》《三国志》中称其为"东盟"，而《梁书》中则称之为"东明"。笔者认为，此处所祭天神即为高句丽始祖朱蒙。而从金富轼所言"玄菟、乐浪本朝鲜之地，箕子所封。箕子教其民以礼义、田蚕、织作"④可知，在高句丽，耕作于田有着悠久的历史。总之，感日表现了高句丽先民对大自然的原始崇拜，体现了在高句丽社会经济中存在的农耕元素。

关于卵生传说，由来已久。据说在天地还未分开的远古时期，宇宙尚处于一片混沌之中，而我们开天辟地的老祖宗盘古正是孕育在这如同鸡蛋一样的混沌之中，这其实也是一种如卵一般的存在。后来，盘古挥动板斧，将天地划分开来，也即盘古生自混沌之卵。再有，相传大地上经历过一场滔天洪水，洪水过后，大地上的人类都死光了，只剩下躲在葫芦里面的伏羲兄妹。两兄妹结为夫妇后，妹妹生下一个肉球。夫妇俩觉得奇怪，便把肉球切成细碎的小块，包了起来。带着这包东西，登上天梯，想到天庭去游玩。哪知刚刚升到半空，忽然一阵大风吹来，包裹破裂，细碎的肉球四散飞扬，落在大地上，都变成了人。落在树叶上的，便姓叶；落在木头上的，便姓木；落到什么地方，便将那地方的具体名称作为姓氏。⑤生肉球而成人，这也是一段远古时期有关始祖以卵再造人类的卵生传说。

在东北地域，自古就将始祖传说与卵建立了联系，如我们所熟知的《诗经·商颂·玄鸟》中的"天命玄鸟，降而生商"，记述了商人之始祖契

① （晋）陈寿：《三国志》卷 30《魏书·东夷·高句丽传》，中华书局，1959，第 843 页。
② （晋）陈寿：《三国志》卷 30《魏书·东夷·高句丽传》，中华书局，1959，第 843 页。
③ （北齐）魏收：《魏书》卷 100《高句丽传》，中华书局，1974，第 2215 页。
④ 〔朝〕金富轼著，孙文范等校勘《三国史记》卷 22《史论》，吉林文史出版社，2003，第 273 页。
⑤ 袁珂：《中国神话传说》，北京联合出版公司，2010，第 60 页。

为简狄吞鸟卵而生的传说。对此,《史记》中有着如下记载:

> 殷契,母曰简狄,有娀氏之女,为帝喾次妃。三人行浴,见玄鸟堕其卵,简狄取吞之,因孕生契。[①]

比较而言,高句丽始祖传说与商朝始祖传说都与卵有着密切的联系。而不同之处则在于朱蒙从卵中出生,而殷契则为其母吞卵后所生。殷商时期,脱离原始社会不久,人们的思维尚处在蒙昧阶段。在原始思维的指导下,殷人尊神重鬼,《礼记·表记》有载:"殷人尊神,率民以事神。"可见,与卵相关的降生传说产生已久,而这段卵生传说中有着中原殷商文化的影子,这同时也说明了在高句丽早期社会中神本文化的主导地位。

并且,卵生传说亦反映了古代高句丽先民脑中鸟图腾的图腾崇拜之情。商族以鸟为其图腾,高句丽族崇拜太阳,很自然地会崇拜象征太阳的鸟。而从同样记载着高句丽始祖传说的《梁书·高句骊传》中,便可窥见其中端倪:

> 高句骊者,其先出自东明。东明本北夷橐离王之子。离王出行,其侍儿于后妊娠,离王还,欲杀之。侍儿曰:"前见天上有气如大鸡子,来降我,因以有娠。"[②]

鸡子即为鸡蛋,受到如鸡子一般的气而生子,这与简狄吞食鸟卵十分相像。而在鸟与太阳之间,自古便有着深远的联系。就如伏羲手捧太阳,而太阳里面却有一只金乌。再如天神羿射落的太阳落在地面上,化作巨大的金色三足乌鸦。可见,太阳之魂为鸟,而鸟亦象征着太阳。有着太阳崇拜的民族自然也会崇尚象征太阳的鸟。

当然,一个民族的图腾文化是与其生存环境密切相关的,反观高句丽"多大山深谷"的自然环境,仅仅依靠农耕很难满足人们的物质需求,还需辅以渔猎,而在进行渔猎的生产活动中,很容易产生鸟图腾崇拜的观

---

① (汉)司马迁:《史记》卷3《殷本纪》,中华书局,1959,第91页。
② (唐)姚思廉:《梁书》卷54《诸夷·东夷·高句骊传》,中华书局,1973,第801页。

念。而这在史料中亦得到了证实。如"头着折风，其形如弁，旁插鸟羽，贵贱有差"①，鸟羽插冠以彰显身份地位之别，可见高句丽人的鸟图腾信仰。

另外，值得一提的是，关于卵如何而生，史料中有着不同的记载。在好太王碑碑文中记载为"剖卵降世"，而在《魏书》《北史》《通志》《文献通考》中却记载着卵割剖不能破，而后朱蒙破卵而出，在《隋书》中仅记载其破壳而出。笔者认为，不论卵是被剖开而生朱蒙，还是剖而不开朱蒙破卵而出，外力也好，内力也罢，皆是为传说增添传奇色彩而为之，当然，剖而不开似更具传说的神秘性，更令人想要探其究竟。

相较"吞卵受孕而生子"的始祖传说，高句丽感日卵生传说与中原之徐偃王传说更为相近。

> 徐君宫人娠而生卵，以为不祥，弃于水滨。孤独母有犬名鹄仓，（持）［得］所弃卵，衔以归母，母覆暖之，遂成小儿，生而偃，故以为名。②

这是一段西周时期徐国国君徐偃王降生的传说。更为早期的传说则被记载于《史记·秦本纪》中：

> 秦之先，帝颛顼之苗裔孙曰女修。女修织，玄鸟陨卵，女修吞之，生子大业。③

此段记载虽源自《秦本纪》，却并非秦时的神话传说，而是一段上古神话传说。此段所载之"大业"即为上段史料中徐偃王的祖先。参照同书同卷索隐中有"大业是皋陶"④的论断，皋陶之子伯益因助禹治水而有功，

---

① （北齐）魏收：《魏书》卷100《高句丽传》，中华书局，1974，第2215页。

② （南朝宋）范晔：《后汉书》卷85《东夷传序》注引《博物志》，中华书局，1965，第2809页。《述异记》中亦有所载"下邳，古徐国也，昔徐君宫人生一大卵，弃于野。徐有犬，名后苍，衔归。温之卵开。内有一儿，有筋而无骨。后为徐君，号曰偃王，为政而行仁义"。

③ （汉）司马迁：《史记》卷5《秦本纪》，中华书局，1959，第173页。

④ （汉）司马迁《史记》卷5《秦本纪》中载：女修，颛顼之裔女，吞鸟子而生大业。其父不著。而秦、赵以母族而祖颛顼，非生人之义也。按：左传郯国，少昊之后，而嬴姓盖其族也，则秦、赵宜祖少昊氏。正义列女传云："陶子生五岁而佐禹。"曹大家注云："陶子者，皋陶之子伯益也。"按此即知大业是皋陶（中华书局，1959，第173页）。

禹封其子若木于徐地，建立国家徐国，上段提到的徐偃王即为徐国的第32代君王。在这里要说明的是，皋陶是夏朝时期东夷部族的首领。可见，自夏始，东夷族便有卵生的始祖传说。

除了商周时期便有将始祖传说与卵相联系的传说，兴起于朝鲜半岛的"赫居世神话""昔脱解神话""金首露神话"亦皆为卵生传说。现分别摘录如下：

> （赫居世居西干）姓朴氏，讳赫居世。前汉孝宣帝五凤元年（前57）甲子四月丙辰一日正月十五日即位，号居西干，时年十三，国号徐那伐。先是，朝鲜遗民分居山谷之间为六村：一曰阏川杨山村，二曰突山高墟村，三曰觜山珍支村或云干珍村，四曰茂山大树村，五曰金山加利村，六曰明活山高耶村，是为辰韩六部。高墟村长苏伐公，望杨山麓萝井傍林间，有马跪而嘶，则往观之，忽不见马，只有大卵。剖之，有婴儿出焉，则收而养之。及年十余岁，岐嶷然夙成。六部人以其生神异，推尊之，至是立为君焉。辰人谓瓠为朴，以初大卵如瓠，故以朴为姓。居西干，辰言王。或云呼贵人之称。[①]

这是一段新罗的始祖神话传说。传说新罗祖先赫居世从卵中生，之所以被推举为六部共主，即因其神异的出生方式。

> 脱解尼师今立一云吐解，时年六十二，姓昔，妃阿孝夫人。脱解本多婆那国所生也，其国在倭国东北一千里。初，其国王娶女国王女为妻，有娠七年，乃生大卵。王曰："人而生卵，不祥也，宜弃之。"其女不忍，以帛裹卵，并宝物置于椟中，浮于海，任其所往。初至金官国海边，金官人怪之，不取。又至辰韩阿珍浦口，是始祖赫居世在位三十九年也。时海边老母，以绳引击海岸，开椟见之，有一小儿在焉。其母取养之。及壮，身长九尺，风神秀朗，智识过人。或曰："此儿不知姓氏，初椟来时，有一鹊飞鸣而随之，宜省鹊字，以昔为

① 〔朝〕金富轼著，孙文范等校勘《三国史记》卷1《新罗本纪·始祖赫居世居西干》，吉林文史出版社，2003，第1~2页。

氏。又解韫椟而出，宜名脱解。"脱解，始以渔钓为业，供养其母，未尝有懈色。母谓曰："汝非常人，骨相殊异，宜从学，以立功名。"于是，专精学问，兼知地理。望杨山下瓠公宅，以为吉地，设诡计，以取而居之。其地后为月城。至南解王五年，闻其贤，以其女妻之。至七年，登庸为大辅，委以政事。儒理将死日："先王顾命日：'吾死后，无论子婿，以年长且贤者继位。'是以寡人先立，今也宜传其位焉。"①

此段是新罗第四位君王脱解尼师今的出生传说，国王与积女国公主婚后七年生下一大卵，从卵中生出脱解。

开辟之后，此地未有邦国之号，亦无君臣之称。越有我刀干、汝刀干、彼刀干、五刀干、留水干、留天干、神天干、五天干、神鬼干等九干者。是酋长领总百姓，凡一百户，七万五千人。多以自都山野，凿井而饮，耕田而食。属后汉世祖光武帝建武十八年壬寅（42）三月禊浴之日，所居北龟旨是峰峦之称，若十朋伏之状，故云也。有殊常声气呼唤。众庶二三百人集会于此，有如人音，隐其形而发其音日："此有人否？"九干等云："吾徒在。"又曰："吾所在为何。"对云："龟旨也。"又曰："皇天所以命我者御是处，惟新家邦，为君后，为兹故降矣。你等须掘峰顶撮土，歌之云：'龟何龟何，首其现也。若不现也，燔灼而吃也。'以之蹈舞，则是迎大王，欢喜踊跃之也。"九干等如其言，咸忻而歌舞。未几，仰而观之，唯紫绳自天垂而着地。寻绳之下，乃见红幅裹金合子。开而视之，有黄金卵六，圆如日者。众人悉皆惊喜，俱伸百拜。寻还，裹著抱持而归我刀家寘榻上，其众各散。过浃辰，翌日平明，众庶复相聚集开合，而六卵化为童子，容貌甚伟，仍坐于床。众庶拜贺，尽恭敬止。日日（李本作月，科本作日）而大，逾十余晨昏，身长九尺，则殷之天乙；颜如龙马，则汉之高祖；眉之八彩，则有唐之高，眼之重瞳，则有虞之舜。其于（正

---

① 〔朝〕金富轼著，孙文范等校勘《三国史记》卷1《新罗本纪·脱解尼师今》，吉林文史出版社，2003，第8页。

本、堂本、李本作其于，科本作于其）月望日即位也。始现故讳首露，或云首陵首陵是崩后谥也。国称大驾洛，又称伽耶国，即六伽耶之一也。余五人各归为五伽耶主。①

此为驾洛国始祖传说，天降六卵，六个卵变成六个孩子，分别成为六伽耶的王。对于上述三段卵生传说，金富轼曾对其发表观点："新罗朴氏、昔氏，皆自卵生。金氏从天入金柜而降，或云乘金车，此尤诡怪，不可信。然世俗相传，为之实事。"② 朴氏即为朴赫居世，昔氏即为昔脱解，金氏即为金首露。金富轼虽将传说载入《三国史记》，但其本人亦表明了传说的神异性与非现实性。然而，虽然传说荒诞不经，但经世代流传都以之为事实。

此三段传说都与高句丽始祖朱蒙的诞生方式极为相似，三人都从卵中出生。前两段神话传说来自新罗，后一段来自伽耶，而伽耶国后降于新罗。③ 可见，在朝鲜半岛亦流行着始祖卵生神话传说，而高句丽在长寿王时期便迁都于朝鲜半岛，其始祖卵生神话传说应该也或多或少地受到半岛神话传说的影响。而对于这些卵生神话传说，笔者认为其得以流传的背后的目的性才是我们研究的关键。至于由卵而生人，笔者认为，不会有如《山海经·大荒南经》所记载的"有卵民之国，其民皆生卵"之类的人，之所以会将其描述为卵，也许是胎儿出生时尚被包衣包裹着的样子。

高句丽始祖朱蒙之母感日影而卵生，同为感生传说的还有满族的族源传说。《清史稿·本纪一·太祖本纪》中有载："始祖布库里雍顺，母曰佛库伦，相传感朱果而孕。稍长，定三姓之乱，众奉为贝勒，居长白山东俄

---

① 〔朝〕一然著，孙文范等校勘《三国遗事》卷2《驾洛国记》，吉林文史出版社，2003，第97~98页。
② 〔朝〕金富轼著，孙文范等校勘《三国史记》卷12《史论》，吉林文史出版社，2003，第171页。
③ 〔朝〕金富轼著，孙文范等校勘《三国史记》卷4《新罗本纪·法兴王》（吉林文史出版社，2003，第52页）有载："（法兴王）十九年，金官国主金仇亥与妃及三子：长曰奴宗、仲曰武德、季曰武力，以国帑宝物来降。王礼待之，授位上等，以本国为食邑。子武力仕至角干。"在《新增东国舆地胜览》卷32金海都护府建置沿革条亦有所载：本驾洛国，或称伽倻，后改金官国。自始祖金首露王至仇亥王，凡十世，四百九十一年。仇亥降于新罗法兴王，王待以客礼，以其国为邑，号金官郡。

40

漠惠之野俄朵里城，号其部族曰满洲。满洲自此始。"[1] 在《清实录》中有更为详尽的记载：

> 满洲原起于长白山之东北布库里山下一泊，名布勒瑚里。初，天降三仙女浴于泊，长名恩古伦，次名正古伦，三名佛古伦。浴毕上岸，有神鹊衔一朱果置佛古伦衣上，色甚鲜妍。佛古伦爱之不忍释手，遂衔口中，甫着衣，其果入腹中，即感而成孕。告二姊曰："吾觉腹重，不能同升，奈何？"二姊曰："吾等曾服丹药，谅无死理。此乃天意，俟尔身轻上升未晚。"遂别去。佛古伦后生一男，生而能言，倏尔长成。母告子曰："天生汝，实令汝以定乱国，可往彼处。"将所生缘由一一详说，乃与一舟："顺水去即其地也。"言讫，忽不见。
>
> 其子乘舟顺流而下，至于人居之处登岸，折柳条为坐具，似椅形，独踞其上。彼时长白山东南鄂谟辉地名鄂多理城，名内有三姓争为雄长，终日互相杀伤，适一人来取水，见其子举止奇异，相貌非常，回至争斗之处，告众曰："汝等无争，我于取水处遇一奇男子，非凡人也。想天不虚生此人，盍往观之？"三姓人闻言罢战，同众往观。及见，果非常人，异而诘之，答曰："我乃天女佛古伦所生，姓爱新觉罗，名布库里雍顺，天降我定汝等之乱。"因将母所嘱之言详告之。众皆惊异曰："此人不可使之徒行。"遂相插手为舆，拥捧而回。三姓人息争，共奉布库里雍顺为主，以百里女妻之，其国定号满洲，乃其始祖也，南朝误名建州。

这是一段满族始祖爱新觉罗·布库里雍顺的出生及满洲建国的传说，其与高句丽始祖朱蒙的出生及高句丽建国过程极为相似。首先，两传说均以长白山地域为故事背景。其次，三仙女中的一位被选中，吞朱果而孕。朱果圆形，形状似卵。怀孕后佛古伦无法回到天宫，不为天宫所接受。这与朱蒙母柳花不被母族河伯族接受相类似。最后，布库里雍顺出生后便表现出超凡的能力，长大后前往别处建国。这又与朱蒙出生便骨表英奇，及长大便率众南

---

[1] 赵尔巽：《清史稿》卷 1《太祖本纪》，第 1 页。

下另建国家的经历相同。清始祖爱新觉罗·努尔哈赤生于1559年，并于1616年建国。而努尔哈赤的始祖布库里雍顺的神话传说则应产生于更早的时间。始祖传说的相似，说明了古代先民在创造始祖传说时的相互借鉴。

再来看传说中的弃卵部分，柳花所生之卵遭到抛弃却得到了百兽的庇护。这亦与周始祖弃的出生有着异曲同工之处。史载如下：

> 周后稷，名弃。其母有邰氏女，曰姜原。姜原为帝喾元妃。姜原出野，见巨人迹，心忻然说，欲践之，践之而身动如孕者。居期而生子，以为不祥，弃之隘巷，马牛过者皆辟不践；徙置之林中，适会山林多人，迁之；而弃渠中冰上，飞鸟以其翼覆荐之。姜原以为神，遂收养长之。初欲弃之，因名曰弃。①

弃卵，卵中有婴，弃卵即来源于中原的弃婴传说，而弃婴传说亦相传久远。对于金蛙最初的弃卵继而又剖卵的环节，不禁让我们想起了曾流行于古代社会残酷的"杀首子"之习俗。这是因为在母系社会时期，婚姻有伙婚、杂婚、对偶婚等多种形式，出生的孩子只知其母不知其父的现象甚为普遍。而进入父系社会后，生产力的提高、剩余产品的出现，让人们认识到继承财产的重要性。但在父系社会初期，所生的第一个孩子的血统十分模糊，不易确定，故"杀首子"以纯化血统之风盛行。《汉书》亦有载："王章对汉成帝说：'羌胡尚杀首子以荡胸正世，况于天子而近己出之女也。'"可见金蛙的弃卵行为体现了在当时东北部族社会中的男权主义。朱蒙经历被弃、被剖的悲惨际遇而顽强地生存下来完全是上天的庇佑。同时，我们也可以隐约地感受到高句丽始祖传说产生之时，在高句丽社会应尚未完全摆脱父系氏族社会初期"杀首子"习俗的惯性思维。

总的来说，在高句丽始祖降世传说中尽管充满奇幻色彩，但其应是在一定的现实社会原型的基础上塑造出来的。纵观整个降世传说，我们不妨大胆地猜想："河伯"也许仅为一族之长或一郡一县之长。"天帝子""金蛙"都是当时年轻有为的英雄人物，在人们心中是神一般的存在。而年少

---

① （汉）司马迁：《史记》卷4《周本纪》，中华书局，1959，第111页。

的解慕漱与夫余王金蛙同时爱慕着河伯族长（或一方之官）之女柳花，解慕漱出走或战死后，金蛙娶柳花并收养了朱蒙。当然，这只是我们所进行的一种合理化的推测。

不论这段传说的记载有多么荒谬，有多少非现实性，通过我们的分析可知，其对高句丽历史的研究仍具有一定的史料价值。透过传说，我们可知，其一，高句丽始祖朱蒙的这段感日卵生传说，实为传说之一大杂烩，从与其存留历史时期相近的夫余国来看，其源自夫余始祖东明传说。而在新罗国、伽耶国、清始祖传说中亦存在类似的卵生传说。可见卵生传说实为东北所固有。若究其本源，则可推至中原之三代时期。可以说，感日而卵生传说的源头，在上古中原之地，而高句丽始祖朱蒙的感日卵生传说，应是在其基础之上进行修改，加入了特有的成分，混杂而成。其二，虽然传说中奉朱蒙为神，但从中我们也可得知，朱蒙这一被神化的历史人物，一定是一位功勋卓著的高句丽第一代君王，同时也是民族英雄，对人民、对社会贡献巨大，也因此才会受到人们世代的祭祀，而只有受到人们虔诚祭祀的，才是真正意义上的神。其三，传说反映了高句丽先民当时的思想观念与意识形态。比如，高句丽先民崇拜天神，则说明在高句丽社会存在有天神的观念。在当时的高句丽社会，有着太阳崇拜、天神崇拜、鸟图腾崇拜、祖先崇拜、英雄崇拜等文化意识，并且其男权意识觉醒。其四，从高句丽当时所处的地缘位置、社会环境来分析，高句丽兴起于汉四郡中玄菟郡之高句丽县，中原文化及中原思想无疑在其头脑中早已根深蒂固。其很多思想都是从中原文化中继承而来的。通过将这段传说与中原相似传说两相比较可知，高句丽始祖降世神话传说借鉴了中原神话传说的模式，高句丽始祖文化与中原文化血脉相连。在这里，高句丽始祖朱蒙"天帝之子""河伯外孙"的神圣身份与地位，不仅为其受上天护佑顺利降世提供了合理解释，亦为后来其出逃夫余，天兵来助提供了很好的依据，做了很好的铺垫。

二　始祖父母

汉神雀（神爵）三年壬戌岁，天帝遣太子，降游扶余王古都，号解

43

慕漱。从天而下，乘五龙车，从者百余人，皆骑白鹄，彩云浮于上，音乐动云中，止熊心山，经十余日始下，首戴鸟羽之冠，腰带龙光之剑……朝则听事，暮即升天，世谓之天王郎。……城北有青河，河伯三女美。长曰柳花，次曰萱花，季曰苇花，（三女）自青河出游熊心渊上，神姿艳丽，杂佩锵洋，与汉皋无异。王谓左右曰："得而为妃可有后胤。"其女见王，即入水。左右曰："大王何不作宫殿，俟女入室，当户遮之？"王以为然，以马鞭画地，铜室俄成壮丽，于室中王设三席置樽酒，其女各坐其席，相劝饮酒大醉云云。王俟三女大醉急出遮，女等惊走，长女柳花为王所止。河伯大怒，遣使告曰："汝是何人，留我女乎？"王报云："我是天帝之子，今欲与河伯结婚。"河伯又使告曰："汝若天帝之子，于我有求昏者，当使媒云云，今辄留我女，何其失礼。"王惭之。将往见河伯，不能入室，欲放其女，女既与王定情，不肯离去。乃劝王曰："如有龙车，可到河伯之国。"王指天而告，俄而五龙车从空而下，王与女乘车，风云忽起，至其宫。河伯备礼迎之，坐定，谓曰："婚姻之道，天下之通规，何为失礼辱我门宗？"云云。……河伯曰："王是天帝之子，有何神异？"王曰："唯在所试。"于是河伯于庭前水化为鲤，随浪而游，王化为獭而捕之。河伯又化为鹿而走，王化为豺逐之。河伯化为雉，王化为鹰击之。河伯以为诚是天帝之子，以礼成婚。恐王无将女之心，张乐置酒，劝王大醉，与女入于小革舆中，载以龙车，欲令升天。其车未出水，王即酒醒。取女黄金钗刺革舆，从孔独出升天。河伯大怒其女曰："汝不从我训，终辱我门。"令左右绞挽女口，其唇吻长三尺，唯与奴婢二人贬于优渤水中。渔师强力扶邹告曰："近有盗梁中鱼而将去者，未知何兽也。"王乃使渔师以网引之，其网破裂，更造铁网引之，始得一女坐石而出。其女唇长不能言，令三截其唇乃言。王知天帝子妃，以别宫置之。①

汉神爵三年，天帝派遣太子解慕漱巡视夫余古都。解慕漱乘坐五龙车

---

① 〔朝〕李奎报：《东国李相国集上》卷3《古律诗·东明王篇并序》，朝鲜古书刊行会，大正二年八月（1913年），第34~36页。

从天而降，左右随从百余人亦骑着白鹄。众人游走在彩云之中，在熊心山上空徘徊，十多日后方才下界。解慕漱头上戴着用鸟羽做的帽子，腰间佩有龙光宝剑，白天上朝，傍晚则重回天庭奏报，世人称他为天王郎。而城北有条青河，此河的河伯有三个女儿，大女儿名叫柳花，二女儿名叫萱花，三女儿名叫苇花。有一天，河伯的这三个女儿一同离开青河的家，去熊心渊游玩。三人都是婀娜多姿、眉眼清秀的人儿，看得解慕漱顿时心生爱慕之情，便对左右近臣说："娶她们为妃能有子嗣。"三姐妹见到解慕漱，急忙入水躲避起来。左右臣子建议："大王何不造个宫殿，引诱她们主动前来呢？"解慕漱于是用马鞭画地，巍峨壮丽的宫殿立刻起于空中。王在三个席位上都倒满了酒，三女各自安坐，相饮甚欢，以至大醉。王等三女醉后欲将她们捉拿，三人急忙逃离，但柳花被解慕漱捉住留下。河伯得知后大怒，派遣使者通告："你是什么人，竟敢留我的女儿？"王回报说："我乃是天帝之子，现在要娶你的女儿。"河伯说："你既是天帝子，要想求婚应当派遣媒人前来说媒，现在就这么把我的女儿留下了，实在是失礼。"王听后很是惭愧，想要亲自去见河伯，却无法进入水下，想要放掉柳花，但柳花竟爱上了他，不肯离开。柳花提醒解慕漱说："要是有龙车的话，就能够到达我们的国家。"王遂指天，五龙车从天而降，王与柳花乘车，很快便来到了河伯的宫殿。河伯前来相迎，待双方都坐定后，河伯说："婚姻之道，天下自有其规则礼法，为什么要失其礼而侮辱我门宗呢？你既然是天帝之子，又有什么本事呢？"解慕漱说："那就比试比试吧。"于是，河伯变为鲤鱼，在水中游走，而解慕漱则变化为獭，捕捉鲤鱼；河伯马上又变为鹿奔跑，解慕漱遂化身为豺而驱逐；河伯立刻变身为飞鸟，而解慕漱则化身为鹰攻击之。这下河伯信服了，奉之为天帝子，并准备以礼完婚。但就是唯恐王并没有正式迎娶之意，于是河伯张罗酒席，将解慕漱灌至酩酊大醉，并将其与女儿柳花同置于皮袋之中，放在龙车之上，想要让他们一同上天。在龙车还未出水面之时，解慕漱就酒醒了，取下柳花头上的金钗刺开皮袋，从孔中逃出，舍下柳花，独自上天。河伯大怒，认为柳花不听话，而使门楣受辱，便命令左右拧其嘴，令柳花唇长三尺，与她的婢女一同被贬在优渤水之中。渔师禀告金蛙说："近日有盗鱼的，不知是什么怪兽。"金蛙王于是命令渔师用铁网引之，得到一女从水中出。但其女由于唇太长而不能说话，便命令手下三次截掉她的唇，柳花方才能够说话。金蛙王这才得知柳花为天帝子之妃，便将其妥善安置在别宫。

此段选取自朝鲜半岛古籍《东国李相国集》，这是对于朱蒙的父母，柳花与解慕漱之间发生的故事展开的更为详尽的描写，可以说，这是前文始祖朱蒙感日卵生的前传。

朱蒙父母分属不同部族，从这段的叙述中可看出两族婚俗之不同。河伯族婚俗是新郎首先要经由媒人征得新娘父母的同意，且婚后要在男方家中生活。因此河伯才将解慕漱灌醉，与柳花一起装进龙车，想让他们一起升天。河伯斥责解慕漱及后来两者间展开的决斗亦是因为解慕漱没有遵守河伯族的婚规。而解慕漱部族的婚规应不同于河伯族，即结婚只是为了繁衍子嗣，且婚后女方留在娘家生活，男方独自生活。据史载，高句丽人"其俗作婚姻，言语已定，女家作小屋于大屋后，名婿屋，婿暮至女家户外，自名跪拜，乞得就女宿，如是者再三，女父母乃听使就小屋中宿，傍顿钱帛，至生子已长大，乃将妇归家"①。朱蒙建立的高句丽国，其婚俗非河伯族，亦非解慕漱部族，而应是两者的结合。因为在高句丽婚俗中能同时看到两个部族的影子。如男方需征得女方父母同意可能是借鉴了河伯族婚俗，而婚后女方继续留在娘家则可能来自解慕漱部族的婚俗。至于女方家作婿屋直至女生子长大才将其送至夫家，则可能是高句丽族在生产生活过程中自我衍生出的独特婚俗。

而对于其中的河伯与解慕漱相争的一段叙述，伽耶国亦有与此相似的传说：

> 忽有琓夏国含达王之夫人妊娠，弥月生卵，卵化为人，名曰脱解，从海而来。身长三尺，头圆一尺。悦焉诣阙，语于王云："我欲夺王之位，故来耳。"王答曰："天命我俾即于位，将令安国中（科本

① （晋）陈寿：《三国志》卷30《魏书·东夷·高句丽传》，中华书局，1959，第844页。

作令安国中，正本、堂本、均作令安中国），而绥下民，不敢违天之命以与之位，又不敢以吾国吾民付嘱于汝。"解云："若尔可争其术。"王曰："可也。"俄顷之间，解化为鹰，王化为鹫；又解化为雀，王化为鹯。于此际也，寸阴未移。解还本身，王亦复然。解乃伏膺曰："仆也适于角术之场，鹰之鹫（科本作鹰之于鹫，它本与本文同），雀之于鹯，获免焉。此盖圣人恶杀之仁而然乎。仆之与王，争位良难。"便拜辞而出。①

可见不论是曾兴起于朝鲜半岛的伽耶国，还是后迁都于朝鲜半岛的高句丽，其神话传说都有着极大的相似性。

解慕漱，天帝之子。这一人物的出场较为神秘，先是诱拐柳花，而后便不见踪影。在高句丽始祖传说中，解慕漱之名仅存于朝鲜半岛史籍之中。其他史籍都只是简略地记载了柳花被夫余王金蛙幽闭于室，而对其此前的经历并未提及。解慕漱的出现对此做了很好的补充，使故事情节愈发完整。但史籍中关于究竟是何人继承了解慕漱血统的记载却十分混乱。如《三国遗事》中记载：

前汉书宣帝神爵三年壬戌（前59）四月八日，天帝降于讫升骨城_{在大辽医州界}乘五龙车，立都称王，国号北扶余，自称名解慕漱，生子名扶娄，以解为氏焉。王后因上帝之命，移都于东扶余。东明帝继北扶余而兴，立都于卒本州（川），为卒本扶余，即高句丽之始祖。②

君与西河河伯之女要亲，有产子名曰夫娄。今按此记，则解慕漱私河伯之女而后产朱蒙。坛君记云：产子名曰夫娄。夫娄与朱蒙异母兄弟也。③

---

① 〔朝〕一然著，孙文范等校勘《三国遗事》卷2《驾洛国记》，吉林文史出版社，2003，第98页。

② 〔朝〕一然著，孙文范等校勘《三国遗事》卷1《北扶余》，吉林文史出版社，2003，第36页。

③ 〔朝〕一然著，孙文范等校勘《三国遗事》卷1《高句丽》，吉林文史出版社，2003，第37页。

其中，第一段史料为《三国遗事》中"北扶余"条引用《古记》所载，第二段为同书"高句丽"条中对柳花与解慕漱故事所做的注释，引自《坛君记》。依《古记》所载，夫娄为解慕漱之子。而依《坛君记》所载，夫娄为坛君（也作檀君）与河伯女所生，朱蒙与夫娄为同母异父的兄弟。那么究竟是夫娄还是朱蒙继承了解慕漱的血统呢？

笔者认为之所以在古籍中存在如此混乱的记载，或许是当时社会中同时存在信仰坛君的部族群体与信仰解慕漱的部族群体。不同的部族自然有着不同的信仰，传承了不同信仰的部族自然有着不同的历史记录。而随着高句丽的日渐强盛，两部族皆被整合融入高句丽族之中。造成传说记载混乱的原因，应该是两部族都想将自己的信仰作为高句丽正宗。作为部族整合后产生的高句丽传说则同时融入了各部族传说，而今日可见的古籍所载之所以差距巨大则应是参照了不同部族的记录所致。对于夫娄与朱蒙的血统关系，笔者自认才疏学浅不敢妄加定论，但河伯女柳花遇到家族排斥后便前往东夫余解夫娄宫中，并且从朱蒙在位第十四年"王母柳花薨于东夫余。其王金蛙以太后礼葬之。遂立神庙"① 来看，朱蒙与夫娄之间，极有可能存在一定的关系。

那么，通过上下文分析，在柳花被金蛙带走之前，分明与解慕漱相好且同居于鸭绿水边。朱蒙之父应为解慕漱无疑，又怎会是太阳呢？为什么朱蒙被称作"日之子""天帝子"呢？笔者认为其原因或许有三。一是解慕漱本身就是太阳，即日神、天神。日之子、天帝子也就是解慕漱的孩子。二是高句丽统治者有意而为之，其目的是促进高句丽的内部团结。朱蒙虽为解慕漱之子，但他并未继承其父所领导的北夫余集团，而是在卒本地区建立了高句丽国。高句丽国的构成并非单一部族，有跟随朱蒙从东夫余出走的夫余人，有沿途归顺的部族，也有被征服收复的部族。不同的部族有着不同的祖先崇拜，仅将某一部的祖先奉为各部共同的祖先不仅有失公平，也难免会引起其他部族的不满，影响到部族内部的团结。而选取太阳作为共

① 〔朝〕金富轼著，孙文范等校勘《三国史记》卷13《高句丽本纪·始祖东明圣王》，吉林文史出版社，2003，第176页。

有祖先则不会产生异议。因为对太阳的崇拜敬仰之情从远古时期就是人类对大自然的一种原始崇拜，人们心里很容易接受。以太阳作为集体的祖先，即高句丽人民都是太阳的后代，会增添其神秘性与神圣性，同时增强民族自信心与自豪感。三是弱化解慕漱为高句丽始祖朱蒙之父的观念。因为在下文朱蒙建国的过程中解慕漱及其集团并未给予其实质性的帮助。朱蒙外逃建国主要依赖于其作为神之子的身份而非其父所领导的北夫余部族的出兵相助。因此，凸显其神子的身份似更为重要。

朱蒙不仅有生身父亲，还有抚养其长大的养父，即金蛙。金蛙，夫余国王。关于金蛙其人，亦有着一段离奇的传说。据同书同传载："扶余王解夫娄老无子，祭山川求嗣。其所御马至鲲渊，见大石相对流泪。王怪之，使人转其石，有小儿，金色蛙形。王喜曰：'此乃天赍我令胤乎！'乃收而养之，名曰金蛙。及其长立为太子。……及解夫娄薨，金蛙嗣位。"①夫余王无子，然国储不定则人心不安，国人觊觎王位者甚众。年迈的夫余王在万般无奈之下决定祭祀山川以求得子嗣。此举或许真的感动了上天，在祭祀归来的途中，有两块巨石相对而立，似在哭泣，夫余王命人将巨石移开，从里面竟跳出一个闪着金色光芒的蛙形小儿。老夫余王坚信这是上苍所赐，故将其收养并立为国储，后来，还将国家交与他继承。金蛙的出生与朱蒙降世一样极富玄幻色彩，金蛙亦非同常人。对于朱蒙而言，有一个国王养父，其必定比在民间乡野具备更多的资源，无疑也有接受良好的、贵族式教育的机会。从某种角度上来说，这也是朱蒙能力非凡、成就一番事业的重要因素。

朱蒙之母，则为柳花无疑。柳花，河伯之女。河伯女被奉为高句丽始祖之母表明了高句丽社会对她的崇拜之情。这从高句丽的祭祀仪式中即可看出，史载：高句丽"有神庙二所：一曰夫余神，刻木作妇人之象；一曰登高神，云是其始祖夫余神之子。并置官司，遣人守护。盖河伯女与朱蒙云"②。这里的"夫余神"即为河伯之女，之所以不被记为河神而记为夫余

---

① 〔朝〕金富轼著，孙文范等校勘《三国史记》卷13《高句丽本纪·始祖东明圣王》，吉林文史出版社，2003，第173～174页。

② （唐）令狐德棻等：《周书》卷49《异域上·高丽传》，中华书局，1971，第885页。

神，笔者认为或许是因为其嫁与北夫余首领解慕漱，后又与朱蒙长居于东夫余金蛙集团之故。又或是因为在高句丽人印象中一直认为高句丽源自夫余，是夫余部的一个分支别种，即卒本夫余。而高句丽始祖之母从"河伯女""河伯女郎"，直至被赋予名字"柳花"，并增加了其出游偶遇、幽闭生子，最后留在夫余的传奇经历，都将这一人物形象刻画得更加生动丰满。然而，如若仔细分析便会发现，河神之女柳花出游而留在人间的情节，与很多中原传说又有着异曲同工之处。比如牛郎织女传说、董永和七仙女传说，甚至满族族源传说，均为天降仙女至凡间的传说，可以说，神女柳花出游是借鉴了中原传说的模式。

　　而对于河伯之女的崇拜之情，其实也间接地体现了高句丽人对于河伯的崇拜之情。河伯，即为河神，是掌管江河湖泊水系中所有生灵的神。而水中的神灵，则不胜枚举。比如水神共工、东海海神句芒、西海海神蓐收、南海海神祝融、北海海神玄冥，等等。那么，河伯究竟是何许人也？河伯给我们印象最深的可能还是来自影视作品中的河伯娶妻的桥段。而这确实来自古代的一种风俗，并且早在春秋战国时期便开始盛行。《史记》对其有所记载："嫁之河伯，故魏俗犹为河伯取妇，盖其遗风。"[1] 河伯则名为冰夷或者冯夷。郭璞在对《山海经·海内北经》中的校注中写明："冰夷，冯夷也。《淮南》云：'冯夷得道，以潜大川。'即河伯也。"有传说记载其因渡河而被河水淹死，死后成为水神。《楚辞·九歌》中载："冯夷以八月上庚日渡河溺死，天帝署为河伯。"也有传说写明他的家乡，并记载他是吃了一种名为"八石"的东西得以成为水中的神仙。《清冷传》载："冯夷，华阴潼乡堤首人也，服八石得水仙，是为河伯。"[2] 而对于河伯的样子，则有《山海经·海内北经》载"冰夷人面"，《酉阳杂俎·诺皋记上》载"冰夷人面鱼身"。看来，生活在水中的河伯，其形态也应类

---

① （汉）司马迁：《史记》卷15《六国年表第三》秦（公元前417年）记载：城堑河濒。初以君主妻河。夹注：谓初以此年取他女为君主，君主犹公主也。妻河，谓嫁之河伯，故魏俗犹为河伯取妇，盖其遗风。殊异其事，故云"初"（中华书局，1959，第705页）。

② （南朝宋）范晔：《后汉书》卷59《思玄赋》"号冯夷俾清津兮，棹龙舟以济予"，夹注：圣贤冢墓记曰："冯夷者，弘农华阴潼乡堤首里人，服八石，得水仙，为河伯。"（中华书局，1965，第1923页、1925页）

似水中之鱼类。而柳花被赶出家门，在优渤水中盗鱼而被鱼师描述为"未知何兽"，以及"唇长不能言"等都说明了对柳花外形的塑造，也借鉴了其父河伯的鱼类形态。传说大禹治水时，河伯还曾送大禹地图以助其治理水患。《尸子》（辑本）卷下："禹理水，观于河，见白面长人鱼身出，曰：'吾河精也。'授禹河图，而还于渊中。"《博物志·异闻》"昔夏禹观河，见长人鱼身出，曰'吾河精'，盖河伯也"。综上，河伯应为中原之水神，而之所以其能够跻身于中原神之行列，应该也是因为其与中原人们的生活有着密切的联系，这一联系便是农耕。在中原浓厚的农耕文化中，水源至关重要，河伯关乎作物的收成，因此而受到人们的世代尊崇与祭祀。

至于河伯助禹治水也好，河伯娶妇传说的广为流传也罢，在这里笔者想要说明的是，本为中原之河神的河伯，为何会出现在高句丽传说之中，且高句丽先民又为何要将河伯女郎作为本族始祖之母呢？高句丽"多大山深谷"[①]，其崇拜河神的思想又是从何而来呢？笔者认为，正如上文所述，高句丽的河神崇拜意识也应来自其社会的生产方式。水为生命之源，对于以农耕为主要生产方式的中原社会之生产生活作用巨大，因此自古中原先民便对河神存有敬畏之情。同理，高句丽人的河神崇拜思想应首先源自其社会本身所具有的农业生产而顺理成章地从中原文化中继承了河伯崇拜思想。

综上所述，按时间顺序整理史料可知，史料随着时间的流逝而日渐丰满。如有关天帝之子的记载，好太王碑碑文仅有简单介绍，而在《三国史记》中则更明确地指出天帝子之名为解慕漱，记述了解慕漱与柳花的相遇相爱以及后来解慕漱对柳花的始乱终弃。在《东国李相国集·东明王篇》中则更是加入了对解慕漱的穿着打扮、随行阵仗及其使计留住柳花、与河伯斗法等多个场面的描述，充实了故事内容，将故事情节描述得惟妙惟肖，引人入胜。上述这几类史料，好太王碑为高句丽长寿王为其父好太王所立，其碑立于公元414年前后；《三国史记》著于1145年（高丽仁宗二十三年）；而《东国李相国集》则出自高丽高宗时期的学者李奎报之笔，

---

① （晋）陈寿：《三国志》卷30《魏书·东夷·高句丽传》，中华书局，1959，第843页。

文集于 1241 年出版。从其逐渐加长的篇幅中可见传说的层累式地被改造、被加工，进而使故事情节愈来愈完整的过程。

三　鱼鳖神助

　　金蛙有七子，常与朱蒙游戏，其伎能皆不及朱蒙。其长子带素，言于王曰："朱蒙非人所生，其为人也勇，若不早图，恐有后患，请除之。"王不听，使之养马。朱蒙知其骏者，而减食令瘦，驽者善养令肥。王以肥者自乘，瘦者给朱蒙。后，猎于野，以朱蒙善射，与其矢小，而朱蒙殪兽甚多。王子及诸臣又谋杀之。朱蒙母阴知之，告曰："国人将害汝，以汝才略，何往而不可。与其迟留而受辱，不若远适以有为。"朱蒙乃与鸟（乌）伊、摩离、陕父等三人为友，行至淹㴲水，欲渡无梁。恐为追兵所迫，告水曰："我是天帝子，河伯外孙。今日逃走，追者垂及如何？"于是，鱼鳖浮出成桥，朱蒙得渡，鱼鳖乃解，追骑不得渡。朱蒙行至毛屯谷，遇三人，其一人着麻衣；一人着衲衣；一人着水藻衣。朱蒙问曰："子等何许人也，何姓何名乎？"麻衣者曰："名再思"；衲衣者曰："名武骨"；水藻衣者曰："名默居"，而不言姓。朱蒙赐再思姓克氏，武骨仲室氏，默居少室氏。乃告于众曰："我方承景命，欲启元基，而适遇此三贤，岂非天赐乎？"遂揆其能，各任以事，与之俱至卒本川。观其土壤肥美，山河险固，遂欲都焉。而未遑作宫室，但结庐于沸流水上居之。国号高句丽，因以高为氏。①

日子一天天过去，朱蒙愈发身强体壮、优秀卓越、品质出众。夫余王金蛙有七个儿子，平时常与朱蒙一起玩耍，但他们的武功技能皆不如朱蒙。技不如人的王子们对朱蒙自然嫉妒不已。一天，夫余王长子带素对金蛙说："朱蒙非人所生，为人勇悍。如不尽早想办法除掉他，恐有后患，请早些除掉他。"但金蛙并未听从他的建议，而是让朱蒙去养马。

朱蒙在养马期间，十分注意马的品质优劣，他挑选了一些品种优良的

---

① 〔朝〕金富轼著，孙文范等校勘《三国史记》卷 13《高句丽本纪·始祖东明圣王》，吉林文史出版社，2003，第 174~175 页。

马，少给它们草料，使它们变瘦，而让劣马多食而变得肥壮。后来金蛙率人到荒野去打猎，金蛙自骑肥壮之马，而令朱蒙骑弱马，并只分给朱蒙小箭，但朱蒙还是猎获很多野兽。不料，此事竟引起夫余君臣的妒忌，于是诸王子与大臣们欲杀之。幸而此事为柳花所知，于是，她对朱蒙说："人们要害你，以你的才干，到哪里不出人头地呢！又何必在这里受辱？不如离开此地干一番大事业。"

朱蒙听了母亲之言，便与三位朋友乌伊、摩离、陕父一同逃离夫余。三人来到淹㴲水边却发现无桥可渡，又怕后有追兵赶来，于是朱蒙对水高喊："我是天帝之子，河伯外孙。今日要逃走，却有追兵将至，我该怎么办？"语音刚落，便见有无数鱼鳖出现，自动连成一座桥，朱蒙等人从桥上渡过。行至毛屯谷，朱蒙又遇三人，皆有名而无姓，愿追随朱蒙。朱蒙大喜，赐三人姓，并对众人讲："我正欲创业开国，而遇此三贤，这难道是上天的恩赐？"于是根据他们的能力，安排了职位。西汉建昭二年（前37），朱蒙一行来到卒本川，见这里山河险固，土壤肥美，便在此地建都立国，号高句丽，以高为姓。这一年，朱蒙22岁，附近人闻知此事，纷纷来投，高句丽日渐壮大。

此前我们探讨了高句丽始祖朱蒙降世，而上文则是紧随其后的朱蒙成长及其渡河建国的过程。朱蒙在夫余的成长过程可谓一波三折。因其养父为夫余国王，朱蒙从小便接受了最优质的教育，这也使得他在武艺、品德、才能等各方面皆出类拔萃。而个人素质的卓越则是其后来得以建国立业的基础与前提。与之形成鲜明对比的是夫余王的七个儿子，他们样样都比不过朱蒙，而这也正是朱蒙苦难的开始，是他被迫逃离夫余的最直接原因。从此，朱蒙告别了他人生中的平稳期，开始了人生的转折：养马。

朱蒙被派去养马，是因带素与夫余王金蛙的一次对话，对话中带素指出朱蒙出生怪异，并非常人，并且勇猛无比，让夫余王有所防范。很显然，这是带素故意进谗言，借以挑拨夫余王与朱蒙之间的感情。之所以这样说，是因为朱蒙的出众、优秀以及其深得夫余王厚爱甚至是偏爱，这些都必然会影响到带素的个人利益。带素是金蛙的长子，夫余国的国储，他视朱蒙为眼中钉、肉中刺，必欲除之而后快，无非是因恐其动摇自己的国储之位，争夺未来大统。但事实上朱蒙对带素的储君之位并不存在任何的威胁。因为其一，朱蒙虽各方面优秀、出众，但其并无反心，并无背叛夺国之意。其二，因为夫余国的贵族体制，国王之后妃通常都出自贵族、官宦之家，其中不乏有权有势之家族。而朱蒙之母柳花当初是只身来到夫余，在夫余国内并无依靠。也就是说，朱蒙在夫余国得不到来自母族的权势支持，他与母亲形单力孤、无依无靠。即便朱蒙有夺夫余国之心，他也并不具备夺国所应有的实力。因此，可以说带素之言完全是出自心中妒火中烧。然而，好在金蛙未完全听信带素之言，并未除掉朱蒙，仅是令他养马而已。但我们从中仍可隐约地感受到金蛙对朱蒙态度的转变，朱蒙成为一名养马官，不再有习文练武的时间、提升实力的机会。令朱蒙养马，可以说夫余王金蛙对带素所言还是有所触动、有所防范，同时也是对朱蒙的一种试探。从王子到养马官，能否欣然接受这一决定，检验着朱蒙对夫余国的忠诚度。

通过朱蒙养马，我们除了能得知夫余王对朱蒙的有意考察，还能看到当时高句丽社会的另一个侧面，即高句丽社会对马匹的重视程度。由王子到养马官，看似身份差距巨大，但笔者认为不然。高句丽人尚武，且"其人性凶急，喜寇钞"[1]。在古代社会这个以冷兵器为主要作战武器的时代，马是至关重要的战略资源，拥有更多优良的战马，是战争获得胜利的关键所在。也正因如此，崇尚武力征讨的高句丽国才会有"杀牛马者，没身为奴婢"[2]的法律规定。马的重要性似乎要高于普通民众。那么养马之官呢？史料中虽未明确说明养马官之官等如何，但我们从高句丽人对马如此重视之中，可以推测出养马官职位应不会太低，不会像现如今人们对养马官的看法。所以，笔者推测，由王子到养马官，即便会有一定的身份落差，但站在夫余王的角度来看，派王子管马，这也是从国家层面表明了对马匹的重视程度。

需要说明的是，带素与金蛙的这段对话仅出现在朝鲜半岛的史籍中，中原史籍对此仅记为"夫余人"或"夫余之臣"请杀朱蒙。杀他的理由亦有两点，一是因其从卵中生，恐其将来有异志；二是因其才能出众，恐其

---

① （晋）陈寿：《三国志》卷30《魏书·东夷·高句丽传》，中华书局，1959，第843页。

② （后晋）刘昫等：《旧唐书》卷199上《东夷·高丽传》，中华书局，1975，第5320页。

夺国而立。真是"非我族类，其心必异"，夫余人对朱蒙确实不够友好。而对于记载之不同，原因或许有二：一是中原地域对此事的内情并不十分了解，中原史家为表述严谨而将其简略地记为夫余人；二是传说的流变，即传说在流传过程中加入了带素这一角色，但不得不说，带素确实有着除掉朱蒙的动机，很符合向夫余王进谗言的这一人设。

朱蒙接受了当养马官这一事实。虽然这一职位备受重视，但对于一向养尊处优的夫余王子朱蒙而言，终究属于贬谪，更何况朱蒙还具有天神之子、河神外孙的双重身份。朱蒙的隐忍说明了他的成长，对自身境遇有了更准确的定位，对周围的政治环境、金蛙态度的变化有所察觉和防范。但同时，他也看到了其中潜在的机遇。在养马过程中，朱蒙做了两件事情，一是低调行事，勤劳肯干，以静制动，这很好地安抚了敌对势力的情绪，让其不再以他为政治威胁。二是伺机而动，为日后出逃做准备。对于朱蒙而言，在夫余国内本就没有贵族势力的支持，但好在此前夫余王金蛙一直对其偏爱有加，而现如今金蛙竟也弃他不顾。此时的朱蒙，无依无靠，受众人排挤，早已心灰意冷，离开夫余，自然是大势所趋。不得不说，朱蒙确为人中龙凤，在养马期间充分展现了他的过人之处，他不仅能慧眼识珠认出良马，还使计瘦良马而肥驽马，令真正的良马无人选，而后自己得之。在高句丽有"出三尺马，云本朱蒙所乘，马种即果下也"[①] 的记载。可见，朱蒙与马之间的关联不浅。可以说，养马是朱蒙的一次很好的社会实践，既增长了经验，又得到了对马的管理权，借机获取良马为日后出逃做好充分准备。而接下来发生的狩猎事件则为朱蒙被迫逃离夫余埋下了隐患，成为整个事件的导火索。

按理说此时的朱蒙应懂得如何韬光养晦，做长远规划以图后举，然而，他在猎场上的一鸣惊人之举着实令人百思不得其解。其实，从夫余王金蛙将瘦弱之马留给朱蒙，且以朱蒙善射之由而在射猎之时分给他很小的箭这种种行为来看，金蛙对朱蒙的态度已然发生了根本性的改变。可见带素等人平时没少在金蛙面前说朱蒙的坏话。久而久之，金蛙最终还是听信

---

① （北齐）魏收：《魏书》卷100《高句丽传》，中华书局，1974，第2215页。

了这些谗言。而朱蒙既然已经深知自己的优秀会遭人嫉妒，会给自己带来麻烦甚至是危险，为何还要逆其道而行之，偏要展现自己的才能，猎得更多的猎物呢？难道仅是为了在众人面前证明自己的能力而争一口气，逞一时之能？笔者认为不然，以朱蒙的聪明才智，其断不会图一时之快。在他心中，应早已做好了离开夫余的准备。

此前请夫余王杀朱蒙而未果，此次朱蒙在猎场上所表现的非凡技能又一次激怒了夫余王子与众大臣，让各方势力加快了铲除朱蒙的行动进程。夫余国的王子们及贵族集团早就视朱蒙为异类，早打算除掉朱蒙，请令不成则暗中策划谋害朱蒙。其实，笔者认为，此次狩猎朱蒙一鸣惊人也罢，一无所获也罢，夫余王子及众大臣都会加快各方铲除朱蒙的进程。也就是说，归根结底，令朱蒙陷入危险的不是狩猎成绩而是狩猎本身。因为，在这次狩猎活动中，众人皆看出了夫余王对朱蒙态度的转变，他们看在眼里，故而才要采取行动。

朱蒙在夫余出生、成长直至离开夫余，这一段故事以金蛙的情感为主线，即金蛙对朱蒙态度的转变，从最初的偏爱，到听信谗言后的生疑，再到放任夫余人对朱蒙的排挤甚至是谋害追杀。而每一次态度的变化，都会让朱蒙的敌人更加猖獗。那么，在朱蒙的敌对势力中，带素无疑是其核心人物。从带素对朱蒙能力出众深得夫余王金蛙喜爱所表现出的紧张态度来看，在当时的东夷社会，并未形成长子继承的观念与制度，长子承袭王位并非绝对的、固定不变的规则。

柳花将有人密谋暗害朱蒙的消息告诉他，并劝其离开夫余国。在《东国李相国集·东明王篇》中对此段的记载更为详尽：

> 金蛙有子七人，常共朱蒙游猎，王子及从者四十余人，唯获一鹿，朱蒙射鹿至多。王子妒之，乃执朱蒙缚树，夺鹿而去，朱蒙拔树而去。太子带素言于王曰："朱蒙者，神勇之士，瞻视非常，若不早图，必有后患。"王使朱蒙牧马，欲试其意，朱蒙内自怀恨，谓母曰："我是天帝之孙，为人牧马，生不如死，欲往南土造国家，母在，不敢自专其母。"云云。其母曰："此吾之所以日夜腐心也。吾闻士之涉长途者，顺凭骏足，吾能择马矣。"遂往马牧，即以长鞭乱捶，群马

皆惊走，一骥马跳过二丈之栏。朱蒙知马骏逸，潜以针捶马舌根，其马舌痛不食水草，甚瘦悴。王巡行马牧，见群马悉肥，大喜，仍以瘦锡朱蒙。朱蒙得之，拔其针加喂云。（暗结）乌伊、摩离、陕父等三人，南行至淹滞，欲渡无舟，恐追兵奄及，乃以策指天，慨然叹曰："我天帝之孙，河伯之甥，今避难至此，皇天后土怜我孤子，速致舟桥。"言讫，以弓打水，龟鳖浮出成桥，朱蒙乃得渡。良久，追兵至。追兵至河，鱼鳖桥即灭，已上桥者皆没死。朱蒙临别，不忍睽违。其母曰："汝勿以一母为念。"乃裹五谷种以送之。朱蒙自切生别之心，忘其麦子。朱蒙息大树之下，有双鸠来集。朱蒙曰："应是神母使送麦子。"乃引弓射之，一矢俱举，开喉得麦子。以水喷鸠，更苏而飞去云云。①

此段的描写使故事情节更为丰满，史料增加了母亲柳花临别之时给朱蒙五谷的情节。另外，对柳花送五谷，增加了朱蒙忘了麦子及其后双鸠送麦的情节，进一步增添了故事的玄幻色彩。所谓民以食为天，在古代社会更是如此，人们关注更多的是怎样解决温饱的问题。粮食的种类与产量直接关系到一国经济实力、军备力量及政权的稳固。正因如此，在神话传说中，谷物等粮食作物一般来自上天，是天神的馈赠。如帝俊之子后稷就曾到天上取回百谷的种子，将它们播撒在凡间的大地之上，《山海经·海内经》载："帝俊生后稷，稷降以百谷。"从此，人间的大地上便长出了农作物供人们食用，《书·吕刑》载："稷降播种，农殖嘉谷。"再如身为太阳神与农业生产神的炎帝，就曾教会人类如何播种五谷，让人们在食物极度匮乏的远古时期能够免受饥饿之苦，他因此也被人们尊称为"神农"。正如《白虎通》中所记载的"古之人民皆食禽兽肉，至于神农，人民众多，禽兽不足，于是神农教民农作，神而化之，使民宜之，故谓之神农也"②。柳花赠五谷于高句丽人民，亦体现出她所具有的神性特征。

不仅如此，文中增加了朱蒙面对即将牧马时的痛苦及其母亲柳花给他

① 〔朝〕李奎报：《东国李相国集上》卷3《古律诗·东明王篇并序》，朝鲜古书刊行会，大正二年八月（1913年），第36～37页。

② （汉）班固：《白虎通义》卷上《号》，钦定四库全书，文渊阁第0850册，第0007c页。

的建议，让他看到当养马官能够有机会择良马，可以为日后出逃时长途跋涉做充分的准备。对此段传说的叙述，笔者认为说明了两个问题。其一，高句丽是农耕国家。从朱蒙建高句丽国，种五谷而食，可见其国内的农业生产情况。从朱蒙的血统来看，其父为日神，母为水神，而日照和雨水正是农作物生长的必要条件。当然，也正是因为朱蒙是农业国家的君王，才同时赋予了他天神与水神的属性，有此属性才能很好地将两个部族的信仰相统合。其二，柳花是神，朱蒙也是神，且是天神，天神拥有五谷，是理所应当的，合乎人们的预期。柳花对朱蒙的劝说及临行前赠予五谷，也说明了国母神对高句丽建国的帮助。

我们再来看朱蒙逃离夫余一事。虽然朱蒙离开夫余有来自夫余王子及大臣们排挤、夫余王对其态度改变的心寒，亦有被人欲密谋杀之而不得不离开的无奈，但凡此种种都不是他离开的最根本原因。朱蒙终将离开夫余，是因为他的血统，他是北夫余解慕漱之子，他并不属于东夫余集团。因此，他的离开是必然的，是迟早要发生的，只不过夫余人对其愈来愈重的敌意加速了他离开的脚步。其实，从他在养马场及猎场上的表现，可以得知他早已做好了出逃的准备。其出逃所带成员亦可为其佐证。

朱蒙并非只身离开夫余，史载有三位友人随朱蒙一道离开。并且，在逃亡途中，朱蒙等人在毛屯谷遇到三位有名无姓之人。此后不久朱蒙便建立了高句丽国。倘若真如传说所言，则朱蒙建国时的臣民仅有三位友人及三名归顺者而已。那么六人可成国乎？这当然是不现实的。笔者认为，此处是一段传说，将此六人赋予了传奇性色彩，借以夸大说明了高句丽祖先创业之初的艰难，这六个人应是六支人马。比如，随朱蒙出逃夫余的应不仅仅是乌伊、摩离、陕父这三位友人，还应加上他们的仆人、随从、部下等一干人马。这样说主要依据三个方面。一是纵向来看整篇史料，若仅是朱蒙等四人出逃，又怎会被发现而引来大量夫余追兵？可见应是人马众多很快便引起了东夫余集团的注意。二是横向来看诸史籍所载，对于朱蒙随行的友人，记载较为混乱，亦有将其记为"乌引、乌违等二人"[1]、"焉违

<hr />

[1] （北齐）魏收：《魏书》卷100《高句丽传》，中华书局，1974，第2214页。

等二人"①、"马达等二人"②。史料对此并无确切记载，只能说明其出逃时带了一部分人。三是从朱蒙的内心活动来分析，他既然早就打定主意离开夫余，况且又知道此次狩猎后必定凶多吉少，出逃时又怎会声张，定会尽其可能秘密出逃，之所以被发现，只能说明出逃者众，实难瞒天过海。因此可以说，此次朱蒙出走，是东夫余集团内部的一次分裂。这应是朱蒙意识到自己的处境，而后所做的积极准备。除了从东夫余带出的三支队伍外，朱蒙在毛屯谷遇到的穿麻衣、衲衣、水藻衣的三位有名无姓的贤人，我们推测应是以此三人为首的三支部落。所谓民为邦本，本固邦宁。有了这些人的支持，朱蒙方能顺利建国。

　　接下来便是渡河的情节，在这段史料中，最为玄幻离奇的便是这一情节。此处描写细腻，场面生动，与朱蒙感日而卵生，遭弃而百兽护佑同样，是对王权的又一次神化，再次强调了朱蒙"天帝之子、河伯外孙"的尊贵身份。渡河为朱蒙所遇到的又一劫难。前方无路可走，后方追兵不绝，眼见逃亡就要失败，情急之下朱蒙亮明身份，刹那间鱼鳖自动成桥，助力朱蒙一行人渡河。这一情节与《竹书纪年》所记载的周穆王征伐徐国的情形极为相似：

　　　　（周穆王）三十七年，大起九师东至于九江，架鼋鼍以为梁，遂伐越至于纡，荆人来贡。③

　　其时，周穆王亲自统领九师兵马，来到东方的九江，但江面并无渡船，于是他呼喊水族为其架桥，霎时鳄鱼、乌龟从水中升起来作为桥梁，穆王人马得以渡过九江而征讨。周天子能够调集鳄鳖之类搭桥，足见其神性，而此处朱蒙所为，亦显示了他的神格特点。并且，鳄鳖搭桥的传说始自西周时期，由此亦可见朱蒙遇难鱼鳖成桥的传说是对上古传说的继承与演进。

---

① 《通志》中有此记载，杨春吉等：《高句丽史籍汇要》引《通志·高句丽》，吉林人民出版社，1998，第58页。
② 《文献通考》中有此记载，杨春吉等：《高句丽史籍汇要》引《文献通考·高句丽》，吉林人民出版社，1998，第66页。
③ （梁）沈约注《竹书纪年》卷下，文渊阁第303册，上海古籍出版社，2003，第0027b页。

鱼鳖相助又与朱蒙在东夫余情形形成了鲜明的对比。在东夫余，朱蒙备受排挤，而走出东夫余则有天神、水神的合力相助。这亦印证了朱蒙计划逃离夫余的正确性。在天降神力之后，朱蒙等人得以顺利渡河。

接下来，我们再来分析朱蒙当时真实的处境。当时朱蒙的状况果真如此急迫，夫余追兵果真要置朱蒙于死地吗？从诸史所载来看，仅《魏书》《北史》《通志》《文献通考》记有追者之众、之急。在《梁书》《隋书》《通典》所载中则并无追兵。然而，更值得关注的是《周书》中"夫余人恶而逐之"的记载。那么夫余人对于朱蒙的真实态度究竟是"欲杀之"，抑或仅仅是"逐之"而已呢？笔者认为，这需要通过考察夫余人对待朱蒙留在夫余的亲人的态度来判断。朱蒙出逃时并未带走其母柳花及其妻礼氏，且朱蒙出逃之时礼氏已怀有身孕。其母柳花在公元前24年薨逝于夫余，而"其王金蛙以太后礼葬之。遂立神庙"[1]。而其妻与其子则于公元前19年离开夫余回归高句丽。可见，朱蒙的出逃，并未影响他的至亲们在夫余的生活，甚至其母得以厚葬，其子得以寻父。假若夫余真的对朱蒙恨之入骨，必杀之而后快的话，那么应是在他出逃之时便以其至亲的生死相威胁。如此，则朱蒙必死。但夫余人并未这样做，故笔者认为此处更为合理的、真实的情况很可能是没有追兵尾随，抑或有追兵但目的却仅是恐吓出逃者，将他们逐出夫余。

那么，之所以将当时的情境描述得如此紧急，除了增强故事情节的跌宕起伏之外，笔者认为主要是为了说明高句丽祖先当初离开夫余，渡河而建高句丽国的不易。

在这里需要关注的是，朱蒙虽为天神解慕漱之子，但在其建国的过程中并未得到来自其父解慕漱的实质性帮助，而是通过自身的努力建立了崭新的国家。并且，在他的成长及建国的过程中历经磨难。因此可以说，这不仅是一段祖先传说，亦是一段有关英雄的传说。

随后朱蒙带领一众人马择良地而立国都，广纳贤良而旺人丁。与此同时，朱蒙还率众攻打了邻近的靺鞨部落。但他并不满足于此，而是思量着

---

① 〔朝〕金富轼著，孙文范等校勘《三国史记》卷13《高句丽本纪·始祖东明圣王》，吉林文史出版社，2003，第176页。

怎样扩充领土，扩大实力。朱蒙在卒本定居后，发现经常有菜叶从沸流水上游顺流漂过，便料定那里必有人居住。于是，率人前去打猎，顺便去寻找这些人。结果发现上游确实有人居住，属于沸流国领地，朱蒙等人便去求见。沸流国王松让会见了他们，并对朱蒙讲："寡人僻在海隅，未尝见过您，今日与您相见，真是幸事。但不知你来有何打算？"朱蒙答道："我是天帝之子，定都于下游之卒本川。"沸流国王讲："我在此地累世为王，现在你又来到此地，此地狭小，不足以容二主，您开国时间短，可以成为我的附庸吗？"朱蒙闻言大怒。松让对朱蒙天帝子的身份表示怀疑而要求与之比试。比试中，松让在百步内没有射中鹿画像的肚脐，而朱蒙在百步外竟射碎了玉指环，这又一次表明了朱蒙善射的卓越能力。虽然松让不是对手，但其并未马上臣服于朱蒙，真正令松让举国来降的是下述一事。

　　（朱蒙）西狩获白鹿，倒悬于蟹原，咒曰："天若不雨而漂没沸流王都者，我固不汝放矣。欲免斯难，汝能诉天。"其鹿哀鸣，声彻于天，霖雨七日，漂没松让都，王以苇索横流，乘鸭马，百姓皆执其索，朱蒙以鞭画水，水即减，六月松让举国来降云云。①

　　第二年，松让向朱蒙投降，朱蒙以其地为多勿都，封松让为多勿王。在高句丽语中"多勿"为恢复旧土之意，故以"多勿"名其国，朱蒙修筑宫室，王国实力日渐壮大。朱蒙能够呼风唤雨，控制降水，以没松让国都，还能以鞭划水，使水消减。这更加凸显了朱蒙神异超凡的能力，才令松让举国来降。

　　建始元年（前32），朱蒙命乌伊、扶芬奴伐太白山东南的荇人国，取其地为城邑。河平元年（前28）冬，朱蒙又命将出兵伐北沃沮，灭之，以其地为城邑。阳朔元年（前24），朱蒙母柳花死于夫余，受到夫余礼遇。双方关系有所改善。鸿嘉二年（前19）九月，朱蒙去世，时年40岁，葬于龙山，谥号为"东明圣王"。

　　创造建国神话传说，其最主要的目的无非是想要将部族的王权神圣化，

_____

① 〔朝〕李奎报：《东国李相国集上》卷3《古律诗·东明王篇并序》，朝鲜古书刊行会，大正二年（1913）八月，第38页。

抛开其中玄幻离奇的部分，笔者认为此段传说的史料价值有三。一是呼应前文的感日卵生，再次重申朱蒙身份的高贵及其建国是应天顺民之举，说明其建立高句丽王国的合理性。二是朱蒙的出逃建国，说明了此时的东夫余经历了一场部族内部的分化。三是祖先朱蒙能力卓越及建国创业之艰难困苦。

四 双雄争霸

王行至卒本川，庐于沸水之上，国号为高句丽，因以高为氏。坐第蕝之上，略定君臣之位。沸流王松让出猎，见王容貌非常，引而与坐曰："僻在海隅，未曾得见君子，今日邂逅，何其幸乎！君是何人，从何而至？"王曰："寡人，天帝之孙，西国之王也。敢问君王继谁之后？"让曰："予是仙人之后，累世为王。今地方至小，不可分为两君。造国日浅，为我附庸可乎？"王曰："寡人继天之后，今王非神之胄，强号为王，若不归我，天必殛之。"松让以王屡称天孙，内自怀疑，欲试其才，乃曰："愿与王射矣。"以画鹿，置百步内射之，其矢不入鹿脐，犹如倒手。王使人以玉指环悬于百步之外，射之，破如瓦解，松让大惊。王曰："以国业新造，未有鼓角威仪。沸流使者往来，我不能以王礼迎送，所以轻我也。"从臣扶芬奴进曰："臣为大王，取沸流鼓角。"王曰："他国藏物，汝何取乎！"对曰："此天之与物，何为不取乎！夫大王困于扶余，谁谓大王能至于此！今大王奋身于万死，扬名于辽左，此天帝命而为之，何事不成！"于是，扶芬奴三人往沸流，取鼓而来。沸流王遣使告之，王恐来观，鼓角色暗如故，松让不敢争而去。松让欲以立都先后为附庸，王造宫室，以朽木为柱，故如千岁。松让来见，竟不敢争立都先后。王西狩，获白鹿，倒悬于蟹原，咒曰："天若不雨，而漂没沸流王都者，我固不汝放矣。欲免斯难，汝能诉天。"其鹿哀鸣，声彻于天，霖雨七日，漂没松让都。王以苇索横流，乘鸭马，百姓皆执其索，王以鞭画水，水即减，松让举国来降。[①]

---

① 《朝鲜王朝实录·世宗实录》卷154《地理志》，太白山史库本，第58册，第154卷2章B面，第5-2-6-1页。

　　朱蒙一行人来到卒本川，沸流水上，建高句丽国，国人以高为姓。于是分封臣下，共建大业。其时，沸流王松让外出狩猎，看到高句丽王朱蒙身形魁梧，相貌非凡，便上前询问："我所居住的地方偏僻，从未见过你，今日相见真是三生有幸！你是什么人，又从哪里来呢？"王说："我乃天帝之孙，高句丽国王。那么你又是谁的后代子孙呢？"松让说："我是仙人的后代，在此地世代为王。此地范围狭小，容不下两个国王。你刚刚建国，还是归顺于我吧。"王说："我乃上天的后代，现在大王你并非神的子孙，却偏要为王，如果你不归顺于我，上天必定会惩罚你。"松让对于高句丽王朱蒙多次称自己为天帝之孙很是怀疑，想要试一试他的才能。于是说："请与王比试射箭。"说罢，便画鹿，在百步之内射其画，其箭矢未入鹿的肚脐。朱蒙命人将自己的玉扳指悬挂在百步之外的地方，向其射去，顿时玉碎，松让甚是惊讶。朱蒙对左右近臣说："我们因为刚刚立国不久，还没有鼓角仪仗。不能用国王之礼仪相欢迎礼送，所以沸流王才轻视我。"近臣扶芬奴进言："臣下愿为大王取沸流鼓角。"大王说："这是别国的鼓角，你怎么能拿呢？"扶芬奴说："这鼓角是上天赐予的，为什么不能拿呢？昔日大王曾困于夫余，谁知大王能到此地呢？现如今大王奋不顾身来到此地，扬名在外，这些都是奉天帝之命，又有什么不可以的事儿呢？"于是，扶芬奴等三人前往沸流国，取其鼓角而回。沸流王遣使相告，而此时鼓角颜色暗淡，松让吓得赶快离开，不敢与其争夺鼓角。其后，松让又想要以建都先后来决定谁归顺于谁，即建都时间短者便是附属。朱蒙建造宫殿楼台，用朽木作为殿堂的支柱，所以看上去宫殿好像经过了上千年的时间。松让见此情景，不敢再争建都时间先后。朱蒙外出狩猎，获白鹿一只，将其倒着悬挂在蟹原，咒说："天要是不下雨淹没沸流王都，我就不放你。想要免掉这个灾难，你可以对天诉说。"白鹿哀鸣的声音响彻天地，足足下了七天的大雨，真的将松让的王都淹没了。朱蒙再用苇索截流，乘坐鸭马，百姓都紧抓苇索。朱蒙再用鞭划水，水随即减少，松让带领全体国民归顺高句丽国。

　　这是朱蒙等人初到卒本，与当地沸流国势力之间争斗的传说。此段传说不见于中原史籍，即便在朝鲜古籍《三国史记》中，对其也仅做简略的记载：

> 王见沸流水中有菜叶逐流下，知有人在上流者，因以猎往寻，至沸流国。其国王松让出见曰："寡人僻在海隅，未尝得见君子，今日邂逅相遇，不亦幸乎！然不识吾（君）子自何而来。"答曰："我是天帝子，来都于某所。"松让曰："我累世为王，地小不足容两主，君立都日浅，为我附庸可乎？"王忿其言，因与之斗辩，亦相射以校艺，松让不能抗。①

此段内容仅有朱蒙与松让在射箭方面的比试，且叙述过于简略。与松让的相遇也不是出于偶然，而是朱蒙推断上游有人居住故一边狩猎一边寻找。内容随时间的流逝而不断丰富与改动体现了传说的流变性特点。

那么，朱蒙在得知沸流国的存在，并与沸流王决斗之时，高句丽国的实力又如何呢？作为外来势力，又有多大的把握能够战胜当地的土著势力呢？其实，关于朱蒙的建国，在《三国史记》"东明圣王"条夹注中还有着这样的记载："朱蒙至卒本扶余，王无子，见朱蒙，知非常人，以其女妻之。王薨，朱蒙嗣位。"② 在同书《百济传》中有载："（百济始祖温祚王）其父邹牟，或云朱蒙。自北扶余逃难，至卒本扶余。扶余王无子，只有三女子，见朱蒙，知非常人，以第二女妻之。未几，扶余王薨，朱蒙嗣位。生二子，长曰沸流，次曰温祚。或云，朱蒙到卒本，娶越郡女，生二子。"③ 两相佐证，可见朱蒙遇见沸流国国王之时应已经在当地站稳脚跟，同时，也可以推知，朱蒙所立国都与松让国都距离很近，当时的卒本地域，应是小国林立、多个民族共生的状态。从另一个侧面也可知，高句丽建国初期地不广，且人口少。朱蒙率领人马从夫余出逃至此，与居住在同一个地域的早已形成一定势力的土著民之间起争端是在所难免的，正所谓

---

① 〔朝〕金富轼著，孙文范等校勘《三国史记》卷13《高句丽本纪·始祖东明圣王》，吉林文史出版社，2003，第175页。

② 〔朝〕金富轼著，孙文范等校勘《三国史记》卷13《高句丽本纪·始祖东明圣王》，吉林文史出版社，2003，第175页。

③ 〔朝〕金富轼著，孙文范等校勘《三国史记》卷23《百济本纪·百济始祖温祚王》，吉林文史出版社，2003，第274页。

"一山不容二虎"，一个地域又怎会出现两位国王。

　　按理说，这是高句丽自建国始，第一次对外作战，然而，与松让的这场战争却常被排斥在高句丽战史之外，究其原因，笔者推测，更多的也许是因为史学家们认为这只是一段传说而已，没有值得推敲的史料价值，故将其舍而不论。但笔者认为不然，虽然其真实性有待考证，但这段传说还是能够反映出一定的高句丽社会现状的。

　　这次对决与高句丽此后的任何一场战争都不相同，其不同之处就在于这场战争是两个国家国王之间的一场个人较量，而此后的战争则都是团体协同作战。这虽然看似荒谬，却更真实地展现出高句丽立国不久的现实情境。这种现实情境有三个方面。一是当时卒本地区尚处于较为原始的蒙昧状态，沸流王松让想要朱蒙归属自己，也仅仅是一次次试探及比试，而没有想过组织国民与其正面交锋。二是其时高句丽立国不久，亟须休养生息与积累人口。毕竟人口才是国家发展的原动力，而对于发动国民的刀枪之战势必会对本国人口造成巨大损失，因此保存有生力量乃当前要务。三是作为卒本地区的外来人员，朱蒙要想在此地稳固统治，与当地土著势力的较量就在所难免。当然，两国之争变为两国王之间个人技能武功的比试，也说明了在当时社会所盛行的个人崇拜与英雄崇拜。

　　再详细来看朱蒙与沸流王松让的对决。依事件发展的顺序来看，先是两王的相遇，朱蒙表明自己乃天帝之孙，松让则表明自身为仙人之后，并在此地世代为王。可见当时的祖先崇拜，各国的始祖都非神即仙，背景非凡。而当松让说明收服高句丽国的想法时，朱蒙不仅一口回绝还反过来命松让归顺自己，从朱蒙的回答中隐约可知天帝的地位之高，作为天帝之孙的朱蒙所建的高句丽国，会得到上天的护佑。而对于朱蒙屡次强调的自己的天孙身份，沸流国王松让很是怀疑，于是便进入第二阶段的比试。

　　松让提出比试射箭，在冷兵器时代，弓矢是很好的远距离作战工具，而通过比试射箭，可以评价习武者武功的高下。射箭比试主要在于射程的远近及中靶之精准，在这两方面松让皆输给了朱蒙。在《史记》中"楚有养由基者，善射者也，去柳叶百步而射之，百发而百中之"，说的即是善于射箭之人能于百步之外射穿柳叶的所谓"百步穿杨"之技能。这种技能之所以被记录在册并流传至今，说明了能于百步之外射中小物体的技能的难度，非一般人所能掌握。此时朱蒙能于百步之外射中玉扳指，则一是史料中对其生来善射描写的呼应，二是更进一步说明朱蒙拥有神力，技能超凡。第一轮比试虽然以松让的失败告终，但其并没有马上认输，而是回了沸流国。

松让走后，朱蒙君臣分析，松让之所以如此挑衅，是因为朱蒙没有一国之王的威严，并进一步推断没有威严是因朱蒙没有鼓角，没有用迎接国王的礼仪迎接松让，当然，这也是高句丽国建立不久，尚未有充分的仪式准备的缘故。从另一个侧面，也可见当时鼓角对一国礼仪的重要作用。对于鼓之礼仪，可以参见《钦定古今图书集成·历象汇编·历法典》中对《周礼》中六鼓的整理与记录："六鼓：《周礼》：鼓人雷鼓（八面祀），灵鼓（六面祭），路鼓（四面）（享），鼖鼓（军事），鼛鼓（役事），晋鼓（金奏）。武六成：始而北出，再成而灭商，三成而。"可见，自古以来，鼓在国家祭祀、军事等方面的重要作用。既然鼓的作用关乎祭祀，那么，其必然反映着某种上天之意旨。而此时鼓角颜色的变化正是体现了这一点，此鼓得之并不光彩，因此朱蒙唯恐松让来看鼓并将其夺回。但此时鼓角颜色变得暗淡就像旧的一样，松让也觉得朱蒙有天相助，因此吓得不敢与之争夺。此时松让的态度开始发生转变。如果说善于射箭是平常人经过练习所获得的能力，那么鼓角没有缘由的变色则开始显露出了某种神格属性。

然而，即便松让害怕了，但其还是没有认输，还要与朱蒙比试，而这次比试的则是立都先后。两国的立都先后其实是不言自明的，松让及其祖先在此地累世为王，而朱蒙率人马初来乍到，土生土长的松让的立都时间自然长于朱蒙。之所以以此比试，是因为松让有必胜的把握。但他没有想到的是，朱蒙竟会选用腐朽的树干作为宫殿的支柱，更没想到的是，树干即便腐朽却屹立不倒，使得宫殿看上去仿佛经历了上千年的风霜。见到此情此景的松让大惊，不敢与之再争立都的先后，因为以朽木为支柱，支撑庞大的宫殿且屹立不倒的情景，使他又一次相信了朱蒙有上天相助。

松让一次又一次的挑衅，终于激怒了朱蒙，使他想要一次性征服沸流国，征服的方法就是用水淹。朱蒙将猎得的白鹿倒着悬挂，并命其将自己淹没沸流国都的想法向上天诉说，白鹿哀号，七日连雨，沸流国都就这样被淹没了。其实这一段描写最具神秘色彩，首先这仍然是凭借朱蒙的一己之力而得以实现的，再者这其中有着某种巫术的意味。所谓巫术就是与上天之间的沟通，而在此段中朱蒙即是主持巫俗仪式的巫堂，其与上天沟通的方式是通过鹿鸣。其实，在后期演化成熟的巫堂接神，是神附体在巫堂之上，借巫堂之口与人类沟通，而朱蒙之所作所为，应该是最原始的形式，是通过动物、植物等自然物间接与上天、与神进行交流。这也体现了高句丽人最原始的宗教意识，宗教意识源于人们心中的恐惧与敬畏，是建立在对超自然力量信仰的基础上的。朱蒙借助上天之手而淹没王都的做法，足以给人强大的震慑作用。

据《三国志》记载："（高句丽）以十月祭天，国中大会，名曰东盟。"[①] 可见朱蒙是一位兼任高句丽国巫师的王。另据同书所载："（夫余）以殷正月祭天，国中大会，连日饮食歌舞，名曰迎鼓，于是时断刑狱，解囚徒。"[②]《后汉书·东夷·高句丽传》亦言其"好祠鬼神，社稷、零星，以十月祭天大会，名曰'东盟'"[③]。由此而推知，此时东夷族系的国王都兼有巫师的身份。从中我们亦可推知，此时所产生的原始宗教意识，应与血缘氏族社会的发展不无关系，这种意识是在对祖先的崇拜意识的基础之上产生的。

再来看水淹的这一主题，其实在域外也有很多类似的传说，如《创世纪》中上帝因看到人间大地上充斥着邪恶与暴力的行为而计划发洪水以消灭人类，但在这时他发现了人类中有位名叫诺亚的好人。于是，上帝暗示诺亚建造方舟，将自己和家人及所有动物的一雄一雌带入方舟，以便躲避大洪水的到来。而当洪水退去，诺亚及其家人、各种生物走出方舟，不断繁衍生息，如此诺亚方舟的传说流传至今。而对于中原地域，更有一段经

---

① （晋）陈寿：《三国志》卷30《魏书·东夷·高句丽传》，中华书局，1959，第844页。
② （晋）陈寿：《三国志》卷30《魏书·东夷·夫余传》，中华书局，1959，第841页。
③ （南朝宋）范晔：《后汉书》卷85《东夷·高句骊传》，中华书局，1965，第2813页。

袁珂先生整理得到的伏羲兄妹躲避洪水的传说。传说内容大致如下：伏羲兄妹的父亲惹怒了雷公，雷公便发洪水报复，伏羲兄妹急忙躲在了葫芦里。待这场滔天洪水过后，兄妹俩从葫芦里爬出来，没有受到丝毫损伤，但大地上的人类却都死光了，只剩下这对兄妹。因为是躲在葫芦中才得以存活，故取名"伏羲"，"伏羲"就是"匏"，也就是"葫芦"的意思，哥哥叫伏羲哥，妹妹叫伏羲妹，后来他们在一起繁衍了世界上现有的人类。①这些都属于远古时期的创世传说，而后期有关水淹的传说则有《白蛇传》中的白素贞水漫金山部分。笔者认为创世传说中都隐含重新开启崭新世界的意味，而此段朱蒙在建国之初便水淹沸流国应或多或少地借鉴了创世传说，借以说明始祖朱蒙便是救世主，是新时代的领袖。天神降洪水于人间大地，而朱蒙亦有降水人间的能力，以此说明朱蒙即为天神。朱蒙虽水漫沸流国，却并不想伤害百姓，不想变沸流为一片毫无生气的大地。他一面从大水中救出百姓，一面以鞭划水，让大水渐渐退去。此次水没沸流国都，确实起到了很好的震慑作用，沸流国王松让心服口服，率全体国民投降高句丽。但其实，在《三国史记》中，有对这一传说的后续情节的叙述：

> （始祖东明圣王）二年（前36），夏六月，松让以国来降，以其地为多勿都，封松让为主。丽语谓复旧土为多勿，故以名焉。②

松让虽然归顺朱蒙，但其仍在旧地为主，其所在部落成为高句丽国贵族部落之一。

总的来说，这段与沸流王大战的传说，虽然内容上有些夸张，并且被赋予了很多超自然的力量，但从中我们亦可得到很多启示。一是弓矢文化在高句丽乃至当时各族社会中的地位。弓矢文化贯穿高句丽社会的始终，其为高句丽人尚武精神之又一体现。同时，人们对善射勇士的崇拜之情，在尚武好斗民族中盛行着这种英雄崇拜主义。二是高句丽当时的社会现

---

① 袁珂：《中国神话传说》，北京联合出版公司，2016，第59～61页。
② 〔朝〕金富轼著，孙文范等校勘《三国史记》卷13《高句丽本纪·始祖东明圣王》，吉林文史出版社，2003，第175页。

状。高句丽刚刚建国不久，其国家领土并不广大，且人力资源匮乏，而人才是国家得以建立且不断向前发展的基础。其初到卒本，对周边的领土扩张，对周边部族的收服，对人口的持续吸纳都乃当前之要务。三是高句丽原始宗教的萌芽。从朱蒙的咒言及其通过白鹿与上天沟通，求得上天相助，可知，朱蒙是一位兼任巫师的国王。而高句丽的祭祀活动也应由朱蒙主持，这些都说明在当时高句丽人头脑中产生的原始宗教意识。

五　类利寻父

琉璃明王立，讳类利，或云孺留，朱蒙元子，母礼氏。初，朱蒙在扶余，娶礼氏女有娠。朱蒙归后乃生，是为类利。幼年出游陌上弹雀，误破汲水妇人瓦器。妇人骂曰："此儿无父，故顽如此。"类利惭，归问母氏："我父何人，今在何处？"母曰："汝父非常人也，不见容于国，逃归南地，开国称王。"归时谓予曰："汝若生男子，则言我有遗物，藏在七棱石上松下，若能得此者，乃吾子也。"类利闻之，乃往山谷，索之不得，倦而还。一旦在堂上，闻柱础间若有声。就而见之，础石有七棱。乃搜于柱下，得断剑一段，遂持之与屋智、句邹、都祖等三人行至卒本。见父王，以断剑奉之。王出己所有断剑合之，连为一剑。王悦之，立为太子，至是继位。[①]

类利，朱蒙长子，早年朱蒙尚在夫余时，便已娶礼氏为妻。当朱蒙逃离夫余，南下建国之时，礼氏已有孕在身，无奈无法与朱蒙同行。朱蒙离开后，礼氏生一子，取名类利。类利自幼特别顽皮，经常在田野间以弹丸射麻雀为乐。一日，正在打麻雀的类利不小心打破了妇人取水的瓦器。不料妇人开口便骂："没爹的孩子，真没教养。"类利听闻，十分羞愧，急忙跑回家问母亲："我的父亲是谁，他现在在哪里？"礼氏告诉他："你的父亲并不平凡，他智勇双全，是一位大英雄，但在这里却遭人嫉恨，无奈只能南下逃亡。如今已在卒本建国称王了。当年他离开之时曾对我说：'若

---

① 〔朝〕金富轼著，孙文范等校勘《三国史记》卷13《高句丽本纪·琉璃明王》，吉林文史出版社，2003，第176页。

你生的是儿子，就告诉他在七棱石的松树下藏有一物。若是他能找到，则定是我的儿子，此物可作为我们父子相认的信物。'"类利听后，急忙告别母亲，上山寻找父亲所留之物，但寻遍整个山谷，仍没有找到，只好一身疲惫地返回家中。一天，类利听到大厅础石似乎有声音传出。走近一看，发现础石竟有七个棱角。类利若有所悟，经一番仔细搜寻，在柱下挖出一柄断剑。他料定这便是父亲所留之物。于是，带上母亲礼氏及屋智、句邹、都祖三位友人离开夫余，前往卒本认父。朱蒙见到类利奉上的断剑，与自己的另一半断剑，正好合成一把长剑。父子多年后得以相认，自然甚是欢喜。朱蒙遂将类利立为太子。后朱蒙去世，类利即位，是为琉璃明王。

这是一段关于朱蒙之子类利寻父的传说。其中，类利寻找父亲所留之物、两段残剑合二为一的过程极富传奇色彩。而这一传说与中原之破镜重圆类传说极为相似，两者都为信物的分而再合，伴随着人物的失散而后相聚。不同的是破镜重圆多为夫妻之间，而残剑的断而相接则暗含着继承之意。

那么，朱蒙既然为夫余人所嫉恨，其留在夫余的妻、子何以平安度日，并且可以自由出入夫余？再者，既然可以自由出入夫余，礼氏又为何不主动携子投奔朱蒙呢？这些疑团，我们下面将逐个分析。

前文已详述了朱蒙离开夫余时，夫余人只是想将其赶走，并没有必杀朱蒙的打算，直至朱蒙建国，其母柳花、妻礼氏、子类利仍能不受任何影响地在夫余生活，可见当时的高句丽对夫余尚不构成任何威胁。再看当时的高句丽，虽国主朱蒙一心致力于开疆拓土，使其国家实力不断增强。但毕竟立国不久，只能灭荇人国、伐北沃沮，收服沸流国等一些小部落。对于立国较早、实力雄厚的当时已是区域性霸主的夫余国，自然是望而生畏。而对于朱蒙之子，夫余亦未将其放在眼中。这从类利与田间妇人的对话中便可得知。山野村妇尚能出口便骂类利是没有父亲的野孩子，没教养。可见，在夫余人眼中类利才智一般，与其父相差甚远，其父朱蒙都不敢与夫余相争，只能选择离开，其子类利又何足为虑呢？夫余人认为类利的出生及成长对夫余并不构成威胁。当然，类利得以在夫余安全成长，自由出入及柳花得以厚葬，这些也应该与夫余老王的存在不无关系。①

那么，类利果真为一位庸主吗？从类利即高句丽王位之初来看，似乎确如夫余所料，他整日沉溺声色犬马之中，贪图享乐，不思朝政。对此，周边部族皆跃跃欲试，意图起而攻之，侵吞高句丽。而这其中来自夫余的威胁最为严重，公元前6年，"扶余王带素遣使来聘，请交质子"②，类利欲以太子都切为质，但都切胆小自私，不肯前往。带素竟"以兵五万来侵"③，恰逢高句丽天降大雪，夫余兵马多被冻死，带素方才作罢。当然，高句丽不仅要面对来自夫余的威胁，还有来自鲜卑的不断侵扰，来自中原的严峻考验。

类利即位之始，恰值中原西汉末年，王莽篡汉后，自知权力得来不甚光彩，故极力树立个人威信，意图巩固新政权。其对内实施改制，对外打压周边各族。在新莽政权的持续高压政策之下，匈奴、乌桓、西域等周边各族均起而反抗。王莽广征天下之兵欲讨伐之，高句丽人也难以幸免。王莽军士兵当然不愿远离故乡，故屡屡有逃兵离队。为此，辽西大尹田谭特亲自追捕，不料却为逃兵所杀。事后，为逃避责任，各州竟异口同声地将责任推卸给高句丽。王莽因此命大将严尤大举征伐濊貊诸部，高句丽大将延丕在这次征讨中被设计诱杀。王莽还将"高句丽"更名为"下句丽"。王莽的这些做法导致了"貊人寇边愈甚"④，高句丽国势渐衰。此事发生在王莽篡汉的第四年。

再来看新莽政权的建立。公元9年，王莽废刘婴而自立为帝。随后颁布了一系列包括政治、经济、文化、外交等多个领域的新政策。虽然新政的出发点是好的，但却不切实际，过于理想主义。此次征高句丽兵之事正发生于王莽改制初期，是他极力推行新政的时期，加之其本人刚愎自用，

---

① 于波主编《夫余史料汇编》，吉林人民出版社，2009，第220页。在其整理的《夫余国大事年表》中写明：公元前6年之前，金蛙死，其子带素即王位。

② 〔朝〕金富轼著，孙文范等校勘《三国史记》卷13《高句丽本纪·琉璃明王》，吉林文史出版社，2003，第178页。

③ 〔朝〕金富轼著，孙文范等校勘《三国史记》卷13《高句丽本纪·琉璃明王》，吉林文史出版社，2003，第178页。

④ （南朝宋）范晔：《后汉书》卷85《东夷·高句骊传》，中华书局，1965，第2814页。

听不进劝谏，如严尤曾奏王莽曰："貊人犯法，宜令州郡，且慰安之。今猥被以大罪，恐其遂叛。扶余之属，必有和者，匈奴未克，扶余、猇貊复起，此大忧也。"① 即为王莽分析了其中的利害关系，无奈"王莽不听，诏尤击之"②。这也导致了后来的"寇汉边地愈甚"③。王莽这一系列激进的做法，对内激化了社会矛盾，使百姓饱受其苦；对外树敌者众，周边关系一团糟。而发生在公元 17 年的绿林起义更加速了王朝的灭亡。

综合分析高句丽所面临的周边关系，新莽政权对其的不断打压，使其发展确实深受影响。至于类利是否为庸主，笔者认为应进行多方面综合考量，不可简单地评判其为一位庸主。类利之父朱蒙为创建高句丽王国之英主，其文韬武略非常人所能及。在其父的光环之下，类利只是稍显逊色而已。对于其即位初期的表现，应是在韬光养晦，蓄积力量，等待时机。而中原之乱使新莽政权无暇顾及周边各族，这便给了高句丽及其他东北诸部极好的喘息时机，使其不再受制于中原而得到自由发展。之所以说类利绝非庸主，其原因主要有三。一是整个事件的起因，即类利打破妇人瓦器一事，对此，《东明王篇》载：

> 类利少有奇节云云，少以弹雀为业。见一妇戴水盆，弹破之。其女怒而詈曰："无父之儿，弹破我盆。"类利大惭，以泥丸弹之，塞盆孔如故。④

用泥丸弹破瓦器容易，但再用弹泥丸的方式将其修补至完好如初则绝非易事。从中我们可以得知类利也有着其父朱蒙一样的善射本领。

二是从其即位的过程来看。类利先是运用聪明才智找到信物，再是率亲

① 〔朝〕金富轼著，孙文范等校勘《三国史记》卷 13《高句丽本纪·琉璃明王》，吉林文史出版社，2003，第 181 页。
② 〔朝〕金富轼著，孙文范等校勘《三国史记》卷 13《高句丽本纪·琉璃明王》，吉林文史出版社，2003，第 181 页。
③ 〔朝〕金富轼著，孙文范等校勘《三国史记》卷 13《高句丽本纪·琉璃明王》，吉林文史出版社，2003，第 181 页。
④ 〔朝〕李奎报：《东国李相国集上》卷 3《古律诗·东明王篇并序》，朝鲜古书刊行会，大正二年（1913）八月，第 38 页。

信南下寻父，得到父亲认可并成功被立为太子。而被立太子，且从太子直至即位的过程中是存在着激烈竞争的。对此，引用一段有关百济始祖的记载。

（温祚王）其父邹牟，或云朱蒙，自北扶余逃难，至卒本扶余。扶余王无子，只有三女子，见朱蒙，知非常人，以第二女妻之。未几，扶余王薨，朱蒙嗣位。生二子，长曰沸流，次曰温祚或云，朱蒙到卒本，娶越郡女，生二子。及朱蒙在北扶余所生子来为太子，沸流、温祚恐为太子所不容，遂与乌干、马黎等十臣南行，百姓从之者多。遂至汉山，登负岳，望可居之地。沸流欲居于海滨，十臣谏曰："惟此河南之地，北带汉水，东据高岳，南望沃泽，西阻大海。其天险地利，难得之势，作都于斯，不亦宜乎？"沸流不听，分其民归弥邹忽以居之。温祚都河南慰礼城，以十臣为辅翼，国号十济。是前汉成帝鸿嘉三年也。沸流以弥邹土湿水咸，不得安居，归见慰礼，都邑鼎定，人民安泰，遂惭悔而死，其臣民皆归于慰礼。后以来时百姓乐从，改号百济。其世系与高句丽同出扶余，故以扶余为氏。（原注：一云：始祖沸流王，其父优台，北扶余王解扶娄庶孙。母召西奴，卒本人延陁勃之女，始归于优台，生子二人，长曰沸流，次曰温祚。优台死，寡居于卒本。后朱蒙不容于扶余，以前汉建昭二年春二月，南奔至卒本，立都，号高句丽。娶召西奴为妃，其于开基创业，颇有内助，故朱蒙宠接之特厚，待沸流等如己子。及朱蒙在扶余所生礼氏子孺留来，立之为太子，以至嗣位焉。于是沸流谓弟温祚曰："始，大王避扶余之难，逃归至此，我母氏倾家财助成邦业，其勤劳多矣。及大王厌世，国家属于孺留，吾等徒在此，郁郁如疣赘，不如奉母氏南游卜地，别立国都。"遂与弟率党类，渡浿、带二水，至弥邹忽以居之。《北史》及《隋书》皆云："东明之后有仇台，笃于仁信，初立国于带方故地，汉辽东太守公孙度以女妻之，遂为东夷强国。"未知孰是。）[1]

这是一段百济始祖温祚王立都建国过程的记载。按照古籍中正文所载，沸流与温祚为朱蒙建高句丽国后所生，与朱蒙为亲父子关系。若按照文中注释来看，则沸流与温祚为朱蒙妃召西奴嫁与朱蒙之前所生，与朱蒙

---

[1] 〔朝〕金富轼著，孙文范等校勘《三国史记》卷23《百济本纪·百济始祖温祚王》，吉林文史出版社，2003，第274～275页。

为继父子关系，朱蒙对他们视若己出。虽然史料中对沸流与温祚是否为朱蒙亲生有着不同的说法。但笔者认为，不论亲生与否，对类利的顺利即位都存在着巨大的威胁。因为沸流与温祚自小生长在卒本地区，在当地的势力可谓根深蒂固，更何况他们还有来自母族的支持。而类利从东夫余出走时仅带领了三支人马。史料中所载的"屋智、句邹、都祖等三人"应为三支队伍的首领。此次类利的出走，应是东夫余集团的又一次分化，集团内部成员的又一次迁移。虽然类利拥有属于自己的人马，但这与卒本地区的固有势力根本无法相比。

好在类利之母礼氏为东夫余人，类利自然能得到高句丽国内东夫余旧部的支持。而早年与朱蒙一同离开东夫余，曾参与朱蒙建国的东夫余人，现今应已成为高句丽国内的核心力量。显然，类利最终得以继承高句丽大统，也说明了他定是很好地赢得了高句丽国内东夫余旧部的支持，这也体现出了类利的沉着与智慧。再从朱蒙薨，类利即位后，沸流、温祚两位王子便即刻离开了高句丽来看，类利绝非善类，之所以令两位王子如此之惧怕，说明类利其人不仅能力非凡，而且对权力及统治的绝对权威表现出极度的重视与痴迷。不然，两位王子也不会如此迅速地携母出逃，另立国而王。两人走后，高句丽国内再无具有合理继承大统身份的、可与之争夺王位的人。

三是类利在其任内，亦制定了诸多造福于高句丽国民的良策。比如在他即位第二十二年的"迁都于国内，筑尉那岩城"① 之举。虽然此举是为远离夫余、中原及周边各族之威胁而为之，但国内城"宜五谷，又多麋鹿鱼鳖之产"②，确实有利于百姓休养生息，有利于恢复并增强国力。并且，在类利任内有高句丽大将扶芬奴大破鲜卑的壮举，虽然此举的相关史料中"鲜卑险固之国""王使以羸兵，出其城南，彼必空城而远追之""鲜卑果

---

① 〔朝〕金富轼著，孙文范等校勘《三国史记》卷13《高句丽本纪·琉璃明王》，吉林文史出版社，2003，第178页。

② 〔朝〕金富轼著，孙文范等校勘《三国史记》卷13《高句丽本纪·琉璃明王》，吉林文史出版社，2003，第178页。

开门出兵追之"① 等的记载有些令人费解。因为鲜卑乃逐水草而居的游牧民族，又怎会建有险固之城池呢。虽然这段史载的真实性尚有待商榷，但既然史有其载，说明类利任内曾对征讨鲜卑或多或少地有所建树。

类利的寻剑过程及与其父朱蒙持有的另一半断剑合二为一的故事情节为整篇叙事的高潮。但其实有关寻剑的传说古已有之，即干将莫邪剑的传说。据《搜神记》载：

> 楚干将莫邪为楚王作剑，三年乃成，王怒，欲杀之。剑有雌雄，其妻重身，当产，夫语妻曰："吾为王作剑，三年乃成；王怒，往，必杀我。汝若生子，是男，大，告之曰：'出户，望南山，松生石上，剑在其背。'"于是即将雌剑往见楚王。王大怒，使相之，剑有二，一雄，一雌，雌来，雄不来。王怒，即杀之。莫邪子名赤比，后壮，乃问其母曰："吾父所在？"母曰："汝父为楚王作剑，三年乃成，王怒，杀之。去时嘱我：'语汝子：出户，望南山，松生石上，剑在其背。'"于是子出户，南望，不见有山，但睹堂前松柱下石砌之上，即以斧破其背，得剑。日夜思欲报楚王。②

此处，干将藏剑及日后其子赤比寻剑的过程与类利寻剑的过程极为相似，只是寻剑的目的有所不同，类利寻剑是为了父子相认，而赤比则是为了替父报仇。在当时，铸剑师被杀之事时有发生，这也是怕著名的铸剑师去往敌国为其造剑助其称霸而为之。而这在说明了春秋战国时期各诸侯国之间激烈争斗的社会背景的同时，也说明铸剑师干将对楚王意图判断的准确。而对于藏剑的位置，则"七棱石上松下"与"松生石上"，松与石如出一辙，乍看像是在室外，但又都是经过智慧思考后在家中堂前找寻到宝剑。而干宝《搜神记》的成书时间尚在高句丽存续期内，可见传说的形成对其他传说的借鉴。

---

① 〔朝〕金富轼著，孙文范等校勘《三国史记》卷13《高句丽本纪·琉璃明王》，吉林文史出版社，2003，第177页。

② （晋）干宝：《搜神记》卷11，《钦定四库全书·子部·搜神记》第2页，文渊阁第1042册，第417a～417b页。

朱蒙藏剑亦应出于对时局的准确把握。至少将妻儿留在夫余不会被杀害，孩子长大成人后能够有机会寻剑。因此而做哑谜让自己的孩子来猜。而在冷兵器时代，对于善于征战的高句丽人来说，剑在战争中起着重要作用，此处亦可见高句丽对铁器的运用及其铸剑技术的发展。

在类利寻剑的过程中虽经历了一番波折，但也从一定程度上展现了类利的才智，并且展现了当时社会的一个侧面。笔者以为这与朱蒙出生而遭弃的经历相类似。其根源在于古代社会的杀首子习俗。对于婚后所生的第一个孩子，他的血统是受到怀疑的，也因此才有了朱蒙留信物、类利找信物的过程。而对于信物所藏位置，仍需运用智慧才能悟到。础石发出声音，像是对类利的召唤，似是上天之意，暗示了类利乃天神之孙的特殊身份，增加了故事的神秘色彩。能够找到信物，是对类利为朱蒙之子身份的确认。两部分断剑相接成为一体，暗喻着王权的承接、王位的继承。这也是在众人面前证实自己的高贵身份，证明自己有资格被立为太子。

虽然断剑再次接合的实现，看似十分荒谬，但正是因其荒谬才更凸显了其中的神之旨意，借以堵住对类利身份持怀疑态度的敌对势力的悠悠之口。可以说，类利找寻到断剑及断剑的再次接合是类利得以被立太子及其后继承王位的关键。

值得一提的是，朱蒙当年前往卒本建国之时，并未带走妻子礼氏及其腹中尚未出生的儿子类利。这一做法与其父解慕漱的所作所为极为相似，解慕漱亦留下妻子柳花及其腹中未出生的儿子朱蒙。从解慕漱与朱蒙父子二人的做法来看，这应是北夫余集团的婚俗。至于类利之母礼氏为何不主动将真相告知类利，为何不急于携子认父，或许有以下几点原因：一是本身为夫余人，故土难离；二是眼见朱蒙受夫余贵族的排挤，出于一位母亲对孩子的保护欲，不愿再让类利卷入政治纷争，只想让他过普通人快乐、平凡的生活。

当然，这些都是我们的推断。笔者认为，不论这段父子相认的传说真实与否，它想传递给人们的信息无非就是类利为朱蒙的嫡长子，类利继承大统合情合理，类利继承高句丽王位顺天应民，这便是其最主要的史料价值。

六　黄龙传说

（东明圣王）三年春三月，黄龙见于鹘岭。……十九年，秋九月，王升遐，时年四十岁。葬龙山，号东明圣王。①

（邹牟王）不乐世位，因遣黄龙来下迎王。王于忽本东岗，履龙首升天。②

秋九月，王升天不下，时年四十，太子以所遗玉鞭葬于龙山云云。③

高句丽始祖东明圣王三年（前35）的春三月，有黄龙出现在鹘岭，十九年（前19）九月，王薨，四十岁。被葬于龙山，号东明圣王。

邹牟王遣黄龙下来迎接他。王在忽本东岗乘龙登天。

秋九月，王升天而不下，时年四十岁，太子将他留下的玉鞭葬在龙山。

这是关于高句丽始祖离世的记载，邹牟王、东明圣王，抑或朱蒙，则同为高句丽始祖的不同称谓。对于始祖之死，各史料所载略有区别，有的直接记载王的死及死后被葬在龙山。而有的则较为隐晦地记为王让黄龙从天而下，自己乘龙上天，且在天上不再下来，太子仅将父王用过的玉鞭子葬在龙山之中。至于活人乘龙而上天自然纯属无稽之谈，这其中朱蒙所乘的黄龙是关键。龙自古便是中华之图腾，显然，这段黄龙传说与中原传说有着一定的关系。

黄龙，轩辕也。④

南宫朱鸟，权、衡。衡，太微，三光之廷。匡卫十二星，藩臣：……其内五星，五帝坐……权，轩辕。轩辕，黄龙体。⑤

---

① 〔朝〕金富轼著，孙文范等校勘《三国史记》卷13《高句丽本纪·始祖东明圣王》，第175、176页。
② 耿铁华、李乐营：《好太王碑拓本研究》，吉林大学出版社，2017，第31页。
③ 〔朝〕李奎报：《东国李相国集》卷3《古律诗·东明王篇并序》，朝鲜古书刊行会，大正二年（1913）八月，第38页。
④ （汉）班固：《汉书》卷75《眭两夏侯京翼李传第四十五·李寻》，中华书局，1962，第3186、3187页夹注，原文：贯黄龙，入帝庭，〔注〕张晏曰："黄龙，轩辕也。"
⑤ （汉）司马迁：《史记》卷27《天官书第五》，中华书局，1959，第1299页。

在上古神话传说中，黄龙即是轩辕。而轩辕作为华夏的始祖，在古籍中记载其有着"黄龙"的身体。不仅如此，史载黄帝曾乘龙升天，与朱蒙乘龙升天的情节极为相似，如：

> 黄帝采首山铜，铸鼎于荆山下。鼎既成，有龙垂胡髯下迎黄帝。黄帝上骑，群臣后宫从上龙七十余人，龙乃上去。余小臣不得上，乃悉持龙髯，龙髯拔，堕黄帝之弓。①

不得不说，对于中原上古时期的黄帝乘龙升天传说，高句丽的黄龙传说应对其有所借鉴。其中的黄龙不仅指代轩辕，还指代鹄仓，史载如下：

> 而徐偃王反，《括地志》云："大徐城在泗州徐城县北三十里，古之徐国也。《博物志》云：'徐君宫人娠，生卵，以为不祥，弃于水滨。孤独母有犬名鹄仓，衔所弃卵以归，覆暖之，逐成小儿，生偃王。故宫人闻之，更收养之。及长，袭为徐君。后鹄仓临死生角而九尾，实黄龙也。鹄仓或名后仓也。'"缪王日驰千里马，攻徐偃王，大破之。乃赐造父以赵城，由此为赵氏。②

> 徐偃王作乱，《地理志》曰：临淮有徐县，云故徐国。《尸子》曰："徐偃王有筋而无骨。"骃谓号偃由此。《括地志》云："大徐城在泗州徐城县北三十里，古徐国也。《博物志》云：徐君宫人有娠而生卵，以为不祥，弃于水滨洲。孤独母有犬鹄苍，衔所弃卵以归，覆暖之，乃成小儿。生时正偃，故以为名。宫人闻之，更取养之。及长，袭为徐君。后鹄苍临死，生角而九尾，化为黄龙也。鹄苍或名后苍。"《括地志》又云："徐城在越州鄮县东南入海二百里。夏侯志云翁洲上有徐偃王城。传云：昔周穆王巡狩，诸侯共尊偃王，穆王闻之，令造父御，乘骥騄之马，日行千里，自还讨之。或云命楚王帅师伐之，偃王乃于此处立城以终。"③

"后鹄仓临死生角而九尾，实黄龙也"，"后鹄苍临死，生角而九尾，化为黄龙也"。对于徐偃王，前文已有所记述，其人与高句丽始祖朱蒙一

---

① （汉）司马迁：《史记》卷12《孝武本纪》，中华书局，1959，第468页。
② （汉）司马迁：《史记》卷43《赵世家》，中华书局，1959，第1779～1780页。
③ （汉）司马迁：《史记》卷5《秦本纪》，中华书局，1959，第175～176页。

样，都为卵生。徐偃王生母为徐君宫人，因为生了个卵，以为是不祥之物，便弃之水边。这时有一只狗发现了卵并衔之回家，这只狗便是鹄仓，或称之为后苍。鹄仓在临死前，长出了角并生出了九条尾巴，幻化作一条黄龙。徐偃王与朱蒙同为卵生，同时，在传说中又都出现了黄龙，这绝非偶然，高句丽始祖传说与中原徐偃王传说的相似，也说明了远古先民在传说创作时的参照与借鉴。当然，黄龙还具有一定的象征意义，比如，黄龙象征着祥瑞。

> 其后三年，有司言元宜以天瑞命，不宜以一二数。苏林曰："得黄龙凤皇诸瑞，以名年。"孝景以前即位，以一二数年至其终。武帝即位，初有年号，改元以建元为始。[1]

> 秋八月，魏郡言嘉禾生，甘露降。巴郡言黄龙见。《续汉志》曰："时人欲就沱浴，见沱水浊，因戏相恐：'此中有黄龙。'……桓帝政化衰缺，而多言瑞应，皆此类也。先儒言瑞兴非时，则为妖孽，而人言生龙，皆龙孽也。"[2]

> 是岁，零陵献芝草。有八黄龙见于泉陵。伏侯《古今注》曰："见零陵泉陵湘水中，相与戏。其二大如马，有角；六枚大如驹，无角。"西域假司马班超击疏勒，破之。[3]

黄龙不仅象征着祥瑞，其本身也是祥瑞之神兽。且黄龙祥瑞还多与德政相关，桓帝时多言祥瑞无非是想说明当时世道清明、知人善任、君主仁德，借以掩盖其时政衰败的真相。不仅如此，体现德政的黄龙祥瑞还被用作年号。年号是汉代开始启用的纪年形式，改变了以往计数纪年的方式。黄龙就曾被汉宣帝用为年号，如：

> 黄龙元年应劭曰："先是黄龙见新丰，因以冠元焉。"师古曰："汉注云此年二月黄龙见广汉郡，故改年。然则应说非也。见新丰者于此五载矣。"春正月，行幸甘泉，郊泰畤。[4]

---

① （汉）司马迁：《史记》卷12《孝武本纪》，中华书局，1959，第460~461页。
② （南朝宋）范晔：《后汉书》卷7《孝桓帝纪》永康元年，中华书局，1965，第319页。
③ （南朝宋）范晔：《后汉书》卷3《肃宗孝章帝纪》建初五年，中华书局，1965，第141页。
④ （汉）班固：《汉书》卷8《宣帝纪》黄龙元年，中华书局，1962，第273页。

是夏，京师醴泉涌出，饮之者固疾皆愈，惟眇、蹇者不瘳。又有赤草生于水崖。郡国频上甘露。群臣奏言："地祇灵应而朱草萌生。孝宣帝每有嘉瑞，辄以改元，神爵、五凤、甘露、黄龙，列为年纪，盖以感致神祇，表彰德信。是以化致升平，称为中兴。今天下清宁，灵物仍降。陛下情存损挹，推而不居，岂可使祥符显庆，没而无闻？宜令太史撰集，以传来世。"帝不纳。常自谦无德，每郡国所上，辄抑而不当，故史官罕得记焉。[①]

从引文注释来看，以黄龙为年号正是因为当年黄龙祥瑞的现世。宣帝在位时每当有祥瑞现象出现，便更改纪元，以祥瑞之物命名年号，认为这是有感于神的存在，彰显其德信。既然黄龙降世喻指政治清明，百姓安乐，国运中兴，可见其降世也表明了王者的德政，因此黄龙也象征着王权、德政，如：

《易传》曰："圣人受命而王，黄龙以戊己日见。"七月四日戊寅，黄龙见，此帝王受命之符瑞最著明者也。[②]

《孝经援神契》曰："德至渊泉则黄龙见"，龙者，君之象也。《易》乾九五"飞龙在天"，大王当龙升，登帝位也。[③]

龙，君主之象，帝王受命则黄龙出，是君权的表象，且德深而龙亦现。年号也好，君权、德政也罢，其实都是由黄龙乃祥瑞的寓意衍生而出的。至此，不难理解朱蒙建国后第三年在鹘岭出现的黄龙，应是祥瑞现世的写照。至于黄龙在朱蒙生前的现身与16年后朱蒙的升天，抑或是被葬"龙山"究竟有没有关系还不好说，还需要做进一步分析。现仅就黄龙所象征的德政展开论述。如史载：

有土德之瑞，故号黄帝。炎帝火，黄帝土代之，即"黄龙地螾见"是也。

---

① （南朝宋）范晔：《后汉书》卷1下《光武帝纪下》，中华书局，1965，第82～83页。
② （晋）陈寿：《三国志》卷2《魏书·文帝纪》，中华书局，1959，第63页夹注。
③ （晋）陈寿：《三国志》卷32《蜀书·先主传》，中华书局，1959，第888页。

螾，土精，大五六围，长十余丈。①

秦始皇既并天下而帝，或曰："黄帝得土德，黄龙地螾见。"应劭曰："螾，丘蚓也。黄帝土德，故地见其神。蚓大五六围，长十余丈。"韦昭曰："黄者地色，螾亦地物，故以为瑞。"夏得木德，青龙止于郊，草木畅茂。殷得金德，银自山溢。周得火德，有赤乌之符。今秦变周，水德之时。昔秦文公出猎，获黑龙，此其水德之瑞。于是秦更命河曰"德水"，以冬十月为年首，色上黑，度以六为名，音上大吕，事统上法。②

至孝文时，鲁人公孙臣以终始五德上书，言"汉得土德，宜更元，改正朔，易服色。当有瑞，瑞黄龙见"。事下丞相张苍，张苍亦学律历，以为非是，罢之。其后黄龙见成纪，张苍自黜，所欲论著不成。而新垣平以望气见，颇言正历服色事，贵幸，后作乱，故孝文帝废不复问。③

鲁人公孙臣上书陈终始传五德事，五行之德，帝王相承传易，终而复始，故云"终始传五德之事"。言方今土德时，土德应黄龙见，当改正朔服色制度。天子下其事与丞相议。丞相推以为今水德，始明正十月上黑事，以为其言非是，请罢之。④

苍为丞相十余年，鲁人公孙臣上书言汉土德时，其符有黄龙当见。诏下其议张苍，张苍以为非是，罢之。其后黄龙见成纪，于是文帝召公孙臣以为博士，草土德之历制度，更元年。张丞相由此自绌，谢病称老。苍任人为中候，大为奸利，上以让苍，苍遂病免。苍为丞相十五岁而免。⑤

宛宛黄龙，兴德而升；采色炫燿，熿炳辉煌。正阳显见，觉寤黎烝。于传载之，云受命所乘。如淳云："书传所载，搉其比类，以为汉土德，黄龙为之应，见之于成纪，故云受命所乘也。"⑥

---

① （汉）司马迁：《史记》卷1《五帝本纪》，中华书局，1959，第6页、第9页。
② （汉）司马迁：《史记》卷28《封禅书》，中华书局，1959，第1366页。
③ （汉）司马迁：《史记》卷26《历书》，中华书局，1959，第1260页。
④ （汉）司马迁：《史记》卷10《孝文本纪》，中华书局，1959，第429页。
⑤ （汉）司马迁：《史记》卷96《张丞相列传》，中华书局，1959，第2681~2682页。
⑥ （汉）司马迁：《史记》卷117《司马相如列传》，中华书局，1959，第3071~3072页。

黄帝为土德，所以有黄龙地蟥等祥瑞的出现。此处的土德，指的是金、木、水、火、土五德，五德终而复始，循环不断。炎帝为火德，则被土德的黄帝取而代之。相传三代依次为木德、金德、火德，而至秦朝一统天下之时，乃为水德。笔者认为，此应为金克木、火克金、水克火之五行相克之理也。及至秦之后的汉代，则理应为克秦水之土德，但孝文帝时的当朝丞相张苍却将汉朝推为水德，时鲁人公孙臣上书言表汉为土德，且借秦时黑龙现世乃水德祥瑞的体现，汉代将会有黄龙现世。张苍不以为然，直至黄龙现于成纪，汉代方改为土德之历制。至于此处的黑龙、黄龙，笔者认为应是五色所代表的五行，即白色代表金，黑色代表水，绿色代表木，红色代表火，黄色代表土。因此，黑龙与黄龙分别为水德与土德的祥瑞。

之所以此处对汉代之土德展开详述，因为黄龙乃土德之祥瑞，代表着汉朝，而高句丽正是兴起于汉四郡之玄菟郡辖下的高句丽县，且高句丽始祖朱蒙升天的公元前19年，正值中原西汉成帝鸿嘉二年，那么，这其中是否有着一定的关联呢？对此，有学者认为朱蒙乘黄龙升天隐喻朱蒙为汉朝所斩杀。如李大龙老师认为："'黄龙'代表'土德'，有指代汉朝的含义，'因遣黄龙来下迎王，王于忽本东冈黄龙负升天'实际上是被王莽诱杀的另类隐含说法。"[1] 当然，笔者认为有一点是可以肯定的，即高句丽始祖朱蒙时期出现的黄龙，与当时中原汉王朝的祥瑞思想浓厚有关，且黄龙所代表的君权、帝位等隐喻，也是导致高句丽早期史中黄龙传说产生的原因之一。

无独有偶，在高句丽早期历史中曾出现过被称为"黄龙"的国家，史载如下：

> （琉璃明王）二十七年，春正月，王太子解明在古都，有力而好勇。黄龙国王闻之，遣使以强弓为赠。解明对其使者挽而折之曰："非予有力。弓自不劲耳。"黄龙王惭。王闻之怒，告黄龙曰："解明

---

① 李大龙：《黄龙与高句丽早期历史——以〈好太王碑〉所载邹牟、儒留王事迹为中心》，《民族历史研究》2015年第1期，第5页。

为子不孝，请为寡人诛之。"

三月，黄龙王遣使，请太子相见。太子欲行，人有谏者曰："今邻国无故请见，其意不可测也。"太子曰："天之不欲杀我，黄龙王其如我何。"遂行。黄龙王始谋杀之，及见，不敢加害，礼送之。

二十八年，春三月，王遣人谓解明曰："吾迁都，欲安民以固邦业。汝不我随，而恃刚力，结怨于邻国，为子之道，其若是乎？"乃赐剑使自裁。太子即欲自杀，或止之曰："大王长子已卒，太子正当为后。今使者一至而自杀，安知其非诈乎？"太子曰："向黄龙王以强弓遗之，我恐其轻我国家，故挽折而报之，不意见责于父王。今父王以我为不孝，赐剑自裁，父之命其可逃乎？"乃往砺津东原，以枪插地，走马触之而死，时年二十一岁。以太子礼，葬于东原。立庙，号其地为枪原。[①]

从史载来看，与黄龙国关系不睦是导致太子解明自杀的最直接原因。就史料推断，黄龙国应是高句丽国附近的一支势力，且其势力较大，足以威胁到高句丽。但令人费解的是，如此强大的黄龙国，却在太子解明自杀之后，再无任何记载，高句丽与黄龙国也不再有任何交集。那么，黄龙国究竟是怎样的国家呢？在中原史籍中，虽然没有朱蒙乘黄龙升天的记载，却有黄龙国的记载，如下：

先是，鲜卑慕容宝治中山，为索虏所破，东走黄龙。义熙初，宝弟熙为其下冯跋所杀，跋自立为主，自号燕王，以其治黄龙城，故谓之黄龙国。[②]

十二年春正月辛酉，大赦天下。辛未，车驾亲祠南郊。癸酉，封黄龙国主冯弘为燕王。[③]

---

① 〔朝〕金富轼著，孙文范等校勘《三国史记》卷13《高句丽本纪·琉璃明王》，吉林文史出版社，2003，第179～180页。

② （梁）沈约：《宋书》卷97《夷蛮·高句骊传》，中华书局，1974，第2393页。

③ （梁）沈约：《宋书》卷5《文帝本纪》元嘉十二年，中华书局，1974，第83页。

然而，从时间上来看，此黄龙国并非高句丽建国初期的黄龙国。而依据以上论述，黄龙应与汉王朝有关，使王子解明自杀的黄龙国政权应与汉朝不无关系。而纵观中原汉王朝，其时正值王莽篡汉，其对边地几度征兵与大肆征讨打压，史载：

> 王莽初，发句骊兵以伐匈奴，其人不欲行，强迫遣之，皆亡出塞为寇盗。辽西大尹田谭追击，战死。莽令其将严尤击之，诱句骊侯骝入塞，斩之，传首长安。莽大说（悦），更名高句骊王为下句骊侯，于是貊人寇边愈甚。①

王莽之乱，使中原汉廷风雨飘摇，至于高句丽所在的边地更是处于权力的真空状态，而黄龙国应该就是社会动荡、政权不稳的产物，其很大的可能性是独立于汉政权，且与高句丽国距离较近的地方割据政权。以黄龙为国名，说明其脱胎于汉政权。

综上所述，高句丽黄龙传说源自中原地区，高句丽政权兴起于汉四郡，受中原上古时期黄帝乘龙升天传说的影响及汉代黄龙祥瑞思想的影响而产生。

---

① （南朝宋）范晔：《后汉书》卷85《东夷·高句骊传》，中华书局，1965，第2814页。

第三章　高句丽琉璃明王时期传说

琉璃明王乃高句丽第二代王，自幼成长在夫余境内，得知自己的身世后寻得父亲朱蒙所留断剑，带亲信南下投奔高句丽，后顺利继高句丽王位。由于在其任内内外形势复杂，为更好地稳定高句丽社会，安抚协调当地势力，琉璃明王时期有借黄鸟以抒情的传说，有借祭祀之猪逃跑实现迁都大计等传说。

一　赋诗留妃

> （琉璃明王）三年，冬十月，王妃松氏薨。王更娶二女以继室，一曰禾姬，鹘川人之女也；一曰雉姬，汉人之女也，二女争宠不相和，王于凉谷造东西二宫，各置之。后，王田于箕山，七日不返。二女争斗，禾姬骂雉姬曰："汝汉家婢妾，何无礼之甚乎？"雉姬惭恨亡归。王闻之，策马追之，雉姬怒不还。王尝息树下，见黄鸟飞集，乃感而歌曰："翩翩黄鸟，雌雄相依。念我之独，谁其与归？"①

琉璃明王在位的第三年冬天，王妃松氏撒手人寰。王再娶鹘川人之女禾姬、汉人之女雉姬为妃。两人为了争得王的宠爱而明争暗斗，这令高句丽王类利十分头痛。于是，他特地在凉谷建造东西两座宫殿，分别安置两位妃子。有一次，王外出狩猎多日，二人便又起了争执，禾姬骂雉姬说："你一个汉家的奴婢，竟如此无礼！"忍无可忍的雉姬选择离开。王得知这个消息后，策马急追，但雉姬并无回头之意。伤心的王形单影只，看到周

---

① 〔朝〕金富轼著，孙文范等校勘《三国史记》卷13《高句丽本纪·琉璃明王》，吉林文史出版社，2003，第177页。

围飞着的群群黄鸟，有感而做诗："翩翩黄鸟，雌雄相依。念我之独，谁其与归？"

抛开此段传说的大背景，仅从内容上来看，这是一段凄美的爱情故事。故事中琉璃明王借黄鸟抒发了自己深深的哀愁，以及对爱妃雉姬的恋恋不舍。那么，此处琉璃明王用以抒情的黄鸟究竟是哪一种鸟类呢？

据《说文解字》载：

> 離，黄仓庚也。鸣则蚕生。从隹，离声，吕支切。①

据《禽经》载：

> 仓庚，鵹黄、黄鸟也。（张华注曰：今谓之黄莺，黄鹂是也。）②

综合上述两类古籍，可见此处的黄鸟即是黄鹂鸟。虽然黄鹂大多为留鸟，但结合此时高句丽所处的地理位置，即卒本地域的实际情况，生活在此地的黄鹂应为黑枕黄鹂，俗称黄莺。而此种鸟类为夏候鸟，夏季在中原东部疆域繁殖，冬季则南迁过冬。那么问题来了，上文史料明确说明琉璃明王作黄鸟诗的时间是在十月。按理说，此时生活在高句丽地域的黄鸟已经南迁，那么，琉璃明王又是怎么看到黄鸟飞集，继而有感而作诗呢，此其一。其二，黄鸟在中原古籍《诗经》中多次出现，且为《诗经》中常用之比兴。《诗经》善用比兴手法且意象十分丰富，而在众多的意象当中，黄鸟的意象是较难理解的。而当时的高句丽人使用的是吏读文，汉字是官方文字，很显然琉璃明王所做的应是一首汉诗。可是，此时的高句丽刚刚建国不久，其时国内的汉字、汉学水准如何，能否出现如此之高超的古代文学创作；作为高句丽第二代王的琉璃明王又是否有如此之高的汉学水平，能够借黄鸟之意象，作汉诗以表现当时的心境，这实在令人质疑。因此，此诗是否产生于琉璃明王时期，是真实存在还是出自后人之手，则不

---

① （东汉）许慎：《说文解字》卷4上《文三·新附》，《钦定四库全书荟要·经部·说文解字》卷4上，第15页。

② （周）旷师撰，（晋）张华注《禽经》，《丛书集成新编》第44册《自然科学类·应用科学类·禽经》，第253页。

得而知。将此诗收录在《三国史记》中的金富轼，他所生活的时代正值中原大宋王朝，苏轼兄弟的诗歌得以传入高丽王朝并深受大众喜爱，其时在高丽社会汉诗流行，学习仿效者众。且不说当时社会潮流，就是金富轼本人也是位诗人，曾有《结绮宫》《观澜寺楼》等脍炙人口的名诗问世，对此诗歌的记录也许有同为诗人之间的惺惺相惜之情吧。当然，虽然不能够明确琉璃明王的这首《黄鸟诗》是否为后人杜撰，但有一点可以肯定，那就是此诗得以被金富轼收录在《三国史记》之中，这其中必然有着一定的合理性，其对当时的高句丽社会也好，对后世高丽王朝也好，都有一定的启示警醒作用。就此推测，此处的黄鸟诗之意象，一定有较为复杂的历史背景。

那么，有关黄鸟诗的意象，又有哪些呢？我们先从《诗经》入手进行分析。《诗经·国风·周南·葛覃》载：

> 葛之覃兮，施于中谷，维叶萋萋。
> 黄鸟于飞，集于灌木，其鸣喈喈。

《诗经·小雅·鱼藻之什·绵蛮》载：

> 绵蛮黄鸟，止于丘阿。道之云远，我劳如何。
> 饮之食之，教之诲之。命彼后车，谓之载之。
> 绵蛮黄鸟，止于丘隅。岂敢惮行，畏不能趋。
> 饮之食之，教之诲之。命彼后车，谓之载之。
> 绵蛮黄鸟，止于丘侧。岂敢惮行，畏不能极。
> 饮之食之，教之诲之。命彼后车，谓之载之。

可见，这是对辛勤采葛及远行之人的劳苦的描写。另外，《诗经》中还有两篇是专门以黄鸟为名的诗。《诗经·小雅·鸿雁之什·黄鸟》载：

> 黄鸟黄鸟，无集于穀，无啄我粟。
> 此邦之人，不我肯穀。言旋言归，复我邦族。
> 黄鸟黄鸟，无集于桑，无啄我粱。

此邦之人，不可与明。言旋言归，复我诸兄。

黄鸟黄鸟，无集于栩，无啄我黍。

此邦之人，不可与处。言旋言归，复我诸父。

《诗经·国风·秦风·黄鸟》载：

交交黄鸟，止于棘。谁从穆公？子车奄息。维此奄息，百夫之特。

临其穴，惴惴其栗。彼苍者天，歼我良人！如可赎兮，人百其身！

交交黄鸟，止于桑。谁从穆公？子车仲行。维此仲行，百夫之防。

临其穴，惴惴其栗。彼苍者天，歼我良人！如可赎兮，人百其身！

交交黄鸟，止于楚。谁从穆公？子车针虎。维此针虎，百夫之御。

临其穴，惴惴其栗。彼苍者天，歼我良人！如可赎兮，人百其身！

《小雅》中描写了流落异乡渴望归乡之人的无尽哀愁，而《秦风》中所载的黄鸟诗，则在《史记》中亦有提及。

三十七年，秦用由余谋伐戎王，益国十二，开地千里，遂霸西戎。天子使召公过贺缪公以金鼓。三十九年，缪公卒，葬雍。从死者百七十七人，秦之良臣子舆氏三人名曰奄息、仲行、针虎，亦在从死之中。秦人哀之，为作歌黄鸟之诗。君子曰："秦缪公广地益国，东服强晋，西霸戎夷，然不为诸侯盟主，亦宜哉。死而弃民，收其良臣而从死。且先王崩，尚犹遗德垂法，况夺之善人良臣百姓所哀者乎？是以知秦不能复东征也。"缪公子四十人，其太子罃代立，是为康公。[①]

这里书写的是人们对从死者的惋惜与哀叹。那么，我们可以做进一步分析，此处的殉葬之人都是主动从死吗？当然不是，这应该是朝堂之上的政治较量的结果。所谓一朝天子一朝臣正是如此。

此外，另据《山海经》载：

---

① （汉）司马迁：《史记》卷5《秦本纪》，中华书局，1959，第194页。

又东北二百里，曰轩辕之山。其上多铜，其下多竹。有鸟焉，其状如枭而白首，其名曰黄鸟，其鸣自詨，食之不妒。①

妒同"妒"。上古史籍《山海经》的这段描述，表明黄鸟不仅叫声凄美，是诗人们用以借物抒情的媒介，还是一味药材，吃了可以不生妒忌之心。而《黄鸟诗》的作者琉璃明王之所以策马飞奔欲追回宠妃雉姬，也正是因其后宫的两个妃子互相妒忌所致。看来，此《黄鸟诗》中黄鸟的意象中应有妒忌这层含义。

那么，除了妒忌，琉璃明王所作的黄鸟诗，还有哪些意象呢？笔者认为，综合上述古籍中以黄鸟为诗的例子，其无一例外地暗含感伤与哀愁的情调。而此处的《黄鸟诗》，也是深深浸染了伤感的意蕴。那么，此时的琉璃明王为何而忧愁？仅为了两个妃子间的争斗，一个宠妃的出走？笔者认为不然，虽不能挽留宠妃的离开，但这种忧愁应是最表层、最浅显的意境。真正的哀愁，应从两个妃子的身世上来看。这两个妃子一个是鹘川人之女，一个是汉人之女，很显然，作为鹘川人之女的禾姬是出自当地固有的部族，代表的是高句丽在卒本地区的固有势力，而作为汉人之女的雉姬则代表着外来的汉人势力。雉姬的出走，从底层的政治逻辑来看，应该是当地势力对外来势力的排挤。其实读了这首诗，在了解整个事件的经过后，我们心中早有一个疑问，就是类利虽贵为高句丽一国之王，怎会对汉女的离去无可奈何，而只会作诗一首，聊以安慰呢？

其实，这还要从琉璃明王类利自身的处境说起。他是在朱蒙卒本建高句丽国并进行了一段时间的统治之后方才离开夫余国而投奔其父朱蒙的，其具体情节在上一段类利寻父中有所说明，此处不再赘述。琉璃明王的到来，并且被朱蒙确立为太子，定会给当地世居民族造成巨大的冲击，朱蒙死后他的另外两个儿子的出走能很好地说明这一点，而沸流、温祚两个王子的出走也是高句丽集团内部的一次分裂过程。类利虽然很好地利用了朱蒙从夫余集团带出的上层势力，但这还不够，从其娶鹘川女禾姬

---

① （汉）刘向、刘歆：《山海经》卷3《北山经·北次三经》，三秦出版社，2019，第101页。

且拿她无可奈何便可看出，类利的顺利即位也是仰仗了当地世居民族的支持，而这种获得支持的方式就是联姻。并且，这种联姻应该始自其父朱蒙时期。

朱蒙建国后便娶当地人为妻，且婚后育有两子，这说明朱蒙的建国包括对国家的治理都应是借助了当地世居民族的势力。而这就如同中原地区的清王朝与蒙古草原之间的协定一般，蒙古势力支持清王朝，但前提是清朝的王后必须出自科尔沁草原。也就是说，蒙古的支持是其必须成为清朝的外戚，又或者说是娘舅的身份。就此，笔者大胆推测，当年卒本地区世居民族之所以支持朱蒙建国，也许是想通过嫁女生子，而其子亦有土著人血统，继而再立其子为王，世居民族本身作为国王的娘家人，也才有把握和信心使自己集团的利益最大化。但类利的到来并即位破坏了这种政治联姻，类利应该对此心知肚明。因此在他即位的第二年便"纳多勿侯松让之女为妃"①，以求讨好当地世居民族势力，并且在松让之女死后马上娶当地人禾姬为妃，足见其对当地固有势力所倚仗的程度。

而类利又何以娶汉人雉姬，这一行为就很微妙。这说明了琉璃明王意图借用外来的汉人势力来制衡国内固有的势力。进而我们也可以推知，此时高句丽的国内势力根深蒂固，甚至到了可以左右王权的严重地步。由此，我们进一步推断，琉璃明王类利对于国内的固有势力已经不是倚仗了，而是赤裸裸的恐惧。也可以说，类利并没有完全缓和由于其即位而与当地世居民族所产生的嫌隙。而从中我们也可以感受到，未随两位王子出走另立国家的当地固有势力对类利仍形成了不小的威胁，并且，他们对类利的敌视还在，况且此时的类利还娶汉人之女雉姬为妃，这无疑更加剧了世居民族的仇视。

而当地世居民族对外来汉人势力的排斥自然在情理之中。此次琉璃明王外出狩猎之时，两位妃子的争吵及最终鹘川女禾姬逼走汉家女雉姬，其实是当地世居民族势力对外来汉人势力的一次驱逐，并且在这次驱逐中当

---

① 〔朝〕金富轼著，孙文范等校勘《三国史记》卷13《高句丽本纪·琉璃明王》，吉林文史出版社，2003，第177页。

地势力获得了胜利，汉人势力被迫迁出高句丽。

至于琉璃明王是否有如此之高的汉诗创作水平，笔者认为，对于一个初创之国，其国其民尚未开化，就其国内的整体文化水准来说，能做出如此高水平的汉诗确实不合常理。但问题的关键就是创作此诗的是琉璃明王类利，此时高句丽国民的水平虽然不高，但类利却并非如此。类利从夫余而来，而夫余建国远早于高句丽，且其国民汉文化程度很高，类利自幼在夫余成长，其必然会受到潜移默化的影响。由此推测，类利的汉学水准自然不低，他是具备作汉诗而言志，借以抒发内心感受的能力的。

而对于诗歌何以流传至今，笔者大胆推测其原因可能有二。其一便是出于高句丽人的自豪感。高句丽社会整体文化水准较低与琉璃明王类利个人汉学修养较高形成了鲜明的对比。正因如此，琉璃明王的《黄鸟诗》才会成为那个时代独一无二的脍炙人口的文学作品，也因此而得以广为流传，成为当时及后世高句丽人心目中的骄傲。其二，强化王权乃每代高句丽王的历史重任。高句丽自建国之初便设有五部，其国由五部与国王共治，而这便直接导致了君权与贵族权之间不可调和的矛盾。并且，伴随高句丽国家的创建、发展直至最后的灭亡，这一矛盾始终存在。而此诗歌深层的政治背景，即琉璃明王意图借助外来的汉人势力以平衡国内贵族势力，借以强化王权行动的失败，是需要后世的高句丽统治者们时时警醒的。正因诗歌中所反映的情形不时会出现在高句丽社会，因此高句丽国上下对此感触较为深刻，继而诗歌得以流传，经久不衰。贵族权力之大，有时可以左右高句丽国王之废立，更有甚者起兵谋叛，谋害君主，这不仅对高句丽王权甚或对作为一国之王的人身安全都造成了极大的威胁。正因如此，怎样平衡王权与贵族权，不断强化王权一直是历代高句丽统治者肩上的重任。

另外，笔者认为，高丽仁宗时期的大臣金富轼之所以将《黄鸟诗》载入史册，也与当时高丽社会的内政外交不无关系。就其内政方面，在高丽仁宗即位之初，其岳父李资谦便把持朝政大权，且不断挑战王权。在密谋诛杀李资谦失败后，反遭到他毁灭性的报复，其烧毁王宫，并劫持仁宗。这次事变的起因即是外戚贵族势力过于膨胀造成的，与高句丽琉璃明王的情形如出一辙。虽然此事变后被平定，但政权真正回归王权后，仁宗却从此疏于对国政的治理，几年后又发生了妙清叛乱，高丽王朝就这样在一次次的冲击之下，逐渐衰退。就其外交方面，对于中原王朝的软弱不振，混乱不堪，高丽仁宗君臣已然完全对其失去了信心，并最终终结了与其的外交往来。而在当时的高句丽，中原王朝处于西汉晚期，其朝政已逐渐落入外戚王莽之手，高句丽与中原王朝的联系也不紧密。可以说，其时高丽王朝与高句丽国的情形极为相似。此诗得以流传，也与上述诗歌所赋予的历史借鉴意义有着极深的关系。而朝廷重臣金富轼忧国忧民，意图以此警醒高丽君臣应在情理之中，且史家向来以史为鉴，这也是朝臣兼史官的金富轼儒家思想与历史观的很好体现。

再者，若是抛开琉璃明王的个人情感，抛开当时高句丽社会错综复杂的政治背景，笔者认为，《黄鸟诗》更多的是体现了高句丽对中原文化的接纳与学习。对中原文化的学习，史有所载的便是小兽林王时期所进行的一系列文化改革，如其"立太学，教育子弟"①，"始创肖门寺，以置顺道。又创伊弗兰寺，以置阿道。此海东佛法之始"②，等等。小兽林王在位时间为公元371年至384年。中原史籍对其记载则有《南齐书》中的"知读《五经》"③，《周书》则更详载其"书籍有《五经》、《三史》、《三国志》、《晋阳秋》"④。而黄鸟是很早便进入中国诗句中借物抒情的代表性动物，其体现了诗歌作者不同的情感表达和思想意境。从《黄鸟诗》的创作及被高句丽人民广泛接受与传播来看，代表着中原文化的《诗经》等中原古籍应是在更早时便已传入高句丽。

综上所述，琉璃明王所作《黄鸟诗》，从其内容及创作风格来看，与《诗经》中黄鸟歌极为相像，可见此诗的创作受到《诗经》很大的影响。其展现了琉璃明王卓越的汉学功底，及当时高句丽社会女性的自由意识。

---

① 〔朝〕金富轼著，孙文范等校勘《三国史记》卷18《高句丽本纪·小兽林王》，吉林文史出版社，2003，第221页。
② 〔朝〕金富轼著，孙文范等校勘《三国史记》卷18《高句丽本纪·小兽林王》，吉林文史出版社，2003，第221页。
③ （梁）萧子显：《南齐书》卷58《东南夷·高丽传》，中华书局，1972，第1010页。
④ （唐）令狐德棻等：《周书》卷49《异域上·高丽传》，中华书局，1971，第885页。

《黄鸟诗》所赋予的意象表层，表现了琉璃明王与爱妃的分离之情，一份浓浓的哀愁。而其深层则蕴含了琉璃明王虽为一国之君的种种无奈。地方贵族势力之强大已然威胁到了王权，第三方汉人势力的被迫离开致使他意图制衡贵族权设想的破灭。也许，19 年后琉璃明王决意迁都，离开高句丽的立国之都卒本地区，也与其削弱地方贵族势力的构想不无关系。

二 郊祀逸猪

二十一年（2），春三月，郊豕逸。王命掌牲薛支逐之。至国内尉那岩得之，拘于国内人家养之。返见王曰："臣逐豕至国内尉那岩，见其山水深险，地宜五谷，又多麋鹿鱼鳖之产。王若移都，则不唯民利之无穷，又可免兵革之患也。"

二十二年（3），冬十月，王迁都于国内，筑尉那岩城。①

琉璃明王类利二十一年（2）春三月，高句丽国内准备祭天事宜。谁想这时祭天用的猪竟然跑了。类利忙令掌牲的薛支去追，这一追就一直追到了尉那岩城。薛支将猪送到当地百姓家里喂养，他环顾四周，此地有山有水，宜种五谷，麋鹿追逐，又多鱼鳖等水产品。不仅风景优美，而且十分富庶。如果迁都至此地，则不仅百姓能过上富足的好日子，还可远离战乱。想到这里，薛支急忙奔回卒本川，将自己的所思所想一一禀告给了类利。

第二年（高句丽琉璃明王二十二年，3）的十月，类利将都城迁至国内，并且修筑了尉那岩城。

这是一段有关高句丽迁都始末的记述。在高句丽的历史上共有两次迁都，而此段描写的正是高句丽的首次迁都。据史籍所载，此次琉璃明王类利迁都于国内城，并筑尉那岩城。发现尉那岩城是因为祭祀之猪夜以继日地逃至此地。而因猪逃至的地点环境适宜、物产丰富，就将其定为新都的位置。乍读起来此段记载确实具有很强的故事性，但迁都乃关乎内政外交

---

① 〔朝〕金富轼著，孙文范等校勘《三国史记》卷 13《高句丽本纪·琉璃明王》，吉林文史出版社，2003，第 178 页。

的重大事件，又怎会如此草率地决定呢？而结合考古发掘报告可知，此两城的具体位置分别为：国内城位于今吉林省集安市通沟城，尉那岩城位于今吉林省集安市山城子山城。而高句丽旧都卒本川则位于今辽宁省桓仁县五女山城。那么，故事中的这头猪果真能够一口气从旧都跑至新都？

一头家养的猪能连续奔跑二百多里地，这显然不符合常理。学界对此曾有过激烈的讨论。主要就是围绕猪是否有此种奔跑的能力。认为此说为传闻，祭祀用猪不会有此能力的主要有孙进己先生、刘子敏先生，主要观点如下：

> 记载仅是传说，而非信史，其理由也很简单，就是说，一头家养的肥猪不可能与薛支进行有秩序的"马拉松"赛跑，在几天之内跑完全程。据1984年出版的《集安县文物志》云，五女山城与霸王朝村相距30公里，而霸王朝与集安县城相距97公里，合计127公里，即254华里。显然，耿先生所云"百十里"是大大打了折扣。从五女山城跑到集安土城（国内城），一路山水险恶，在阴历三月的天气里，即使走最短的路，也得要渡过浑江，之后沿新开河谷地一路上行，然后再翻越老岭，下行而到达"国内城"。试想，这一路的风餐露宿，猪与人能够配合得来吗？①

而认为此说属实的主要有耿铁华先生、李淑英先生，他们认为：

> 两千年前，东边大山深谷之地，猪虽经家养，其野性十足，逃命之牲，人追猪跑，跑跑停停，追出个百十里本不算什么。而且祭祀之牲一定要追获，才在国内尉那岩地方追到，其间也非止一日，应当是可信的。②

学者们从不同的角度对此问题阐释了各自的观点。但笔者认为，逐郊豕事件本身带有传说色彩是不置可否的。迁都之事，事关重大，关系到国

---

① 刘子敏：《关于高句丽第一次迁都问题的探讨》，《东北史地》2006年第4期，第10页。
② 耿铁华：《高句丽迁都国内城及相关问题》，《东北史地》2004年第1期，第35页。

计民生，国家发展与政权的稳固，又怎会因一次偶然的追猪事件便决定迁都呢？并且迁都之事势必会导致各方势力的重新洗牌，又怎会如此毫无阻碍地得以顺利施行呢？显然，此次迁都是经过琉璃明王类利深思熟虑与精心筹划的。类利深谙高句丽人向来重视祭祀的这一民俗。其"以十月祭天大会，名曰'东盟'。其国东有大穴，号襚神，亦以十月迎而祭之"①。"其俗节食，好治宫室，于所居之左右立大屋，祭鬼神，又祀灵星、社稷。"② 将祭祀之猪逃至地作为都城的新址无疑为迁都增添了一份神秘且神圣的色彩。因此，笔者认为，猪能否由旧都逃跑至新都并不重要，关键在于这是一头用于祭祀的猪，祭祀之猪的行为自然关乎天意。若是当时的猪有此种远程奔跑的能力，则祭祀用猪跑至的地点就具有神的旨意。若无此种能力，则更加印证了新都的位置为天神所选，更加说明了迁都的合理性与必要性。

　　而对于此次迁都的真实原因，同书同卷中琉璃明王对此亦有确切说明。"二十八年（9）春三月，王遣人谓解明曰：'吾迁都，欲安民以固邦业。'"③ 细细想来，迁都背后确有诸多错综复杂的因素。综合分析当时琉璃明王所处的国内外形势，就国内形势而言，首先，高句丽人口不断增加，需要更好的自然地理环境。高句丽经两代王的苦心经营，人口逐渐增加。这其中既有开拓疆土之时所俘获的被征服民，亦有主动归附之民，如始祖朱蒙逃亡途中前来归附的诸部族、建国后沸流国国王松让的以国来降，等等。而高句丽第一代王之所以立都于卒本川，只因此地"土壤肥美，山河险固"④。这是在朱蒙建国之初，人口并不多，但随着高句丽对周边部落的征讨与收复，人口逐渐增多。这时，卒本川的自然地理环境不能满足日益增多的人口，故中原人才会对高句丽地域存有"无良田，虽力佃

① （南朝宋）范晔：《后汉书》卷85《东夷·高句骊传》，中华书局，1965，第2813页。

② （晋）陈寿：《三国志》卷30《魏书·东夷·高句丽传》，中华书局，1959，第843页。

③ 〔朝〕金富轼著，孙文范等校勘《三国史记》卷13《高句丽本纪·琉璃明王》，吉林文史出版社，2003，第179页。

④ 〔朝〕金富轼著，孙文范等校勘《三国史记》卷13《高句丽本纪·始祖东明圣王》，吉林文史出版社，2003，第175页。

作，不足以实口腹"① 的印象，因而其生产方式不仅有农耕，还要辅之以传统的渔猎和采集。即便如此，高句丽人民依旧食不果腹，故而"其俗节食"②。多大山深谷的高句丽地域急需广阔的平原区域作为都城。而国内城及周边地区的平原面积较卒本川要大得多，并且，国内地区"地宜五谷"③，适宜耕作，无疑会增加高句丽的粮食产量，促进高句丽的经济发展。

其次，开疆拓土的需要。朱蒙为高句丽王时，老夫余王金蛙念及旧情，对高句丽较为宽容，两国之间并无战事。而朱蒙亦趁此机会兼并周边部族。"夏六月，松让以国来降，以其地为多勿都，封松让为主。丽语谓复旧土为多勿，故以名焉。"④ 其时为高句丽建国的第二年，而此次对沸流国的兼并则为高句丽对外的首次兼并，此次兼并未动一兵一卒，完全凭借朱蒙自身的才能武功与个人的领导魅力取胜。其后，亦有"六年（前32）冬十月，王命乌伊、扶芬奴，伐太白山东南荇人国，取其地为城邑"⑤。"十年（前28）冬十一月，王命扶尉猒伐北沃沮，灭之。以其地为城邑。"⑥ 亦有"鲜卑首尾受敌，计穷力屈，降为属国"⑦ 的壮举。而类利之所以迁都，应是考虑到为将来进一步开疆拓土做准备。那么，对于迁都，高句丽国内真的就没有反对意见吗？这里有一条史料值得我们关注。

十九年（前1）秋八月，郊豕逸。王使托利、斯卑追之，至长屋

① （晋）陈寿：《三国志》卷30《魏书·东夷·高句丽传》，中华书局，1959，第843页。
② （晋）陈寿：《三国志》卷30《魏书·东夷·高句丽传》，中华书局，1959，第843页。
③ 〔朝〕金富轼著，孙文范等校勘《三国史记》卷13《高句丽本纪·琉璃明王》，吉林文史出版社，2003，第178页。
④ 〔朝〕金富轼著，孙文范等校勘《三国史记》卷13《高句丽本纪·始祖东明圣王》，吉林文史出版社，2003，第175页。
⑤ 〔朝〕金富轼著，孙文范等校勘《三国史记》卷13《高句丽本纪·始祖东明圣王》，吉林文史出版社，2003，第176页。
⑥ 〔朝〕金富轼著，孙文范等校勘《三国史记》卷13《高句丽本纪·始祖东明圣王》，吉林文史出版社，2003，第176页。
⑦ 〔朝〕金富轼著，孙文范等校勘《三国史记》卷13《高句丽本纪·琉璃明王》，吉林文史出版社，2003，第177页。

泽中得之，以刀断其脚筋。王闻之怒曰："祭天之牲，岂可伤也?"遂投二人坑中杀之。[①]

上述史料之所以值得我们关注是因为此事与迁都之事极为相似，同是祭祀之猪逃逸事件。而不同则有二：一是此次的猪并未逃至尉那岩城而是被刀切断脚筋；二是此事发生的时间是在两年前。在如此短的时间间隔内发生了两次"郊豕逸"，这绝非偶然。高句丽国一向重视祭祀，托利、斯卑二人又怎会不知。那么，他们为何还要以刀断祭祀之猪的脚筋呢? 这一系列的问题实在令人费解。再者，高句丽"无牢狱，有罪诸加评议，便杀之，没入妻子为奴婢"[②]。那么，类利为何未经评议直接将二人处死，如此毫不犹豫地杀掉二人是否在杀一儆百，向反对迁都的势力展示自己迁都的势在必行呢? 迁都必然会带来各方势力的重新洗牌，也必然会影响到固有势力的利益分配。因此，就迁都一事而言，定会受到巨大的阻碍。而这其中的反对者绝不止托利、斯卑二人，在他们身后是庞大的反对势力，而他们不过是王权与贵族权竞争中的牺牲品而已。两次"郊豕逸"发生的时间间隔为两年，可见在这两年间一定是经历过一场激烈的斗争。同年"九月，王疾病。巫曰：'托利、斯卑为祟。'王使谢之，即愈"[③]。从这里可看出，王亦心知肚明两人仅为替罪羊，琉璃明王在用他们的死警示反对迁都的势力，并为自己树立威信。

另外，此次类利迁都亦是在他对高句丽的周边局势做出准确判断后的行为。对周边形势而言，高句丽的压力首先来自夫余。夫余与高句丽之间的关系一直十分微妙。在高句丽建国初期，两国之间的关系尚且友好，那是因为在区域性霸主夫余国的眼中，高句丽不过蕞尔小国；再者，有老王金蛙在，毕竟与朱蒙之间有一份父子情义，金蛙念及旧情，朱蒙亦十分尊敬金蛙。但是，伴随高句丽对周边小国的兼并，领土面积的扩大，国家实

---

① 〔朝〕金富轼著，孙文范等校勘《三国史记》卷13《高句丽本纪·琉璃明王》，吉林文史出版社，2003，第178页。

② 〔晋〕陈寿：《三国志》卷30《魏书·东夷·高句丽传》，中华书局，1959，第844页。

③ 〔朝〕金富轼著，孙文范等校勘《三国史记》卷13《高句丽本纪·琉璃明王》，吉林文史出版社，2003，第178页。

力的稳步提升，两国的关系发生了变化。高句丽的逐渐强盛足以引起夫余的关注，尤其是高句丽取得了对鲜卑族作战胜利一事更是极大地触动了夫余。一方面是怕高句丽强大后取代夫余的霸主地位，另一方面唯恐高句丽对夫余不利。而此时假若夫余老王金蛙尚且在世的话，两国还能够维持友好往来，但此时带素已即位为夫余王，当初朱蒙尚在夫余国时带素就十分嫉妒他的才能，但碍于父王金蛙对朱蒙的喜爱而没有机会铲除他。此时父王已不在，加之高句丽的发展日益威胁到夫余的利益，对高句丽施压既符合国家利益，亦能够实现自己的愿望，报一己之私仇，可谓一箭双雕。因此，高句丽夫余两国关系愈发恶化。

从《三国史记》中的两条记载中亦可得知：一是"十四年（前6）春正月，扶余王带素遣使来聘，请交质子。王惮扶余强大，欲以太子都切为质。都切恐不行，带素恚之。冬十一月，带素以兵五万来侵，大雪，人多冻死，乃去"[1]；二是"二十年（1），春正月，太子都切卒"[2]。带素让高句丽交质子，即是为了牵制高句丽。而因太子都切的恐惧，并未前往夫余。这带来的直接后果就是带素大军的征讨，虽然因大雪而未果，并没有给高句丽造成损失，但大军压境，对高句丽还是形成了极大的震慑。此事发生的五年之后（前1），即发生了第一次的"郊豕逸"事件，这次追猪，以断猪脚筋，坑杀托利、斯卑二人告终。第二年（1）太子都切便在惶恐中死去。都切死后的第二年便发生了第二次"郊豕逸"事件，借着这件事，琉璃明王类利成功将都城迁至国内地区。由此可知，面对夫余带来的巨大威胁，类利早就想去面对解决。而因夫余的恐吓，太子郁郁而死，痛失爱子的类利更是决心远离夫余的压力。

除了要摆脱夫余政权，高句丽还要摆脱强大的中原汉政权。高句丽自建国之初，便隶属于汉四郡之一的玄菟郡。西汉政权一直通过玄菟郡对高句丽实行有效管辖。可以说西汉政权对高句丽的影响是双向的，既有对高

---

① 〔朝〕金富轼著，孙文范等校勘《三国史记》卷13《高句丽本纪·琉璃明王》，吉林文史出版社，2003，第178页。

② 〔朝〕金富轼著，孙文范等校勘《三国史记》卷13《高句丽本纪·琉璃明王》，吉林文史出版社，2003，第178页。

句丽先进生产技术、思想文化等传输的正向影响，亦有来自汉政权的诸多限制。但好在高句丽建国之时恰逢西汉末年，此时的西汉政权已腐朽至极，外戚出身的王莽趁此时机改朝换代，建立新莽政权，并实施了一系列企图恢复周礼古制的空想式的改革，导致社会动荡不安，百姓人心慌乱。高句丽的开疆拓土，蚕食周边部族之举都是得益于汉王朝忙于内政而无暇顾及对边疆地域的管控。中原地域一旦获得稳定，必定会着手对周边地区的控制，这一点是毫无疑问的。而这从琉璃明王三十一年（12）的"汉王莽发我兵伐胡"① 中，亦可知这是王莽在对高句丽宣示主权，表明只有汉王朝才是高句丽的主人。

　　夫余也好，汉政权也罢，对高句丽而言都过于强大。在力量差距巨大的现实中，选择回避，不与其产生正面冲突，保存实力，进一步发展壮大高句丽自身实力实为英明之举。

　　这亦印证了迁都确是类利早有预谋之举，只是他在等待时机，而第一次的"郊豕逸"事件有很大的可能性即是要实现迁都之计划，只是当时时机尚未成熟，中途遇到阻碍方才终止。虽迁都未果，但类利趁机杀托利、斯卑二人，是在表明自己的立场及迁都的决心，这足以震慑反对势力。从而为第二次的"郊豕逸"事件做准备。综合分析高句丽所面临的国内外形势，迁都势在必行，而之所以说追猪事件是类利为迁都而早就策划好的，这从第二次"郊豕逸"事件中亦可得到佐证。第二次"郊豕逸"事件中，祭祀猪逃至国内尉那岩后被抓获，而抓到逃猪的高句丽官兵竟将其寄养在国内地区的人家之中。从这里亦可隐隐感觉到，卒本川与尉那岩似早有往来，两地人对彼此并不陌生。对尉那岩地区，琉璃明王应早有视察与了解。

　　而之所以会有这段传说，笔者认为一定有它产生并流传的合理性。凭借祭祀之猪逃跑事件来实现迁都大计，对内而言，在高句丽重视并神化祭祀的风俗下，以祭祀之猪逃跑之地为都城之举，则被赋予了神圣性，使迁都合情合理，顺应天理，进而有效地堵住了国内反对势力的悠悠之口。对

---

① 〔朝〕金富轼著，孙文范等校勘《三国史记》卷13《高句丽本纪·琉璃明王》，吉林文史出版社，2003，第180页。

外而言，不失颜面。虽然真实的情形是迫于夫余与汉王朝带来的巨大压力，是为躲避两国对高句丽造成的威胁，但跟随祭祀之猪而迁都，亦不会有损高句丽一国之王的颜面。

三　智勇扶芬奴

　　十一年，夏四月，王谓群臣曰："鲜卑恃险，不我和亲，利则出抄，不利则入守，为国之患。若有人能折此者，我将重赏之。"扶芬奴进曰："鲜卑险固之国，人勇而愚，难以力斗，易以谋屈。"王曰："然则为之奈何？"答曰："宜使人反间入彼，伪说我国小而兵弱，怯而难动，则鲜卑必易我，不为之备。臣俟其隙，率精兵从间路，依山林以望其城。王使以赢兵，出其城南，彼必空城而远追之。臣以精兵，走入其城，王亲率勇骑挟击之，则可克矣。"王从之。鲜卑果开门出兵追之。扶芬奴将兵走入其城。鲜卑望之，大惊还奔。扶芬奴当关拒战，斩杀甚多。王举旗鸣鼓而前。鲜卑首尾受敌，计穷力屈，降为属国。王念扶芬奴功，赏以食邑。辞曰："此王之德也，臣何功焉！"遂不受。王乃赐黄金三十斤，良马一十匹。[①]

琉璃明王类利在位的第十一年（前9）四月，类利决定征讨鲜卑，便与群臣商议："鲜卑依仗其地势险要难以攻取，不与我友好往来。对他们有利便侵扰我国边境；不利便退而守之，实在是我国的大患。如果有人能给他们以重击，我将重重有赏。"此时，扶芬奴进而献策说："鲜卑国土险固，鲜卑人勇而无谋略，不能力战，而应智取。"类利又问："那你想怎样智取呢？"扶芬奴说："最好派人到鲜卑使用反间计，宣扬我国国小兵弱，胆小畏战。如此，鲜卑必然轻视我们而疏于防范。臣趁机率精兵从小路至其城附近埋伏下来。大王再派弱兵至鲜卑城下宣战，然后假装败逃。鲜卑人必定倾城出动来追击。此时，臣率精兵杀入城内，与大王两面夹击，必可攻克。"类利听从了扶芬奴的计策。果然像扶芬奴所预料的那样，鲜卑

---

① 〔朝〕金富轼著，孙文范等校勘《三国史记》卷13《高句丽本纪·琉璃明王》，吉林文史出版社，2003，第177页。

人开城门追击高句丽军队。扶芬奴趁机率军入城。鲜卑人见城池被夺，急忙奔还。扶芬奴据城而战，斩杀了很多鲜卑兵。此时，类利又率军鸣鼓杀回，鲜卑人首尾受敌，无力反抗，大败，成了高句丽的属国。类利为奖赏扶芬奴的功劳，赏赐给他食邑。扶芬奴却推辞说："这是大王的功德，臣有何功劳！"并不接受这份赏赐。于是，类利赏给他黄金三十斤、良马十匹。

　　这是一段有关琉璃明王类利时期征讨鲜卑的记载。之所以将其归为传说，因为此次征鲜卑之事未必真实发生。此段记载尚存疑点，其中最大的疑点即是鲜卑之"城"。鲜卑乃一游牧民族，向来逐水草而居，而此段中的"望其城""城南""空城""走入其城""开门出兵"等记载则令人十分匪夷所思，没有固定居所的鲜卑人，又何来的城池呢？对于此段记载所存有的疑点，笔者欲从以下几个方面展开论述。其一，鲜卑其族。纵观二十四史，仅有《后汉书》与《三国志》两史籍为鲜卑立传。且传记中并未记载鲜卑的民族特点与风俗习惯，而仅记载了"鲜卑者，亦东胡之支也，别依鲜卑山，故因号焉。其言语习俗与乌桓同"[1]。鲜卑、乌桓皆属东胡族系，及匈奴冒顿大破东胡后，东胡从此一蹶不振，其余众退至大兴安岭南部地域，分别依鲜卑山、乌桓山而居，故形成鲜卑与乌桓两部。此两部风俗习惯极为相似。既然如此，不妨借鉴史籍对乌桓的记载："乌桓者，本东胡也。汉初，匈奴冒顿灭其国，余类保乌桓山，因以为号焉。俗善骑射，弋猎禽兽为事。随水草放牧，居无常处。以穹庐为舍，东开向日。"[2]鲜卑亦是无固定的居所，而以毡帐为屋，又何来的城墙与城门呢？可见鲜卑人筑"城"与其民族习惯并不相符。

　　其二，鲜卑与高句丽的地理位置关系。据《后汉书·夫余传》载"夫余国，在玄菟北千里。南与高句骊，东与挹娄，西与鲜卑接"[3]。可知，鲜卑与夫余接壤，并未与高句丽相接。但《夫余传》中并未记载形成这一地理关系的具体年代。那么我们再从时间上来分析，看高句丽其时所在方

---

[1]　（南朝宋）范晔：《后汉书》卷90《鲜卑传》，中华书局，1965，第2985页。
[2]　（南朝宋）范晔：《后汉书》卷90《乌桓传》，中华书局，1965，第2979页。
[3]　（南朝宋）范晔：《后汉书》卷85《东夷·夫余传》，中华书局，1965，第2810页。

位，高句丽首次迁都发生在琉璃明王二十二年（3）"王迁都于国内"①，而此次征讨鲜卑的记事发生在琉璃明王十一年（前9）。可知此时高句丽并未迁都，而是在原有的都城纥升骨城，其疆域则为卒本川地区，即夫余南部。而"汉初，（鲜卑）亦为冒顿所破，远窜辽东塞外"。两者不仅不相接壤而且相距甚远，鲜卑又是如何做到时常袭扰高句丽的呢？直至"建武二十一年（45），鲜卑与匈奴入辽东"，而其时高句丽已迁都至国内城地域，此时，两者方才接壤。另据《中国东北史》所载，在鲜卑族内，亦分为北部鲜卑与东部鲜卑两支。"公元1世纪，随着乌桓的入塞，东部鲜卑也大批南迁至汉长城以北地区。"② 而北部鲜卑"其居地在东部鲜卑之北，迁徙的时间也略晚一些……大约相当于公元1世纪的前半叶，推演率部南迁大泽（今呼伦湖）"③。由此可见，在公元前9年之前，鲜卑的活动范围并不与高句丽相接壤，其并不在辽东地区，也就是说，鲜卑寇高句丽之事并无可能。

其三，鲜卑与高句丽的关系。从双方的实力上来说，时高句丽仅历二代王，其国力兵力尚弱，况北方又有强敌夫余国的存在，高句丽又怎会在太岁头上动土，轻易出兵攻打与夫余相接壤的鲜卑呢？从东北地域而言，其时夫余国为当地的区域性霸主，其又怎会容忍自己的眼中钉，逐渐强大的高句丽去攻打自己的周边国家呢？再者，此时处于西汉末期，尽管西汉政权风雨飘摇，社会动荡不安，但夫余也好，高句丽也罢，仍隶属于玄菟郡之治下，受西汉政权管辖。其又怎可完全无视中原汉政权的存在而随意破坏地区的稳定呢？

通过上文分析可知，琉璃明王征讨鲜卑系子虚乌有，应是经人们杜撰而来的民间传说。那么，为何会有此段传说呢？这段传说背后又说明了怎样的问题呢？鲜卑，东胡族系鲜卑族尚武，其人剽悍，经常寇略周边地区。

笔者推测，在战事频发的远古时期，对外征战与被征战都属常事，只

---

① 〔朝〕金富轼著，孙文范等校勘《三国史记》卷13《高句丽本纪·琉璃明王》，吉林文史出版社，2003，第178页。
② 佟冬主编《中国东北史》第1卷，吉林文史出版社，2006，第352页。
③ 佟冬主编《中国东北史》第1卷，吉林文史出版社，2006，第353页。

不过不断骚扰高句丽的并非鲜卑族人，也许只是周边的无名小部族，之所以将其记为鲜卑人，也许出自更为全面的现实考量。鲜卑战斗力十分强，高句丽人主观上希望能有这样一场征战。首先，凸显琉璃明王类利的政绩。此条记载发生在琉璃明王十一年，而琉璃明王类利自即位始，十一年间并无任何战功可言。此次有关大破鲜卑之说乃是类利继承高句丽王位后的首次对外征战。首战告捷，且将其收为属国，自然大快人心。况且，鲜卑人一向勇猛剽悍，自由奔放，能战胜他们，更显示了作为高句丽王的类利也同其父亲朱蒙一样，英勇善战。

其次，说明琉璃明王麾下谋臣良将云集。扶芬奴就是其父王朱蒙手下的一员大将。乌伊乃是随朱蒙逃离夫余至卒本建国的"三友"之首，而扶芬奴曾以乌伊副将的身份讨北沃沮而灭之，是朱蒙之得力爱将。不仅如此，当年，朱蒙在降服松让之后，令高句丽实力得到大幅提升，在经过几年的励精图治后，朱蒙便又开始计划对外扩张了。于是，他派遣乌伊、扶芬奴率兵伐太白山地区的荇人国。此战，高句丽一举灭掉荇人国，以其地为城邑。可见，扶芬奴在朱蒙时期曾屡立战功，受到朱蒙的重视。毫无疑问，琉璃明王类利之父朱蒙是位绝世英主，类利始终活在父亲的光环之下。此时的高句丽国势虽不比以往，但好在父亲生前为他培养选拔并任用了一批贤能之才，可以供琉璃明王使用，此次扶芬奴毛遂自荐大破鲜卑的故事即能很好地说明这一点。

最后，凸显王权。在高句丽社会，一直处于王权与贵族权博弈的状态，要想树立王权至上的理念，从国家层面上就要有所作为，这也许就是此段传说得以流传的又一原因吧。在此段传说发生的 11 年后，琉璃明王将王都迁至国内地区，此段传说也许是为迁都打下的伏笔。

当然，此次高句丽的主动出击、客乡作战亦充分地体现了流淌在高句丽民族血液中的尚武精神。而战斗中充分运用敌人的悍勇而无谋，行使反间计，令敌人轻敌而疏于防备，在其倾城出动之时，再乘虚取其城池等一系列智取计谋，亦表现出高句丽人不仅仅有气力、有好斗之勇，也懂得运用兵法与战略战术，善于智谋。

四 累卵之说

二十八年（9）秋八月，扶余王带素使来，让王曰："我先王与先君东明王相好，而诱我臣逃于此，欲完聚以成国家。夫国有大小，人有长幼，以小事大者礼也，以幼事长者顺也。今王若能以礼顺事我，则天必佑之，国祚永终。不然，则欲保其社稷难矣。"于是，王自谓立国日浅，民孱兵弱，势合忍耻屈服，以图后效，乃与群臣谋。报曰："寡人僻在海隅，未闻礼义。今承大王之教，敢不唯命之从。"时，王子无恤，年尚幼少。闻王欲报扶余言，自见其使曰："我先祖神灵之孙，贤而多才。大王妒害，谗之父王，辱之以牧马，故不安而出。今大王不念前愆，但恃兵多，轻蔑我邦邑。请使者归报大王，'今有累卵于此，若大王不毁其卵，则臣将事之，不然则否'"。扶余王闻之，遍问群下。有一老妪对曰："累卵者危也，不毁其卵者安也。"其意曰：王不知已危，而欲人之来，不如易危以安而自理也。①

三十二年（13）冬十一月，扶余人来侵，王使子无恤率师御之。无恤以兵小，恐不能敌，设奇计，亲率军伏于山谷以待之。扶余兵直至鹤盘岭下，伏兵发，击其不意。扶余军大败，弃马登山，无恤纵兵尽杀之。②

三十三年（14）春正月，立王子无恤为太子，委以军国之事。③

高句丽琉璃明王二十八年（9）秋八月，夫余王带素遣使高句丽，对琉璃明王类利说："我国先王对你的父亲朱蒙很好，但他却诱使我国臣民至此而建国。国有大小，人有长幼，以小事大者方才合乎礼节。现在大王若能以臣礼奉夫余，则上天必会保佑你国运绵长。如若不然，则国家就会

---

① 〔朝〕金富轼著，孙文范等校勘《三国史记》卷13《高句丽本纪·琉璃明王》，吉林文史出版社，2003，第180页。

② 〔朝〕金富轼著，孙文范等校勘《三国史记》卷13《高句丽本纪·琉璃明王》，吉林文史出版社，2003，第181页。

③ 〔朝〕金富轼著，孙文范等校勘《三国史记》卷13《高句丽本纪·琉璃明王》，吉林文史出版社，2003，第181页。

遭难。"类利自认为建国不久，民贫兵弱，难以与夫余相抗，便想答应夫余。想对夫余讲："寡人处于偏僻之地，不懂礼仪，今大王之教诲，怎敢不唯命是从。"当时，太子无恤尚且年幼，得知大王所想，便自行去见夫余使者，并对他说："我的祖先乃神灵子孙，贤能有才。你们的大王嫉妒他的才能而向其父王进谗言，使得我的祖父蒙受牧马之辱，这才逃离夫余。现在你们的大王不思悔过，竟仗着兵强马壮而轻辱我国。请你回去通报你们的大王：'现在这里有堆积多层的累卵，如果大王能做到不毁卵，则臣将事之，不然休想。'"夫余王听闻，不知是何用意。一个老妇人解释说："堆积多层的卵意味着危险，不去碰则安然无恙。这是想告诉您：大王不知自己身处险境，反而强行要求别人臣属于您，与其这样做，大王不如先管好自己的事情。"夫余王带素见一个孩子竟有如此胆量气魄说出此言，便暂时打消了侵犯高句丽的想法。

琉璃明王三十二年（13）冬十一月，带素举兵入侵高句丽，琉璃明王鉴于无恤的智勇而派其率军御敌。无恤自知以高句丽的兵力，不可强攻，只能出奇制胜，于是便率军埋伏在山谷中静待。当夫余兵行至鹤盘岭下时，无恤突发奇兵，出其不意，攻其不备。顿时，夫余兵乱作一团，溃不成军，无恤则率兵乘胜杀敌无数。

翌年（琉璃明王三十三年，14）春正月，琉璃明王因无恤立功而立其为太子，并将军国之事委以无恤。

无恤，琉璃明王类利之子，雄才大略，武功非凡，征战沙场屡立奇功。后琉璃明王薨，无恤即高句丽王位，是为大武神王。在此，笔者将对文中传说及大武神王与夫余之间的恩怨做一论述。上述三段史料所载，均为无恤成王之前的事迹，看似平凡无奇，但笔者想要说明的是无恤在做这些事时的年龄。

据史载："大武神王立，讳无恤，琉璃王第三子。生而聪慧，壮而雄杰，有大略。琉璃王在位三十三年甲戌，立为太子，时年十一岁，至是即位。"[1]

---

[1] 〔朝〕金富轼著，孙文范等校勘《三国史记》卷14《高句丽本纪·大武神王》，吉林文史出版社，2003，第182页。

由此可知，上引第三段史料中立无恤为太子是在琉璃明王三十三年，即公元 14 年，那一年无恤 11 岁。那么第二段无恤率军赢得鹤盘岭之战的胜利是在琉璃明王三十二年（13），其时无恤年仅 10 岁，而第一段无恤对夫余使者的累卵之说发生在琉璃明王二十八年（9），时年无恤 6 岁。这其实是有悖常理、不符合人类生理规律的。军国之事何等重要，竟委 11 岁孩童以如此重任？两军作战，何等肃穆紧迫，竟让 10 岁孩童挂帅？而累卵之说则更属无稽之谈，即便人类智识发展至今日，6 岁尚为学龄前儿童，更何况在两千多年前的远古社会？即使无恤再聪明伶俐、超于常人，如此逻辑清晰且富含哲理之辩词恐怕也并非出自 6 岁小儿之口。故笔者推断，这其中掺杂着民间传说的成分，而之所以会如此，则无非有三点原因。一是强调无恤能力非凡，其自幼就聪慧神勇，天资过人，幼年立奇功。他完全有资质继承高句丽王位，并且，在其任内的文治武功、所取得的成就，为高句丽国创造的辉煌等都是可以预见的，具有一定的合理性。事实证明，无恤也确为一代英主，其对内励精图治，对外开疆拓土。对内完善各项制度，选贤任能。将旧有的大辅制度改为左右辅制，并新设使者一职管理诸部，惩治豪强与不法官员，使高句丽国内政治更加清明。先后任用乙豆智、松屋句为左右辅，委派邹壳素为沸流部长，他们都为人中豪杰，是不可多得的人才，这些人为高句丽社会的发展做出了巨大贡献。对外则北伐夫余，兼并周边邻国。其亲征盖马国，杀其国主以其地为郡县，邻近的句茶国国主因感到危机而主动投降高句丽。此后，其率军攻取乐浪而灭之。

二是说明无恤自幼便肩负重任，琉璃明王及高句丽国人对其寄予了厚望。之所以这样说，是因为无恤为琉璃明王第三子，其两位兄长皆英年早逝。通过史料可知，琉璃明王三十三年（14），无恤被立为太子，其年无恤十一岁，可知无恤生于琉璃明王二十二年（3）。而在琉璃明王"二十年（1）春正月，太子都切卒"①。此时无恤尚未出生。在琉璃明王"二十三

---

① 〔朝〕金富轼著，孙文范等校勘《三国史记》卷 13《高句丽本纪·琉璃明王》，吉林文史出版社，2003，第 178 页。

年（4）春二月，立王子解明为太子"。但太子解明却在"琉璃明王二十八年（9）春三月……以枪插地，走马触之而死"①。此时的无恤年仅6岁，在同年八月，便有此累卵之说。四年后，他便率领高句丽军在鹤盘岭打败了夫余军队。随着两位兄长的相继离世，国祚的延续、国运的昌隆便落在了无恤的肩上，高句丽国人需要一位将来能够带领国家持续向前发展的一国之储君。而此段传说正是为无恤塑造了这一形象。

三是说明了他与夫余人之间的恩怨由来已久，他在孩童时期便开始了对夫余的征讨。这位"壮而雄杰，有大略"的功勋卓著的英主，曾在其任内大败夫余，这也很好地呼应了此段传说中的内容。

不得不说，无恤确为夫余之克星。已然成为区域性霸主的强国夫余，竟被当时尚且年幼的无恤挫其锐气。而对于夫余王带素而言，对无恤之父、祖父皆不放在眼中，又怎会忍受这般羞辱。因而，在无恤即位之初，带素便遣使送"赤乌，一头二身"②。而带素之意是想借"一头二身"向无恤传递并二国之意，即夫余兼并高句丽，以此向高句丽施压。对于如此怪异的双生动物，在《山海经·西山经》中有"一鸟两头"的记载。③在同书《北山经》中"有蛇，一首两身，名曰肥遗，见则其国大旱"④。而在《论衡》中亦有对此双头蛇的记载。

> 楚相孙叔敖为儿之时，见两头虵（同"蛇"）杀而埋之，归对其母泣，母问其故，对曰："我闻见两头虵，死向者出见两头虵恐去母死，是以泣也。"其母曰："今虵何在？"对曰："我恐后人见之，即杀而埋之。"其母曰："吾闻有阴德者，天必报之，汝必不死，天必报

---

① 〔朝〕金富轼著，孙文范等校勘《三国史记》卷13《高句丽本纪·琉璃明王》，吉林文史出版社，2003，第179页。

② 〔朝〕金富轼著，孙文范等校勘《三国史记》卷14《高句丽本纪·大武神王》，吉林文史出版社，2003，第183页。

③ （汉）刘向、刘歆：《山海经》卷2《西山经·西山经之首》，"其鸟多鶹，其状如鹊，赤黑而两首四足"（三秦出版社，2019，第34页）。

④ （汉）刘向、刘歆：《山海经》卷3《北山经·北山经之首》，三秦出版社，2019，第87页。

汝。"叔敖竟不死，遂为楚相。①

可见对于双头蛇，应该很早便有"见两头蚖辄死者，俗言也"② 的传说，正是因为有此说法，孙叔敖为防止再有人见到此蛇丢掉性命而果断将其杀掉。然而，见过双头蛇的孙叔敖却并没有死，且后来还成为楚国之宰相。而文中也说明天佑有德行之人，同时亦能说明民间对德行高尚者的赞赏。如此，对怪异动物的看法，便由最初的见之必死而变为祥瑞之兆，就像齐桓公因见到双头蛇而成为霸主一样。

夫余王带素最初送一头双身的红色乌鸦给朱蒙，肯定不会认为其是祥瑞，而是认定其为不祥之兆，可见当时当地的人们对于异形动物持有否定态度。可谁料无恤并未受其影响，反因其色赤而将其视作祥瑞，并认为北方属水为黑色，南方属火为赤色，乌鸦由黑色变为赤色，正说明南方要吞并北方。高句丽正位于夫余之南，这一番解说，不禁令带素大惊，悔之晚矣。虽然凭借无恤的巧舌如簧再次解决了难题，但通过这次夫余的挑衅，无恤清楚地意识到，要想从根本上解决问题，只能与带素相见于沙场，通过武力来解决。高句丽与夫余之间必然有一场恶战。夫余是高句丽的宿敌，早年便逼迫高句丽第一代王朱蒙南下。与夫余结盟绝无可能，但面对夫余王带素的挑衅无恤又十分欣慰。因为从另一个角度来看，这也说明了高句丽经前两代王的努力，国力日渐强盛，而其强盛的程度足以引起夫余上下的关注甚至是恐慌。所谓"一山不容二虎"，高句丽与夫余的争霸即将拉开帷幕。而与其静待夫余有所举动，不如采取主动，争取战争的主导权。故无恤在带素送赤乌的第二年（21）便准备兵马，踏上了大举讨伐夫余的征途。

在无恤大军开至夫余南境后，便就地安营扎寨，之所以选择在此地休息，是因为此处地多泥泞，不利于骑兵作战，而无恤恰恰想利用这一点诱

---

① （汉）王充：《论衡》卷6《福虚篇》，《钦定四库全书·子部·论衡》，乾隆四十一年四月，文渊阁第862册，上海古籍出版社，2003，第73a页。

② （汉）王充：《论衡》卷6《福虚篇》，《钦定四库全书·子部·论衡》，乾隆四十一年四月，文渊阁第862册，上海古籍出版社，2003，第73a页。

敌深入，有意放松戒备。果不其然，带素果真中计。他率军攻入无恤营地，战马陷入泥泞无法自拔。无恤趁此时机，急令怪由攻击带素，怪由得令，拔剑冲向敌营，瞬间来到带素近前，手起刀落，带素人头落地。但夫余兵并未因国主之死而溃不成军，且其兵力众多，又是本土作战，久战必定不利于高句丽。无恤只有乞求苍天，忽然天降大雾七天，无恤趁机立草人于营外，而自己则悄悄率兵撤离。在行军至利勿水时，士兵皆饿得无法继续行进，只有"得野兽以给食"① 方得以勉强归国。仅从此次战役来说，不能说是大获全胜，但从此战后整体的事态发展来看，此战的确取得了对夫余的决定性胜利。因为带素死后，夫余内部分崩离析，再也无力与高句丽相抗衡。高句丽也因此而取代了夫余的区域性霸主地位。并且，在记载与夫余之战的最后，写明夫余一战而亡。史载带素从弟对夫余国人说："我先王身亡国灭，民无所依。王弟逃窜，都于曷思。吾亦不肖，无以兴复。"② 乃率夫余人投奔高句丽。无恤封其为王，安置在高句丽五部之一的椽那部。

在与夫余交战的战前准备中，亦流传着一些民间传说。如主动请缨助力无恤战败夫余的具有传奇色彩的几个人物。如负鼎氏的出现，无恤行军至沸流水之时，看到水边好像有个女人在拿着鼎玩儿。可走近却只看到一个神鼎，其"鼎使之炊，不待火自热"③，用如此神奇的鼎做饭，让无恤军队饱饱地吃了一顿。然而，能饱一军之口腹的鼎到底有多大，又有多重呢？如此之鼎又该怎样搬运呢？这让人充满了无限的疑问与遐想。可就在这时，有一个壮汉说鼎是他家的，是他妹妹弄丢的，如今大王得到了它，请愿负鼎随军前行。无恤于是赐其姓负鼎氏。这样一来，便解决了搬鼎重任，当然，更重要的是解决了无恤军队的粮草问题。而此处出现的神鼎传说，应该是借鉴了中原有关鼎的传说，对此笔者将在后文做一专门论述，

---

① 〔朝〕金富轼著，孙文范等校勘《三国史记》卷14《高句丽本纪·大武神王》，吉林文史出版社，2003，第184页。

② 〔朝〕金富轼著，孙文范等校勘《三国史记》卷14《高句丽本纪·大武神王》，吉林文史出版社，2003，第184页。

③ 〔朝〕金富轼著，孙文范等校勘《三国史记》卷14《高句丽本纪·大武神王》，吉林文史出版社，2003，第183页。

此处不做详述。总之，此时大武神王在征讨夫余途中能够遇到神鼎，也说明了大武神王无恤如其祖父朱蒙一般，乃神的后代。神鼎的出现，不仅说明了高句丽国王为仁德之君，并且，也从另一个角度说明了此次征讨的正当性，大武神王所统率的实乃仁义之师。这就是在此处引入神鼎现世传说的作用。

当高句丽军夜宿于利勿林时，听到有金属撞击之声，遂寻之，"得金玺兵物等"①。这是上天所赐，于是众人皆拜谢接受。天降兵器使得无恤军中武器装备充足。粮草与武器在作战中的重要性不言而喻，除了具备这些物质条件，行军途中还有对人才的获得。从天而降的兵器以及获得的神鼎无疑对稳定军心、增强作战队伍的信心起到了巨大的作用。

如上文提到的手刃带素的怪由"身长九尺许，面白而目有光"②，他自称是北溟人，听闻高句丽王北伐而欲随行，还要助其取下夫余王带素的人头。这也是极富传奇色彩的人物，首先，从他来自北溟来看，"北溟"最早出现在庄子《逍遥游》中："北溟有鱼，其名为鲲。"这是上古时期的一个地名，从其故乡就可感知到浓浓的神秘气息。再有毛遂自荐为无恤军作向导的麻卢。这些都是主动归附高句丽军，想助高句丽攻打夫余的有识之士。对于无恤在征伐途中尽得奇人相助，并得天赐兵器等情节虽都并非事实，而是虚构出的桥段，但对此我们其实不必过于拘泥，不必对其进行严苛的考察。正所谓"得道者多助，失道者寡助"，这是在说明无恤所率领的是有仁德的正义之师，故而才会受到上天的眷顾，得到上天的帮助。

而关于夫余之败亡，则早在琉璃明王二十九年（10）便有传说预言其破败，"夏六月，矛川上有黑蛙，与赤蛙群斗，黑蛙不胜死。议者曰：'黑，北方之色，北扶余破灭之征也'"③。显然，这段蛙之争斗要么出自子虚乌有的编造，要么出自一些牵强附会之笔。当然，果真发生了蛙斗的

---

① 〔朝〕金富轼著，孙文范等校勘《三国史记》卷14《高句丽本纪·大武神王》，吉林文史出版社，2003，第183页。
② 〔朝〕金富轼著，孙文范等校勘《三国史记》卷14《高句丽本纪·大武神王》，吉林文史出版社，2003，第183页。
③ 〔朝〕金富轼著，孙文范等校勘《三国史记》卷13《高句丽本纪·琉璃明王》，吉林文史出版社，2003，第180页。

话，此处用两种蛙之间的争斗借指两国之间的恩怨，也极有可能是高句丽王利用其神之子的身份，对其做出的符合高句丽国利益的解释。

总的来说，与此相关的史料包含了多段传说：一是无恤在幼年时期便具有与其年龄极不相符的文韬武略；二是在无恤征夫余途中得奇人、神物相助，且天降兵器；三是在处境危险，欲撤军夫余无恤乞求上天时，天降大雾七日助无恤率军归国；四是夫余之败亡。传说终归是传说，虽然我们不能将其看作真实的历史，但它仍向我们传递着有价值的信息：如王子无恤才华横溢，武功非凡，立为太子实为众望所归；成王后的无恤深受子民的拥戴；其在征讨夫余途中所得神鼎的故事情节则是借鉴了中原有关鼎的传说；而他危难时刻的乞求上天之举，则与其祖父朱蒙遇河无路时的乞天有着异曲同工之处，朱蒙有鱼鳖成桥，而无恤有天降七日大雾，这也从另一个侧面说明无恤为神之后裔，得上天护佑。同时，再次将无恤的王权神圣化，处处流露出神之旨意。而高句丽亦为神创之国，受上天之眷顾。

五 解明走马触枪

二十七年（8），春正月，王太子解明在古都，有力而好勇。黄龙国王闻之，遣使以强弓为赠。解明对其使者挽而折之曰："非予有力。弓自不劲耳。"黄龙王惭。王闻之怒，告黄龙曰："解明为子不孝，请为寡人诛之。"

三月，黄龙王遣使，请太子相见。太子欲行，人有谏者曰："今邻国无故请见，其意不可测也。"太子曰："天之不欲杀我，黄龙王其如我何。"遂行。黄龙王始谋杀之，及见，不敢加害，礼送之。

二十八年（9），春三月，王遣人谓解明曰："吾迁都，欲安民以固邦业。汝不我随，而恃刚力，结怨于邻国，为子之道，其若是乎？"乃赐剑使自裁。太子即欲自杀，或止之曰："大王长子已卒，太子正当为后。今使者一至而自杀，安知其非诈乎？"太子曰："向黄龙王以强弓遗之，我恐其轻我国家，故挽折而报之，不意见责于父王。今父王以我为不孝，赐剑自裁，父之命其可逃乎？"乃往砺津东原，以枪插地，走马触之而死，时年二十一岁。以太子礼，葬于东原。立庙，号其地为枪原。①

琉璃明王二十七年（8）正月，王迁都于国内城，留太子解明在旧都卒本。黄龙国的国王听闻解明是位智勇双全、有勇有谋的王子，特派使者赠送强弓与解明，想一试他的胆识。解明知其用意便在使者面前故作轻松地折断强弓，并对使者说："不是我力气大，而是这弓太软了。"使者赶紧回报黄龙国王，国王自知解明的厉害，不敢轻举妄动。谁料琉璃明王得知此事，不仅没有赞赏他的做法，反而认为其得罪了黄龙国而大为震怒，并遣使请黄龙国王为自己除掉不孝之子解明。

这一年的三月，黄龙国王遣使请求一见太子。太子正要动身前往，却被身边的大臣阻拦："现在邻国没有缘由地邀请与您相见，不知其是何意图，您还是不去为妙。"但太子执意要去，并安慰大臣说："如果上天不想杀我的话，一个黄龙国王又能把我怎样？"黄龙国王本想要除掉解明，但看到他器宇不凡，神态自若，竟不敢加害于他，反而赠予厚礼送解明回国。

翌年三月，琉璃明王派人对解明说："我迁都国内，就是想要安定百姓以守住祖宗的基业。你不随我前往国内而留在卒本也罢，你却故意折断强弓，与邻国结怨，这就是你的为子之道吗？"并赐剑令解明自尽。解明举剑便要自刎，左右大臣忙上前劝阻说："国王的长子都切已死，太子您是国家未来的继承人，现在使者一到您就马上要自杀，如果这其中有诈该如何是好。"解明说："此前黄龙国王赠我强弓，我唯恐其轻视高句丽，因此才拉断弓箭令其畏惧。谁知这种做法竟不合父王的心意，而对我大加指责。现在父王一定觉得我是不孝之子，才赐剑让我自裁，父王之命又怎可违抗呢？"说罢前往砺津东原，插枪入地，骑马触枪而死，死时年仅二十一岁。解明死后，琉璃明王用太子之礼仪，将其埋葬在东原，并为其立庙，改其地为枪原。

这是关于高句丽王国中解明王子之死的传说。对此传说，金富轼评

---

① 〔朝〕金富轼著，孙文范等校勘《三国史记》卷13《高句丽本纪·琉璃明王》，吉林文史出版社，2003，第179~180页。

论："孝子之事亲也，当不离左右以致孝，若文王之为世子。解明在于别都，以好勇闻，其于得罪也宜矣。"又闻之传曰："爱子教之以义方，弗纳于邪。"今王始未尝教之，及其恶成，疾之已甚，杀之而后已。可谓父不父，子不子矣。① 可见金氏认为错不在一方，而是两者皆有错。

对于琉璃明王类利而言，避免与黄龙国开战确有其一定的合理性。因为首先，琉璃明王本身为高句丽第二代王，此时高句丽建国根基尚浅，仍需一段时间的积累。其次，类利其人本就是一位守成君主，不似其父朱蒙勇于对外征战，开疆拓土。再次，类利将高句丽的王都由卒本迁至国内地区不久，此时更多的应是对新都的建设管理及对国内各方势力的平衡与整合，而非惹恼邻国，自损国力。最后，此时的高句丽周边可谓危机重重，不仅有区域性霸主夫余的苦苦相逼，更有西汉政权的衰败、新莽政权的动荡混乱。而随后便有夫余使者传令逼迫高句丽臣服夫余，汉新莽政权强行征高句丽兵以伐胡事件的发生。因此，保存实力确是高句丽的首要任务。

虽然需要避免与黄龙国之间的战争，但解明亦只是敲山震虎而已，并未因此而挑起战端。那么，琉璃明王处死解明的决定是否过于严重呢？其实，有一处疑点值得我们进一步考察，那就是琉璃明王在赐死解明时对其所说的一段话。言语中，琉璃明王表明解明不随其共赴新都国内城，而是固执地留在旧都卒本地区，隐约可以感受到琉璃明王对此事流露出的不满。对于琉璃明王赐其死便走马触枪而死的解明，又怎会置父亲的命令而不理，径自留在卒本呢？显然这是前后自相矛盾的。可以说，即便琉璃明王类利将王都迁至国内地区，其旧都卒本的战略地位仍是不可忽视的。因为只是将王都迁至新址，卒本仍属于高句丽的统辖范围，并且在卒本地区经过两代王的开发有着一定的物质财富、人力资源的积累，其重要性不言而喻。琉璃明王及当时的王太子解明自然不会忽视对建国之都卒本的管理。而解明为一国储君，且其人智勇双全，有谋略，由他坐镇卒本自然再

---

① 〔朝〕金富轼著，孙文范等校勘《三国史记》卷13《高句丽本纪·琉璃明王》，吉林文史出版社，2003，第180页。

好不过。因此，我们可以推测解明留在卒本也许正是琉璃明王的安排。而之所以有本段传说，也许正是琉璃明王有意而为之，其意在树立威信，给各方贵族以震慑。

可见，在当时的高句丽社会中，贵族权力之大足以与王权相抗衡，解明走马触枪死于王权与贵族权力之间的政治博弈，但同时也反映了解明的一颗忠于高句丽、孝于琉璃明王的赤子之心。而之所以有此观念，也与中原忠孝思想的广泛传播与深远影响不无关系。此处琉璃明王时期的解明之死与后文大武神王时期的好童自杀有着很多相似之处。对此，笔者将在下文详细阐述，此不赘述。

第四章　高句丽大武神王时期传说

大武神王自幼聪慧神勇，在其任内选贤任能，励精图治，且在政权稳固的基础上多次对外征战，将广开疆土推向高潮。因此这一时期的传说多与战争有关。虽然这些早期的战争传说可信度不高，但也并非无稽之谈，我们从中仍能了解到一些历史因素，感受到高句丽早期发展中为扩展生存范围所做出的一系列努力。

一　鲤鱼退汉兵

十一年（28），秋七月，汉辽东太守将兵来伐。王会群臣，问战守之计。右辅松屋句曰："臣闻恃德者昌，恃力者亡。今中国荒俭，盗贼蜂起，而兵出无名。此非君臣定策，必是边将规利，擅侵吾邦。逆天违人，师必无功。凭险出奇，破之必矣。"左辅乙豆智曰："小敌之强，大敌之禽也。臣度大王之兵，孰与汉兵之多，可以谋伐，不可力胜。"王曰："谋伐若何？"对曰："今汉兵远斗，其锋不可当也。大王闭（闲）城自固，待其师老，出而击之可也。"王然之。入尉那岩城，固守数旬，汉兵围不解。王以力尽兵疲谓豆智曰："势不能守，为之奈何。"豆智曰："汉人谓我岩石之地，无水泉，是以，长围以待吾人之困。宜取池中鲤鱼，包以水草，兼旨酒若干，致犒汉军。"王从之。贻书曰："寡人愚昧，获罪于上国，致令将军，帅百万之军，暴露弊境。无以将厚意，辄用薄物致供于左右。"于是，汉将谓城内有水，不可猝拔。乃报曰："我皇帝不以臣驽，下令出师，问大王之罪，及境逾旬，未得要领。今闻来旨，言顺且恭，

115

敢不藉口以报皇帝。"遂引退。[1]

大武神王十一年（28）秋，辽东太守派兵讨伐高句丽。王于是召朝臣商议是战是守。时任右辅之职的松屋句认为，如今中原灾荒，盗贼四起，哪有精力出兵来伐，此次征讨应是汉朝边将欲谋利而为之，师出无名必定无功而返。因此主张力战汉兵。可任左辅之职的乙豆智却不这样认为，他给大武神王分析了敌我双方的力量差距，指出此战只可智取而不可力战。大武神王听从了他的建议，率军入尉那岩城闭城自守，静待其疲惫再出城攻之。但汉兵围城数十日而不退。王眼见城中粮草殆尽，将士疲于作战，实难坚持，便又问计于乙豆智。乙豆智说："汉兵之所以围城不退一定是认为我们城中多岩石而无泉水，坚持不了多久。我们应取池中的鲤鱼，包上水草，并送上些美酒，慰劳汉兵。让他们知道城中水源丰富，围城再久也不会有结果。"王从其计，不仅送上了鱼和酒，还附信一封，信上说："寡人实在愚昧，不知因何而得罪了上国，使您率百万之师前来讨伐。寡人也没什么好慰问将士的，只能将如此薄礼送上。"汉兵看到后，果然认为城内有水源，一时难以攻取，便率军撤离高句丽。临行前命人告知大武神王："我朝皇帝因你不臣方才下令征讨，我至此已过数十天，你都不认罪。现如今看到你的书信，言语恭顺，就此收兵，还望你好自为之。"

这段史料不见于中原史籍，而仅见于半岛史籍《三国史记》。之所以认为此段为传说，是因为所载事件不会真实发生，是人们杜撰而成。先来看史料开头的"汉辽东太守将兵来伐"。那么，在这一时段是否真的会有汉军征伐高句丽呢？对此，我们有必要做一分析。琉璃明王后期及大武神王前期，中原都处于新莽政权时期，而大武神王无恤即位之始，中原已进入王莽改革后期。其时天下已然大乱，国内盗贼蜂拥，仅江湖盗贼一年内人马就增至万余，更有甚者起兵杀郡守，反叛作乱之事频发。面对如此混乱的局面，王莽"遣使者发郡国兵击之，不能克"[2]。从中足见叛乱者众，

---

① 〔朝〕金富轼著，孙文范等校勘《三国史记》卷 14《高句丽本纪·大武神王》，吉林文史出版社，2003，第 185 页。

② （宋）司马光：《资治通鉴》卷 38 "王莽天凤五年"条，中华书局，1956，第 1242 页。

且势力强大，同时，这也从反面说明了新莽政权军事力量之弱，社会已然风雨飘摇。但就在对内尚不能止乱的情形下，新莽政权竟还欲出大军插手匈奴内部事务，就此惹恼匈奴而令"匈奴寇边甚"①。内乱不断，加之匈奴侵扰，遂天下大乱，天下乱而百姓苦，但王莽并不关心流亡百姓之疾苦，以致"老弱死道路，壮者入贼中"②，绿林、赤眉继起，四夷不服，百姓不悦。直至王莽被杀，群雄争霸，天下依旧动荡不安。王宪、刘玄、刘盆子等轮番登场。直至东汉光武帝建武初年，仍致力于平叛盗贼，收复各方势力。汉光武帝建武三年（27）冯异、邓禹共攻赤眉，大为所败。闰月乙巳，冯异又战赤眉，且"大破之于崤底，降男女八万人"③。直至赤眉降时其"尚十余万人"④，可见其人数之众，规模之大，影响之广。

在王莽新政权末期的战乱中，关中地区曾遭到巨大破坏，放眼望去，一片废墟与萧条，赤眉军当年定都长安后便因此而遭受严重的饥荒，最终不得不离开长安。经济的萧条，百姓的疾苦，加之"涿郡太守张丰反，自称无上大将军"⑤等事件，更是令刚刚建立的东汉政权疲于应对。在大量的割据势力中，最强大的为割据巴蜀的公孙述与割据陇右的隗嚣，而就在公元28年，即《三国史记》所载的汉兵来伐之年，亦即中原光武帝建武四年时，东汉政权仍主要致力于收复隗嚣，平叛公孙述及各方贼寇。即便在光武帝刘秀意图亲征彭宠之时，大司徒伏湛谏曰："今兖、豫、青、冀，中国之都，而寇贼从横，未及从化。渔阳边外荒耗，岂足先图！陛下舍近务远，弃易求难，诚臣之所惑也！"听了这段话后，刘秀"乃还"⑥。对于汉代之一郡的渔阳，光武帝都能暂不征讨，只能说明当时贼寇猖獗，东汉政权实在无力对其进行全面讨伐。所谓"攘外必先安内"，光武帝对于中原域内尚且如此，又怎会有精力去讨伐周边呢？故可以断定，公元28年的汉征高句丽不会是出于东汉政权领导者刘秀之命令。

---

① （宋）司马光：《资治通鉴》卷38"王莽天凤六年"条，中华书局，1956，第1243页。
② （宋）司马光：《资治通鉴》卷38"王莽天凤六年"条，中华书局，1956，第1245页。
③ （宋）司马光：《资治通鉴》卷41"光武帝建武三年闰月"条，中华书局，1956，第1335页。
④ （宋）司马光：《资治通鉴》卷41"光武帝建武三年闰月"条，中华书局，1956，第1336页。
⑤ （宋）司马光：《资治通鉴》卷41"光武帝建武三年三月"条，中华书局，1956，第1338页。
⑥ （宋）司马光：《资治通鉴》卷41"光武帝建武四年五月"条，中华书局，1956，第1343页。

此处尚有两条史料值得我们关注，即光武帝建武三年，彭宠"自称燕王，攻拔右北平、上谷数县，赂遗匈奴，借兵为助"[1] 及"彭宠引匈奴兵"[2]。那么，征讨高句丽者有没有可能是汉将，抑或是汉朝割据一方的势力呢？此次征讨高句丽是否亦为征其兵马为己所用呢？笔者认为不会。因为匈奴之所以出兵助力彭宠，完全是出于彭宠对匈奴送美女、丝绸以及重金的收买，而不是武力的征讨。故对于像彭宠一样的汉朝割据势力而言，保存并扩充势力方为当下之要务，又怎会征讨外族之兵而自损兵将呢？对于效忠朝廷的汉将而言，其亦可行使宗主国的权益，下令征兵即可，何必兴师动众，举兵来征。况国内未平，贼寇四起，此时举兵而征外夷之举，实在是不合情理。而此时的高句丽，刚刚打败宿敌夫余，所谓"杀敌一千，自损八百"，更何况是与当时的区域性霸主作战呢？而后大武神王又亲征盖马国（26），此后便休战了很长一段时间，再次征战则为大武神王二十年（37）的"（大武神）王袭乐浪"[3]。前文已述，大武神王自幼神勇好战，而此两战之间竟时隔长达 11 年之久。由此不难看出，高句丽连年征战，必损耗严重，亟须休养生息。如此情形，又有何兵可征呢？若说光武帝为平衡半岛三国力量，维护大国尊严及"中华册封体制"的话，尚且有征讨之可能性。但此时新罗王儒理尼师今刚即位不久，忙于内政，安抚百姓；百济恰逢天灾，春则大旱，冬则地震，老王薨而新王多娄王即位伊始。而高句丽则国力损耗巨大，无力对外征战。半岛三国各自忙于国内事务，彼此相安无事，中原王朝又何必多此一举呢？综上所述，汉将来伐绝无可能。

而从自然地理方面来说，有学者经过实地考察与考古挖掘，证实了在丸都山城内有巨大的蓄水池，不仅如此，还有山泉保障城内的水源供给。对此，汉军不可能熟视无睹，毫不知情，而自认为城内无水泉。再者，丸都山城下的水域中也没有可以包裹住鲤鱼的水草。可见此段记载的自然条

---

① （宋）司马光：《资治通鉴》卷41"光武帝建武三年三月"条，中华书局，1956，第 1338 页。
② （宋）司马光：《资治通鉴》卷41"光武帝建武四年五月"条，中华书局，1956，第 1344 页。
③ 〔朝〕金富轼著，孙文范等校勘《三国史记》卷 14《高句丽本纪·大武神王》，吉林文史出版社，2003，第 187 页。

件亦不满足。况且，此次汉军撤退得太快、太轻易、太不真实。对于已围城数旬的汉军，看到高句丽方送来的鲤鱼怎会丝毫不假思索地立即撤军，这显然有悖常理。而对方汉将口中的此次出征乃帝王之命令也许只是在有意强调战事之重大，这样做无非是想借此凸显乙豆智的功绩。

《三国史记》将此段传说进行了历史化，收录于史籍之中。其实，中原史籍中亦有类似传说。如下：

> 匈奴复来攻恭，恭募先登数千人直驰之，胡骑散走，匈奴遂于城下拥绝涧水。恭于城中穿井十五丈不得水，吏士渴乏，笮马粪汁而饮之。恭仰叹曰："闻昔贰师将军拔佩刀刺山，飞泉涌出；今汉德神明，岂有穷哉。"乃整衣服向井再拜，为吏士祷。有顷，水泉奔出，众皆称万岁。乃令吏士扬水以示虏。虏出不意，以为神明，遂引去。①

这是一段耿恭拜井，扬水退虏的传说。耿恭，字伯宗，耿国之弟耿广的儿子。耿恭为人豪爽，有谋略。此次匈奴来袭，占领了涧水，切断了耿恭的水源。耿恭在城中挖井十五丈都没有出水。于是他向水井拜了两次，顷刻间井中泉水喷涌。耿恭忙命令士兵将水泼洒在地上给匈奴人看。在《东观汉记》卷8《耿恭传》中还增加了"恭亲自挽笼，于是令士且勿饮，先和泥涂城，并扬示之"的情节。且不说耿恭拜井得泉水的玄之又玄，单说其在水源紧缺的状态下以水和泥而涂城，洒水给匈奴看的桥段，就与本书的乙豆智借鲤鱼水草而退汉兵之举如出一辙。其实，耿恭是善于以智取胜之人。如"恭乘城搏战，以毒药傅矢。传语匈奴曰：'汉家箭神，其中疮者必有异。'因发强弩射之。虏中矢者，视创皆沸，遂大惊。会天暴风雨，随雨击之，杀伤甚众。匈奴震怖，相谓曰：'汉兵神，真可畏也！'遂解去"②。涂抹毒药于弩矢之上，说大汉朝有神力相助，中箭之人的伤口会有奇怪神异的变化。当匈奴士兵的伤口出现了溃烂现象时，他们惊恐不已。耿恭趁机纵兵出击，一举击退了匈奴大军。让匈奴人相信神助汉军，

---

① （南朝宋）范晔：《后汉书》卷19《耿恭传》，中华书局，1965，第721页。
② （南朝宋）范晔：《后汉书》卷19《耿恭传》，中华书局，1965，第720页。

令他们产生畏惧心理，进而大大削弱了他们的战斗力。和泥涂城，洒水在地，水草包鲤鱼，其实都是一些心理战术，而这些战术在冷兵器时代的古代中国不胜枚举。此处的鲤鱼退汉兵虽然以传说的形式在高句丽流传，但历任高句丽左右辅的乙豆智却并非杜撰而来的人物，下面我们对其做一简要介绍。

传说的主人公乙豆智，生卒年不详，大武神王"八年（25）春二月，拜乙豆智为右辅，委以军之事"。"十年（27）春正月，拜乙豆智为左辅，松屋句为右辅。"①乙豆智受命于高句丽内外交困时期。对于高句丽内部而言，大武神王战胜夫余不久，虽然在战场上杀掉了夫余王，但高句丽国亦遭受了较大损失，亟须休养生息。对于高句丽外部局势而言，其与中原的关系持续恶化，新莽政权将高句丽王贬为下句丽侯，严厉打压制裁高句丽政权。在这一内外交困的现状下，大武神王选贤才乙豆智并委之以重任。在其任内，高句丽大武神王曾亲征盖马国，并杀其国王，随后句荼国举国来降，在这些重大的军事行动中，不仅有大武神王的威武善战，肯定也有乙豆智的献计献策。不仅如此，在中原东汉政权建立之时，乙豆智又提议与中原修好，"（大武神王）遣使入汉朝贡。光武帝复其王号，是建武八年也"②。此举为高句丽提供了一个相对稳定的发展环境。

综上所述，这段传说能够流传于高句丽国内应有其一定的社会基础，而这无非有两点。一是高句丽社会对人才的需求与任用。高句丽社会仅历三代王，尚处于建国初期阶段，对于这样年轻的一个国家而言自然是求贤若渴。对于像乙豆智智谋非凡的人才，自然会被大武神王委以重任。大武神王对人才也是十分爱惜的。这从曾在战场上英勇斩杀夫余王带素的怪由"初疾革，王亲临存问"，而当他死后将其"葬于北溟山阳，命有司以时祀

---

① 〔朝〕金富轼著，孙文范等校勘《三国史记》卷14《高句丽本纪·大武神王》，吉林文史出版社，2003，第184页。

② 〔朝〕金富轼著，孙文范等校勘《三国史记》卷14《高句丽本纪·大武神王》，吉林文史出版社，2003，第187页。

之"①，亦足见大武神王对能臣贤士的爱惜。虽然高句丽社会急需大量人才，但大武神王对违法的功臣贵族还是会严惩不贷，如四年后的"春三月，黜大臣仇都、逸苟、焚求等三人为庶人。此三人为沸流部长，资贪鄙，夺人妻妾、牛马、财货，恣其所欲。有不与者，即鞭之，人皆忿怨"②。从中可见大武神王的赏罚分明，即便是开国功臣，如若贪赃枉法，抢夺欺压百姓亦会受到制裁。

二是体现了高句丽大武神王的慧眼识珠，任人唯贤及高句丽社会对能人贤者的认可与欣赏、崇拜之情。高句丽人往往为称赞某人的才略智谋而刻意将其放在特定环境中来展现其非凡的智慧。此段传说即是人们意图突出乙豆智之功绩，而在与强大的中原王朝的战斗中以智取胜、以智退敌无疑更能体现这一点。

二 神鼓失鸣

> 夏四月，王子好童游于沃沮。乐浪王崔理出行，因见之、问曰："观君颜色，非常人，岂非北国神王之子乎?"遂同归，以女妻之。后好童还国，潜遣人告崔氏女曰："若能入而国武库，割破鼓角，则我以礼迎，不然则否。"先是，乐浪有鼓角，若有敌兵则自鸣，故令破之。于是，崔女将利刀潜入库中，割鼓面角口，以报好童。好童劝王。袭乐浪，崔理以鼓角不鸣，不备，我兵掩至城下，然后知鼓角皆破，遂杀女子出降。（或云，欲灭乐浪遂请婚，娶其女为子妻，后使归本国，坏其兵物。）③

大武神王十五年（32）四月，高句丽王子好童为视察山川地理而出游，至沃沮之地时恰逢乐浪王崔理出行，崔理见好童英俊潇洒，气度不

---

① 〔朝〕金富轼著，孙文范等校勘《三国史记》卷14《高句丽本纪·大武神王》，吉林文史出版社，2003，第184页。

② 〔朝〕金富轼著，孙文范等校勘《三国史记》卷14《高句丽本纪·大武神王》，吉林文史出版社，2003，第185~186页。

③ 〔朝〕金富轼著，孙文范等校勘《三国史记》卷14《高句丽本纪·大武神王》，吉林文史出版社，2003，第186页。

凡，言语间流露出皇家贵气，便知此人绝非普通百姓。一问竟是高句丽国的王子。于是，便邀好童同回乐浪，并将公主嫁给了他。不久后，好童以禀报父王娶妻之事离开了乐浪，临行前答应乐浪公主很快就会回来接她。日子一天天过去，好童并未归来，只是派人偷偷告知公主："你要是能进入你国的武库，割破鼓角，我就去接你，不然的话我们就不能再相见了。"原来，乐浪有一套鼓角，如有敌军来袭，则会自己鸣响发出警报，因而被称为自鸣鼓。好童也是到乐浪探查后才发现了这个秘密，因此才让公主破鼓。公主左右为难，割破鼓角无疑会将国家置于险境，而如果不按照好童说的做，则无法与他团聚，一番纠结挣扎过后，为了早日见到自己心爱的夫君，公主决定破鼓。于是，公主偷偷潜入武库中，割破了自鸣鼓，并秘密派人告知好童。好童收到消息，忙向父王禀告，并建议立刻讨伐乐浪。大武神王欣然应允，举兵征讨。乐浪国因鼓角未响，并未防备。面对突然兵临城下的高句丽大军，乐浪人方才知自鸣鼓已破。于是，人们杀掉公主出城投降。

好童，高句丽国王子，大武神王无恤与次妃所生，其人相貌俊美，聪明机智。上文即描述了王子好童是如何施计征讨乐浪的。记载中，乐浪的护国神器自鸣鼓角，此鼓在有敌国入侵时则自鸣报警，使乐浪国有充分的备战时间，这显然有悖常理并不现实，具有浓厚的传说色彩。那么，既然自鸣鼓并非真实存在，拥有自鸣鼓的乐浪又是怎样的政权呢？

关于"乐浪"，最早见于史载："（汉武帝）遂定朝鲜为真番、临屯、乐浪、玄菟四郡。"① 此乐浪，即为汉武帝灭卫满朝鲜后在其地所设置的汉四郡之一。而在汉昭帝始元五年（前82）则"罢临屯、真番，以并乐浪、玄菟。玄菟复徙居句骊。自单单大领（岭）已东，沃沮、濊貊悉属乐浪"②。高句丽于公元前37年建国，可见，高句丽人眼中的乐浪应为四郡合并后的更为广阔的乐浪地域。而此次好童正是在沃沮遇到了乐浪

---

① （汉）班固：《汉书》卷95《朝鲜传》，中华书局，1962，第3867页。
② （南朝宋）范晔：《后汉书》卷85《东夷·濊传》，中华书局，1965，第2817页。

王崔理。沃沮为乐浪属地，崔理应是在例行对领地的巡查。但乐浪之地毕竟为汉朝所管辖，那么，此处的乐浪王崔理是否就是汉政权所任命的乐浪太守呢？

有史可寻的对乐浪太守的最早记载为："更始败，土人王调杀郡守刘宪，自称大将军、乐浪太守。"[1] 更始，即指公元23年二月，绿林军领导者王匡、王凤等人拥立刘玄为帝，恢复汉朝国号，而建立的更始政权。但这是一个短命的王朝，仅统治天下两年。公元25年九月，赤眉军攻入长安城，结束了更始政权。结合史载可知，直至25年，乐浪太守为刘宪，而此后则为乐浪当地人王调。而王调任乐浪太守一职却并非出自汉政权的任命，是靠武装夺取。如此叛乱，汉政权不会置之不理。于是东汉光武帝于建武六年（30）对其进行了征讨。史载："初，乐浪人王调据郡不服。秋，遣乐浪太守王遵击之，郡吏杀调降。"[2] 那么，王遵应为刘宪之后，汉政权任命的乐浪太守。而好童设计袭乐浪之事正发生在公元32年，此时的乐浪太守应为王遵。那么，崔理又是谁呢？对此，刘子敏先生认为："崔理很有可能是东部都尉的属官甚或他本人就是都尉官。想必在王调叛汉后，崔理自竖旗杆，称王于岭东地区。因为岭东地区是大乐浪郡的一部分，所以其国号为'乐浪'也是顺理成章的。"[3] 笔者认为，崔理政权极有可能同王调政权一样为当时的一支割据政权，但也有可能这支政权并不存在，是杜撰出来的，理由主要有二。一是有关这段好童设计袭乐浪的故事仅存于半岛古籍《三国史记》之中，不见于其他史料。这就很难证实此说是否真实发生。二是中原东汉刘秀政权当时的状态亦是很好的佐证。其时，刘秀虽已建立了东汉政权，但仍有割据陇右的隗嚣势力。陇右地域东临关中，西通西域，南控巴蜀，北至大漠，地理位置非常重要，一直是兵家必争之地。光武帝自建东汉起便一直没有停止对其的征讨与收复。直至东汉光武帝建武九年（33）隗嚣"恚愤而卒"[4]，第二年（34）东汉军方才剿灭陇

---

[1]（南朝宋）范晔：《后汉书》卷76《循吏·王景传》，中华书局，1965，第2464页。
[2]（南朝宋）范晔：《后汉书》卷1下《光武帝纪》，中华书局，1965，第49页。
[3] 刘子敏：《"崔氏乐浪"考辨》，《北方文物》2001年第2期，第80页。
[4]（宋）司马光：《资治通鉴》卷42"光武帝建武九年正月"条，中华书局，1956，第1388页。

右割据势力。而在好童袭乐浪的公元32年，光武帝正忙于讨伐隗嚣，不仅如此，其时"颍川盗贼群起，寇没属县，河东守兵亦叛，京师骚动"①。"东郡、济阴盗贼亦起"②。因此，光武帝才有"每一发兵，头须为白"③的感慨。但是，即便在如此的境况下，光武帝却仍派乐浪太守王遵讨伐割据在乐浪的王调势力。如若在乐浪地域果真还存在着崔理这支割据势力的话，光武帝为何任其存在而不去讨伐呢？而对于高句丽王子好童领兵进攻崔氏乐浪乃至其后大武神王平灭乐浪之时，汉政权又为何没有做出任何反应呢？所有的一切，说明了崔氏乐浪国极有可能是杜撰出的国家。

那么，既然崔氏乐浪国并不存在，又何来好童设计袭乐浪之说呢？笔者推测，这也许是大武神王欲立好童为国储而有意为之，目的即是为其增添功绩，铺平道路。然而，这非但没有给好童成为下一代高句丽王带来任何帮助，反而给他带来了杀身之祸。好童自幼聪慧无比，深得大武神王的喜爱，他长大更是文治武功无人能比。当然，这都与其父大武神王不无关系。其父便是年幼立军功，成为高句丽王之后，更是南征北战，广开疆土，他的一言一行无时无刻不影响着好童。都说父母是孩子最好的老师，大武神王的军国主义思想潜移默化地影响着王子好童，在好童心里也种下了一颗要为国家开疆拓土的种子。正是好童的优秀得到了父王的器重与深爱，也正是父王的爱给他带来了杀身之祸。

此时的高句丽国尚处于建国初期，其国家的封建建制尚不够完善。可以说，其国还处于一种原始的部落联盟制度，国王还需通过联姻，借妃族势力来达到稳固王权的目的。好童虽才智武功过人，却为庶出，并非大武神王元妃所生，大武神王对他的宠信势必会让强大的妃族势力不满，好童袭乐浪立军功更是招致妃族势力的戒备与防范。因此也就有了后来的"元

---

① （宋）司马光：《资治通鉴》卷42"光武帝建武八年闰四月"条，中华书局，1956，第1385页。
② （宋）司马光：《资治通鉴》卷42"光武帝建武八年九月"条，中华书局，1956，第1386页。
③ （宋）司马光：《资治通鉴》卷42"光武帝建武八年八月"条，中华书局，1956，第1385页。

妃恐（好童）夺嫡为太子"① 而向大武神王进谗言说："好童不以礼待妾，殆欲乱乎。"并且，为了让大武神王相信，还进一步哭着说："请大王密候，若无此事，妾自伏罪。""于是，大王不能不疑，将罪之。"② 身为父亲，怎会不了解好童的人品。可是明明知道这是元妃在诬陷好童，但碍于元妃身后庞大的贵族势力，也只能表示相信她说的话，并承诺将会降罪于好童。而好童又怎会不理解父王的处境呢，为了王权的稳固，为了国家不会因内讧而陷入四分五裂的境地，从大局出发，好童王子最后以"伏剑而死"的方式结束了自己年轻的生命。在好童死后的第二个月，大武神王便"立王子解忧为太子"③。从这里，也可隐约感受到来自妃族的压力非同小可。

综上所述，设计袭击乐浪之说并非真实发生，好童之死成为一代英主大武神王一生之憾。当然，从好童选择自杀这种极端的方法来看，他与其叔父解明一样，都是愚忠愚孝之人。

三 神鼎传说

> 四年（21）冬十二月，王出师伐扶余，次沸流水上，望见水涯，若有女人舁鼎游戏。就见之，只有鼎使之炊，不待火自热，因得作食饱一军。忽有一壮夫曰："是鼎吾家物也。我妹失之，王今得之，请负以从。"遂赐姓负鼎氏。④

大武神王即位的第四年冬天，王出兵征讨夫余，当行军至沸流水之时，看到水边好像有个女人在拿着鼎玩儿。走近了发现是个神鼎，不用生火加热便可以做饭。用如此神奇的鼎做饭，无恤军饱饱地吃了一顿。此时

① 〔朝〕金富轼著，孙文范等校勘《三国史记》卷14《高句丽本纪·大武神王》，吉林文史出版社，2003，第186页。
② 〔朝〕金富轼著，孙文范等校勘《三国史记》卷14《高句丽本纪·大武神王》，吉林文史出版社，2003，第186页。
③ 〔朝〕金富轼著，孙文范等校勘《三国史记》卷14《高句丽本纪·大武神王》，吉林文史出版社，2003，第187页。
④ 〔朝〕金富轼著，孙文范等校勘《三国史记》卷14《高句丽本纪·大武神王》，吉林文史出版社，2003，第183页。

忽然出现一个壮汉，说鼎是他家的，是他妹妹弄丢的，如今大王得到了它，自己愿随军负鼎前行。无恤于是赐其姓负鼎氏。

这是一段发生在大武神王无恤征战夫余途中的传说。传说中出现的神鼎玄之又玄。那么，神鼎的出现有着哪些隐喻，又反映了哪些问题，具有哪些史料价值呢？单从"鼎"的字面意义来说，《说文解字》有载：

> 鼎，三足两耳，和五味之宝器也。昔禹收九牧之金，铸鼎荆山之下，入山林川泽，螭魅蝄蜽，莫能逢之，以协承天休。《易》卦：巽木于下者为鼎，象析木以炊也。籀文以鼎为贞字。凡鼎之属皆从鼎。①

可见，仅从鼎这一器物本身来看，乃三足两耳之锅，于其底部以木生火用以烹饪之一炊具。可见鼎应是人们在学会取火，结束了茹毛饮血的生活后产生的，反映了人们对煮熟食物的渴求。而此处大武神王无恤率兵客乡作战，条件十分艰苦，能饱饱地吃上一顿煮熟的食物当然是军中上下共同的愿望，而此刻的天降之鼎正好满足了无恤军的需求。更重要的是此鼎之神奇，能饱一军之口腹的鼎，究竟得有多大给人以无限的遐想，且此鼎不用生火，会自热而煮熟食物，是一件灵物。得到此神鼎的无恤军也喻指得到了上天的眷顾。

当然，除去食器这一用途，鼎在古代还被用于祭祀，关乎国运之兴衰。其实在古代人的心目中，鼎绝非器物这么简单，其还被赋予了很多超自然、超现实的属性，而此处出现的神鼎传说，应该是借鉴了中原有关鼎的传说。在中原地域，有关神鼎的传说起源非常早。早在《战国策》中就对其有所记载：

> 昔周之伐殷，得九鼎，凡一鼎而九万人挽之，九九八十一万人。②

《史记》有载：

---

① （东汉）许慎：《说文解字》，《钦定四库全书荟要·经部·说文解字》卷7《鼎》，第16页。

② 《战国策》卷2《西周》，《钦定四库全书·战国策》乾隆四十一年四月，文渊阁第406册，上海古籍出版社，2003，第244c页。

闻昔大帝兴神鼎一，一者一统，天地万物所系终也。黄帝作宝鼎三，象天地人也。禹收九牧之金，铸九鼎，皆尝鬺烹上帝鬼神。遭圣则兴，迁于夏商。周德衰，宋之社亡，鼎乃沦伏而不见。……①

据传，夏初禹分天下为九州，并令州牧们献青铜铸九鼎，一鼎便象征一州，立九鼎于都城。传说一个宝鼎就需要九万人才能拉得动，可见此鼎之大之神奇，在鼎上刻着九州各地的生灵精怪，使人民见鼎而能提前防范。大禹最初造鼎应是出自教导人们辨认奸邪之意图，可谁知鼎被后来的统治者藏于庙堂之上，受人们顶礼膜拜。此后，九鼎便成了王权的象征，早在三代时期便被奉为国宝。后世亦多有求鼎、铸鼎之传说。此时被供奉于宗庙之上的鼎便具有了礼器的功能。大帝筑神鼎，一个代表一统天下；黄帝筑宝鼎，三个分别象征天、地、人；大禹筑九鼎，代表九州。可见鼎即象征天下，象征统一，得鼎者得天下，其中也具有一定的政治喻义。

《艺文类聚》载：

《晋中兴书》曰：神鼎见，鼎者仁器也，能息能行，不灼而沸，不汲而盈，烟煴之气，自然所生也，乱则藏于深山，文明应运而至，故禹铸鼎以拟之。②

《墨子》载：

鼎成三足而方，不炊而自烹，不举而自臧，不迁而自行，以祭于昆吾之墟，上乡人言兆之由曰：飨矣！逢逢白云，一南一北，一西一东，九鼎既成，迁于三国。夏后氏失之，殷人受之；殷人失之，周人受之。夏后、殷、周之相受也。数百岁矣。③

① （汉）司马迁：《史记》卷12《孝武本纪》，中华书局，1959，第465页。
② （唐）欧阳询：《艺文类聚》卷73《杂器物部·鼎》，中华书局，1965，第1253~1254页。
③ 《墨子》卷11《大取第四十四》，《四库全书荟要·子部·墨子》第62册，吉林人民出版社，1997，第91页。

《说苑》有载：

> 汤之时，大旱七年，雒坼川竭，煎沙烂石，于是使人持三足鼎，祝山川教之。①

前两则史料中的鼎均能"不灼而沸""不炊而自烹"，这与无恤军队所得到的能自热煮食的鼎十分相似。不仅如此，更有自己能够行走、不汲而自满等神奇之处。此鼎为自然幻化而成的神物，神鼎的出现与消失昭示着国运的兴衰，于是夏兴时鼎在，衰落时则鼎迁至商；商王朝衰落之时则复迁至周朝。而人们又往往认为国运之昌隆与否与一国之君的仁德有关，国君盛德善政则神鼎现世，国君昏庸残暴则神鼎隐没。于是乎衍生出了神鼎现世乃世道清明，国君仁德之征兆；而神鼎消失则说明君主失德，世道衰落，就如周德衰亡后鼎的沦没一般。亦如商汤之时，汤王命人抬着鼎去神坛求雨，他将大旱七年归于自己德行缺失的罪过，因而想要用大火烧死自己来求得上天的原谅。这也是古代君主因天灾而罪己的一种常例，而此处的鼎也是王权、仁德、合法性的象征。而这其实在后世的古籍中也有所记载，现摘录一二于下。

> 嗣君荒怠，敷虐万方，神鼎将迁，宝策无主，实赖英圣，匡济艰危。②
>
> 高宗太和二年九月，鼎出于洛州湅水，送于京师。王者不极滋味，则神鼎出也。③
>
> 万机不可以久旷，四海不可以乏君，神鼎所归，须有缵继。④
>
> 汤代于夏，武革于殷，干戈揖让，虽复异揆，应天顺人，其道靡异。自汉迄晋，有魏至周，天历逐狱讼之归，神鼎随讴歌之去，道高

---

① （汉）刘向：《说苑》12页，《钦定四库全书·子部·说苑》卷1《君道》，文渊阁第696册，上海古籍出版社，2003，第9d页。
② （梁）萧子显：《南齐书》卷1《高帝纪》，中华书局，1972，第22页。
③ （北齐）魏收：《魏书》卷112下《灵微志下》，中华书局，1974，第2967页。
④ （后晋）刘昫等：《旧唐书》卷20下《本纪第二十下·哀帝纪》，中华书局，1975，第785页。

者称帝，禄尽者不王，与夫文祖神宗，无以别也。①

如上，可见鼎的意义在历朝历代都未曾改变，都是关乎王权，关乎君德，关乎朝代的兴衰与更替。其中，神鼎传说在汉代颇多，如下：

神鼎者，质文之精也。知吉知凶，能重能轻，不炊而沸，五味自生，王者盛德则出。

汉武帝元鼎元年五月五日，得鼎汾水上。

汉明帝永平六年二月，庐江太守献宝鼎。出王雒山。

汉和帝永元元年，窦宪征匈奴，于漠北酒泉得仲山甫鼎，容五斗。②

中原远古时期的神鼎传说无疑对高句丽神鼎传说有着一定的借鉴意义，而汉代流传颇多的有关神鼎的传说对高句丽此传说的影响要更为深远和巨大。然而，如此重要且喻义深远的宝物——神鼎，却被高句丽军给弄丢了。大武神王行军途中，在沸流水边得到神鼎，当军队挺进至夫余国南时，其地面十分泥泞，于是王便选平地安营扎寨，原地休整队伍。可夫余王此时举全国之兵来战，由于夫余王战马深陷泥泞不能动，无恤趁机命怪由拔剑斩杀了夫余王。夫余人虽然失去了他们的国王，但其国人并未因此而溃不成军四散奔逃，而是将高句丽军队重重包围。无恤乞求上天，天降大雾七天，就是近在咫尺都看不清对面的人。趁此，无恤带兵连夜出逃，出逃途中"失骨句川神马，沸流源大鼎"③。此处神鼎的得而复失，是否也是国运的某种预示呢？抑或是其被藏之于庙堂而秘不视人，也未为可知。

综上所述，神鼎在古代人们的心中，是食器，是礼器，是仁器，是宝器，是一种能够通达天、地、人的超自然神器。官修正史也好，民间传说也罢，都有着诸多的关于神鼎的神秘记载。它可以趋吉避凶，可以兆示国

---

① （唐）李延寿：《北史》卷11《隋高祖文帝纪》，中华书局，1974，第402～403页。
② 〔梁〕沈约：《宋书》卷29《符瑞下·神鼎》，中华书局，1974，第867～868页。
③ 〔朝〕金富轼著，孙文范等校勘《三国史记》卷14《高句丽本纪·大武神王》，吉林文史出版社，2003，第183～184页。

家的兴衰与败亡。那么，此处高句丽第三代王大武神王时期的神鼎传说又有着哪些历史价值呢？笔者认为，首先，凸显了大武神王王权的正统性。神鼎即王权的象征，代表着国家。神鼎现世助力大武神王，说明了大武神王无恤如其祖父朱蒙一般，乃神的后代。

其次，大武神王的仁德善政。神鼎现世，不仅说明了高句丽国王为仁德之君，高句丽国运之昌隆，并且，也从另一个角度说明了此次征讨的正当性，大武神王所统率的实乃正义之师。

最后，儒家思想在高句丽深入人心。作为中原文明的象征，中原文化元素，鼎已经深深根植于中华文化之中，而高句丽人对鼎文化的接纳即是对中原文化的接纳。此处神鼎较之于鼎则更被赋予了一层神秘的色彩。鼎乃商周时期的重要礼器，是权力争夺场上权力的象征，拥有不同数量的鼎代表着不同的身份等级。鼎还被用作镇庙神器而被供奉于庙堂之上。重礼正是儒家思想的内核，对祭祀、礼仪的重视正反映了高句丽人对中原儒家思想的接纳与传承。

鼎乃古人举行祭祀、宴飨等社会活动的必备礼器，在社会政治生活中占有重要地位。纵观其传说发展的历史，其起源于食器，发展演变为礼器，最终成为一种文化符号。传国重器神鼎被赋予了更为丰富的内涵，我们可以从中窥见附着在神鼎之上的历史文化、社会价值与宗教信仰的构建，探索其寓意及其社会功能，揭示支撑仪式中的各种文化要素。

四 神马传说

（大武神王）三年，秋九月，王田骨句川，得神马名驹骍。[1]

五年，春二月，王进军于扶余国南……失骨句川神马……[2]

三月，神马驹骍，将扶余马百匹，俱至鹤盘岭下车回谷。[3]

① 〔朝〕金富轼著，孙文范等校勘《三国史记》卷14《高句丽本纪·大武神王》，吉林文史出版社，2003，第183页。

② 〔朝〕金富轼著，孙文范等校勘《三国史记》卷14《高句丽本纪·大武神王》，吉林文史出版社，2003，第183~184页。

③ 〔朝〕金富轼著，孙文范等校勘《三国史记》卷14《高句丽本纪·大武神王》，吉林文史出版社，2003，第184页。

大武神王三年的秋天，王在骨句川狩猎，得到神马𩧢马娄。

大武神王五年二月，当王率领的军队进入夫余国南部时……丢失骨句川神马。

同年三月，神马𩧢马娄带领夫余的百匹马，回到鹤盘岭下的车回谷。

这是发生在大武神王时期的一段有关神马的传说。其中包含了得到神马，王征讨夫余国时丢失神马，一个月后神马失而复得且其从夫余带回百匹马，故事情节较为完整。对于神马的名字——𩧢马娄，据《宋本广韵》中载："𩧢，𩩍𩧢。"而在《中华古今注卷下·𩩍》中载："驴为牡则马，为牝则𩧢。"[1] 而"骡及𩧢𩩍是驴马所生"[2]。《集韵》中载："骏，马类，一曰大骏。"[3] "驴马娄，兽名，说文似马，长耳，或从娄。"[4]《中华字海》载："骏，一、同'驴'；二、大骏。"[5] 综上，大武神王遇到的神马，可以说是一种形体似驴的马。又据《艺文类聚》中"轩辕乘𩧢𩩍而先驱，左青龙而右骑携，前七星而后腾蛇"[6]，及《梁书》中"将绝尘而弭辙，类飞鸟与𩧢𩩍"[7] 的记载，此马奔跑速度极快，且其古时曾为神之坐骑，具有神性，乃为神马。而至于神马之名，自古便有很多，如：

> 騕褭，神马，日行万里。两音窈嫋。[8]
>
> 飞菟者，神马之名也，日行三万里。禹治水勤劳历年，救民之害，天应其德而至。[9]
>
> 騕褭者，神马也，与飞菟同，亦各随其方而至，以明君德也。[10]
>
> 初，天子发书易，云："神马当从西北来。"得乌孙马好，名曰

---

① （五代）马缟：《中华古今注》卷下《𩩍》，《钦定四库全书·子部·中华古今注》，第 42 页。

② （晋）葛洪：《抱朴子内篇》卷 2《论仙》，《四部备要·子部·抱朴子内篇》，中华书局，1989，第 10 页。

③ （宋）丁度等：《集韵》（明州本）影印版，第 272 页。

④ （宋）丁度等：《集韵》（明州本）影印版，第 68 页。

⑤ 冷玉龙编《中华字海·马部》，中华书局，1994，第 1659 页。

⑥ （唐）欧阳询等：《艺文类聚》卷 78《灵异部上·仙道》，中华书局，1965，第 1338 页。

⑦ （唐）姚思廉：《梁书》卷 33《张率传》，中华书局，1973，第 477 页。

⑧ （汉）司马迁：《史记》卷 117《司马相如列传》，中华书局，1959，第 3035 页。

⑨ （梁）沈约：《宋书》卷 29《符瑞下·飞菟》，中华书局，1974，第 865 页。

⑩ （梁）沈约：《宋书》卷 29《符瑞下·騕褭》，中华书局，1974，第 865 页。

"天马"。及得大宛汗血马，益壮，更名乌孙马曰"西极"，名大宛马曰"天马"云①。

可知神马自古便有，且其名称各异。那么高句丽的这种神马具体又是哪种马呢？古籍中对高句丽马有如下记载：

> （高句丽）其马皆小，便登山。②
>
> （高句丽）骑马小，便登山。③
>
> （高句丽）出三尺马，云本朱蒙所乘，马种即果下也。④

从记载中可知高句丽之马形体较小，正如上文所说此马似驴，较一般马的体型要小。《南史》《通典》《通志》的记载则承袭了《三国志》的说法，仅标明了高句丽的马小。在《魏书》中这种小马被命名为"果下马"，且其马高三尺，《北史》《文献通考》则与《魏书》所载相同。

在《三国志·濊传》中有载：

> 濊南与辰韩，北与高句丽、沃沮接，东穷大海，今朝鲜之东皆其地也。……言语法俗大抵与句丽同，衣服有异。……自单单大山领以西属乐浪，自领以东七县，都尉主之，皆以濊为民。后省都尉，封其渠帅为侯，今不耐濊皆其种也。汉末更属句丽。……其海出班鱼皮，土地饶文豹，又出果下马，汉桓时献之。臣松之按：果下马高三尺，乘之可于果树下行，故谓之果下。⑤

可见东北地域很早便盛产果下马，而伴随着濊族并入高句丽，高句丽民族也随之成为产马之国。此处刘宋著名史学家裴松之在为《三国志》作注时写明此种马为何被冠以"果下"之名，是因为骑上这种马可在果树下

---

① （汉）司马迁：《史记》卷123《大宛列传》，中华书局，1959，第3170页。
② （晋）陈寿：《三国志》卷30《魏书·东夷·高句丽传》，中华书局，1959，第844页。
③ 杨春吉等：《高句丽史籍汇要》引《魏略辑本·高句丽国》，吉林人民出版社，1998，第42页。
④ （北齐）魏收：《魏书》卷100《高句丽传》，中华书局，1974，第2215页。
⑤ （晋）陈寿：《三国志》卷30《魏书·东夷·濊传》，1959，第848、849页。

行走，这其实也是在说明马的体型之矮小。不仅如此，高句丽的近邻百济亦有此种马。

> 武德四年，（百济）王扶余璋始遣使献果下马……①

其实，在陈大德的《奉使高丽记》中，最早对高句丽之神马做出如下描述。

> 马多山在国北，高丽之中，此山最大。三十里间，难通舆马。云雾歙蒸，终日不霁。其中多生人参、白附子、防风、细辛，山中有南北路，路东有石壁，其高数仞，下有石室，可容千人。室中有二穴，莫测深浅，夷人长老相传云：高骊先祖朱蒙从夫余至此，初未有马，忽见群马出穴中，形小而骏，因号马多山也。②

此段神马出现在高句丽始祖朱蒙时期，史料叙述朱蒙从夫余国出逃，来到一座山下，这里本来不曾有马，但朱蒙到来后，突然从山下石室洞穴中跑出一群马，这些马都是形体矮小的骏马。而这座矗立在高句丽国北方最大的山也因此而被命名为马多山。高句丽境内多大山深谷，群马从洞穴中奔腾而出不足为怪。神马的出现解决了朱蒙新建高句丽国急需马匹的问题，再次强化了对于高句丽国王有神相助，乃神之子的神圣威严形象的塑造。《奉使高丽记》乃唐朝使臣陈大德游历高句丽后所作，创作时间在高句丽尚且存续的时期，可见其时，在高句丽人口口相传的传说中便存在先祖时期的神马传说。而《三国史记》中金富轼笔下大武神王时期的神马传说则很可能是参照了《古记》而撰，当然这也说明了在高丽时期亦盛传着高句丽的神马传说。神马传说出现在高句丽的早期历史，在中后期史料中则不再有类似的叙述。高句丽乃勇武好战之民族，且在其早期的历史中，始祖朱蒙、第三代王大武神王皆为广开土境、善于征战的好战之王，而马乃冷兵器时代的重要战备资源，神马传说出现于这两代也就不足为怪了。关于神马传

---

①　（宋）欧阳修、宋祁：《新唐书》卷220《东夷·百济传》，中华书局，1975，第6199页。
②　杨春吉等：《高句丽史籍汇要》，吉林人民出版社，1998，第44页。

说，其实不仅在高句丽，在其他国家亦有所流传，如：

> 吐火罗国，都葱岭西五百里，与挹怛杂居。……其山穴中有神马，每岁牧马于穴所，必产名驹。南去漕国千七百里，东去瓜州五千八百里。大业中，遣使朝贡。①
>
> （突厥）当令侍子入朝，神马岁贡，朝夕恭承，惟命是视。②
>
> 吐火罗……居葱岭西，乌浒河之南，古大夏地。……北有颇黎山，其阳穴中有神马，国人游牧牝于侧，生驹辄汗血。③

如史料所载，其时，吐火罗国、突厥国均有神马，且在有关吐火罗国的记载中明确神马出于山中洞穴，而这又与高句丽的神马在"鹤盘岭下车回谷""神马出穴中"的情境极为相似，可知这是同一类传说。而至于有神马出现的马多山，亦无法得知其具体位置。《新唐书·地理志》有载：

> 峡州夷陵郡，中。本治下牢戍，贞观九年徙治步阐垒。土贡：纻葛、箭竹、柑、茶、蜡、芒硝、五加、杜若、鬼臼。户八千九十八，口四万五千六百六。县四。夷陵，宜都，长阳，远安。（中下。有神马山，本白马山，天宝元年更名。）④

《山海经·中次六经》有载：

> 夸父之山，其北有林焉，名曰桃林，是广员三百里，其中多马。

《水经注·河水》载：

> 湖水出桃林塞之夸父山，武王伐纣，天下既定，王巡岳渎，放马

---

① （唐）李延寿：《北史》卷97《西域·吐火罗传》，中华书局，1974，第3236页。
② （唐）李延寿：《北史》卷99《突厥传》，中华书局，1974，第3294页。
③ （宋）欧阳修、宋祁：《新唐书》卷221下《西域下·吐火罗》，中华书局，1975，第6252页。
④ （宋）欧阳修、宋祁：《新唐书》卷40《地理四·峡州夷陵郡》，中华书局，1975，第1028页。

华阳，散牛桃林，即此处也。其中多野马，造父于此得骅骝、绿耳、盗骊之乘，以献周穆王，使之驭，以见西王母。

那么，从地理位置上来看，我们首先排除峡州夷陵郡的远安，而又不会是玄之又玄的桃林，神马之山尚难确定其具体位置。

对于神马而言，我们的古代先民也早有记述，如《述异记》卷上载：

东海岛龙川，穆天子养八骏处也；岛中有草名龙刍，马食之，一日千里。古语云："一株龙刍，化为龙驹。"

《山海经·海内北经》载：

犬封国曰犬戎国，状如犬。有一女子方跪进杯食。有文马，缟身朱鬣，目若黄金，名曰吉量，乘之寿千岁。

《拾遗记》卷3载：

王驭八龙之骏，一名绝地，足不践土；二名翻羽，行越飞禽；三名奔霄，夜行万里；四名超影，逐日而行；五名逾辉，毛色炳耀；六名超光，一行十影；七名腾雾，乘云而奔；八名挟翼，身生肉翅。

在中原自古便流传着周穆王之八骏，它们都是夸父山上的野马，经御者造父驯养后献给穆王。而这些野马，原本是武王伐纣之后，放置在华山，亦即夸父山的战马的后代，因此它们有着祖先的勇猛英武。不仅在远古时期，在后世的中原地域亦有神马出现的记载：

汉章帝元和中，神马见郡国。①
晋怀帝永嘉六年二月壬子，神马鸣南城门。②
晋孝武帝太元十四年六月甲申朔，宁州刺史费统上言："所统晋宁之滇池县，旧有河水，周回二百余里。六月二十八日辛亥，神马二

---

① （梁）沈约：《宋书》卷28《符瑞中·神马》，中华书局，1974，第802页。
② （梁）沈约：《宋书》卷28《符瑞中·神马》，中华书局，1974，第802页。

四，一白一黑，忽出于河中，去岸百步。县民董聪见之。"①

那么，有关神马的出现，又有着怎样的喻义呢？

> 腾黄者，神马也。其色黄。王者德御四方则出。白马朱鬣，王者任贤良则见。泽马者，王者劳来百姓则至。夏马骊，黑身白鬣尾，殷马骆，白身黑鬣尾，周马骃，赤身黑鬣尾。②

> 肃宗元和中，蜀郡王追为太守，政化尤异，有神马四匹出滇池河中，甘露降，白乌见，始兴起学校，渐迁其俗。③

> 幸太极殿，如即位礼，大赦，改元。是月，神马出，皇太子献宝马颂。④

由上述史载可知，神马乃神兽，在世道清明、王者仁德善任之时便会现世。当然，在史籍记载中也有与此不同的说法，如：

> 武帝太熙元年，辽东有马生角，在两耳下，长三寸。案刘向说曰："此兵象也"。及帝晏驾之后，王室毒于兵祸，是其应也。京房易传曰："臣易上，政不顺，厥妖马生角，兹谓贤士不足。"又曰："天子亲伐，马生角。"吕氏春秋曰："人君失道，马有生角。"及惠帝践祚，昏愚失道，又亲征伐成都，是其应也。

> 惠帝元康八年十二月，皇太子将释奠，太傅赵王伦骖乘，至南城门，马止，力士推之不能动。伦入轺车，乃进。此马祸也。天戒若曰，伦不知义方，终为乱逆，非傅导行礼之人也。

> 九年十一月戊寅，忽有牡驷马惊奔至廷尉讯堂，悲鸣而死。天戒若曰：愍怀冤死之象也。见廷尉讯堂，其天意乎！

> 怀帝永嘉六年二月，神马鸣南城门。

> 愍帝建兴二年九月，蒲子县马生人。京房易传曰："上亡天子，

---

① （梁）沈约：《宋书》卷28《符瑞中·神马》，中华书局，1974，第802页。
② （梁）沈约：《宋书》卷28《符瑞中·神马》，中华书局，1974，第802页。
③ （南朝宋）范晔：《后汉书》卷86《西南夷·滇传》，中华书局，1965，第2847页。
④ （唐）李延寿：《南史》卷7《梁武帝·萧衍》，中华书局，1975，第219页。

诸侯相伐，厥妖马生人。"是时，帝室衰微，不绝如线，胡狄交侵，兵戈日逼，寻而帝亦沦陷，故此妖见也。

元帝太兴二年，丹杨郡吏濮阳演马生驹，两头，自项前别，生而死。司马彪说曰："此政在私门，二头之象也。"其后王敦陵上。

成帝咸康八年五月甲戌，有马色赤如血，自宣阳门直走入于殿前，盘旋走出，寻逐莫知所在。己卯，帝不豫。六月，崩。此马祸，又赤祥也。是年，张重华在凉州，将诛其西河相张祥，厩马数十匹，同时悉无后尾也。

安帝隆安四年十月，梁州有马生角，刺史郭铨送示桓玄。案刘向说曰，马不当生角，犹玄不当举兵向上也。玄不寤，以至夷灭。

石季龙在邺，有一马尾有烧状，入其中阳门，出显阳门，东宫皆不得入，走向东北，俄尔不见。术者佛图澄叹曰："灾其及矣！"逾年季龙死，其国遂灭。[①]

可见马的隐喻也并非都是吉祥，还有马祸一说。那么，在高句丽的神马传说中，说明了哪些问题，又具有哪些史料价值呢？笔者认为，其价值主要有三。一是说明了马在高句丽民族中的重要作用。高句丽民族具有尚武精神，其国民生性好斗，勇武善战，而这直接掀起了高句丽国内的狩猎热潮及对外的不断征战。有关高句丽狩猎的记载，在中原及朝鲜半岛史籍中都有着大量的记载，如下：

后狩于田，以朱蒙善射，限之一矢。[②]
以猎往寻，至沸流国。[③]
驰骋田猎，久而不返。[④]

---

① （唐）房玄龄等：《晋书》卷29《五行下·马祸》，中华书局，1974，第904~906页。
② （北齐）魏收：《魏书》卷100《高句丽传》，中华书局，1974，第2213页。
③ 〔朝〕金富轼著，孙文范等校勘《三国史记》卷13《高句丽本纪·始祖东明圣王》，吉林文史出版社，2003，第175页。
④ 〔朝〕金富轼著，孙文范等校勘《三国史记》卷13《高句丽本纪·琉璃明王》，吉林文史出版社，2003，第179页。

王猎箕丘获白獐。①

王如新城猎获白鹿。②

王猎于侯山之阴……③

南巡狩，望海而还。④

……

不仅如此，史籍中还多次记载高句丽第七代王遂成的狩猎之事。

遂成猎于倭山，与左右宴。⑤

遂成猎于质阳，七日不归，戏乐无度。秋七月，又猎箕丘，五日乃反。⑥

遂成猎于倭山之下……⑦

王田于平儒原……⑧

而我们此处所要探讨的神马，也正是大武神王在骨句川狩猎之时所得到的。狩猎活动的频繁使高句丽人对马匹十分重视。而对于高句丽民族的对外征战则更是伴随其政权存续的始终。其先祖朱蒙从在卒本地区建国开始，就忙于对周边邻族及一些弱小部族的收复以不断扩充壮大自身的实力。不仅如此，高句丽作为中原王朝的属国，中华册封体系中的一员，其对中原王朝亦是采取时叛时服的策略，每当中原出现强大集权的王朝之

① 〔朝〕金富轼著，孙文范等校勘《三国史记》卷17《高句丽本纪·中川王》，吉林文史出版社，2003，第211页。
② 〔朝〕金富轼著，孙文范等校勘《三国史记》卷17《高句丽本纪·西川王》，吉林文史出版社，2003，第212页。
③ 〔朝〕金富轼著，孙文范等校勘《三国史记》卷17《高句丽本纪·美川王》，吉林文史出版社，2003，第215页。
④ 〔朝〕金富轼著，孙文范等校勘《三国史记》卷19《高句丽本纪·文咨明王》，吉林文史出版社，2003，第232页。
⑤ 〔朝〕金富轼著，孙文范等校勘《三国史记》卷15《高句丽本纪·大祖大王》，吉林文史出版社，2003，第193页。
⑥ 〔朝〕金富轼著，孙文范等校勘《三国史记》卷15《高句丽本纪·大祖大王》，吉林文史出版社，2003，第194页。
⑦ 〔朝〕金富轼著，孙文范等校勘《三国史记》卷15《高句丽本纪·大祖大王》，吉林文史出版社，2003，第194页。
⑧ 〔朝〕金富轼著，孙文范等校勘《三国史记》卷15《高句丽本纪·次大王》，吉林文史出版社，2003，第196页。

时，高句丽便俯首称臣，岁岁朝贡，求得中原政权的认可与保护，而一旦中原王朝陷入混乱，无力管理边疆事务之时，其便又迅速燃起进驻辽东之野心，开始蚕食中原边境领土的侵扰行动。在一个军事行动如此频发的国度，战备资源自然是供不应求且需要长期储备的。而战马在冷兵器时代战争中的作用是不言而喻的，其在整个战备资源中占有极为重要的位置；而至于重要到何种地步，史有所载：

> 有谋反叛者，则集众持火炬竞烧灼之，焦烂备体，然后斩首，家悉籍没；守城降敌，临阵败北，杀人行劫者斩；盗物者，十二倍酬赃；杀牛马者，没身为奴婢。大体用法严峻，少有犯者，乃至路不拾遗。①

此段记载了高句丽国内所实行的法律，在其国内民风淳朴，少有触犯法律之人。在其法律条文中明确指出如果国民杀牛马，则会变为奴婢，失去人身自由，由此足见马在高句丽国内受到的保护与重视。人们很少犯法，也可见高句丽国民从内心深处热爱马匹。不仅在高句丽国如此，此种马在中原也被视为珍品，如史载：

> 召皇太后御小马车，张晏曰："皇太后所驾游宫中辇车也。汉厩有果下马，高三尺，以驾辇。"师古曰："小马可于果树下乘之，故号果下马。"②

可见在汉王朝果下马被用作专供太后乘坐的马车。而作为中原王朝的属国，且通过收复濊族地域进而成为产马大国的高句丽，其国王遣使朝贡之时也将本国所热爱的马朝贡于中原。

> 遣长史高翼入晋奉表，献赭白马。③
> 遣使朝魏，进良马十匹。④

---

① （后晋）刘昫等：《旧唐书》卷199上《东夷·高丽传》，中华书局，1975，第5320页。
② （汉）班固：《汉书》卷68《霍光传》，中华书局，1962，第2940、2944页。
③ 〔朝〕金富轼著，孙文范等校勘《三国史记》卷18《高句丽本纪·长寿王》，吉林文史出版社，2003，第225页。
④ 〔朝〕金富轼著，孙文范等校勘《三国史记》卷19《高句丽本纪·安臧王》，吉林文史出版社，2003，第236页。

琏每岁遣使。十六年，文帝欲侵魏，诏琏送马，献八百匹。①

宋元嘉中，又献马八百匹。②

义熙元年，高句丽以千里马、生黑皮障泥献于南燕，燕王超大悦，答以水牛、能言鸟。③

正是因为马在高句丽民族中的重要作用，在高句丽人心目中具有不可替代的重要位置，神马传说才会得以流传且经久不衰，马也才会被奉为神兽。

二是神马在高句丽国内代表着神力，喻示着神圣。笔者认为，在高句丽国内，神马应是被奉为祥瑞的神兽，而不是有兵乱喻义的"马祸"。且文中大武神王时期的神马带回夫余百匹马的情节更具故事性与传奇性，充分体现了神马所具有的灵性。有神马相助的自然是神之后世子孙，而这也间接地强调了高句丽人民对祖先、对君王的崇拜之情。高句丽之王乃天神后代，高句丽之马乃神马后代。

三是神马为龙的观念。在一些史料中，对于马与龙的记载是有些混乱的，比如记载马从水中而出：

有神马四匹出滇池河中……④

龙马者，仁马也，河水之精。高八尺五寸，长颈有翼，傍有垂毛，鸣声九哀。⑤

又尝得神马渥洼水中，复次以为太一之歌。⑥

无独有偶，在《新增东国舆地胜览·平壤府》中也有"麒麟窟在九梯宫内浮碧楼下，东明王养麒麟马于此，后人立石志之。世传王乘麒麟马入

---

① （唐）李延寿：《南史》卷79《夷貊下·东夷·高句丽传》，中华书局，1975，第1971页。

② 杨春吉等：《高句丽史籍汇要》引《太平寰宇记·东夷·高句丽》，吉林人民出版社，1998，第86页。

③ 杨春吉等：《高句丽史籍汇要》引《三十国春秋·安帝》，吉林人民出版社，1998，第98页。

④ （南朝宋）范晔：《后汉书》卷86《西南夷·滇传》，中华书局，1965，第2847页。

⑤ （梁）沈约：《宋书》卷28《符瑞中·神马》，中华书局，1974，第802页。

⑥ （汉）司马迁：《史记》卷24《乐书》，中华书局，1959，第1178页。

此窟，从地中出朝天石升天。其马迹至今在石上”的记载，也暗示了马与龙的联系。

而在《周礼·夏官·庾人》中也确有“马八尺以上为龙”的记载，可见马与龙的确存在着一定的联系，天马化而为龙似乎是很自然的事。如：

> 招翠黄乘龙于沼。汉书音义曰：“翠黄，乘黄也。龙翼马身，黄帝乘之而登仙。言见乘黄而招呼之。礼乐志曰‘訾黄其何不来下’。余吾渥洼水中出神马，故曰乘龙于沼。”服虔云：“龙翠色。”又云：“即乘黄也。乘四龙也。”周书云“乘黄似狐，背上有两角”也。[1]
>
> 马山在府北四十里。谚传龙马出游。故名之。[2]

可以说，在远古时期的人们便有着神马为龙的观念。

其实，高句丽神马传说出现在第一代王朱蒙及第三代王大武神王时期，是有其一定原因的，除了能够说明两位高句丽君王的能征善战，其实也从另一个角度说明了在高句丽早期社会是极度缺马的。而这一情况应是在高句丽兼并了濊族后得到了缓解，并且摇身一变成为盛产马的国家。于是，在高句丽中后期的史料中，便不再有此传说，继而出现朝贡良马于中原及在战争中动辄损失数以千计的战马的记载。这也说明当时马匹资源的充足。

五　好童自杀

> 冬十一月，王子好童自杀。好童，王之次妃曷思王孙子所生也，颜容美丽，王甚爱之，故名好童。元妃恐夺嫡为太子，乃谮于王曰：“好童不以礼待妾，殆欲乱乎。”王曰：“若以他儿憎疾乎？”妃知王不信，恐祸将及，乃涕泣而告曰：“请大王密候，若无此事，妾自伏罪。”于是，大王不能不疑，将罪之。或谓好童曰：“子何不自释乎？”答曰：“我若释之，是显母之恶，贻王之忧，可谓孝乎？”乃伏剑而死。[3]

---

[1]　（汉）司马迁：《史记》卷117《司马相如列传》，中华书局，1959，第3065、3067页。

[2]　《新增东国舆地胜览》卷51《平壤府·山川·马山》，朝鲜民主主义人民共和国科学院出版社，1959，第425页。

[3]　〔朝〕金富轼著，孙文范等校勘《三国史记》卷14《高句丽本纪·大武神王》，吉林文史出版社，2003，第186页。

大武神王十五年（32）的冬天，好童王子自杀。好童，其母亲为大武神王次妃，曷思王的孙女。好童容貌清秀英俊，大武神王很是喜爱，便给他起名叫"好童"。大武神王的元妃唯恐好童夺太子之位，便对大武神王进谗言："好童对我非礼，难道他想乱伦吗？"大武神王说："是因为他不是你亲生的，你才这般妒忌憎恨他吧。"元妃知道大武神王不信，但害怕大王看透自己的心思，降罪于自己，便哭着说："还请大王密查，如果并无此事，臣妾甘愿服罪。"大武神王见元妃说得如此肯定决绝，实在不能置之不理，便要降罪于好童。左右近臣忙对好童说："你怎么不解释一下，表明自己的冤屈呢？"好童说："如果我表明我是冤屈的，无罪的，那么，则表明了这是母亲的罪恶，让父王担忧，这又怎能是孝子所为呢？"于是，好童自刎而死。

对于这段王子好童的传说，金富轼评："今王信谗言，杀无辜之爱子，其不仁，不足道矣。而好童不得无罪何则，子之见责于其父也，宜若舜之于瞽瞍，小杖则受，大杖则走，期不陷父于不义。好童不知出于此，而死非其所。可谓执于小谨，而昧于大义。其公子申生之譬耶。"①

对于好童的死，与高句丽当时的国家构成不无关系。此时的高句丽刚刚历经三代王，尚处于建国初期。而高句丽国内的五部制，则类似于一种原始的部落联合制度，五部贵族虽听命于国王，却又各自有着较大的独立性。如在高句丽国内左可虑叛乱之时，故国川王也只能"征畿内兵马平之"②，可见国王的王权一直受制于贵族权。有鉴于此，国王为了巩固王权，稳定高句丽社会，势必会笼络更多的部族。而通过立高句丽王妃，获取王妃所在部族的支持也是身为高句丽国王的一种必然选择，而此段中的大武神王元妃身后的部族势力不容小觑。

知子莫若父，对于王子好童的性格人品，身为父亲的大武神王又怎会不知。好童的俊秀聪慧，深得大武神王的喜爱，但正因如此而招来了杀身

① 〔朝〕金富轼著，孙文范等校勘《三国史记》卷14《高句丽本纪·大武神王》，吉林文史出版社，2003，第186~187页。

② 〔朝〕金富轼著，孙文范等校勘《三国史记》卷16《高句丽本纪·故国川王》，吉林文史出版社，2003，第201页。

之祸。既然元妃所在的部族势力强大，其自然会全力拥立元妃所生之子解忧（解爱娄）为太子，以便将来继承大统，为本部族谋取更多的利益。而此时大武神王对好童的偏爱与器重自然会引起部族众人的警惕与防范。可见，虽然传说所载是元妃进谗言，但实际上此举应不是元妃一人的所想所为，而应是一个部族的整体诉求。

直至王子好童于大武神王十五年（32）的十一月自尽后，大武神王才于这一年的十二月"立王子解忧为太子"①。从大武神王一直未立太子，我们可以推测出大武神王其实是有将王位传于好童的想法的。而从大武神王的角度来看，解忧尚且年幼，好童正值年少，且有一定的实战经验，自然是太子的最佳人选，只有他才会避免高句丽大权旁落，也只有他才会继续大武神王的步伐，带领高句丽继续快步向前。事实证明，好童死后，十二年后大武神王薨，果然因"太子幼少，不克即政"②，国人推戴大武神王之弟解色朱为高句丽王，是为闵中王。

好童死前，高句丽国一直未立太子，那么，来自元妃所在部落的压力一直都存在。大武神王虽然不信元妃所言，知道她是在有意诬陷好童，但怎奈她步步紧逼，因此也只是口头上说要治好童的罪。但身为大武神王最得意的儿子，好童又怎会不知大武神王的处境、大武神王的难处呢？因此，为了不给父王带来不必要的麻烦，不让父王为难，他选择了自杀的方式结束这一切。从而不仅堵住了来自妃族的悠悠之口，还强化了父权，为大武神王的有力统治做出贡献。

好童自杀传说与前文琉璃明王时期的解明走马触枪传说有着很多相似之处。这两段传说，讲述了祖孙三代人的政治理念，其中，第一代为琉璃明王类利，第二代为大武神王无恤及其死去的兄长解明，第三代为王子好童。且不说这两位王子自尽的政治背景、社会因素及高句丽国内错综复杂的权力利益之争，就说两位国王下令降罪于自己的亲生儿子，且两位王

---

① 〔朝〕金富轼著，孙文范等校勘《三国史记》卷14《高句丽本纪·大武神王》，吉林文史出版社，2003，第187页。

② 〔朝〕金富轼著，孙文范等校勘《三国史记》卷14《高句丽本纪·闵中王》，吉林文史出版社，2003，第187页。

子都选择了自尽的方式结束自己年轻的生命的情节，隐约也可以看出高句丽社会尚未成形的道德教化过程及国内所广泛接纳的忠君爱国、孝悌仁义思想。

高句丽兴起于汉四郡之玄菟郡辖下的高句丽县，汉文化对其影响巨大，而这其中主要是儒家思想的影响。仁爱是其思想理念的核心部分，其中便包含了尽己之忠，并且儒家的仁爱以孝为起点，然后推己及人。儒家先贤孔子则认为"孝悌也者，其为仁之本"，把孝悌作为仁政的根本。孟子、荀子也很重视孝悌对国家政治生活的作用，同时将孝悌之义应用于政治关系上。

在中原王朝的国家制度中，其实保存了较为浓厚的氏族组织形式，中原的统治者为了维护这一政治秩序，有意突出父权进而强化王权。中原政权统治下的传统社会则表现为家国同构，突出了父权与君权，而其传统文化则体现出明显的政治伦理性。此处的两位王子之死，也强化了父权与王权。孝悌之道，为仁之本；杀身成仁，当仁不让。正如荀子在儒家"礼"的思想基础上，吸收了一些法家的思想，他主张治国应隆礼重法。

简言之，高句丽历史上解明与好童两位王子之死，有其一定的社会历史因素，是在高句丽早期社会五部制的背景下，王权与贵族权力之间相互博弈的结果，也说明了中原儒家思想对高句丽产生的深远影响，但如此轻易舍弃自己性命的两位王子，所表现出的更多的则是愚忠愚孝。

第五章　高句丽太祖大王至平原王时期传说

高句丽传说主要集中在前三代王，即始祖东明圣王朱蒙、琉璃明王类利及大武神王无恤时期，且在这三代王时期的神话传说所占的比例较大，而此后则多为民间传说。这段时期的传说较为分散，有战争传说，有后宫争宠传说，有王子流浪传说，也有市井之人温达娶公主的传说。当然，这都是以当时的社会为大背景，也自然反映了高句丽社会的一些特点抑或某些被隐藏的历史真相。

一　明临答夫夸功

八年（172），冬十一月，汉以大兵向我，王问群臣战守孰便。众议曰："汉兵恃众轻我，若不出战，彼以我为怯数来。且我国山险而路隘，此所谓一夫当关，万夫莫当者也。汉兵虽众，无如我何。请出师御之。"答夫曰："不然。汉国大民众，今以强兵远斗，其锋不可当也。而又兵众者宜战，兵省者宜守，兵家之常也。今汉人千里转粮，不能持久，若我深沟高垒，清野以待之，彼必不过旬月，饥困而归。我以劲卒薄之，可以得志。"王然之，婴城固守。汉人攻之不克、士卒饥饿，引还。答夫帅数千骑追之，战于坐原，汉军大败，匹马不反。王大悦，赐答夫坐原及质山为食邑。①

新大王八年（172）十一月，东汉王朝举兵征讨高句丽，新大王急忙召见群臣商议是战是守。大部分人都认为应当主动出击，理由是："汉兵

---

① 〔朝〕金富轼著，孙文范等校勘《三国史记》卷16《高句丽本纪·新大王》，吉林文史出版社，2003，第199~200页。

仗着兵力雄厚，定会轻视我们，如果不出战的话，他们一定认为我国兵弱而胆怯。我国山险路狭，有着天然的地理优势。正所谓一夫当关，万夫莫开。汉兵虽多，却也奈何不了我们。所以我们要主动出战。"只有国相明临答夫持反对意见，他认为："汉朝兵将众多，此次肯定是挑选的强兵前来征讨，其锋芒势不可挡。而兵多者适合主动出战，兵少者则适合被动防守，这是兵法上的常识。现如今汉兵远路而来，还要运送粮草，必定不能打持久战。如果我们深挖战壕，高筑城墙，坚壁清野，汉军不过半月，便会因饥饿疲累而退兵。到了那时，我们再派遣精锐部队追击，定会获胜。"新大王听从了明临答夫的建议。果然，汉兵因城池久攻不下，士兵饥饿而退。此时明临答夫率数千骑兵追击，在坐原大败汉军。新大王非常高兴，将坐原和质山作为食邑奖赏给明临答夫。

此段为汉灵帝熹平元年汉兵征讨高句丽的记载，此段记载仅存于朝鲜半岛史籍《三国史记》中，中原史料中并无相关记载。若是仔细分析，便会发现这段记载令人质疑之处颇多。从事件发生的时间来说，新大王八年即是东汉熹平元年，此时的汉朝早已国势衰微，风光不再，不仅如此，就在记载坐原之战发生的前后几年间，鲜卑曾频繁侵扰汉朝。在《资治通鉴》汉灵帝建宁二年（169）、建宁四年（171）、熹平元年（172）、熹平二年（173）均有"鲜卑寇并州"[1]、"鲜卑寇幽、并二州"[2]的记载，面对鲜卑的数次侵扰，并无任何汉朝对其用兵的记载。既然如此，其又怎会主动兵向高句丽呢？在汉灵帝建宁四年（171）"春，正月，甲子，帝加元服，赦天下，唯党人不赦"[3]，可见，汉朝内部的党争十分激烈。不仅如此，公元172年"十一月，会稽妖贼许生起句章，自称阳明皇帝，众以万数；遣扬州刺史臧旻、丹阳太守陈寅讨之"[4]，174年"吴郡司马富春孙坚

---

① 分别载于（宋）司马光《资治通鉴》卷56"灵帝建宁二年十一月"条，中华书局，1956，第1862页；卷56"灵帝建宁四年十月"条，中华书局，1956，第1865页；卷57"灵帝熹平元年十二月"条，中华书局，1956，第1871页。

② （宋）司马光：《资治通鉴》卷57"灵帝熹平二年十二月"条，中华书局，1956，第1872页。

③ （宋）司马光：《资治通鉴》卷56"灵帝建宁四年正月"条，中华书局，1956，第1864页。

④ （宋）司马光：《资治通鉴》卷56"灵帝熹平元年十一月"条，中华书局，1956，第1871页。

召募精勇，得千余人，助州郡讨许生"①，最终，在"冬，十一月，臧旻、陈寅大破生于会稽，斩之"②。在坐原之战的这几年间，汉朝将主要精力用于解决此起彼伏的内乱。内乱不绝，又怎会有闲暇主动讨伐边疆。

从《三国史记》对这一历史时期的记录来看。在同书同传中，有"四年（168），汉玄菟郡太守耿临来侵，杀我军数百人，王自降乞属玄菟"③。的记载，对于同一战事，《资治通鉴》中却有不同的记载，灵帝建宁二年（169）"高句骊王伯固寇辽东，玄菟太守耿临讨降之"④。具体不同有二：一是战争的时间，二是战争起因。时东汉王朝内忧外患，内忧尚未很好地解决，又如何主动出击呢？因此可以说，若果有此战，则定是高句丽挑衅在先，玄菟太守征讨在后，《三国史记》所载不实。耿临杀伐高句丽数百人在当时已属于重大军事行动，尚且被记录在册。那么，对于率大兵东征高句丽之举，中原史籍又怎会没有任何记录呢？

那么，历史上是否真的发生过坐原之战呢？笔者认为，此战发生的可能性极小，即便真的存在，也不会是大规模征战，而极有可能是与之正相反的少数人的小范围接触即走事件，也许都没有发生任何冲突。至于这一战役传说，应是被过度夸大或是故意捏造之结果。而之所以会夸大或捏造这段传说，无非是想要突出夸大某人的才能与战功，这正如前文所论述的有关乙豆智的"鲤鱼退汉兵"传说一样。只要高句丽想要夸大某人的战功，就会选择让他与中原王朝开战并取得胜利。毕竟，战胜强大的中原王朝才更能说明其能力之强。此段传说想要赞颂夸大的人正是明临答夫。

明临答夫，椽那部贵族，次大王时期官位皂衣，后推翻次大王另立新大王，官至国相。从明临答夫弑君一事，我们可以看到事件背后的高句丽五部贵族的争权夺利。据史载：高句丽"其官有相加、对卢、沛者、古雏加、主簿、优台丞、使者、皂衣先人，尊卑各有等级。……王之宗族，其

---

① （宋）司马光：《资治通鉴》卷57 "灵帝熹平三年六月"条，中华书局，1956，第1872页。
② （宋）司马光：《资治通鉴》卷57 "灵帝熹平三年十一月"条，中华书局，1956，第1872页。
③ 〔朝〕金富轼著，孙文范等校勘《三国史记》卷16《高句丽本纪·新大王》，吉林文史出版社，2003，第199页。
④ （宋）司马光：《资治通鉴》卷56 "灵帝建宁二年十一月"条，中华书局，1956，第1862页。

大加皆称古雏加。……诸大加亦自置使者、皂衣先人，名皆达于王，如卿大夫之家臣，会同坐起，不得与王家使者、皂衣先人同列"①。身为皂衣的明临答夫其实官位并不高，能够在如此低的官位上发动一场政变，杀掉次大王而另立新主，只能说明其所在的椽那部在五部之中权势较大，大到可以左右王的废立。而这就要从次大王篡位一事说起了。王权背后所倚仗的桂娄部一直以来都是高句丽五部中权势最大的。然而篡太祖大王之位的遂成同属王族桂娄部，他的篡位行动最终能够成功，必然是得到了除桂娄部之外另外四部的支持。四部之所以选择他作为高句丽王的人选，一定是遂成对四部做出了某些承诺，让渡给他们相应的利益与权力。四部贵族既然能够立遂成，当然亦能废掉他。而这亦说明了两个问题：一是四部贵族的力量显然要超过王权所在的桂娄部；二是王权减弱，桂娄部实力大减。从椽那部皂衣明临答夫如此轻易的弑君行为，可以推知在当初支持遂成篡位的四个那部中，椽那部应为行动的带头者，而明临答夫的弑君，则更加速了其所在的椽那部崛起的步伐。

对于椽那部，据史载，当年大武神王北伐杀死夫余王带素后，夫余王从弟对国人说："我先王身亡国灭，民无所依。王弟逃窜，都于曷思。吾亦不肖，无以兴复。"于是，他"与万余人来投。（大武神）王封为王，安置椽那部"②。可见椽那部有着夫余血统，而王部桂娄部大多都是早年跟随朱蒙从夫余出逃之人，桂娄部与椽那部有着天然的联系，两部关系亦较为密切，唯独不同的是椽那部的势力较之桂娄部弱一些。而在政变成功之后，次大王开始重用助其登上王位的外部贵族，其中大量的椽那部贵族亦得以担任国之要职，椽那部势力随之大幅提升，也因此才会轻易地主导了弑君行动而另立新大王。新大王即位后，因其王位得之于明临答夫，故在即位的第二年便"拜答夫为国相，加爵为沛者，令知内外兵马，兼领梁貊部落"③。而高

---

① （晋）陈寿：《三国志》卷 30《魏书·东夷·高句丽传》，中华书局，1959，第 843 页。

② 〔朝〕金富轼著，孙文范等校勘《三国史记》卷 14《高句丽本纪·大武神王》，吉林文史出版社，2003，第 184 页。

③ 〔朝〕金富轼著，孙文范等校勘《三国史记》卷 16《高句丽本纪·新大王》，吉林文史出版社，2003，第 199 页。

句丽国将左右辅改为国相的正是明临答夫。如此一来，国家的军政大权皆为明临答夫所夺取。椽那部势力随之进一步提升，而其利用手中的权力，更是让椽那部得到了"世与王婚"的权利，更加巩固了椽那部的特殊地位。

而捏造此次坐原之战传说的目的无非有两个。一是明临答夫以合理的理由得到封赏。史载，在坐原之战取得胜利后，新大王赐予他坐原及质山为封邑，其以权谋私、贪婪的本性一目了然。二是进一步树立明临答夫的个人威信。不得不说，明临答夫确实能力非凡，其"因民不忍"而杀了次大王，又迅速迎立一位受到众人拥护且较易操控的新大王。他能够很好地掌控局面，稳定局势，这本身也很令人信服，因此也使得各派势力团结在他的周围。此次被人为夸大的战功无疑更会树立其在人们心中的崇高地位。而椽那部亦就此崛起而成为整个高句丽王国的主导力量，且其部贵族倚仗垄断王后之位的特权而把持朝政，权势愈发强大，甚至超过了国王。这也为后世后族左可虑叛乱埋下了祸根。

二　酒桶村女

十二年（208），冬十一月，郊豕逸，掌者追之，至酒桶村，蹢躅不能捉。有一女子，年二十许，色美而艳，笑而前执之，然后追者得之。王闻而异之，欲见其女。微行，夜至女家。使侍人说之，其家知王来，不敢拒。王入室，召其女，欲御之。女告曰："大王之命，不敢避。若幸而有子，愿不见遗。"王诺之。至丙夜，王起还宫。

十三年（209），春三月，王后知王幸酒桶村女，妒之，阴遣兵士杀之。其女闻知，衣男服逃走，追及欲害之、其女问曰："尔等今来杀我，王命乎？王后命乎？今妾腹有子，实王之遗体也。杀妾身可也，亦杀王子乎？"兵士不敢害，来以女所言告之，王后怒，必欲杀之，而未果。王闻之，乃复幸女家，问曰："汝今有娠，是谁之子？"对曰："妾平生不与兄弟同席，况敢近异姓男子乎？今在腹之子，实大王之遗体也。"王慰藉，赠与甚厚。乃还告王后，竟不敢害。

秋七月，酒桶女生男。王喜曰："此天赉予嗣胤也。"始自郊豕之事，得以幸其母，乃名其子曰郊彘，立其母为小后。初，小后母孕未产，巫卜之曰："必生王后。"母喜，及生，名曰后女。[①]

山上王十二年（208）的冬天，用于祭祀的猪逃跑了，众人追至酒桶村，却怎么也捉不住逃跑的猪。这时，只见一位二十岁左右的妙龄少女，美若天仙，她笑着上前很轻松地捉住了这头猪，并将猪交给了追赶的人。山上王听闻后很是吃惊，想要见一见这位神秘的女子。于是，他深夜出行，来到酒桶村女子之家，并让侍者告知自己的身份。这家人听说是国王来了，怎敢阻拦。王见其女果有倾国倾城之美色，便欲非礼。这位少女却说："大王的命令，不敢不从。但如果有了大王的孩子，还请大王不要丢下我不管。"山上王答应了她。深夜，山上王才恋恋不舍地起驾回宫。

山上王十三年（209）三月，王后得知了山上王临幸酒桶村女子之事，顿时怒火中烧，暗中派人到酒桶村去杀害此女。不料这一消息被酒桶村少女得知，她急忙女扮男装逃走，却还是被王后派来的官兵抓到，当这些官兵正要将其杀害时，少女急中生智，大喊道："你们来追杀我，到底是大王的命令？还是王后的命令？现在我已有孕在身，这可是大王的骨肉。你们可以杀我，难道还要杀掉大王的孩子吗？"追兵听到后觉得事关重大，忙回宫将少女的话转告王后，王后听闻大怒，令士兵必须杀掉少女。事情很快传到了山上王耳中，他再次来到少女家，问道："你腹中怀的是何人之子？"少女回答说："妾懂得礼数，就是亲兄弟都不与之同席，更何况异姓男子呢？我腹中怀的确实是大王您的亲骨肉。"山上王大喜，对少女安慰一番，便回宫告知王后，王后不敢再加害少女。

这年的秋天，少女生下了一个男孩儿。山上王高兴地说："这是上天赐予我的孩子啊！"因祭祀用猪逃跑才得以认识他的母亲，因而给这个孩子起了个乳名叫郊彘，并立他的母亲酒桶村少女为小后。当初小后的母亲怀孕时，有位巫师曾对她说："你定能生个王后。"母亲非常高兴，给这个孩子起名为后女。

---

① 〔朝〕金富轼著，孙文范等校勘《三国史记》卷16《高句丽本纪·山上王》，吉林文史出版社，2003，第204～205页。

这是一段有关高句丽山上王得子的传说。传说由一头祭祀用猪的逃跑展开。对于祭祀用猪的逃跑，在高句丽历史上早已有之。早在琉璃明王时期就发生过两次祭祀用猪的逃跑事件，也正是通过猪的逃跑事件，琉璃明王成功地实现了他的迁都计划。高句丽人重视祭祀，自然对祭祀用物格外上心。并且，既然祭祀是一种对神或者祖先的致敬与祭拜，是对神灵与祖先的祈求，那么用于祭祀的猪自然会被赋予神圣性。祭祀用猪的行为则会被认为是神的旨意，上天之意。掌管祭祀的官员们抓不住的猪竟会被一位柔弱貌美的少女轻易抓住，这本就出乎常理，似天意安排。

而有此传说，还要看此前所做的一系列情节铺垫。山上王于公元197年即高句丽王位，即位后一直没有子嗣。在遇到酒桶村少女的5年前，即山上王七年（203），曾发生了王祈祷得子并获梦的情节。史载如下：

> 七年（203）春三月，王以无子，祷于山川。是月十五夜，梦天谓曰：“吾令汝少后生男勿忧。”王觉语群臣曰：“梦天语我谆谆如此，而无少后奈何？”巴素对曰：“天命不可测，王其待之。”①

山上王求子，梦到上天对他说少后可为他生个男孩。但当时的山上王并无少后。时任高句丽国相一职的乙巴素对他说这是天命，天意非人能揣测，让山上王静静地等待。5年后与酒桶村少女相见并且少女为山上王生子一事便是所谓的“天命”。在这里我们不禁要问，身为高句丽一国之王，何以即王位7年之后，甚至又过了5年遇到酒桶村女之时亦未立小后呢？这就有必要提一下有关山上王即位的故事。

山上王的即位过程并不光彩。故国川王死后，王后为了自身利益而对外秘不发丧。她先是趁着夜色来到王弟发歧的住所，对发歧说故国川王没有子嗣，他适合将来继承王位。可发歧并不知道此时王已薨，不知王后是在有意试探，因此对其严厉训斥。遭受如此冷遇的王后很是惭愧，同时也十分愤恨。她转而来到另一位王弟延优的住所，对他说：“大王薨，无子，

---

① 〔朝〕金富轼著，孙文范等校勘《三国史记》卷16《高句丽本纪·山上王》，吉林文史出版社，2003，第204页。

发歧作长当嗣，而谓妾有异心，暴慢无礼，是以见叔。"① 得知大王已薨，延优意识到自己的机会来了，于是对王后于氏以礼相待，很是热情，甚至亲自操刀割肉而误伤手指，王后则急忙撕下裙带为其包扎，四目相对，彼此心照不宣。延优于是挽着于氏的手送她回到了宫中。次日天明，王后于氏谎称奉先王遗命，册立延优为下一任高句丽王。于是，延优不费吹灰之力，得以继高句丽国大统，是为山上王。

但其实这一段故事是存有疑点的。虽然《三国史记》有"故国川王无子，故延优嗣立"②，但在同书中却另有所载："汉辽东太守兴师伐我。（故国川）王遣王子罽须拒之，不克。"③ 那么，究竟故国川王有无子嗣呢？故国川王，或云国襄，讳男武或伊夷模。除了上述两段自相矛盾的史料，在中原正史《三国志》中对其亦有所记载：

> 伯固死，有二子，长子拔奇，小子伊夷模。拔奇不肖，国人便共立伊夷模为王。自伯固时，数寇辽东，又受亡胡五百余家。建安中，公孙康出军击之，破其国，焚烧邑落。拔奇怨为兄而不得立，与涓奴加各将下户三万余口诣康降，还住沸流水。降胡亦叛伊夷模，伊夷模更作新国，今日所在是也。拔奇遂往辽东，有子留句丽国，今古雏加驳位居是也。其后复击玄菟，玄菟与辽东合击，大破之。

> 伊夷模无子，淫灌奴部，生子名位宫。伊夷模死，立以为王，今句丽王宫是也。④

此处将延优（位宫）说成是故国川王之子，而非其王弟。对此，学界有观点认为故国川王与山上王为同一人，理由是二者的经历极为相似。且故国川王之兄的名字为拔奇，山上王之兄名为发歧，两者谐音。对此处有

① 〔朝〕金富轼著，孙文范等校勘《三国史记》卷16《高句丽本纪·山上王》，吉林文史出版社，2003，第203页。
② 〔朝〕金富轼著，孙文范等校勘《三国史记》卷16《高句丽本纪·山上王》，吉林文史出版社，2003，第203页。
③ 〔朝〕金富轼著，孙文范等校勘《三国史记》卷16《高句丽本纪·故国川王》，吉林文史出版社，2003，第201页。
④ （晋）陈寿：《三国志》卷30《魏书·东夷·高句丽传》，中华书局，1959，第845页。

些混乱的记载，囿于可以旁证的史料极度缺乏，在此笔者不再做深入探讨。但是，笔者认为，山上王的多年无子，且没有小后一事，应与他的即位过程不无关系。那么，故国川王的王后于氏又有着怎样的背景呢？史载：故国川王二年（180）"春二月，立妃于氏为王后，后提（椽）那部于素之女也"①。

需要说明的是高句丽为五部制，且各部处于相对独立的状态。能够被册立为一国之后，也说明了当时椽那部在五部之中的地位较高，实力较强。而椽那部地位的大幅度提升，应与明临答夫出任国相一职不无关系。

高句丽第七代王次大王极其残暴凶狠，他的高句丽王位就是逼宫得来的。即位后他先是废掉太祖大王时期的重臣，就连太祖大王时期的名臣右辅高福章也未能幸免于难，并且太祖大王的王子也接连遇难。次大王的残忍无道，引起朝野上下的愤恨，最终他被明临答夫杀掉。杀死次大王后，明临答夫拥立太祖大王的季弟伯固为新大王。在新大王即位后的第二年，便"拜答夫为国相，加爵为沛者，令知内外兵马，兼领梁貊部落。改左右辅为国相，始于此"②。于是，明临答夫从一名小小的皂衣摇身一变成为一人之下万人之上的国相，从此平步青云，开始掌管高句丽的军政大权。

而椽那部地位与实力的快速提升便始于此时。废掉左右辅而专设国相的举动，令明临答夫权倾朝野，其权力之大实有制约王权的嫌疑。而此时椽那部趁此时机快速壮大，于氏能成为故国川王的王妃及被立为王后亦在情理之中。如果说椽那部实力大增，究竟大到怎样的程度呢？在故国川王时期曾发生过一次叛乱，发起叛乱之人便是左可虑。而左可虑是椽那部人，王后于氏的亲属，叛乱前与中畏大夫于畀留"执国权柄。其子弟，并恃势骄侈，掠人子女，夺人田宅，国人怨愤。王闻之，怒，欲诛之。左可

---

①　〔朝〕金富轼著，孙文范等校勘《三国史记》卷16《高句丽本纪·故国川王》，吉林文史出版社，2003，第200页。

②　〔朝〕金富轼著，孙文范等校勘《三国史记》卷16《高句丽本纪·新大王》，吉林文史出版社，2003，第199页。

虑等与四椽那谋叛"①。左可虑不仅纠集了四椽那之兵叛乱，甚至还聚众进攻王都。面对左可虑如此嚣张的气焰，故国川王立即征集畿内兵马发起了反攻，最终讨平了这场叛乱。

新大王十五年（179）九月"国相答夫卒"②，而在故国川王十三年（191）便发生了左可虑"聚众攻王都"③事件。左可虑叛乱所倚仗的便是其所在的椽那部的力量。可见椽那部实力在明临答夫为国相时得到了大幅提升，明临答夫为其本部族谋取了巨大的利益。其实，对于明临答夫任国相后的所作所为虽无详载，但从椽那部之人能聚众反叛一事中，可以得知在明临答夫专权之时应该也是如此肆意妄为，因此其部族人的仿效也就不足为怪了。还有一点可以作为佐证，那就是为明临答夫而专设的国相一职，在明临答夫死后，新大王父子曾连续十三年停用此官职，以中畏大夫代行国相之事，这足以说明明临答夫之专权应在某种程度上威胁到了王权。总之，椽那部之人能够无视国家法律规定，横行霸道，残虐百姓，甚至进攻王都，意图颠覆国家政权，种种举动无不说明当时椽那部实力雄厚，可以与国家相抗衡。

在故国川王时期发生的这次叛乱兴起于椽那部，且挑起叛乱的左可虑为王后于氏之亲属，但即便如此，从史籍上来看，这场叛乱对王后没有任何影响。再说山上王求子一事，山上王之所以求子，乃是因王后多年来无所出，不仅如此，在于氏为故国川王王后之时亦无所出，而这对她的后位亦没有任何影响。即便是在东川王时期，东川王即是山上王与酒桶村女所生，山上王薨，小后所生之子郊彘即王位。在即位之初，王后便对其不断试探，先是命人剪掉东川王所骑之马的鬃毛，再是命令侍者在东川王进食时假装将汤汁洒在他的身上，但东川王都没有动怒。可见东川王宽厚的性格特征，他当然也没有报当年王后于氏追杀亲生母亲之仇。不仅如此，他

---

① 〔朝〕金富轼著，孙文范等校勘《三国史记》卷16《高句丽本纪·故国川王》，吉林文史出版社，2003，第201页。

② 〔朝〕金富轼著，孙文范等校勘《三国史记》卷16《高句丽本纪·新大王》，吉林文史出版社，2003，第200页。

③ 〔朝〕金富轼著，孙文范等校勘《三国史记》卷16《高句丽本纪·故国川王》，吉林文史出版社，2003，第201页。

还在即位的第二年（228）"封于氏为王太后"①。王后后位的稳固，从一个侧面说明了至少在这三代王时期，椽那部实力非凡，为王所忌惮。再者，也说明了五部时期高句丽王的某种无奈。在兼并四邻的战争基本完成之后，高句丽区域空前广大，而国力亦随之大增，与此同时，五部贵族之间的矛盾也随之而日益加深。因为当时的各部尚处于相对独立的状态，五部之间的利益当然也不尽一致，这也正是左可虑叛乱之时故国川王只能调集畿内兵马进行反攻的原因所在。

祭祀之猪代表着神意，酒桶村女轻而易举地抓到了猪，这是神的选择。而其后她被立为小后，为山上王生下王子郊彘，郊彘被立为太子乃至最后登上高句丽王位都显得是那么合情合理。有了神的旨意这层含义，就连王后于氏也无可奈何。山上王乃高句丽一国之王，立小后，得子嗣竟也要费此周折。而此段传说的产生亦是从另一个角度说明了高句丽国当时的状况。对外，需要发展。高句丽外部的大环境发生了重大变化，一是位于朝鲜半岛南部的百济、新罗先后崛起，这导致了后来的高句丽与上述两国间持续的争霸。组织大规模作战当然不能仅仅依靠畿内兵马，而要引领五部兵马同时参战。而这便需要各部的团结一致。二是中原政权的日渐衰落与长期战乱。中原板荡，烽火不熄，自然无暇顾及高句丽，不会给高句丽施加任何外部压力，而这恰好为高句丽再次发动战争创造了一个较为宽松的环境。

对内，需要维稳。五部各自独立，而当高句丽对外扩张战争基本完成，随之而来的利益分配问题必然会导致五部内部矛盾的加剧。因此，安抚各部服从国王领导，防止类似左可虑叛乱之事再度发生至关重要。而此前曾发生过的高句丽内部举族外迁现象也足以说明当时高句丽五部内部的凝聚力要强于各部与王国的关系。因此，团结五部仍是重中之重，尤其是对实力正盛的椽那部的安抚与笼络，即不触动五部的利益，才能获得五部更好的支持，进而巩固王权。

---

① 〔朝〕金富轼著，孙文范等校勘《三国史记》卷17《高句丽本纪·东川王》，吉林文史出版社，2003，第208页。

三　流浪王子

　　美川王一云好壤王讳乙弗或云忧弗，西川之子古邹加咄固之子。初烽上王疑弟咄固有异心，杀之。子乙弗畏害出遁，始就水室村人阴牟家佣作，阴牟不知其何许人，使之甚苦。其家侧草泽蛙鸣，使乙弗夜投瓦石禁其声，昼日督之樵采，不许暂息，不胜艰苦。周年乃去，与东村人再牟贩盐。乘舟抵鸭渌，将盐下寄江东思收村人家。其家老妪请盐，许之斗许，再请，不与。其妪恨恚，潜以屦置之盐中。乙弗不知，负而上道，妪追索之，诬以匿屦，告鸭渌宰。宰以屦直取盐与妪，决笞放之。于是，形容枯槁，衣裳蓝缕，人见之，不知其为王孙也。是时，国相仓助利将废王，先遣北部祖弗、东部萧友等，物色访乙弗于山野。至沸流河边，见一丈夫在船上，虽形貌憔悴，而动止非常。萧友等疑是乙弗，就而拜之曰："今国王无道，国相与群臣阴谋废之。以王孙操行俭约，仁慈爱人，可以嗣祖业，故遣臣等奉迎。"乙弗疑曰："予野人，非王孙也，请更审之。"萧友等曰："今上失人心久矣，固不足为国主，故群臣望王孙甚勤，请无疑。"遂奉引以归。助利喜，致于乌陌南家，不令人知。

　　秋九月，王猎于侯山之阴，国相助利从之，谓众人曰："与我同心者效我，乃以芦叶插冠。"众人皆插之，助利知众心皆同。遂共废王，幽之别室，以兵周卫。遂迎王孙，上玺绶，即王位。①

　　美川王，讳乙弗或忧弗，是高句丽西川王之子古邹加咄固的儿子。当初烽上王以怀疑其弟咄固有叛乱之心为由而将其杀害。咄固的儿子乙弗觉得叔父必定会斩草除根，为避难，他逃离王宫，在水室村人阴牟家做佣人。而阴牟并不知道乙弗是王子，对他百般刁难。阴牟家旁有一片泥塘，每晚蛙鸣不断，叫人无法入睡。阴牟便令乙弗往泥塘投石块，使蛙停止鸣叫，而到了白天，又令乙弗上山砍柴，做工如故，乙弗昼夜劳作得不到休

---

① 〔朝〕金富轼著，孙文范等校勘《三国史记》卷17《高句丽本纪·美川王》，吉林文史出版社，2003，第215页。

息，真是苦不堪言。一年后，乙弗离开阴牟家，与东村人再牟合伙做贩盐的买卖。在乙弗乘船去鸭绿水地方做生意时，把盐寄存在江东思收村的一户人家。谁知这家的老太婆十分贪婪，她见乙弗将盐寄存在自己家中，便开口向乙弗要盐，乙弗很爽快地给了她一斗。没多久，老婆子又向他讨盐，这次乙弗婉言拒绝了。老婆子因此怀恨在心，偷偷将自己的鞋藏在乙弗的盐袋子里。待乙弗离开时，她竟追上去向乙弗要鞋子，并告发了乙弗。鸭绿宰命人搜查乙弗的盐袋，果然搜出了鞋子，县宰便判乙弗以盐偿还，并命人鞭打了乙弗。逃亡中的乙弗被生活折磨得衣衫褴褛，憔悴不堪，没人能认出他曾是风光的王孙。当时，国相仓助利正谋划废掉烽上王，便命祖弗、萧友等人去民间找寻乙弗。众人来到沸流河边时，看到一男子站在船上，虽容貌憔悴，但气度不凡，行为举止酷似乙弗。于是萧友等人赶忙上前拜见："当今的国王无道，国相与群臣正暗地里谋划废掉他而另立新王。王孙您勤俭克己，仁慈宽容，智勇双全，因此派我们到处找您，要立您为新国王。"乙弗对萧友所言将信将疑，恐其为烽上王派来追杀他的，因此说："我是一介草民，并非王孙，你们去找别人吧。"萧友忙说："当今的圣上昏庸无道，民心尽失，根本就不配做一国之君，朝臣上下都盼着您回来继承大统，您就不要再怀疑犹豫了。"说罢便将乙弗带回与国相仓助利相见。仓助利非常高兴，为了保密，将乙弗藏在了鸟陌南家。

这一年的九月，仓助利跟随烽上王外出打猎，趁机对众人说："如果大家跟我一样想要废掉烽上王，就将芦叶插在帽子上。"大家都将芦叶插在帽子上，仓助利便知道了大家的心愿。于是大家一同废掉烽上王，将其幽禁起来，派兵把守，并迎乙弗进宫，立为新王。这就是历史上的一代英主美川王。

这是一段关于高句丽第十五代王美川王的民间传说。传说书写了美川王早年颠沛流离，居无定所的苦难生活。当然，传说就是传说，其具有极强的故事性与可读性。试想，王子流落民间，经历何人能知晓，个中滋味，只有王子本人能懂，而王子真的会将自己不堪的过往公布于众吗？况且，传说在流传的过程中避免不了被夸大、细化、具体化。在传说经过了一系列的流变后，才变成了现在所呈现在我们面前的样子。

那么，既然这是一段传说，便具有传说本身所具有的不真实性、虚构性。比如说，传说的主角，被众大臣带回王都之人是否为真正的王子乙弗呢？何况传说中明确写着萧友等人亦不确定，仅仅是怀疑面前之人为咄固之子。这段传说是否仅为一个噱头，是国相仓助利为废掉昏君烽上王另立新主而有意为之，传说仅是对乙弗身份及其继承的合理合法性的确认。我们带着这一问题来分析。首先，美川王得以结束流浪生涯，迎来人生转折完全得益于国相仓助利。那么，我们就从仓助利这一人物入手来分析。先来看仓助利的身世，《三国史记》载：（烽上王）"三年，秋九月，国相尚娄卒。以南部大使者仓助利为国相，进爵为大主簿。"① 仓助利为南部大使者，对于南部，有"高骊五部：一曰内部，一名黄部，即桂娄部也；二曰北部，一名后部，即绝奴部也；三曰东部，一名左部，即顺奴部也；四曰南部，一名前部，即灌奴部也；五曰西部，一名右部，即消奴部也"② 。高句丽五族即为五部，南部即为灌奴部，由史载可知南部在五部中排位靠后。

综上，仓助利应为灌奴部的一个中等贵族。对于这样的身份地位，仓助利获任国相是十分困难的。这里要说明的是，高句丽国相的产生过程。在高句丽国，国相是一个特殊的职位，它的特殊之处在于国相具有平衡、调节国王与贵族关系的职能。既然如此，国相的产生就需要经过双方的同意，即由贵族举荐并由国王任命，只有获得国王与贵族们的认可，方能做好两者之间摩擦的缓冲器与两者之间关系的润滑油。仓助利被选作国相，也说明了他是位才智出众之人。在仓助利任国相的第三年（烽上王五年，296），慕容政权屡次征讨高句丽，令烽上王不胜其扰，于是，王谓群臣曰："慕容氏兵马精强，屡犯我疆场，为之奈何！"相国（国相）仓助利对曰："北部大兄高奴子贤且勇，大王若欲御寇安民，非高奴子无可用者。"王以高奴子为新城太守。善政有威声，慕容廆不复来寇。③ 慕容氏政权向

① 〔朝〕金富轼著，孙文范等校勘《三国史记》卷17《高句丽本纪·烽上王》，吉林文史出版社，2003，第213页。
② （南朝宋）范晔：《后汉书》卷85《高句骊传》，中华书局，1965，第2813页。
③ 〔朝〕金富轼著，孙文范等校勘《三国史记》卷17《高句丽本纪·烽上王》，吉林文史出版社，2003，第214页。

来军事战斗力极强，而高奴子不过一介县宰，此时竟能不负众望，使慕容大军不再侵扰高句丽，这足以说明仓助利具备知人善任的能力。而知人善任也恰是一国之相所应具备的重要职能。

并且，仓助利还不畏王权，敢于直言进谏。九年，"春正月，地震。自二月至秋七月，不雨，年饥民相食。八月，王发国内男女年十五已上，修理宫室，民乏于食，困于役，因之以流亡。仓助利谏曰：'天灾荐至，年谷不登，黎民失所，壮者流离四方，老幼转乎沟壑。此诚畏天忧民，恐惧修省之时也。大王曾是不思，驱饥饿之人，困木石之役，甚乖为民父母之意。而况比邻有强梗之敌，若乘吾弊以来，其如社稷生民何？愿大王熟计之。'王愠曰：'君者，百姓之所瞻望也。宫室不壮丽，无以示威重。今国相盖欲谤寡人，以干百姓之誉也。'助利曰：'君不恤民，非仁也；臣不谏君，非忠也。臣既承乏国相，不敢不言，岂敢干誉乎！'王笑曰：'国相欲为百姓死耶？冀无复言'"[1]。为国为民，敢于以死相谏，这是身为国相的又一优秀品质。从这段对话，可见烽上王的昏庸无道，他丝毫不顾及人民的疾苦，在天灾民困之际仍强行征发国民为其修建宫殿。同时仓助利也认识到了烽上王的昏庸与残暴。其实，早在烽上王以莫须有的罪名杀害安国君达买及其弟咄固之时，上至朝臣下至百姓便无不为二人的冤屈而痛哭流涕。仓助利能够顺利接任国相一职虽然也需要烽上王的认可与任命，但他并没有因烽上王对自己有提携之恩而助纣为虐，而是尽职尽责地履行自己作为高句丽一国之相的职责，为百姓为苍生而冒死直言进谏。从这里，也可看出仓助利为人正直的人格特点，如此正直之人，应不会弄虚作假、以假乱真，为废昏君而带回假王子立为新王，此其一。

再者，在仓助利即将施行政变之际，曾以芦叶插帽为暗号，结果众人皆从。从中可知，贵族大臣们皆站在仓助利一边，支持废王之计。那么，这其中的追随者应不乏王孙贵族，有资格继承王位之人。但仓助利并未从这些人中物色新王人选，而是历尽艰辛地在民间苦苦找寻流浪的王子乙

---

① 〔朝〕金富轼著，孙文范等校勘《三国史记》卷17《高句丽本纪·烽上王》，吉林文史出版社，2003，第214～215页。

弗。他之所以这样做，笔者推测其原因无非有二。一是出于对乙弗其人的了解。同是贵族出身，王室贵族与五部贵族之间并不陌生，仓助利对乙弗的聪明才智、文韬武略及德行操守应较为了解，他知道只有乙弗才是新王最好的人选。二是乙弗在民间流浪的经历。仓助利在进谏烽上王之时便流露出王不了解民间疾苦，枉为百姓父母之意。而王子乙弗在民间八年的流浪，让他更加了解真实的民间生活，了解底层人民的苦难，而这些都将成为他的宝贵财富。当他成为高句丽一国之王时，才会更好地利国利民，解决百姓疾苦，为人民谋取更大的幸福。也正因如此，仓助利也必须找到并立真正的乙弗为新君。

最后，如果乙弗另有其人，则说明仓助利在废旧王立新王事件上存有私心。那么，在立新王之后，他必然要从中获利。类似的例子如高句丽第七代王次大王，次大王也是历史上有名的暴君，被椽那部皂衣明临答夫所废。而明临答夫因此而得到国相一职，并且令自己所在的椽那部专权国政。史载：（高句丽新大王）"拜答夫为国相，加爵为沛者，令知内外兵马，兼领梁貊部落。改左右辅为国相，始于此"[1]。正是因为椽那部一家独大的局面才引发了后来的左可虑叛乱，给国家造成了极大的损失。而国相仓助利在废昏立明后却并未获得任何的实际利益。相反，在高句丽没有形成君弱相强的局面，且美川王之后便没有了对国相一职的记载，并且再无有关仓助利的记载。而史书中也并没有任何仓助利与美川王不和睦的记载。可以说，美川王在位期间，定是为加强王权、促进君主集权做出了一系列努力。美川王也确为一代英主，其坚忍不拔的性格、大智大勇的作为令仓助利折服，而仓助利亦是不愿贪功上位的君子，故他才主动选择了功成身退。

综上，传说虽然具有其本身所固有的虚构性质，但是，故事中萧友等人在民间找到之人应是美川王不假。那么，为何会有此传说，这一传说的非真实的部分又在何处呢？应该说，对于一国之主的不堪过往理应避讳不

---

[1] 〔朝〕金富轼著，孙文范等校勘《三国史记》卷16《高句丽本纪·新大王》，吉林文史出版社，2003，第199页。

谈，而此传说对此却叙述得极为详尽，笔触细腻。可见此传说在流传的过程中不断地被润色被丰富，不断地夸大细节部分，才有了现在的样子。而之所以会如此，笔者认为，其一，应是为了增强百姓的认同感。其在民间的经历更易令百姓亲近。其二，颂扬美川王坚韧不拔的品格与顽强不屈的意志。他能够隐忍，即便受到屈辱仍努力生存，等待时机以图后举。这段流浪民间的特殊经历更加锻炼了他的意志，而这也是最为重要的。

据史载：就在美川王即王位的第三年（302），"秋九月，王率兵三万侵玄菟郡，虏获八千人，移之平壤"①。能在如此短暂的时间里发兵征讨，说明美川王虽为一国之主的时间不长，但足以掌控局面，令全国上下同心协力开疆拓土。美川王即位之际，正值西晋后期，永嘉之乱让西晋王朝自顾不暇。而美川王很好地抓住了这一时机，积极向外扩张。"十二年（311），秋八月，遣将袭取辽东西安平。""十四年（313），冬十月，侵乐浪郡，虏获男女二千余口。""十五年（314），秋九月，南侵带方郡。""十六年（315），春二月，攻破玄菟城，杀获甚众。"②

辽东、玄菟、乐浪、带方四郡，此时均属西晋管辖，中原各朝都曾派兵驻守，在此处实施管辖权。但是，西晋王朝自司马炎离世后，便厄运不断，整个王朝处于风雨飘摇之中。先是"八王之乱"，继而"永嘉之乱"，五胡乱华，西晋王朝忙于处理内乱，根本无暇顾及边疆事务。而美川王则趁此时机征讨四郡。当然，不论是对玄菟郡的侵袭，还是对辽东、乐浪、带方的攻取，都极大地提升了高句丽的实力。在获得人口的同时，中原先进的生产技术也得以传入高句丽，促进了高句丽经济技术的发展。

高句丽美川王的这段民间传说，是人们对其流落民间经历的描写，传说在流传的过程中，经过了一系列的流变过程，存有一定的夸大与再造成分。但无论如何，此传说的目的与作用在于对乙弗王子身份的认定，继而对其继承高句丽王位的合理合法性的确认。此传说也说明了民间流落经历

---

① 〔朝〕金富轼著，孙文范等校勘《三国史记》卷17《高句丽本纪·美川王》，吉林文史出版社，2003，第216页。

② 〔朝〕金富轼著，孙文范等校勘《三国史记》卷17《高句丽本纪·美川王》，吉林文史出版社，2003，第216页。

对美川王的历练，美川王了解真实的民间生活，了解民间疾苦，其即位后更能思人民所思，想人民所想，深得民心。

四 二后争宠

> （中川王）四年（251），夏四月，王以贯那夫人置革囊投之西海。贯那夫人，颜色佳丽，发长九尺，王爱之，将立以为小后。王后椽氏恐其专宠，乃言于王曰："妾闻西魏求长发，购以千金。昔我先王不致礼于中国，被兵出奔，殆丧社稷。今王顺其所欲，遣一介行李，以进长发美人，则彼必欣纳，无复侵伐之事。"王知其意，默不答。夫人闻之，恐其加害，反谮后于王曰："王后常骂妾曰：'田舍之女，安得在此。若不自归，必有后悔。'意者，后欲伺大王之出，以害于妾，如之何？"后王猎于箕丘而还，夫人将革囊迎哭曰："后欲以妾盛此，投诸海。幸大王赐妾微命，以返于家，何敢更望侍左右乎？"王问知其诈，怒谓夫人曰："汝要入海乎？"使人投之。①

在高句丽中川王即位的第四年夏天，王将贯那夫人装进革囊投到了西海。贯那夫人不仅有着倾国倾城的美貌，更有一头乌黑亮丽的九尺长发。中川王对其甚是宠爱，将她立为小后。王后椽氏唯恐她得到中川王的专宠，危及自己的后位，便对王说："臣妾听说西魏喜欢长发美女，不惜以千金来求。想当初我们高句丽的先王因对中原未尽臣子之礼而招致中原王朝的征讨，差点儿亡国。如今大王何不投其所好，遣使朝贡，将长发美人进献中原。西魏定会欣然接受，也使我们免受战争之祸。"中川王知道王后的用意，于是默不作声。贯那夫人得知此事后，非常害怕王后再加害自己，便在中川王面前诬陷王后说："王后她总骂我是个村妇，不配服侍大王，让我自己离开，不然的话就有我后悔的时候。王后她这样想赶我走，等您不在的时候，她要是加害我，可怎么办呀。"有一次中川王外出狩猎，回来时，贯那夫人抱着个革囊来迎接他，并哭着说："王后想要把我装进

---

① 〔朝〕金富轼著，孙文范等校勘《三国史记》卷17《高句丽本纪·中川王》，吉林文史出版社，2003，第210～211页。

这个袋子，扔进大海。幸好大王您及时赶回，我才得以保住性命，再不敢奢望在您身边服侍。"中川王在调查之后方知此事乃贯那夫人无中生有，于是，他愤怒地对贯那夫人说："你不是要投海吗？那我成全你。"命人将其投入西海，一代美后香消玉殒。

这是一段发生在中川王时期的二后争宠传说。中川王，讳然弗，东川王之子，他在其父东川王十七年被立为太子。即位当年便"立椽氏为王后"①。其后更有"以椽那明临笏覩尚公主，为驸马都尉"②的记载。椽那部常与王室通婚，而椽那部的崛起当是始于椽那部皂衣明临答夫的弑杀暴君次大王事件。与王室的通婚，成为王室外戚，除了能够获取更多的权力与地位之外，也说明了椽那部势力之强大，其强大的势力为王权所倚仗。在中川王即位的当年，高句丽国内便发生了王族反叛之事，"十一月，王弟预物、奢句等谋叛，伏诛"③。即位当年便起而反叛，王室内部的纷争可见一斑。虽然《三国史记》中对此仅有简略记载，但既然谋划反叛必定也集结了一定的势力，能够如此之快地就被镇压下去，恐怕也或多或少地借助了后族椽那部的力量。

此后，中川王"命相明临于漱兼知内外兵马事"④，国王对军权的直接掌管关乎王权的稳固，更关乎社会的安定。而在中川王将兵权交与椽那部明临于漱之时，说明国王与椽那部已经成为利益共同体。明临于漱掌管兵权一年后，便发生了上文论述的二后相争事件。

其实，从史籍所载来看，在高句丽历史中，二后争宠之事并非仅出现在中川王时期，在高句丽早期，琉璃明王时期便发生过鹘川人禾姬、汉人雉姬两妃争宠事件，为此，琉璃明王还作诗一首表明内心的哀愁与无奈。

---

① 〔朝〕金富轼著，孙文范等校勘《三国史记》卷17《高句丽本纪·中川王》，吉林文史出版社，2003，第210页。

② 〔朝〕金富轼著，孙文范等校勘《三国史记》卷17《高句丽本纪·中川王》，吉林文史出版社，2003，第211页。

③ 〔朝〕金富轼著，孙文范等校勘《三国史记》卷17《高句丽本纪·中川王》，吉林文史出版社，2003，第210页。

④ 〔朝〕金富轼著，孙文范等校勘《三国史记》卷17《高句丽本纪·中川王》，吉林文史出版社，2003，第210页。

高句丽贵族权对王权的威胁，国王对贵族权的平衡与制约从高句丽建国之日起便贯穿其国家存续的始终。正如琉璃明王时期的无可奈何，眼见着爱妃离开自己，此刻的中川王也处于相同的境遇，他却无情地将美后贯那夫人投入了冰冷的海底。对于投海这一刑罚，在《殊域周咨录》中曾有所记载："刑罚罪轻者杖数十，重者至二百，大罪则盛以毛囊投诸海。"① 《宋会要辑稿》中亦有对这一刑罚的描写："刑罪轻者杖五七十，重者一二百，大罪盛以毛囊投之海。"② 可见定是犯了不可饶恕之罪才被投之大海。但从上述故事情节来看，贯那夫人确实罪不至死，况且也是王后先有将其送至西魏的意图才导致小后贯那夫人的警觉与惊恐。从中川王的态度与做法中看不出任何的怜惜与情义，这又说明了什么问题呢？是王权的衰落，贵族权力尤其是后族势力的强大，抑或是其他一些不得已的现实状况？

中川王乃高句丽第十二任国王，其时高句丽社会的方方面面都已与第二代王琉璃明王时期有着很大的不同。中川王此时所表现出的决绝自然有他的理由。当然，贵族权力与王权之争，橡那部实力之强大是中川王所忌惮的，既然两者是捆绑在一起的利益共同体，橡那部利益受损，中川王自然也不会好过，因此中川王不会得罪代表着橡那部势力的王后橡氏，但这并不是中川王这样做的全部原因。

对此，我们需要将历史追溯至东川王时期。东川王即是前文所说的酒桶村女所生之子郊彘，山上王死后，郊彘即位，名位居，在中原史书中被记为位宫。东川王虽然本性宽厚仁慈，却缺乏谋略。其时，曹魏政权一统北方，这让高句丽政权十分焦虑。高句丽的这种反应其实是十分常见的，因为其对自身的割据行为有明确的定位，明知此举不会长期为中原王朝所容忍，故而对中原王朝始终都存在着强烈的提防心理。也因此每每中原王朝有强大的政权出现时，高句丽都会表现得极为焦躁，有时甚至会有些轻举妄动。而恰逢当时的高句丽劲敌公孙氏政权被司马懿消灭，而曹魏政权的统治又鞭长莫及，无法实现像公孙氏政权对辽东的有效统辖，辽东区域

---

① （明）严从简：《殊域周咨录》卷11《拂林》，古籍影印版，第3页。
② （清）徐松辑录《宋会要辑稿》第198册，《蕃夷四·拂林国》，中华书局，1957，第7723页。

出现短暂的权力真空，让高句丽西进的想法蠢蠢欲动。此时的东川王便没有对高句丽与曹魏的实力差距做出准确判断，也没有预料到曹魏政权对于高句丽的冒犯举动会做出快速的反应，甚至会不远万里长途跋涉前来讨伐，故采取侵扰曹魏的方式，如其"遣将袭破辽东西安平"①等夺取辽东的计划。高句丽的袭扰，激怒了曹魏政权，招致曹魏派大将幽州刺史毌丘俭统兵讨伐高句丽，对高句丽造成了极其沉重的打击。《三国史记》所载如下：

> （东川王）二十年，秋八月，魏遣幽州刺史毌丘俭，将万人，出玄菟来侵。王将步骑二万人，逆战于沸流水上败之，斩首三千余级。又引兵再战于梁貊之谷，又败之，斩获三千余人。王谓诸将曰："魏之大兵，反不如我之小兵。毌丘俭者，魏之名将，今日命在我掌握之中乎！"乃领铁骑五千，进而击之。俭为方阵，决死而战，我军大溃，死者一万八千余人。王以一千余骑，奔鸭渌原。冬十月，俭攻陷丸都城屠之。乃遣将军王颀追王，王奔南沃沮，至于竹岭。军士分散殆尽，唯东部密友独在侧。谓王曰："今追兵甚迫，势不可脱，臣请决死而御之，王可遁矣。"遂募死士，与之赴敌力战。王间行脱而去。依山谷，聚散卒自卫。谓曰："若有能取密友者，厚赏之。"下部刘屋句前对曰："臣试往焉。"遂于战地，见密友伏地，乃负而至。王枕之以股，久而乃苏。王间行转辗，至南沃沮。魏军追不止，王计穷势屈，不知所为。东部人纽由进曰："势甚危迫，不可徒死。臣有愚计，请以饮食往犒魏军，因伺隙刺杀彼将。若臣计得成，则王可奋击决胜矣。"王曰："诺。"纽由入魏军诈降曰："寡君获罪于大国，逃至海滨，措躬无地，将以请降于阵前，归死司寇。先遣小臣致不腆之物，为从者羞。"魏将闻之，将受其降。纽由隐刀食器，进前拔刀，刺魏将胸，与之俱死，魏军遂乱。王分军为三道，急击之。魏军扰乱，不能阵，遂自乐浪而退。王复国论功，以密友、纽由为第一，赐密友巨

---

① 〔朝〕金富轼著，孙文范等校勘《三国史记》卷17《高句丽本纪·东川王》，吉林文史出版社，2003，第208页。

谷、青木谷，赐屋句鸭渌、杜讷河原以为食邑。追赠纽由为九使者，又以其子多优为大使者。是役也，魏将到肃慎南界，刻石纪功。又到丸都山，铭不耐城而归。初，其臣得来见王侵叛中国，数谏王不从。得来叹曰："立见此地将生蓬蒿。"遂不食而死。毌丘俭令诸军不坏其墓，不伐其树，得其妻子，皆放遣之。①

《三国志》所载如下：

> 正始中，俭以高句骊数侵叛，督诸军步骑万人出玄菟，从诸道讨之。句骊王宫将步骑二万人，进军沸流水上，大战梁口，宫连破走。俭遂束马县车，以登丸都，屠句骊所都，斩获首虏以千数。句骊沛者名得来，数谏宫，宫不从其言。得来叹曰："立见此地将生蓬蒿。"遂不食而死，举国贤之。俭令诸军不坏其墓，不伐其树，得其妻子，皆放遣之。宫单将妻子逃窜。俭引军还。六年，复征之，宫遂奔买沟。俭遣玄菟太守王颀追之，过沃沮千有余里，至肃慎氏南界，刻石纪功，刊丸都之山，铭不耐之城。诸所诛纳八千余口，论功受赏，侯者百余人。②

此段毌丘俭东征实属高句丽历史上的重大事件，故中原史籍与朝鲜半岛史籍对此均有所载。虽然朝鲜半岛史籍《三国史记》的记载有些夸大史实，有夸大己方功绩掩饰己方失败之嫌，但综合各史书所载，是役，高句丽东川王亲自领兵迎战毌丘俭大军，但最终无力抵抗败下阵来，魏军则乘胜追击，直追到高句丽王都丸都城，一举攻占了丸都，此战曹魏军队杀获甚众，毌丘俭手下大将王颀率军横扫高句丽全境，最后毌丘俭还下令刻石记功，宣扬曹魏国威而后归。经过这次对战，毫无疑问高句丽的损失极其惨重，不然东川王也不会在慌乱之中，弃妻子于不顾而仓皇逃走。东川王在曹魏大军归国后，迅速回到王都收拾残局，并重新巩固政权稳定民心。

虽然高句丽并未因此次毌丘俭东征而亡国，但遭此沉重甚至可以说是

①〔朝〕金富轼著，孙文范等校勘《三国史记》卷17《高句丽本纪·东川王》，吉林文史出版社，2003，第209~210页。

②（晋）陈寿：《三国志》卷28《魏书·毌丘俭传》，中华书局，1959，第762页。

几近毁灭性的打击后，高句丽国力大减，只能对曹魏政权俯首称臣，放下夺取辽东的野心而暂时蛰伏。经历重创后的国家急需时间来休养生息，恢复国力，重振王纲。此后，"（东川）王以丸都城经乱，不可复都，筑平壤城，移民及庙社"①。东川王余下的日子里都在致力于对毌丘俭东征所造成的混乱破败的修复。

毌丘俭东征的两年后，东川王去世，中川王在这样的环境与条件之下承继大统。两年的时间自然不足以恢复国力人口，因此，在中川王及其后的西川王时期，继续执行着偃武修文、与民休养生息的政策。

论述至此，就能很好地理解中川王在二后相争事件中对爱妃贯那夫人为何会做出如此冷血而决绝的决定。因为这一事件的发生距毌丘俭东征不过仅仅过去6年，高句丽当前的维稳工作乃是国家重之又重的大计，甚至比任何时期都显得紧迫。因为一旦此时高句丽再出现内讧事件，则高句丽国力将雪上加霜。而拥有强大的实力无疑是挑起内乱的前提，因此可以说，安抚势力强大的椽那部乃是维稳工作的重点。故而为了让王后所代表的椽那部能够继续听命于王权，服务于国家不至反叛而引发内乱，中川王只能狠下心来将长发美妃投入冷冰冰的海底。

当然，此段传说亦有执笔者金富轼的强化王权的思想蕴含其中，但更加展现了在中川王时期的民生凋零、国力萧条的高句丽社会现状。高句丽王国在中川王、西川王两代守成良主的统治之下，极少征战，也因此而社会稳定，民心安定，人口迅猛增长，经济、军事、国力得到迅速恢复与发展。在此期间，社会财富的不断积累与社会的稳定发展亦为后世美川王的一番励精图治、大展宏图奠定了坚实的基础。

五　宝海遣丽

至讷祇王即位三年己未（419），句丽长寿王遣使来朝云："寡君闻大王之弟宝海秀智才艺，愿与相亲，特遣小臣恳请。"王闻之幸甚。

---

① 〔朝〕金富轼著，孙文范等校勘《三国史记》卷17《高句丽本纪·东川王》，吉林文史出版社，2003，第210页。

因此和通，命其弟宝海，遣于句丽，以内臣金武谒为辅而送之。长寿王又留而不送。至十年乙丑（425），王召集群臣及国中豪侠，亲赐御宴，进酒三行。众乐初作，王垂涕而谓群臣曰："昔我圣考，诚心民事，故使爱子东聘于倭，不见而崩。又朕即位已来，邻兵甚炽，战争不息，句丽独有结亲之言。朕信其言，以其亲弟聘于句丽，句丽亦留而不送。朕虽处富贵，而未尝一日暂忘而不哭。若得见二弟，共谢于先主之庙，则能报恩于国人，谁能成其谋策？"时百官咸奏曰："此事固非易也，必有智勇方可。臣等以为歃罗郡太守堤上可也。"于是王召问焉。堤上再拜对曰："臣闻主忧臣辱，主辱臣死。若论难易而后行，谓之不忠。图死生而后动，谓之无勇。臣虽不肖，愿受命行矣。"王甚嘉之，分觞而饮，握手而别。堤上帘前受命，径趋北海之路。变服入句丽，进于宝海所，共谋逸期。先以五月十五日归泊于高城水口而待。期日将至，宝海称病，数日不朝，乃夜中逃出，行到高城海滨。王知之，使数十人追之，至高城而及之。然宝海在句丽，常施恩于左右。故其军士悯伤之，皆拔箭镞而射之，遂免而归。①

在新罗讷祇王即位的第三年，高句丽长寿王遣使来朝，并说："我国国王听闻王弟宝海智慧俊美，想与之和亲。"新罗王非常高兴，因此命弟弟宝海去往高句丽，并派内臣金武谒随行。谁知长寿王又留下宝海不送其回国。讷祇王十年时，王宴请大臣及豪侠，酒过三巡菜过五味，乐声响起，而王却哭着对臣下说："想当年先帝一心爱民，因此特派遣爱子使于倭国，直至离开人世都未再见到他。而自朕即位以来，战火不断，唯独高句丽有结亲之意。朕相信了他们的话，让弟弟去往高句丽，可谁想高句丽也是留人不放。朕虽富贵，但没有一刻忘记这件事。假如能够见到两个弟弟，共同拜谢祖庙，则能报恩国人，谁能做得到呢？"对此，百官上奏说："这不是件容易的事儿，须智勇双全的人才行。臣等都认为只有歃罗郡的

① 〔朝〕一然著，孙文范等校勘《三国遗事》卷1《纪异第二·奈勿王·金堤上》，吉林文史出版社，2003，第46~47页。

太守堤上能够胜任。"于是讷祇王召见了堤上，并问他是否愿意前往。堤上说："臣听说如果君主有忧虑的事，说明臣子没有尽职而应感到羞辱；如果君主遭难受辱，则说明臣子有罪不能保驾，当以死谢罪。若讨论难易而后行，则是不忠，考虑生死而后动，则是无勇。微臣不才，愿前往救人。"讷祇王对其赞赏有加。堤上殿前受命，直接奔往北海。乔装打扮进入高句丽国内，找到宝海的住所，与其共同谋划出逃的日期。最后定于五月十五日在高城水岸相见。眼看就到了约定的日子，宝海称病，接连几日没有上朝，趁着夜色出逃至高城海滨。高句丽王得知后，派数十人追赶。然而宝海在高句丽常常有恩于周围的人，因此士兵们都非常哀怜他，一同助他出逃，于是宝海顺利归国。

这是一段新罗讷祇王派臣下堤上前往高句丽救出王弟的传说。传说仅存于朝鲜半岛史籍，不见于中原古籍。其实传说还有后文，在后半段中，堤上前往倭国施计救出宝海，但自己却被抓，堤上以忠节反抗，终受酷刑而死于倭国。朝廷对其赏赐追封，国人为之悲痛感伤。而堤上的妻子则携一双儿女站到鸱述岭上观海多年，望向倭国痛哭，但始终未见夫君归来，最后化作望夫石，成为后世的鸱述神母。

传说虽发生在丽罗两国，但其也在一定程度上反映了高句丽的社会现实。传说另载于《三国史记》、《东国通鉴》与《文献通考》中。依史事纪年进行查询，则公元419年有载：

（讷祇麻立干）三年（419），夏四月，牛谷水涌。[1]

（长寿王）七年（419），夏五月，国东大水，王遣使存问。[2]

由史载可知，公元419年，并未有关于高句丽长寿王遣使新罗，意图与讷祇王弟和亲的任何记载。而对于下一个纪年，即讷祇王派大臣堤上救人的年份，则存有一定的疑问。讷祇王十年为公元426年，而文中标注的

---

① 〔朝〕金富轼著，孙文范等校勘《三国史记》卷3《新罗本纪·讷祇麻立干》，吉林文史出版社，2003，第39页。

② 〔朝〕金富轼著，孙文范等校勘《三国史记》卷18《高句丽本纪·长寿王》，吉林文史出版社，2003，第225页。

425 年则为讷祇王九年。对此，我们对相应的 425 年、426 年分别进行考察，发现在《三国史记·新罗本纪》与《三国史记·高句丽本纪》中对此两年并无任何记载。而《三国史记》是一部记录朝鲜半岛新罗、百济、高句丽三国的官修正史，如若真有讷祇王遣其王弟宝海使丽之事，则在《新罗本纪》与《高句丽本纪》中理应均有所载，不会对此事只字不提。

另外，还有一点需要关注的是，在两国本纪中虽未提及，在列传中却有所记载。在《三国史记》卷 45 中有关于朴堤上的传记。而此处的朴堤上，即为本书史载中的（金）堤上，但其记载则与本书所引《三国遗事》中的记载出入较大。据《三国史记》载：

> 十一年（412）壬子，高句丽亦欲得未斯欣之兄卜好为质，大王又遣之。①

> （堤上）遂以聘礼入高句丽，语王曰："臣闻交邻国之道，诚信而已。若交质子，则不及五霸，诚末世之事也。今寡君之爱弟在此，殆将十年。寡君以鹡鸰在原之意，永怀不已。若大王惠然归之，则若九牛之落一毛，无所损也。而寡君之德大王也，不可量也。王其念之。"王曰："诺。"许与同归。②

对比史料，则不同有四。

其一，时间不同，文中记载高句丽遣使新罗是在公元 412 年，而非 419 年，其间有 7 年的时间差。

其二，人名不同，文中记载为"卜好"，而非"宝海"。

其三，事由不同，文中很直白地写明卜好作为人质去往高句丽，而非和亲。

其四，救人的方式方法不同，文中详细描写了堤上说服高句丽王释放

---

① 〔朝〕金富轼著，孙文范等校勘《三国史记》卷 45《列传第五·朴堤上》，吉林文史出版社，2003，第 520 页。

② 〔朝〕金富轼著，孙文范等校勘《三国史记》卷 45《列传第五·朴堤上》，吉林文史出版社，2003，第 520～521 页。

卜好的过程，而非偷偷逃跑。

那么，这段有关堤上的传记，是否另有史料支撑呢？再引《新罗本纪》记载：

> （宝圣尼师今）十一年（412）以奈勿王子卜好，质于高句丽。[1]
>
> （讷祇麻立干）二年（418）春正月，亲谒始祖庙。王弟卜好自高句丽与堤上奈麻还来。
>
> 秋，王弟未斯欣自倭国逃还。[2]

结合《新罗本纪》所载，可知，确有新罗王子使丽之事，只是在细节上《三国遗事》做了些许改动。从两本古籍来看，《三国史记》成书于1145年，是由金富轼等人以文言文编纂而成的官修正史；而《三国遗事》成书于1281年前后，出自身为佛教僧侣的一然之手。仅从书名来看，《三国遗事》似乎是对《三国史记》中所遗漏事件的记载，是对正史史料的一些补充。

当然，这也是一个历史传说化的很好例证，赋予了宝海遣丽这一历史事件以故事性及传奇性。并且，此传说内容的变化亦说明了传说在流传过程中所具有的流变性。而通过所引史料可知，卜好即是宝海，是前往高句丽的新罗国王的王弟。而对于事件发生的时间，则公元412年为新罗宝圣尼师今十一年，高句丽广开土王二十一年；公元419年为新罗讷祇麻立干三年，高句丽长寿王七年。传说发生于这一时段。

而对于遣质子于高句丽，则早已有之，并非首例，如在奈勿王统治时期，"三十七年（392）王以高句丽强盛，送伊餐大西知子宝圣为质"[3]。仅仅因惧怕强大的高句丽而主动送去人质。在奈勿王死后，因奈勿王子尚且年幼，故而国人立从高句丽归来的宝圣为新一任的新罗国王。而"及宝

---

① 〔朝〕金富轼著，孙文范等校勘《三国史记》卷3《新罗本纪·宝圣尼师今》，吉林文史出版社，2003，第38页。

② 〔朝〕金富轼著，孙文范等校勘《三国史记》卷3《新罗本纪·讷祇麻立干》，吉林文史出版社，2003，第39页。

③ 〔朝〕金富轼著，孙文范等校勘《三国史记》卷3《新罗本纪·奈勿尼师今》，吉林文史出版社，2003，第36页。

圣还为王，怨奈勿质己于外国，欲害其子以报怨"①。可见宝圣王对奈勿王怀有的仇恨颇深。那么，对于宝圣王即位当年便"与倭国通好，以奈勿王子未斯欣为质"② 及后来的"以奈勿王子卜好，质于高句丽"③，这些做法中都有着那么一层报复的意味，很符合宝圣王的心理特征。而传说将宝海去往高句丽的时间改写为讷祇王在位期间，这就更增加了讷祇王内心的愧疚感及其意图救出王弟的急迫心理。这也是将送往高句丽的人质转而写成高句丽和亲对象的一个原因。

这段传说发生在高句丽全盛时期的广开土王至长寿王时代。广开土王在位期间，南征北战，广开土境，把高句丽的对外扩张推向了一个新高潮。在北方，他大破夫余，使之臣服。在南方，他屡破宿敌百济，攻城略地，将高句丽辖区推进到汉江流域，并迫使百济对高句丽俯首称臣。在西线，他与仇敌慕容氏政权多次展开战斗。而此时的新罗则因国小势微采取了对外附庸的国策，"其先附庸于百济，后因百济征高丽，高丽人不堪戎役，相率归之，遂至强盛，因袭百济附庸于迦罗国"④。敌人的敌人即是朋友，在新罗攻打百济之后，转而附庸于高句丽。高句丽与新罗的结盟，为高句丽的南侵创造了便利。对于此时在强国的夹缝中勉强生存的新罗，其对高句丽依附并主动送质子以表诚意的做法一定深得广开土王的信任。送质子并非高句丽之意，也因此堤上去高句丽国要人，高句丽王很轻易便答应了他的请求。

传说之所以有此流变，笔者大胆推测，《三国遗事》成书于高丽时期，而高丽人一向以新罗为正统，如此流变也许是为了掩饰当年新罗主动向高句丽送质子的不堪而有意为之。故事经过几近八百年的流传，除了新罗王弟去往高句丽这一主线之外，其余部分早已被人们赋予了更加生动的情节。而笔者之所以有此推测，是因为流变后的传说有着一定的合理性。从

---

① 〔朝〕金富轼著，孙文范等校勘《三国史记》卷3《新罗本纪·讷祇麻立干》，吉林文史出版社，2003，第39页。

② 〔朝〕金富轼著，孙文范等校勘《三国史记》卷3《新罗本纪·宝圣尼师今》，吉林文史出版社，2003，第37页。

③ 〔朝〕金富轼著，孙文范等校勘《三国史记》卷3《新罗本纪·宝圣尼师今》，吉林文史出版社，2003，第38页。

④ （唐）魏征、令狐德棻：《隋书》卷81《东夷·新罗传》，中华书局，1973，第1820页。

常理分析，对于称雄于朝鲜半岛的广开土王，他主动遣使当时实力尚弱的新罗国以求和亲显得十分滑稽可笑。而将和亲事件改写在广开土王之子长寿王时期，则恰到好处。因为在长寿王即位之初，高句丽面临着新的国内外形势。就国内而言，其一，在其父广开土王时期，高句丽经过了长期的对外战争，并因此而消耗了巨大的人力物力，故高句丽国民亟须休养生息，积蓄力量。其二，也正是广开土王的征战四方，广开疆土，使得高句丽辖区空前扩大。但正所谓打江山易守江山难，要想将这些新取得的地区真正变为高句丽领土，要想使当地人真正融入高句丽国，则高句丽政权必须对其加强管理，而要想做到这一点，就要有一个长期安定和平的社会大环境。就外部而言，中原地区迅速崛起的拓跋魏政权正日渐逼近高句丽，这使高句丽感受到了巨大的外部压力。为了摆脱魏政权的威胁，更好地经略新罗、攻取百济，长寿王计划将高句丽都城迁至朝鲜半岛。

为此，长寿王在即位之初，便采取了偃武修文，与民休养生息之策。在相当长的一段时间内，将主要精力用于内部改革，尽量避免发动大规模的对外战争，从而使其国力得到迅速的恢复与发展。而和亲无疑是避免战争，维持和平安定的良策。

传说体现了当时人们浓厚的事主忠君思想，并且，从堤上的言辞中，也可知在当时，中原文化传播甚广。其中，"主忧臣辱，主辱臣死"就出自《史记·越王勾践世家》，可见中原史籍已然传入朝鲜半岛，与此同时，中原王朝所宣扬的忠君思想也一同传入朝鲜半岛，并且深入人心。堤上为了忠于君主，为主解忧，甚至不惜献出自己的生命。传说中堤上与高句丽王之间的对话，堤上的话之所以能打动高句丽王的心，让他轻易就答应放回宝海，也与中原儒家仁君思想的传入不无关系。

而对于堤上之妻的望夫而成石之说，则有唐代诗人刘禹锡的《望夫石》一诗："终日望夫夫不归，化为孤石苦相思。望来已是几千载，只似当时初望时。"说的就是因大禹治水三过家门而不入，其妻子涂山氏久盼夫归而不见，终化成石的传说。而上文中的登上鹞述岭的堤上之妻思念成石传说应或多或少地受到了中原传说的影响。

综上所述，透过传说，我们可以感受到当时高句丽国之强盛。并且，

173

通过传说的流变，我们亦可感受到，朝鲜半岛以新罗为宗。其时，在半岛上，中原儒家的忠君、仁君思想早已深入人心。

六　百岁国王

> 大（太）祖大王薨于别宫，年百十九岁。[①]

次大王二十年（165），太祖大王在别宫离世，时年一百一十九岁。

之所以将太祖大王之长寿纳入传说研究的范围之内，是因以下史料所载：

> 昔黄帝在位百年，年百一十岁；少昊在位八十年，年百岁；颛顼在位七十九年，年九十岁；帝喾在位七十年，年百五岁；尧在位九十八年，年百一十八岁；帝舜在位及禹年皆百岁。[②]

黄帝、少昊、颛顼、帝喾、尧舜禹等皆为上古传说人物的代表。而在高句丽历史上最为长寿的太祖大王与这几位传说人物极为相似：一是上古传说人物都为王者，而太祖大王亦为高句丽之王；二是几位上古之王的在位时间与寿命都与高句丽太祖大王极为相似。

在中原古籍中，没有对太祖大王宫年岁的记载，太祖大王宫所生活的时期恰值中原东汉王朝，翻阅《后汉书》，确有"建光元年（121）春……是岁宫死"[③] 的记载，也就是说太祖大王很有可能不是死于公元165年，而是死于四十多年前。那么为何在后期史籍《三国史记》中有其长寿的记载呢？这令人很是疑惑。对此，我们将在下文做详细分析。

98岁也好，119岁也罢，生活在古代的人们能否如此长寿呢，对此，《新唐书》中有着这样的一段记载：

> 戊戌，赐孝义之家粟五斛，八十以上二斛，九十以上三斛，百岁

---

①　〔朝〕金富轼著，孙文范等校勘《三国史记》卷15《高句丽本纪·次大王》，吉林文史出版社，2003，第197页。

②　（宋）欧阳修、宋祁：《新唐书》卷176《韩愈传》，中华书局，1975，第5259页。

③　（南朝宋）范晔：《后汉书》卷85《东夷·高句骊传》，中华书局，1965，第2814～2815页。

加绢二匹，妇人正月以来产子者粟一斛。①

这是贞观年间宣扬孝悌精神、奖赏孝义之家的举措，而如史料所载，可知在当时确有百岁之人。不仅如此，对长寿者亦有如下具体的记载：

贞观中，权已百岁，太宗幸其舍，视饮食，访逮其术，擢朝散大夫，赐几杖衣服。寻卒，年一百三岁。②

帝王世纪："伊尹名挚，为汤相，号阿衡，年百岁卒，大雾三日，沃丁以天子礼葬之。"③

不仅对于中原地区，其他地域亦不乏长寿之例：

自尉佗王凡五世，九十三岁而亡。④

党项，汉西羌别种，魏、晋后微甚。周灭宕昌、邓至，而党项始强。其地古析支也，东距松州，西叶护，南春桑、迷桑等羌，北吐谷浑。处山谷崎岖，大抵三千里。以姓别为部，一姓又分为小部落，大者万骑，小数千，不能相统，故有细封氏、费听氏、往利氏、颇超氏、野辞氏、房当氏、米禽氏、拓拔氏，而拓拔最强。土著，有栋宇，织牦尾、羊毛覆屋，岁一易。俗尚武，无法令、赋役，人寿多过百岁，然好为盗，更相剽夺。⑤

其中第一条说的即是南粤王赵佗，93岁而亡。第二条则说的是党项一族，其人大多寿命过百岁。

那么，世人又赋予了长寿怎样的意义呢？在《楚辞·天问》中有王逸作注云："彭祖至八百岁，犹自悔其不寿。"那么彭祖又是何许人也，八百岁乃天寿，竟然还觉着自己不够长寿。彭祖，姓篯，名铿，颛顼之玄孙，

① （宋）欧阳修、宋祁：《新唐书》卷2《太宗皇帝·李世民》，中华书局，1975，第30页。
② （宋）欧阳修、宋祁：《新唐书》卷204《方技·甄权传》，中华书局，1975，第5799页。
③ （汉）司马迁：《史记》卷3《殷本纪》，中华书局，1959，第99页夹注。
④ （汉）班固：《汉书》卷95《南粤传》，中华书局，1962，第3859页。
⑤ （宋）欧阳修、宋祁：《新唐书》卷221上《西域上·党项传》，中华书局，1975，第6214页。

据说他生于尧舜时期，亡于周朝初期，活了八百多岁。当然，彭祖本身为神，天帝子孙，自然有理由获得长寿。但同书中又载："彭铿斟雉帝何飨？受寿永多夫何久长？"说明了彭祖能够长寿的更加贴切的原因，即彭祖用野鸡和稷米熬制成雉羹，并将其献给天帝，而天帝吃后觉得味道绝妙，便赐予了彭祖八百年的阳寿。

在《史记·封禅书》中有"始皇南至湘山，遂登会稽，并海上，冀遇海中三神山之奇药，不得，还至沙丘，崩"的记载，此处的奇药即是能够获得长生之药。同书还有"自威宣燕昭使人入海求蓬莱、方丈、瀛洲，此三神山者，其传在渤海中……盖尝有至者，诸仙人及不死之药皆在焉。未至，望之如云，及到，三神山反居水下，临之，风辄引去，终莫能至云。世主莫不甘心焉"的记载。看来，神药所在的神山即是蓬莱、方丈、瀛洲三座山。人间的王听说神山上的仙人们有吃了便可长生的仙药，便派人去找寻，但都没能如愿得到。《山海经·海外西经》中亦有载"轩辕之国，在此穷山之际，其不寿者八百岁"。而在《新唐书》中亦有"太后虽春秋高，善自涂泽，虽左右不悟其衰。俄而二齿生，下诏改元为长寿。明年，享神宫，自制大乐，舞工用九百人，以武承嗣为亚献，三思为终献"[①]。可见，从古至今，长寿是人们一直以来的美好愿景，在人们的内心深处都有着对永生的极度渴望。

那么，对自身而言，人们渴望获得长寿，而赋予他人长寿，自然也是希冀他能够得到永生。既然希望其能够永生，可见此人应是对人民有巨大贡献的。对此，《山海经·海外东经》郝懿行笺疏有载："《说文》云：东夷从大，夷俗仁，仁者寿，有君子不死之国。孔子道：道不行，欲之九夷，乘桴浮于海。有以也。"由此可见，仁爱、仁德之君主便会很长寿。那么，有着如此长寿命的高句丽二王，是否也从另一个角度说明了他们的仁德与善任呢？

再来看太祖大王。太祖大王，"讳宫，小名于漱，琉璃王子古邹加再

---

① （宋）欧阳修、宋祁：《新唐书》卷76《后妃上·高宗则天武皇后》，中华书局，1975，第3482页。

思之子也。母太后，扶余人也。慕本王薨，太子不肖，不足以主社稷，国人迎宫继立。王生而开目能视，幼而岐嶷，以年七岁，太后垂帘听政"①。太祖大王乃高句丽第六位国王，其承继大统于慕本乱政，杜鲁弑君之际。其即位之时，国内贵族间斗争严重，太祖大王的即位应是满足了各方的利益诉求。太祖大王年仅七岁而即位，但在同书闵中王即位中却有"大武神王薨，太子幼少，不克即政，于是，国人推戴以立之"②的记载。那么此处七岁的太祖大王难道就不算年少吗？闵中王得以代替慕本王即位，完全是符合贵族利益需求的。而此时的太祖大王即位亦如此，王位并非垂帘听政的王太后的铁腕得来，更非出自尚为幼童的太祖大王的个人魅力，而是由当时真正手握大权的高句丽权臣经过利益得失的分析后最终拥立其即位的。但太祖大王即位后，确实成为一代英主。当时的外部环境相对来说对高句丽国的发展也较为有利。在太祖大王统治的前期，东汉政权虽然国力逐渐恢复，实力日益强大，但统治者却极少对外征战，这就给了高句丽相对宽松的外部环境。而到了太祖大王统治的后期，东汉政权又进入了外戚与宦官轮番登场掌控国家大权的黑暗混乱时期，政权的统治者自然更加无心关注边疆事务，而这更给了高句丽广开疆土的大好时机。

在太祖大王任内，对外发动了多次兼并战争，使得高句丽疆域空前扩大，高句丽各部落更加紧密地团结在一起，同时王权亦得到进一步加强。大武神王乃高句丽一代对外征战之王，太祖大王与大武神王之间虽然有两代王的间隔，但这两代王在位的时间并不长，当年大武神王时期随王征战南北的旧部大部分都还在，具备对外征战的条件。可以说太祖大王是继大武神王之后又一次将兼并四邻之战推向了高潮。在其即位的第四年（56），太祖大王便"伐东沃沮，取其土地为城邑，拓境东至沧海，南至萨水"③。

---

① 〔朝〕金富轼著，孙文范等校勘《三国史记》卷15《高句丽本纪·大祖大王》，吉林文史出版社，2003，第190页。

② 〔朝〕金富轼著，孙文范等校勘《三国史记》卷14《高句丽本纪·闵中王》，吉林文史出版社，2003，第187页。

③ 〔朝〕金富轼著，孙文范等校勘《三国史记》卷15《高句丽本纪·大祖大王》，吉林文史出版社，2003，第191页。

对东沃沮这样人口较多族群的征服，不仅国之疆域为之扩张，最重要的还极大扩充了高句丽的人力物力资源，为此后的征战打下了良好的基础。太祖大王十六年（68），夫余人所建立的曷思国的王孙都头也举国来降高句丽。五十三年（105），太祖大王发动了对辽东的袭扰，"王遣将入汉辽东，夺掠六县"①。其时东汉王朝四方边境已开始动乱反叛，王趁机侵入汉境探其虚实。虽然这次袭扰被时任辽东太守的耿夔率军击败，但高句丽经过数年的休整，又于太祖大王六十六年（118）再次进犯汉境，太祖大王"与秽貊袭汉玄菟，攻华丽城"②。随着高句丽对中原的侵扰愈演愈烈，汉幽州刺史冯焕、玄菟郡太守姚光、辽东太守蔡讽等率兵讨伐高句丽。虽然两军对战之初汉军获胜，但很快高句丽军便在遂成的诈降之下逆袭，最后"攻玄菟、辽东二郡，焚其城郭，杀获二千余人"③。但高句丽并不满足于此战所掠获的大量财物，几个月后，太祖大王又与鲜卑联合，发八千兵马一同攻打辽隧，辽东太守蔡讽忙率军抗敌却不幸战亡。此役，极大提高了高句丽军的斗志。同年年末，高句丽再次袭扰玄菟城，"王率马韩、秽貊一万余骑，进围玄菟城"④。第二年太祖大王又联合马韩、濊貊"侵辽东"⑤。汉朝边境，在高句丽数次侵扰之后，守军疲惫不堪，边地民心慌乱。

太祖大王不仅对外征战不断，对高句丽国内也加强了整顿。在其即位的第二十年（72），太祖大王派遣贯那部沛者达贾讨伐藻那，大破藻那部并虏获其王。两年后（74），太祖大王又派遣桓那部沛者薛儒讨伐朱那，虏其王子乙音。这两次讨伐很显然是太祖大王在对高句丽内部进行整顿与

---

① 〔朝〕金富轼著，孙文范等校勘《三国史记》卷15《高句丽本纪·大祖大王》，吉林文史出版社，2003，第192页。

② 〔朝〕金富轼著，孙文范等校勘《三国史记》卷15《高句丽本纪·大祖大王》，吉林文史出版社，2003，第192页。

③ 〔朝〕金富轼著，孙文范等校勘《三国史记》卷15《高句丽本纪·大祖大王》，吉林文史出版社，2003，第193页。

④ 〔朝〕金富轼著，孙文范等校勘《三国史记》卷15《高句丽本纪·大祖大王》，吉林文史出版社，2003，第193页。

⑤ 〔朝〕金富轼著，孙文范等校勘《三国史记》卷15《高句丽本纪·大祖大王》，吉林文史出版社，2003，第193页。

清理。高句丽五部贵族拥有较大的权力，平衡各部权力、加强王权是历任高句丽王的重要职责。对藻那与朱那的征讨，既是表明王权的绝对权威，亦是杀一儆百，震慑蠢蠢欲动、实力不断增强的各部贵族。当然更重要的是打压整治之后的收买人心，比如太祖大王对于朱那王子乙音并没有斩尽杀绝，而是封给了他古邹加的官位，安抚其部落的人心。这样做无疑使高句丽内部更加紧密地团结在一起。对于太祖大王虏王子乙音为古邹加这段记事，在《中国东北史》中有着如下的观点：太祖大王在位期间，是高句丽历史发展中的重要时期。以前五王统治时期，高句丽各部并没有真正统一起来，所辖诸部仍然各自为王，计有多勿王、黄龙王、盖马王、句荼王、曷斯王、藻那王、朱那王，等等。各部不相属一，不断争斗。太祖大王即位以后，诸王纷立的局面才告结束。据《三国史记》记载，自太祖大王二十二年伐朱那部，虏其王子乙音为古邹加以后，不再称各部首领为王或王子，而分别改称古邹加、沛者、皂衣先人或于台等。各部之间的矛盾也趋于缓和，终于使高句丽形成一支统一的政治力量。[①] 笔者十分赞同这一观点，因为仅就太祖大王未动用国王畿内兵马讨伐，而是派遣五部将领出战，就可以看出五部对国王的绝对服从。

总的来说，太祖大王时期，高句丽对周边部族的兼并非仅仅扩大了高句丽的疆域，而是更加充实了高句丽的人力物力资本，为日后的发展壮大打下了坚实的基础。不仅如此，通过对外战争，高句丽国内更加团结。而对于被征服地域来说，高句丽民族更是将其自身所承载的先进的中原文化传播其中，为东北地域各族的同步发展及将来的统一做好铺垫。

通过概述太祖大王的生平，可知其确为一代英主，他所做出的贡献对高句丽国，乃至对未来东北地区的发展都具有里程碑的意义。只是对于文中太祖大王 119 岁而寿终的记载，有着诸多的疑问。高句丽另一位长寿之王高琏在位 78 年，98 岁而终。他的长寿甚至引起了中原王朝的关注，足见其寿命在当时的中原及海东地区并不多见。而如果太祖大王果真 119 岁而寿终的话，为

---

① 佟冬主编《中国东北史》第 1 卷，吉林文史出版社，2006，第 586 页。

何高句丽人会称此后比其短寿的高琏为长寿王呢？

据《三国史记》所载，太祖大王在位94年，薨于次大王二十年，寿年119岁。且不说其寿命长短，就其统治高句丽94年，就十分不合常理。而相关内容在中原史籍《后汉书·高句骊传》中也有所记载："建光元年（121）春，幽州刺史冯焕、玄菟太守姚光、辽东太守蔡讽等将兵出塞击……秋，宫遂率马韩、濊貊数千骑围玄菟。……是岁宫死，子遂成立。"① 在此段记载中，建光元年即为高句丽太祖大王六十九年（121），其年汉朝边将征讨高句丽及太祖大王率领马韩、濊貊进攻玄菟城等在《三国史记》中也有所记载，但两史籍的不同之处有二。一是《后汉书》中记载了太祖大王死于当年，即公元121年。二是有关次大王遂成与太祖大王关系的记载。《三国史记》记载两人为兄弟关系，而《后汉书》则将其记载为父子关系。对此，将在下文加以分析。

据《三国史记》所载，太祖大王曾对遂成说："吾既老，倦于万机。天之历数，在汝躬。况汝内参国政，外总军事，久有社稷之功，允塞臣民之望，吾所付托，可谓得人。作其即位，永孚于休。"乃禅位，退老于别宫。② 若按此史载，太祖大王应是心甘情愿将王位让于次大王遂成的，那么对于他的梦境又该做何解释呢？太祖大王九十年（142），一天夜里，太祖大王梦见一只豹咬断了老虎的尾巴。醒来后忙问解梦师此梦境的吉凶。解梦师占卜后解释说："虎者百兽之长，豹者同类而小者也。意者王之族类，殆有谋绝大王之后者乎？"③ 太祖大王听后十分不高兴，便叫来高福章询问。高福章说："作不善则吉变为凶，作善则灾反为福。今大王忧国如家，爱民如子，虽有小异，庸何伤乎？"对于一场梦，太祖大王为何如此重视呢？不仅让专门人士解梦，还从高福章那里寻求安慰。解梦一事只能说明一点，就是太祖大王已经对遂成有所警觉。遂成屡立战功，实力逐渐

---

① （南朝宋）范晔：《后汉书》卷85《东夷·高句骊传》，中华书局，1965，第2814～2815页。
② 〔朝〕金富轼著，孙文范等校勘《三国史记》卷15《高句丽本纪·大祖大王》，吉林文史出版社，2003，第195页。
③ 〔朝〕金富轼著，孙文范等校勘《三国史记》卷15《高句丽本纪·大祖大王》，吉林文史出版社，2003，第194页。

壮大，太祖大王应是深感来自遂成的威胁，恐其夺王位而立。既然如此防范遂成，又为何将王位拱手相让呢？

从遂成的角度来说，若是太祖大王主动让位，其应该怀有一颗感恩之心，即便不感恩也不至于斩尽杀绝。但在次大王即位的第二年（147）便诛杀了右辅高福章。高福章的被杀应是他对太祖大王的劝谏："遂成将叛、请先诛之。""遂成之为人也，忍而不仁，今日受大王之禅，则明日害大王之子孙。大王但知施惠于不仁之弟，不知贻患于无辜之子孙，愿大王熟计之。"[①] 他的直言进谏反遭杀身之祸。不仅如此，第二年次大王便又迅速杀掉太祖大王的元子莫勤。若说杀掉高福章是为了报仇，那么杀掉主动禅位于己的太祖大王之子就有些解释不通了。这也就很难说太祖大王让位于遂成到底是自愿的还是被迫而为之。因为如果太祖大王主动将王位传于遂成的话，遂成又何须防范其他同样拥有合法继承权的太祖大王元子并将其残忍诛杀呢？

可见，不论是太祖大王的禅位过程，还是次大王即位后的所作所为，都存在着诸多的疑点。且从太祖大王自身来说，他的一生可谓功勋卓著，其对外武功非凡，南征北战广开疆域；对内政治铁腕，强化了王权，使高句丽从松散的多部落联盟状态走向大一统。太祖大王的英勇强势，果真能在遂成的胁迫下妥协让位？再者，如此雄才大略之王，能眼睁睁地看着自己的旧部及爱子被遂成残忍地杀害而没有任何的抵抗行动？且太祖大王一生征战沙场，又为何在其任内的后二十多年的时间里如此平静，只专注于内政呢？对此，笔者大胆推测，此时的太祖大王，很可能已经离世了，正如《后汉书》中记载的，在其统治的第 69 年，其时年 75 岁。太祖大王生存的年代正值中原东汉王朝，且其时段高句丽曾多次袭扰中原边地，与汉朝多有接触，就当朝记载来看，应该不会有误；也正是因为其时高句丽与汉朝密切的往来关系，汉朝对于遂成这位高句丽大将的身份也应有一定的了解，据此推断遂成应为太祖大王宫之子。既然如此，为何又在半岛史籍《三国史记》中记载太祖大王在位 94 年，年 119 岁呢？笔者认为，之所以

---

① 〔朝〕金富轼著，孙文范等校勘《三国史记》卷 15《高句丽本纪·大祖大王》，吉林文史出版社，2003，第 195 页。

会出现世系、时间上的错乱，很有可能是后来当权者为其自身利益而有意做出的篡改，后被金富轼收录于《三国史记》之中。且高句丽国在其存续期内，并未形成本国文字，其时官方文字为汉字，采取吏读文的形式。《三国史记》亦并非同时代所记录的史书，其成书时间与高句丽国的存立时间相去甚远。尤其值得一提的是，在《三国史记》中，高句丽的早期历史多为口口相传的传说。那么，对于太祖大王的年寿，应该也是在史实的基础上加以传说化，且在流传的过程中不断改变。正如《史记》所载："（老子）与孔子同时云。盖老子百有六十余岁，或言二百余岁。"[①] 对历史人物加以传说化，做出传说性的解释。

传说虽然不是历史真实，但却无不反映着历史真实。尽管太祖大王寿年的错记有着诸多原因，但不得不说，这其实也体现了高句丽的人心，人民希望能够长久地在太祖大王的统治之下。因此而认同了太祖大王活到119岁、在位94年这两个超越人类生存与工作极限的数字，并将其口口相传，最终创造了太祖大王的长寿神话。

而太祖大王之所以如此深得人心，最主要的原因是他的仁德且善任，从其王号中的"太祖"二字便可得知。高句丽始祖朱蒙最初建国于卒本川地区，他从夫余出逃时带出的亲信加上沿途招揽的贤才良将，当然没有卒本川当地民众多。为尊重当地居民，也是为高句丽能够在卒本川地区站稳脚跟、政权稳固，自然会给予当地居民一定的特权。而这也即是高句丽建国之初的部落联盟时代，这种政治联盟较为松散，各部对部内有着较强的自治权。虽然这并不利于高句丽国家长久的发展，但在当时各自为政的联盟时代并不具备将其统一为一个整体的条件。

随着时间的推移，从建国到第六代王太祖大王时期，高句丽国各部已然经历了一百余年的统治。长时间的联盟，使得各部间的联系更加紧密，行动更趋一致，而最关键的还是各部之间不可避免的融合过程。在融合过程中，联盟之下的五部人民形成了较为相似的风俗习惯、较为同步的思考方式与认知水准，高句丽国成为将他们紧紧连接在一起的精神纽带，彼此

① （汉）司马迁：《史记》卷63《老子韩非列传》，中华书局，1982，第2141～2142页。

都成为必不可少的利益共同体。此时的太祖大王很好地把握了这一时机，高句丽便在一百多年后，实现了各部力量的由分散到统一，不再是松散的部落联盟。可以说，这是高句丽历史上重大的转折点。如中原王朝庙号的惯例，即开国之君常被称为"祖"，后继者常被称为"宗"，如唐朝第一代君王"唐高祖"、第二代"唐太宗"，以下则为"唐高宗""唐中宗""唐玄宗"等。而开国之君多以"太祖""世祖""高祖"等冠之。那么，此处高句丽的第六代王，应该也是因他的作为具有划时代的重大意义，方才被称为太祖大王，寓意着改变，意味着新的开始。

太祖大王在位期间，高句丽国力迅速提升，政权相对稳固，社会繁荣发展，是高句丽各领域都得到蓬勃发展的时期。即便遇到天灾，太祖大王亦能做到很好地抚恤百姓、安定民心，如"大旱，至夏赤地。民饥，王发使赈恤"，"秋七月，蝗雹害谷。八月，命所司举贤良、孝顺，问鳏寡孤独及老不能自存者，给衣食"。① 不仅如此，他还"存问百姓穷困者，赐物有差"②。时刻把百姓之疾苦放在心上，所谓得民心者得天下，对于爱民如子的太祖大王，人民又怎会不拥戴呢？而在太祖大王死后，则接连上演着逼宫篡位、大开杀戒，以及明临答夫弑君政变。高句丽社会一度陷入混乱动荡的局面，并且此后的一段时间高句丽国内亦纷争不断，严重阻碍了国家的发展。为此当时的人们更加怀念、向往太祖大王治下的高句丽社会。而在《后汉书》中亦有"句骊王宫生而开目能视，国人怀之"③ 的记载。当时人们渴望仁君长寿之心由此可见一斑。

七　长寿王高琏

> 王薨，年九十八岁，号长寿王。④

---

① 〔朝〕金富轼著，孙文范等校勘《三国史记》卷15《高句丽本纪·大祖大王》，吉林文史出版社，2003，第192页。

② 〔朝〕金富轼著，孙文范等校勘《三国史记》卷15《高句丽本纪·大祖大王》，吉林文史出版社，2003，第193页。

③ （南朝宋）范晔：《后汉书》卷85《东夷·高句骊传》，中华书局，1965，第2814页。

④ 〔朝〕金富轼著，孙文范等校勘《三国史记》卷18《高句丽本纪·长寿王》，吉林文史出版社，2003，第230页。

长寿王七十九年（491），王离世，时年九十八岁。

与前文百岁国王太祖大王之传说相似，高琏也是位长寿之王。在中原古籍中，还有如下长寿记载：

> 高琏年百余岁卒。[1]
>
> 至孙高琏，晋安帝义熙中，始奉表通贡职，历宋、齐并授爵位，年百余岁死。[2]
>
> 太和十五年，琏死，年百余岁。[3]
>
> （孝武大明）七年，诏进琏为车骑大将军、开府仪同三司，余官并如故。明帝泰始、后废帝元徽中，贡献不绝，历齐并授爵位，百余岁死。[4]
>
> 太和十五年，琏死，年百余岁。[5]
>
> 琏死，百余岁。[6]

这些长寿王活到一百多岁的记载分别取自《新唐书》《南齐书》《梁书》《魏书》《南史》《北史》《通志》《文献通考》等古籍。

长寿王，讳琏，广开土王之元子，高句丽第二十代王。其人体貌魁伟，志气豪迈，在其任内功绩卓著。与太祖大王不同的是，中原史籍中对他的年寿多有记载，记载他活到了一百多岁。但据《三国史记》的记载来看，其活到了98岁，年近百岁而亡，共计在位78年。而从他号为长寿来看，亦可得知他是位高寿之王。长寿王执政期间恰值中原进入南北朝时期，中原南北分裂，战争频发，这反而为高句丽更好的发展提供了绝好的契机。但长寿王即位之后却并未马上发动征讨四方的战争，因为此时的高句丽亟须休养生息。长寿王之父乃高句丽历史上著名的征战之王——广开

---

[1] （梁）萧子显：《南齐书》卷58《东南夷·高丽传》，中华书局，1972，第1010页。

[2] （唐）姚思廉：《梁书》卷54《诸夷·东夷·高句骊传》，中华书局，1973，第803页。

[3] （北齐）魏收：《魏书》卷100《高句丽传》，中华书局，1974，第2216页。

[4] （唐）李延寿：《南史》卷79《夷貊下·东夷·高句丽传》，中华书局，1975，第1971页。

[5] 在《北史·高丽传》《通志·高句丽》中均有所载，（唐）李延寿：《北史》卷94《高丽传》，中华书局，1974，第3113页。

[6] 杨春吉等：《高句丽史籍汇要》引《文献通考·高句丽》，吉林人民出版社，1998，第69页。

土王。在广开土王连年的征战中，虽然使得高句丽辖下领土空前广大，但正所谓"杀敌一千、自损八百"，长期的战争使高句丽损耗巨大，故而在其任内的前四十年都没有率兵出战的任何记载。长寿王治下，高句丽安定和平，发展迅速。长寿王也是位关心百姓疾苦之王，七年（419）"国东大水，王遣使存问"①。

　　然而，此时高句丽所要面对的外部大环境又有了新的变化，拓跋魏政权实力渐盛，时时威胁着高句丽政权。为摆脱魏政权带来的巨大压力，避其锋芒，长寿王果断决定，将高句丽王都由国内城迁至朝鲜半岛的平壤，这对高句丽日后的发展具有重要的意义。迁都不仅获得了相对稳定的发展环境，并且，还能够更好地应对朝鲜半岛上的新罗、百济两国。其实，广开土王此前的开疆拓土，也有一统朝鲜半岛之意，只可惜他英年早逝，没能实现这一宏伟大业。因此，可以说，长寿王之迁都，既有出于对现实情形的具体考虑，从某种角度上来说也是一种继承父志的做法。

　　同时，长寿王还进一步做出了"西事中原，南侵罗济"的周边政策。西事中原，即位当年，长寿王便派遣长史高翼入晋朝贡，进献赭白马。东晋安帝封长寿王为高句丽王，乐浪郡公。当拓跋魏政权崛起之时，迅速遣使入魏朝贡，并请国讳，表明了对北魏的臣属关系。同年秋天，长寿王再次遣使入魏谢恩。但长寿王对北魏的示好与臣服，仅仅是想要换取其高句丽西部边境的和平，而并非完全的服从，关键时刻高句丽还是会以自身利益为出发点来解决问题。比如当北燕遭到北魏的数次讨伐而朝不保夕，燕王冯弘秘密派遣尚书阳伊来高句丽请求援助。如若长寿王伸出援助之手势必会得罪北魏，但长寿王此时更想趁机拉拢燕王，尽收其部下以此壮大高句丽实力，于是他同意了燕王之请，派遣葛卢、孟光率大军至龙城驰援北燕王冯弘。当魏主命令其遣送燕王冯弘至北魏时，长寿王却遣使奉表，称"当与冯弘俱奉王化"② 就此惹恼了北魏。而当长

---

① 〔朝〕金富轼著，孙文范等校勘《三国史记》卷18《高句丽本纪·长寿王》，吉林文史出版社，2003，第225页。
② 〔朝〕金富轼著，孙文范等校勘《三国史记》卷18《高句丽本纪·长寿王》，吉林文史出版社，2003，第226页。

寿王取冯弘太子为人质时，遭到其怨恨转而想要前往刘宋，恰值此时北魏也来要人。长寿王出于自身考虑，杀掉冯弘，既实现了当初援助北燕所要达到的增强实力的目的，又对南北两朝有一个说法。长寿王之深谋远虑，由此可见一斑。

不仅如此，北魏文明太后以显祖六宫未备而命长寿王送女入魏宫，欲与高句丽和亲。长寿王奉表谎称："女已出嫁，求以弟女应之。"① 谁料竟得到了太后的同意。长寿王唯恐北魏借此获取高句丽山川地理等要塞的机密，危及国防安全，故而上书称女已死。长寿王一再敷衍搪塞，直至显祖离世，方才作罢。每当涉及高句丽自身利益之时，长寿王不是拒不服从中原指令，就是一副虚与委蛇、拖延搪塞的消极对抗态度。北魏自然对长寿王的做法颇为不满，但因其需将主要的兵力用于对付南朝，避免两线作战，所以也只能对其置之不理。南侵罗济，就是对新罗、百济两国，采取主动征讨的策略，以军事打击的方式打压两国的发展，进而使高句丽能够称霸朝鲜半岛。其实早在长寿王十二年（424），"新罗遣使修聘，王劳慰之特厚"②。丽罗双方关系较为和睦，但自长寿王迁都之后，新罗对于高句丽便开始了密切防范。然而长寿王二十八年（440）新罗人对高句丽边地将领的袭杀，惹恼了长寿王，从此开启了高句丽征讨新罗的步伐。长寿王四十二年（454），王"遣兵侵新罗北边"③。五十六年（468），"王以靺鞨兵一万，攻取新罗悉直州城"④。七十六年（488）秋九月，王"遣兵侵新罗北边，陷狐山城"⑤。相较新罗，百济受到高句丽的冲击更大，在广开土王时期就曾多次出兵百济，使百济损失惨重。高句丽迁都平壤后，长寿王

---

① 〔朝〕金富轼著，孙文范等校勘《三国史记》卷18《高句丽本纪·长寿王》，吉林文史出版社，2003，第227页。

② 〔朝〕金富轼著，孙文范等校勘《三国史记》卷18《高句丽本纪·长寿王》，吉林文史出版社，2003，第225页。

③ 〔朝〕金富轼著，孙文范等校勘《三国史记》卷18《高句丽本纪·长寿王》，吉林文史出版社，2003，第227页。

④ 〔朝〕金富轼著，孙文范等校勘《三国史记》卷18《高句丽本纪·长寿王》，吉林文史出版社，2003，第227页。

⑤ 〔朝〕金富轼著，孙文范等校勘《三国史记》卷18《高句丽本纪·长寿王》，吉林文史出版社，2003，第230页。

对百济亦进行了多次征讨，加速了百济的衰落。在长寿王六十三年（475）九月对百济都城的讨伐中，"王帅兵三万侵百济，陷王所都汉城，杀其王扶余庆，虏男女八千而归"①。此役，长寿王一举攻下百济王都，百济险些就此亡国。

总的来说，长寿王对内对外的政策收到了预期的结果。在其最初的与民生息、对内改革之后，高句丽国力得到了快速恢复和发展。在其迁都平壤之后，远离了来自中原政权的威胁，得到了稳定发展的时机；且平壤地区土田肥沃，适宜耕种，为高句丽经济的繁荣发展打下了良好的基础；更是对高句丽统治阶级内部盘根错节的贵族势力的一次重新洗牌。通过对利益的调整与再分配，有效地巩固与强化了高句丽王权，使得高句丽区域"东至栅城，南至小海，北至旧夫余，民户三倍于前魏时。其地东西二千里，南北一千余里"②，其疆域实力几乎达到了巅峰。而其"西事中原，南侵罗济"的国策持续影响了高句丽之后近二百年的历史，对取得朝鲜半岛的霸权地位及高句丽社会的不断发展意义重大而深远。但长寿王死后，贵族势力重新抬头，再次成为高句丽政坛的一支重要力量。伴随着高句丽国内王权的减弱与贵族权的加强，且各方贵族势力皆趁长寿王之死而竭力争权夺利，高句丽局势陷入一片混乱动荡之中。

长寿王与前文所述太祖大王的统治时期有着惊人的相似之处。一是对内改革，巩固并强化王权，在其任内的君主集权近乎达到最高状态。二是对外关系，只要牵涉高句丽自身利益，不论是中原政权还是周边邻国，高句丽都会毫不犹豫地以本国利益为前提。三是两位王都是抚恤爱民之王，时刻体察民情，深得民心。四是两位王死后，高句丽社会都陷入混乱以致衰落的境地，这就让当时的人们愈发怀念这两位王在世时的繁荣盛世景象。

清朝的康熙大帝在位61年，是中国历史上统治时间最长的皇帝。然而高句丽的太祖大王与长寿王分别统治了94年与78年，这几乎就是无法实

---

① 〔朝〕金富轼著，孙文范等校勘《三国史记》卷18《高句丽本纪·长寿王》，吉林文史出版社，2003，第228页。

② （北齐）魏收：《魏书》卷100《高句丽传》，中华书局，1973，第2215页。

现的天方夜谭。从其极具传说色彩的记载中，我们既可以看到从古至今人们心灵深处那种对生命的热切渴望，亦可以看到人民对于圣明君主能够获得不死之身，延长寿命，得到永生的美好祈愿。

八 温达传说

温达，高句丽平冈王时人也。容貌龙钟可笑，中心则晬然。家甚贫，常乞食以养母，破衫弊履，往来于市井间，时人目之为愚温达。平冈王少女儿好啼，王戏曰："汝常啼聒我耳，长必不得为士大夫妻，当归之愚温达。"王每言之，及女年二八，欲下嫁于上部高氏。公主对曰："大王常语，汝必为温达之妇。今何故改前言乎！匹夫犹不欲食言，况至尊乎！故曰'王者无戏言'。今大王之命谬矣，妾不敢只承。"王怒曰："汝不从我教，则固不得为吾女也。安用同居？宜从汝所适矣。"于是公主以宝钏数十枚系肘后，出宫独行。路遇一人，问温达之家，乃行至其家。见盲老母，近前拜问其子所在，老母对曰："吾子贫且陋，非贵人之所可近。今闻子之臭，芬馥异常；接子之手，柔滑如绵；必天下之贵人也。因谁之佽以至于此乎！惟我息不忍饥，取榆皮于山林，久而未还。"公主出行，至山下，见温达负榆皮而来，公主与之言怀。温达悖然曰："此非幼女子所宜行，必非人也，狐鬼也。勿迫我也。"遂行不顾。公主独归，宿柴门下。明朝更入，与母子备言之。温达依违未决，其母曰："吾息至陋，不足为贵人匹。吾家至窭，固不宜贵人居。"公主对曰："古人言：'一斗粟，犹可春；一尺布，犹可缝。'则苟为同心，何必富贵然后可共乎！"乃卖金钏，买得田宅、奴婢、牛马、器物，资用完具。初买马，公主语温达曰："慎勿买市人马，须择国马病瘦而见放者，而后换之。"温达如其言。公主养饲其（甚）勤，马日肥且壮。

高句丽常以春三月三日，会猎乐浪之丘，以所获猪鹿，祭天及山川神。至其日，王出猎，群臣及五部兵士皆从。于是温达以所养之马隋（随）行，其驰聘（骋）常在前，所获亦多，他无若者。王召来问姓名，惊且异之。时后周武帝出师伐辽东，王领军逆战于拜山之野，温达为先锋，疾斗，斩数十余级。诸军乘胜奋击，大克。及论功，无不以温达为第一。王嘉欢之曰："是吾女婿也！"备礼迎之，赐爵为大兄。由此宠荣尤渥，威权日盛。

及阳冈（原）王即位，温达奏曰："惟新罗割我汉北之地为郡县，百姓痛恨，未尝忘父母之国。愿大王不以愚不肖，授之以兵，一往，必还吾地。"王许焉。临行誓曰："鸡立岘、竹岭已西不归于我，则不返也。"遂行。与罗军战于阿旦城之下，为流矢所中，路而死。欲葬，枢不肯动，公主来抚棺曰："死生决矣，于乎归矣！"遂举而窆。大王闻之悲恸。①

温达，生活在高句丽平原王时期。虽外表丑陋，但心智却聪慧无比。早年穷困潦倒，常以乞讨养活老母。时常衣衫褴褛地穿梭在市井之间乞讨，大家都称他为"愚温达"。当时平原王有个小女儿十分爱哭闹，平原王曾逗她说："你再哭闹，就不把你嫁给贵族，而把你嫁给傻子温达。"每当他这样说时，小公主果真就不哭了。等到公主长到年方二八适婚之时，平原王想将她嫁与上部贵族高氏。但公主却拒不从命，她认为父亲不应出尔反尔，正所谓君无戏言，父王就应将自己嫁给温达才对。但平原王却执意如此，并以断绝父女关系相威胁。公主并没有被吓到，仍坚持自己的主张。平原王盛怒之下将公主逐出王宫。于是公主带上些珍宝，离开了王宫。一路打听，找到了温达家。温达出门未归，公主见到了温达失明的母亲，便问她温达的去向。简单交谈后，温母察觉到公主谈吐不俗，绝非常人。于是，她对公主说："我儿温达长得丑，家境又贫寒，贵人都不愿接近他。现在我闻到了你身上的芬芳，摸到了你的手柔滑如棉。你一定是位贵人，是什么原因让你来到我家呢？我儿温达不忍心让我挨饿，去山上取榆树皮来给我充饥，已经去了很长时间，还没回来。"于是，公主离开温达家，去山上找温达，正遇见温达背着榆皮迎面走来，公主便将自己欲以身相许的心意说与温达。可温达以为这是在戏弄他而大怒："这不是一个

①〔朝〕金富轼著，孙文范等校勘《三国史记》卷45《列传5·温达传》，吉林文史出版社，2003，第523～524页。

弱女子所该有的行为，你肯定不是人类，是狐鬼，快不要缠着我。"说完温达便逃跑了。公主无奈，只得独自回到温达家，继续说服温达母子。温达坚决不同意，温母则劝慰公主，温达丑陋配不上公主，家徒四壁会委屈了公主。可公主却恳切地说："古人言'一斗粟，犹可舂；一尺布，犹可缝'。只要我们夫妻一条心，又何愁富贵呢？"温达听闻，感受到了公主的真诚，便接受了她的心意。公主卖掉了从宫中带出的珍宝，购置田宅、牛马及生活用具。在有了一定的固定资产后，公主又劝温达养马。并告诉温达不要买市人之马，而要买被国家淘汰的瘦弱之马。温达听从了公主的建议。在两人精心的饲养下，马儿日益膘肥体壮。

每年的三月三日，高句丽都会在乐浪的山丘上举行狩猎比赛，并将猎获的野猪野鹿祭祀上天及山川神。又是一年的三月三，这一天，平原王率群臣及五部士兵狩猎。温达以其所养之马随行。狩猎开始后，温达之马常常驰骋在前，所获猎物也最多，他人无法与之相比。平原王立刻召见了他。得知此人便是温达后，非常吃惊。但碍于情面，并未承认他的驸马身份。后来周武帝出兵攻打辽东，平原王率军迎战于拜山，此战温达为先锋，他英勇善战，顷刻便杀敌几十人，极大地鼓舞了士气，高句丽军一鼓作气乘胜追击，打败了敌军。等到论功行赏之时，众人皆以温达为头功。平原王也非常欣慰，对他大加赞赏："真是我的女婿啊！"亲口承认了他的驸马身份，并赐给他大兄的官职。从此，温达备受王的信任，权力也越来越大。

等到阳原王即位后，温达主动请战，想要讨还被新罗夺走的高句丽汉北各郡，便对国王说："百姓都十分痛恨新罗夺我土地，希望尽早收复故地。温达从未忘记报效国家，还请大王授我以兵权，让我率军收复失地。"国王同意了他的请求。临行前，温达发誓说："如果不能收复鸡立岘、竹岭以西之地，我誓不回国。"谁想竟一语成谶，在与新罗军队战于阿旦城下时，温达被流矢射中，不治身亡。众将本想将他就地埋葬，可无论如何也抬不动灵柩。公主闻讯赶来，抚棺痛哭："我们此生已阴阳两隔，你还是随我魂归故里吧！"说罢，灵柩竟能被抬动了，遂将温达埋葬故乡。国王得知温达战死的消息后，亦为失去一位勇将而悲痛不已。

温达，高句丽平原王时期著名将领，有关他的记事仅存于《三国史记·温达传》中。通读全文，便会发现《温达传》的叙事极具故事性，其文脉极富传奇色彩，这是一段凄美的传说。也正因如此，此段记载被部分史家排斥于信史之外。但笔者认为，任何历史记载都有着一定的史料价值。《温达传》虽仅有短短七百余字，但在一定程度上必然反映了当时的历史背景，再现了当时高句丽的社会现状及社会风貌。

温达生活在公元 6 世纪后半叶，而 6 世纪后半叶恰是高句丽社会承前启后的关键节点。此前的高句丽致力于领土扩张，广开疆土，并迁都于平壤；而此后则外有与中原隋唐两大王朝间的大规模战争，内有盖苏文集权统治与军事政变。而通过对温达真实身份的深入探索，及《温达传》中温达人生轨迹记载的分析，则可以了解到 6 世纪后半叶的高句丽社会。

史载：温达"容貌龙钟可笑，中心则晔然。家甚贫，常乞食以养母，破衫弊履，往来于市井间，时人目之为愚温达"①。与公主之间身份差距巨大的温达能娶到公主，成为王婿，这并不现实，不具合理性。这不禁让我们想对温达的身份一探究竟。对此，笔者拟从其婚姻及官位两个方面入手进行探讨。

娶公主：在半岛三国之中，有史可考的与王室通婚的案例并不少见，但对于高句丽王室下嫁公主，却仅有两例可寻。一是中川王时期的明临笏觌娶公主，二即是平原王时期的温达娶公主。下面我们考察同样娶了公主的明临笏觌，以期进一步明确与王室通婚，成为王的女婿的必要资格与身份制约。

"以椽那明临笏觌尚公主，为驸马都尉。"② 椽那部，高句丽五部贵族之一部。椽那部明临答夫与明临于漱曾分别登上国相之位。且自明临答夫弑主而拥戴新大王之后，王妃亦多出自椽那部。可见在中川王时期公主下嫁椽那部贵族亦在情理之中。而成为王婿之后明临笏觌又被授予官职"驸马都尉"，对于驸马都尉一职，则有"初，驸马都尉，汉武置也，掌御马。

---

① 〔朝〕金富轼著，孙文范等校勘《三国史记》卷 45《温达传》，吉林文史出版社，2003，第 523 页。
② 〔朝〕金富轼著，孙文范等校勘《三国史记》卷 17《高句丽本纪·中川王》，吉林文史出版社，2003，第 211 页。

历两汉，多宗室及外戚与诸公子孙任之"①。很显然，即便从字面上看这也是被汉化的官名。高句丽这一官职应来自中原。那么，无论从中原任驸马都尉之人皆为宗室、外戚及诸公子孙等上层统治阶级，还是从高句丽尚公主之人明临笏靓的身份地位，都可以推断出在高句丽，娶公主尚需贵族这一身份背景。

授官：与明临笏靓不同的是，温达在成为国王之婿后并未立刻获得封赏，而是通过其不懈努力，在战场上获得赫赫军功之时，方才被授予"大兄"一职。而对于高句丽大兄一职，最早见于《魏书·高句丽传》，并且，在各史籍所载当中，大兄的排序位置不尽相同。而位置的不同亦说明了大兄一职在不同时期的官职等级是有所变化的，依照 6 世纪的时段限制，选取《魏书》②、《周书》③、《北史》④、《隋书》⑤ 作为参照。在此四部典籍中，前三部大兄分别位列第三，在《隋书》中则位列第二位官职。可见，在整个公元 6 世纪的高句丽，大兄官位排位较高。考虑到温达生活的时代，则以《周书》为据，温达在被授予大兄一职之时，大兄之职位列第三等官位。

在历任大兄之职的人员中，即有烽上王时期的高奴子，时慕容廆来侵，"新城宰北部小兄高奴子领五百骑迎王，逢贼奋击之，廆军败退。王喜，加高奴子爵为大兄"⑥。而后王又"以高奴子为新城太守"⑦；亦有宝藏王时期泉氏家族的泉男生、泉男产兄弟，等等。通过对史籍与墓志碑刻的考察，除去温达之外任大兄一职的共计十一人，而这些人的共同特点则是他们都出身贵族，而大兄是他们获得晋升的一个途径。

通过娶公主及所获官位两个角度的分析，我们不禁心存疑问，温达是否也为贵族中的一员呢？如此"破衫弊履"、贫苦、狼狈的温达果真会是贵

---

① （唐）徐坚等：《初学记》卷 10《驸马七》，中华书局，1962，第 247 页。
② （北齐）魏收：《魏书》卷 100《高句丽传》，中华书局，1974，第 2215 页。
③ （唐）令狐德棻等：《周书》卷 49《异域上·高丽传》，中华书局，1971，第 885 页。
④ （唐）李延寿：《北史》卷 94《高丽传》，中华书局，1974，第 3115 页。
⑤ （唐）魏征、令狐德棻：《隋书》卷 81《东夷·高丽传》，中华书局，1973，第 1814 页。
⑥ 〔朝〕金富轼著，孙文范等校勘《三国史记》卷 17《高句丽本纪·烽上王》，吉林文史出版社，2003，第 213 页。
⑦ 〔朝〕金富轼著，孙文范等校勘《三国史记》卷 17《高句丽本纪·烽上王》，吉林文史出版社，2003，第 214 页。

族吗？反观美川王乙弗在成为高句丽王之前的经历，其为躲避追杀的流浪、逃亡生活，曾作为佣作，经历"樵采"之苦，"贩盐"被骗①的悲惨境遇。可见王族尚且如此，况温达乎？温达确具有曾为贵族身份的可能性。

另外，还有一处疑点需要我们分析。温达在如此贫穷的现实下，为何宁愿"取榆皮于山林"②而不去耕种以自给呢？另结合"（高句丽）其国中大家不佃作，坐食者万余口，下户远担米粮鱼盐供给之"③。"（高句丽）大家不田作，下户给赋税如奴。"④由此两条史料可知，温达并不属于奴隶阶层。温达之所以不耕作，应是其以耕作为耻的观念所致。再依据"高句丽后期社会由贵族、五部自由民、普通自由民和'游人'组成"⑤的观点，并结合温达贫穷、困窘的生活状态，可进一步推断温达的身份应为五部自由民，而"（高句丽）其国有五部，皆贵人之族也"⑥。五部自由民不同于"普通自由民"和"游人"，只要有可能五部自由民是可以向贵族转变的。那么温达是否有这种可能呢？这就需要结合高句丽当时的社会现状进行综合分析。

有一条史料值得我们关注，即平原王二年（560）的"王幸卒本，祀始祖庙"⑦之举。对于参拜始祖庙，安藏王三年（521）⑧及平原王二年（560）的祭祀距此前的故国原王二年（332）的卒本之行足足有 190 年的时间间隔。那么平原王此举又有何用意呢？其实，公元 6 世纪的高句丽社会较为动荡。《日本书纪》载："是年（545），高句丽大乱，被诛者众。七年（546），是岁凡斗死者二千余（中夫人子为王，年八岁。貊王有三夫

① 〔朝〕金富轼著，孙文范等校勘《三国史记》卷17《高句丽本纪·美川王》，吉林文史出版社，2003，第215页。
② 〔朝〕金富轼著，孙文范等校勘《三国史记》卷45《列传5·温达传》，吉林文史出版社，2003，第523页。
③ （晋）陈寿：《三国志》卷30《魏书·东夷·高句丽传》，中华书局，1959，第843页。
④ 杨春吉等：《高句丽史籍汇要》引《魏略·高句丽国》，吉林人民出版社，1998，第41页。
⑤ 刘炬、董健：《高句丽"游人"研究》，《社会科学战线》2017年第12期，第126页。
⑥ （唐）杜佑：《通典》卷186《边防二·东夷下·高句丽》，中华书局，1988，第5015页。
⑦ 〔朝〕金富轼著，孙文范等校勘《三国史记》卷19《高句丽本纪·平原王》，吉林文史出版社，2003，第239页。
⑧ 〔朝〕金富轼著，孙文范等校勘《三国史记》卷19《高句丽本纪·安藏王》，吉林文史出版社，2003，第236页。

人，正夫人无子，中夫人生世子，其舅粗群氏，小夫人生子，其舅细群氏。及貊王疾笃，细群与粗群各欲立其夫人子，故细群氏死者二千余人也）。"① 这是高句丽大贵族为夺权而发生的一场血腥之战，足见高句丽内部斗争之尖锐，政局之混乱。而"天保三年（552），文宣至营州，使博陵崔柳使于高丽，求魏末流人。敕柳曰：'若不从者，以便宜从事。'及至，不见许。柳张目叱之，拳击成坠于床下，成左右雀息不敢动，乃谢服，柳以五千户反命"②，则又说明了政局动荡所导致的高句丽国势的衰落。

此外，还有这样一条记载：阳原王十三年（557）"冬十月，丸都城干朱理叛，伏诛"③。丸都城曾为高句丽王都，即便在高句丽迁都平壤后，其仍具有重要地位。这从高句丽权臣盖苏文死后的泉氏兄弟阋墙之时"男生为二弟所逐，走据国内城死守"④ 来看，即便王都自长寿王时期便已迁至平壤，但国内城一直作为一支独立的势力发展，且与中央保持着密切联系，不然泉男生亦不会在关键时刻调动这支力量。丸都城之叛，可见高句丽内部矛盾必定十分尖锐。在高句丽如此动荡不安的大局势下，反观平原王本身的承继大统之路，在这条路上亦充斥着贵族间的争夺，而他之所以至卒本祀始祖庙也应是出于平衡各方势力的考虑。而从平原王自身的情况来看，维持社会稳定，扶植属于自己的新势力才是当务之急。

故笔者认为，就其所处的社会大环境而言，温达确实具备由五部自由民上升至贵族身份的外部条件。在其经济实力得以提升并立军功于沙场后成为当时的新兴贵族，获得国王认可及提拔得以平步青云。

通过对温达身份的分析，大致推断出其为崛起于五部自由民的新晋势力。然温达身份得以转变并非完全出于其自身的努力，而是源于平冈公主的出现。平冈公主是温达人生中的伯乐，是改变温达人生轨迹的关键。那么，公主起到哪些具体作用，围绕温达有哪些人物关系展开，从中我们又

---

① 〔日〕舍人亲王：《日本书纪》卷19《钦明天皇》，日本经济杂志社，1897，第327～328页。
② （唐）李延寿：《北史》卷94《高丽传》，中华书局，1974，第3115页。
③ 〔朝〕金富轼著，孙文范等校勘《三国史记》卷19《高句丽本纪·阳原王》，吉林文史出版社，2003，第239页。
④ （后晋）刘昫等：《旧唐书》卷199上《东夷·高丽传》，中华书局，1975，第5327页。

能窥视出哪些社会现状呢？笔者拟将温达其人放入《温达传》的记事当中，进行整体综合考察，并拟将全文脉络发展按起、承、转、合，即传记故事的发生、发展、转折、收结的逻辑顺序加以分析。

发生，传记开头对温达穷困潦倒的生活状况及老实孝顺的性格特征加以描述，并对其中的戏剧性情节，即身份高贵的公主为何会下嫁平民温达的缘由加以阐释。史载平冈公主儿时爱啼哭，而每当她哭泣时，平原王便对她说："汝常啼聒我耳，长必不得为士大夫妻，当归之愚温达。"这也为之后故事情节的展开做铺垫。

发展，故事的进一步发展、变化，人物间的主要冲突产生于公主与平原王之间。在公主到了适婚年龄时，平原王并未将其嫁与温达而欲将其嫁与上部高氏。公主拒不从命。理由是："匹夫犹不欲食言，况至尊乎！故曰：'王者无戏言。'今大王之命谬矣。"王大怒，"于是，公主以宝钏数十枚系肘后，出宫独行"①。平原王与公主矛盾的焦点在于公主究竟嫁与何人，对平原王而言，他决意嫁公主于上部高氏应是出于两方面的考虑。一是高句丽社会身份秩序严格，身份地位尊贵方可与王室通婚，作为父亲为女儿找一位门当户对的夫婿是合乎情理的；二是平原王出于自身的考虑，为巩固政权稳定局势，只能选择与贵族联手，而联姻则无疑是一种很好的方式。公主反驳平原王的理由是"君无戏言"。公主对信、烈的执着从某种程度上反映了中原儒家理念在高句丽社会早已深入人心。公主为坚持自己的信义而敢于离开王宫，离开优越的生活环境，下嫁给贫困潦倒的温达，其勇气可嘉，令人叹服。

转折，温达最终得到平原王的认可，并获赐官位，故事情节得以峰回路转。而公主辅助温达功成名就亦经过了三个过程。一是离宫寻找到温达后，为温达、温母所拒，但公主并未离开，而是夜宿柴门，可见公主下嫁温达的决心，表现出她对心中信义的坚守。同时，亦表现出温达、温母的善良、淳朴，不贪慕荣华富贵。而温达初见公主时的"此非幼女子所宜行……"

① 〔朝〕金富轼著，孙文范等校勘《三国史记》卷45《温达传》，吉林文史出版社，2003，第523页。

亦可看出当时人头脑中的礼法道德意识。最终公主的诚意被母子二人接受。二是着手提升温达的经济实力。公主深知经济基础决定上层建筑的道理，故从宫中带出珍宝并将其卖掉，买来"田宅、奴婢、牛马、器物，资用完具"①。这对于温达人生的转变起到了至关重要的作用，为其从平民阶层向新兴贵族阶层的身份转换做了充分的准备。三是温达养马及立功沙场。这充分说明公主具有一定的政治远见。她了解高句丽人"性凶急，有气力，习战斗，好寇钞"②的民族性格。如此好战之国，对马匹这一天然的战备资源自然需求量巨大。且在高句丽"杀牛马者，没身为奴婢"③，可见国家对马匹的重视已上升到了法律的高度，马已然成为一种国家资源。在温达具备了一定的经济基础后，公主令其养马，并"择国马病瘦而见放者，而后换之"。在温达与公主的精心饲养下，马日益肥壮。高句丽常在春三月狩猎，并将猎物用于祭天及山川之神。到了那天，"王出猎，群臣及五部兵士皆从。于是温达以所养之马隋行，其驰聘常在前，所获亦多，他无若者。王召来问姓名，惊且异之"④。得益于良马相助，平原王对其刮目相看。最终，在与周武帝的战争中，温达立下大功，终获国王的认可，并被"赐爵为大兄"⑤。

此处值得一提的是，与周武帝的战争是否真实存在。北周武帝宇文邕在位时间为公元 560 年至 578 年。平原王在位期间为公元 559 年至 590 年。那么，如若真有此战，则应发生在公元 560 年至 578 年。然通过对该时间段史料记载的查阅，并未发现两国间发生过战争的任何记录，此说仅在《三国史记·温达传》中有所提及。其时北周的实权人物实际是宇文护，他先后拥立宇文觉、宇文毓为帝，后又将其杀害，改立宇文邕为帝，是为

---

① 〔朝〕金富轼著，孙文范等校勘《三国史记》卷45《温达传》，吉林文史出版社，2003，第523页。
② （南朝宋）范晔：《后汉书》卷85《东夷·高句骊传》，中华书局，1973，第2813页。
③ （后晋）刘昫等：《旧唐书》卷199上《东夷·高丽传》，中华书局，1975，第5320页。
④ 〔朝〕金富轼著，孙文范等校勘《三国史记》卷45《温达传》，吉林文史出版社，2003，第523~524页。
⑤ 〔朝〕金富轼著，孙文范等校勘《三国史记》卷45《温达传》，吉林文史出版社，2003，第524页。

周武帝。宇文邕眼见宇文护残暴至极，但无奈其势力太过强大，且国王的废立操纵于宇文护之手，武帝只能韬光养晦，蛰伏了长达 12 年之久。公元 572 年武帝施计除掉宇文护，国政大权终回武帝之手。那么，直至公元 572 年止，周武帝不会有征战高句丽之举。然而此后，他更是对内忙于实施各项改革，恢复国力，对外征战北齐，最终统一北方。至于《资治通鉴》所载的"高宝宁帅夷、夏数万骑救范阳"①，高句丽军队是否为组成高保宁夷夏联军的一部分，在武帝讨伐东北地区北齐残部之时曾出兵阻挡周军北上呢？笔者认为不然，其时高句丽并未走出谷底，实力上不允许，从高句丽处理对外事务的一贯做法来看，其又怎会损兵折将为他人做嫁衣呢？由此我们进一步推断，温达所立功的战场并不存在。从中我们也可看出《温达传》中所展现的传说色彩。对于此段战事记载，刘炬老师认为"《三国史记》记事有一个突出的特点，只要想夸大某人的才能与战功，就会让他与中原交战并取得胜利。在这方面，乙豆智之'鲤鱼退汉兵'与明临答夫的'坐原之战'就是明显的事例。事实上，这两个战役应纯属子虚乌有。温达破周兵之战亦当属此类"②。此段传说中的温达立军功即是为了夸大他的才能。

收结，温达之死，故事于温达战死沙场而结束。温达为夺回故土而主动请战，无疑体现了他的报效祖国、忠于国家的爱国之情。但从另一个侧面亦反映了新兴贵族势力在国内的地位不稳固，亟须立军功来巩固和维持。《温达传》中所载如是，但在韩国小说家崔仁勋的笔下却有着另一种表达，在他 1970 年的以《温达传》为原型的作品《在哪里成为谁遇见谁》中，温达却是死于高句丽国内敌对势力的刀下。温达死后，公主回乡照顾温母亦被敌对势力杀害，即是为了体现当时社会上的新旧贵族之争。那么，传记中对温达战死时的"欲葬，柩不肯动"③的记载，是否也表达了温达内心的冤屈，暗示了温达真实的死因，温达只不过是各方势力争斗的殉葬品而已。

---

① （宋）司马光：《资治通鉴》卷 173 "宣帝太建十年"条，中华书局，1956，第 5493 页。
② 刘炬等著《高句丽战争史》，吉林人民出版社，2015，第 122 页。
③ 〔朝〕金富轼著，孙文范等校勘《三国史记》卷 45《温达传》，吉林文史出版社，2003，第 524 页。

其实，在朝鲜半岛也有与之类似的传说，那就是薯童传说，现将其转引如下：

> 第三十武王，名璋。母寡居，筑室于京师南池边，池龙交通而生。小名薯童，器量难测。常掘薯蓣，卖为活业，国人因以为名。闻新罗真平王第三公主善花（一作善化），美艳无双，剃发来京师，以薯蓣饷闾里群童，群童亲附之。乃作谣，诱群童而唱之云："善化公主主隐，他密只嫁良置古，薯童房乙夜矣卯乙抱遣去如。"童谣满京，达于宫禁。百官极谏，窜流公主于远方。将行，王后以纯金一斗赠行。公主将至窜所，薯童出拜途中，将欲侍卫而行。公主虽不识其从来，偶尔信悦，因此随行，潜通焉。然后知薯童名，乃信童谣之验。同至百济，出母后所赠金，将谋计活。薯童大笑曰："此何物也？"主曰："此是黄金，可致百年之富。"薯童曰："吾自小掘薯之地，委积如泥土。"主闻大惊曰："此是天下至宝，君今知金之所在，则此宝输送父母宫殿何如？"薯童曰："可。"于是聚金，积如丘陵。诣龙华山师子寺知命法师所，问输金之计。师曰："吾以神力可输，将金来矣。"主作书，并金置于师子前。师以神力，一夜输置新罗宫中。真平王异其神变，尊敬尤甚，常驰书问安否。薯童由此得人心，即王位。①

此段即是以卖薯蓣为生计的薯童，娶到新罗真平王公主善花，并成为百济武王的传说。而从一然对其标注"武王，古本作武康，非也。百济无武康"② 来看，薯童无疑也是一位传说人物。薯童与武王之结合应出自后世之手，这应是符合了当时的社会需要，薯童会成为武王，在传说创造的时代应被赋予了特殊的意义。而薯童传说与温达传说的相同之处有三。一是两人的早年经历凄苦，并非大富大贵，而是过着民间普通人的生活。二是两人皆娶得公主而归。三是两人都有一些身份上的转变，身份地位都

---

① 〔朝〕一然著，孙文范等校勘《三国遗事》卷2《武王》，吉林文史出版社，2003，第88～89页。

② 〔朝〕一然著，孙文范等校勘《三国遗事》卷2《武王》，吉林文史出版社，2003，第88页。

得到了提升。而不同之处则在于高句丽公主嫁与温达是公主自愿而为之，但新罗公主嫁给薯童则是因薯童的计策。在两段传说中，温达多表现为被动接受，而薯童的主动成分要更多一些，薯童靠自身的主观努力与聪明才智获得了善花公主的认可。而薯童遇见公主后才有机会发现黄金，成为富人阶层中的一员，但薯童并未满足于此，而是直接将身份升至一国之王。

可以说，生活在民间之人娶公主的传说模式不仅流传于高句丽，还流传于新罗、百济。温达为高句丽平原王时期的人物，那么，他活动的大致时间段应为公元559年至590年。而百济武王即位于公元600年，卒于公元641年。其实，从这两个传说也能够看出在这一时期打破了固有身份阶层的限制。因为按理说，民众成不了王婿，亦成不了国王，但传说却打破了这种限制，使其身份具有一定的穿透性。

那么，再来看温达传说，通过上文对此段传说的分析，可知高句丽6世纪后半叶社会的诸多特点，总的来说，则无非有六点。一是贵族势力间斗争激烈。实际上，早在长寿王迁都平壤之时，各方势力的重新洗牌便带来贵族间的矛盾不断升级，在当时因长寿王的领导魅力与个人威望并未浮出水面。而在此后，贵族之间的分裂、对立与斗争则贯穿了整个6世纪。温达生活在高句丽平原王时期，而平原王正是在贵族势力间的争斗中登上了王位。《温达传》出自《三国史记》，《三国史记》是金富轼奉高丽仁宗之命编写的史书。而在仁宗任内则发生了以李资谦、拓俊京主导的规模庞大的贵族社会政变，而仁宗亦是在贵族势力争夺之中，依靠贵族势力登上王位的。两者之间的同质性，亦使这段传记在记叙公元五百多年前史事的同时，暗喻了高丽仁宗时期混乱的政治现状。

二是高句丽王国的君主集权削弱，五部贵族势力复辟。平原王之所以最初选择将公主嫁与上部贵族，即为有意联合贵族势力，借以巩固王权。而这从平原王祭始祖庙，笼络国内城贵族势力借以平衡国内、平壤势力以防其危及王权，同时，重用新晋贵族势力、扶植王权亲信的举措中亦可窥知一二。并且，据后期史料记载："其官大者号大对卢，比一品，总知国事，三年一代，若称职者，不拘年限。交替之日，或不相祗服，皆勒兵相攻，胜者为之。其王但闭宫自守，不能制御。"① 可知，王权的衰落并非止于6世纪后半叶，而是持续了一段时间。

三是身份秩序的流动性较大，社会的开放性较强，但即便如此，身份的上升仍需有"贵人之族"的五部这一层身份限制。五部自由民温达，在获得了一定的经济实力与军功之时，成功晋级为新兴贵族而被国王重用。朝鲜半岛三国的身份等级制度一向较为严格，如新罗的骨品制度。而高句丽亦如此，如非五部贵族不得为大兄的规定即可说明问题。但温达晋升的例子很好地说明了身份阶层固化的状况已被打破，由五部到贵族的身份转换变得容易，当然，这也得益于当时的社会需要。在6世纪后半叶的高句丽社会，在王权被极度削弱的现实下，平原王只能培养扶植自己的亲信势力以稳固王权。于是便出现了辅佐王权的第三方势力，即新兴贵族势力。

四是新兴势力地位并不稳固。新势力的兴起必然带来利益的再分配，这直接威胁到固有势力的自身利益。新旧势力有着天然的矛盾，两者之间的斗争自然无法避免。而温达的主动请战之举亦是想在新王即位之时继续获得认可与支持，并试图通过再立军功以巩固地位，树立个人威望，提升自身实力。至于温达之死，则亦有死于国内势力斗争的可能性。

五是重视对人才的培养。认识到人才对国家发展的重要作用，有意将更多有才能的优秀人士纳入统治阶层，人才的晋升变得容易。因此社会上才会产生立军功以期身份提升的社会风气。高句丽"人喜学，至穷里厮家，亦相矜勉，衢侧悉构严屋，号扃堂，子弟未婚者曹处，诵经习射"②。而高句丽的普通自由民和游人整日耕作于田间恐怕不会有闲暇时间去读书习射，这些能有资格读书习射者应该就是被称为"贵人之族"的五部贵族和自由民，而正是他们成为高句丽军队的骨干力量。其实，温达之所以很快便立功而获得晋升亦应是受益于长期读书习射的结果。而从高句丽后期史料不难发现，高句丽的这一人才政策一直贯穿高句丽后期社会，这才使得高句丽社会迎来了后期人才辈出、国富民强的再次复兴。

---

① （后晋）刘昫等：《旧唐书》卷199上《东夷·高丽传》，中华书局，1975，第5319页。
② （宋）欧阳修、宋祁：《新唐书》卷220《东夷·高丽传》，中华书局，1975，第6186页。

　　六是高句丽社会的思想观念深受中原儒家思想的影响。从国家层面来说，温达养马、征战沙场是对国家之忠诚；从温达与公主两人之间的情感脉络来说，则温达的行为无不体现了他对公主之情义。对公主而言，只因儿时平原王之戏言便执意嫁与温达，并尽其所能，助其功成名就，这体现了公主对信与烈的坚守，亦体现了虽贵为公主，亦深知"助夫成德"的女德精神。

　　《温达传》以 6 世纪后半叶的高句丽社会为背景，王权需要温达之忠，《温达传》得以入传，正是要宣扬、倡导对国家赤胆忠诚的人物形象。而社会亦需要如温达与公主般的自由浪漫的爱情元素。平原王与仁宗所处的政治环境极为相似，在政局乱象之中，在现实需要之下，《温达传》在金富轼的笔下应运而生。

第六章　高句丽亡国传说

高句丽灭亡之前，在高句丽国内流传着有关高句丽将亡的各类传说，这除了说明高句丽国势衰微、实力大减之外，也反映了当时的民心所向。在高句丽权臣盖苏文的铁腕与暴政之后，高句丽人对唐丽战争中唐太宗的攻心战很受感化，对唐朝所施行的仁政如沐春风，心向往之。

一　水中生

有盖苏文者，或号盖金，姓泉氏，自云生水中以惑众。性忍暴。父为东部大人、大对卢，死，盖苏文当嗣，国人恶之，不得立，顿首谢众，请摄职，有不可，虽废无悔，众哀之，遂嗣位。残凶不道，诸大臣与建武议诛之，盖苏文觉，悉召诸部，绐云大阅兵，列馔具请大臣临视，宾至尽杀之，凡百余人，驰入宫杀建武，残其尸投诸沟。更立建武弟之子藏为王，自为莫离支，专国，犹唐兵部尚书、中书令职云。貌魁秀，美须髯，冠服皆饰以金，佩五刀，左右莫敢仰视。使贵人伏诸地，践以升马。出入陈兵，长呼禁切，行人畏窜，至投坑谷。①

又按高丽古记云："隋炀帝以大业八年壬申（612），领三十万兵，渡海来征。十年甲戌（614）十月，高丽王（时第三十六代婴阳王立二十五年也）上表乞降。时有一人，密持小弩于怀中，随持表使到炀帝舡中。帝奉表读之，弩发中帝胸。帝将旋师，谓左右曰：'朕为天下之主，亲征小国而不利，万代之所嗤。'时右相羊皿奏曰：'臣死为

---

① （宋）欧阳修、宋祁：《新唐书》卷220《东夷·高丽传》，中华书局，1975，第6187~6188页。

高丽大臣，必灭国，报帝王之仇。'帝崩后，生于高丽，十五聪明神武。时武阳王闻其贤（国史荣留王名建武，或云建成，而此云武阳，未详。）征入为臣。自称姓盖名金……"①

盖苏文，或称为盖金，姓泉，自称生于水中，其人性情残暴。其父亲为东部大人，任职大对卢。其父死后，盖苏文本应该继任父亲职位，但因其所显露出的残忍暴虐、独断专行的个性，朝野上下都十分反感，为此都反对他的嗣位。盖苏文只有苦苦哀求反对者，并承诺，若嗣位后不称职可随时将其罢免。他的这副可怜相成功得到了众人的同情。但正所谓江山易改本性难移，盖苏文继任东部大人、大对卢之后，便原形毕露，他独揽大权，飞扬跋扈，凶残不道。众大臣莫不后悔万分，与国王高建武密谋欲除掉盖苏文。不料，密谋之事走漏了风声，盖苏文决定先发制人。他召集各部大人，声称要阅兵，请他们前来赴宴，众人们不知是计，皆应邀而来。宴会之上，盖苏文指挥将士将赴宴的近百位宾客尽数杀掉，并率人马闯入王宫，杀高句丽王高建武，肢解了他的尸体扔入深沟。另立建武之弟高大阳的儿子高藏为新一任高句丽王。盖苏文则自任莫离支，独专国政，其职如唐王朝之兵部尚书、中书令。盖苏文体格魁梧，相貌威严，以黄金装饰衣帽以显其高贵，佩五把刀以显威武，身边的人都不敢正视他。出行时更是令贵族跪地，而他自己则踩着跪地之人的身体上马。且出入之时，皆列兵，大声喊叫，叫人避让，吓得路上的行人四处躲避，以致有的人掉入坑谷之中。

又据高丽古记所载：隋炀帝大业八年（612）率30万大军渡海征讨高句丽。大业十年（614），高句丽婴阳王上表书请降。当时有一个人，偷偷藏小弩于怀中，跟随着持表使节来到炀帝船中。读奏表之时，拉动弩弓，射中炀帝胸部。炀帝班师回朝时，对周围人说："朕乃天下之主，此次亲征小国无功而返，会被后世万代耻笑。"右相羊皿上奏说："臣死后托生为高句丽大臣，灭其国，来给您报仇。"其死后生于高句丽，十五岁聪明神

---

① 〔朝〕一然著，孙文范等校勘《三国遗事》卷3《宝藏奉老普德移庵》，吉林文史出版社，2003，第116页。

勇，武阳王听闻他贤能，征其为臣，他说他姓盖名金。

盖苏文，又名盖金，姓渊。渊盖苏文为避唐高祖李渊之讳而改为泉姓。盖苏文是活跃于高句丽后期政治舞台的重要人物。两段史料都是与其相关的传说，第一段史料叙述了盖苏文残暴的性格特征及其嗣位与弑君的过程，并且在开头写明盖苏文自称他从水中而生。人又怎会生于水中呢？显然这是盖苏文有意将自己的人格赋予神圣性，这是一段神话传说。有关盖苏文生于水中的传说在中原古籍《新唐书·高句丽传》《御批资治通鉴纲目》及朝鲜半岛古籍《三国史记·盖苏文传》《朝鲜史略》中均有所记载。而第二段史料则是对盖苏文前世的叙述，认为他的前世是隋朝大将羊皿，认为是隋将为复仇而转世投胎以灭亡高句丽。这是一段民间传说，此传说仅存于朝鲜半岛古籍《三国遗事》中。从传说中可见当时人们将高句丽国破家亡的原因归咎于隋将羊皿的转世复仇，即现世的盖苏文祸国殃民。

那么，盖苏文为什么要为自己编造一段"水中生"的传说呢？其原因无非是意图神化自己，将自己弑主的行为合理化，借以暗指自己杀高句丽王高建武乃是神的旨意，同时树立权威，以便更好地进行统治。对于其弑主的过程如上文史料所载。作为臣子的盖苏文以下犯上，将高句丽王残忍杀害。不仅如此，还肢解其尸体并丢弃，这无疑是大逆不道的罪行，必然受到上自朝臣下至百姓的一致反对，作为权术家，盖苏文当然深谙其中的道理，称自己生于水中。生于水中，明显是盖苏文妖言惑众，史籍所载盖苏文之父为东部大人，而东部为高句丽五部之一：

> 案今高句骊五部：一曰内部，一名黄部，即桂娄部也；二曰北部，一名后部，即绝奴部也；三曰东部，一名左部，即顺奴部也；四曰南部，一名前部，即灌奴部也；五曰西部，一名右部，即消奴部也。[1]
>
> 内部虽为王宗，列在东部之下。其国从事以东为首，故东部居上。[2]

---

[1] （南朝宋）范晔：《后汉书》卷85《高句骊传》，夹注一，中华书局，1965，第2813页。

[2] 《翰苑》卷30《蕃夷部·高句丽》，转引自高福顺、姜维公、戚畅《〈高丽记〉研究》，吉林文史出版社，2003，第60页。

由史载可知，盖苏文生于顺奴部贵族之家，且其部的地位高于王部的桂娄部。而盖苏文既然是东部大人大对卢之长子①，出身贵族，其出生的具体位置应该在高句丽当时的都城平壤城东部，而不是生于水中。

生于水中的传说乃盖苏文自创，意在神化自己。且在《三国史记》中对盖苏文的记载多为负面性质的。作者金富轼乃高丽王朝重臣，其任内极力强调强化君权的重要性，而盖苏文的弑君对历朝历代的君主都具有一定的警示作用，在其笔下，自然多为批判的视角。转世之说出自僧人一然之手，从其自身的角度来讲，由盖苏文一人所带来的生灵涂炭自然是罪大恶极的。

对于盖苏文这一历史人物的评价一直褒贬不一，究竟他是正面人物还是反面人物，在历史上一直都是备受争议的。有人认为他祸国殃民，亦有人认为他是高句丽的民族英雄。在史载中，记载多为盖苏文弑君、大逆不道，但在张道斌所著的《盖苏文》中却有着如下的叙述：

> 盖苏文时，高句丽社会上下大兴骄奢淫逸之风，但盖苏文却没有像其他贵族子弟一般堕落……他武术武艺精湛……他是勇猛者的代表，不仅刚毅勇猛，而且有谋略智慧，德智双修……他成为了军人、政治家，莫离支，成为大臣，成为伟人……天下古今共同歌颂盖苏文人格……作为东部大人之子，盖苏文具备惊人的聪明之德与撼世的神武之威，大王很是钦叹。……盖苏文青面如天神，眼如炬火，髯如赤虬，身材高大，貌美雄奇，威风凛凛。②
>
> 高句丽古记曰："盖苏文聪明神武。"③
>
> 盖苏文成为莫离支，如蛟龙得云雨，虎豹生羽翼，军国万事一手总执，对内号令近万里大陆的人民，对外西南北立邦风云卷舒，时年盖苏文二十九岁。盖苏文似天神。④

---

①　张道斌：《盖苏文》，京城高丽馆，大正十四年二月版，第3页。
②　张道斌：《盖苏文》，京城高丽馆，大正十四年二月版，第4页。
③　张道斌：《盖苏文》，京城高丽馆，大正十四年二月版，第4~5页。
④　张道斌：《盖苏文》，京城高丽馆，大正十四年二月版，第9页。

对其夸赞可见一斑。而在《三国史记·盖苏文传》中亦有盖苏文"仪表雄伟，意气豪逸"[①] 的记述，《新唐书》中有其"貌魁秀，美须髯"之笔，对于盖苏文其人，金富轼亦有所评论：

> 论曰：宋神宗与王介甫论事曰："太宗伐高句丽，何以不克？"介甫曰："盖苏文非常人也。"然则苏文亦才士也。而不能以直道奉国，残暴自肆，以至大逆。《春秋》君弑，贼不讨，谓之国无人。而苏文保腰领以死于家，可谓幸而免者。男生、献诚，虽有闻于唐室，而以本国言之，未免为叛人者矣。[②]

对于盖苏文的评价，金富轼间接引用了宋神宗与王安石之间有关唐太宗伐高句丽未胜的探讨，而王安石将其归结为盖苏文并非常人。金富轼本人也认为盖苏文是人才，只是未尽人臣之本，残暴凶狠，并认为盖苏文之子泉男生，孙泉献诚在唐朝为官是叛国的做法。而纵观其一生，其对高句丽确实有一定的功绩。其一，监长城之役。高句丽荣留王十四年，"王动众筑长城，东北自扶余城"[③]。此段长城共修筑 16 年，在长城筑造的第 11 年荣留王才派盖苏文监理长城之役。而在同年荣留王为盖苏文所杀。盖苏文被派修筑长城在说明他能力的同时，还说明其势力不容小觑。高句丽君臣很是忌惮盖苏文，这从其嗣父亲职位，任平壤东部大人时亦可看出。按照高句丽惯例，东部大人是可以世袭的，但需要获得众人的许可。虽然盖苏文的暂时示弱获得了东部大人之职，但就在其任职后应该也时常与荣留王持有异见。将盖苏文外调修筑长城，趁此时机，诸大臣与王密谋诛杀盖苏文，但纸包不住火，察觉此密谋后，盖苏文最终弑君。其二，实现高句丽国内的三教合流。宝藏王时期，盖苏文曾对王说："闻中国三教并行，而国家道教尚缺，请遣使于唐求之。"王遂表请。唐遣道士叔达等八人，

---

① 〔朝〕金富轼著，孙文范等校勘《三国史记》卷49《盖苏文传》，吉林文史出版社，2003，第549页。

② 〔朝〕金富轼著，孙文范等校勘《三国史记》卷49《盖苏文传》，吉林文史出版社，2003，第551页。

③ 〔朝〕金富轼著，孙文范等校勘《三国史记》卷20《高句丽本纪·荣留王》，吉林文史出版社，2003，第252页。

兼赐道德经。于是取浮屠寺馆之。^① 唐朝儒释道三教并行，而高句丽兴儒释，无道教。遣使唐朝，以求道教，一边观察唐朝动静，一边借引入道教，粉饰太平。

当然，这些并不是仅仅依靠盖苏文生于水中的传说就能够完成的，一是说明盖苏文确实有才能，二是说明盖苏文确有此实力。

那么，盖苏文的有关"水中生"的蛊惑人心的说法是否能达到预期的效果呢？并没有，因为发动一场政变容易，甚至于杀掉高句丽王及其心腹大臣也容易，但要想彻底清除敌对势力在高句丽国内盘根错节的影响却很难。类似"水中生"的神话并不会真的给盖苏文带来威严与名望。能够同时化解国内矛盾并树立自我威望的方法唯有对外征战，只有如此才会让人们不再关注国内矛盾，而将视线转移到对外征战上来，并且能够加强人们的凝聚力让大家团结在盖苏文的周围一致对外。且在盖苏文之前，已有很好的先例，那就是盖苏文之祖父泉子游，他利用与隋朝之间的战争巩固了家族对大对卢一职的垄断，使得高句丽相权一步步扩大。而高句丽相权在盖苏文时期则达到了极致。此处我们先对高句丽相权的演变做一简述。

当然，相权扩张非朝夕之变，左右辅时期，"以沛者穆度娄为左辅，高福章为右辅"^②，"拜贯那沛者弥儒为左辅"^③，左右辅由王任命，是王的属官，王的附庸；"拜乙豆智为右辅，委以军之事"^④，可知其职权为军国之事，而从后来的乙豆智鲤鱼退汉兵^⑤及高福章上奏"遂成将叛"^⑥之事可见王对左右辅的意见很重视，左右辅正如其官名一般，是对王权的辅

---

① 〔朝〕金富轼著，孙文范等校勘《三国史记》卷 49《盖苏文传》，吉林文史出版社，2003，第 549～550 页。

② 〔朝〕金富轼著，孙文范等校勘《三国史记》卷 15《高句丽本纪·大祖大王》，吉林文史出版社，2003，第 193 页。

③ 〔朝〕金富轼著，孙文范等校勘《三国史记》卷 15《高句丽本纪·次大王》，吉林文史出版社，2003，第 196 页。

④ 〔朝〕金富轼著，孙文范等校勘《三国史记》卷 14《高句丽本纪·大武神王》，吉林文史出版社，2003，第 184 页。

⑤ 事件情节见〔朝〕金富轼著，孙文范等校勘《三国史记》卷 14《高句丽本纪·大武神王》，吉林文史出版社，2003，第 185 页。

⑥ 〔朝〕金富轼著，孙文范等校勘《三国史记》卷 15《高句丽本纪·大祖大王》，吉林文史出版社，2003，第 195 页。

佐；从"立王子无恤为太子，委以军国之事"可见此时的王室亦是政府，两者的权力并未完全分离，此时的左右辅只是王权的附庸。

国相时期，史载"国相乙巴素卒……以高优娄为国相"，"国相高优娄卒，以于台明临于漱为国相"，"国相明临于漱卒，以沸流沛者阴友为国相"，"国相阴友卒。九月，以尚娄为国相"，"国相尚娄卒，以南部大使者仓助利为国相"①，可见国相曾不间断地存在于一段历史时期，且都是前任国相卒而后任国相立，未有被轻易罢免的情形，可以说相职在国家中已占有十分重要的地位；从乙巴素"以至诚奉国，明政教，慎赏罚，人民以安，内外无事"及"王谓群臣曰：'慕容氏兵马精强，屡犯我疆场，为之奈何！'相国（国相）仓助利对曰：'北部大兄高奴子贤且勇，大王若御寇安民，非高奴子无可用者。'王以高奴子为新城太守"②可知，国相之职权为明政教，慎赏罚，知政事，掌行政之权。同左右辅时期一样，其提议一般都会得到王的采纳；而从"四部共举东部晏留。王征之，委以国政"③可看出国相人选并非由王一人决定，而是由贵族推荐，王最终任命。既然选任国相由王与贵族共同完成，可知此时的相权同时代表了两者的利益，是两者利益的平衡点。此外，《三国史记》中的一条史料也需要加以关注："拜达买（贾）为安国君，知内外兵马事，兼统梁貊、肃慎诸部落。"④当时，恰值西川王在位，尚娄为国相，而达贾却以"知内外兵马事"一职与之并存，可见此时的国相仅有行政之权，并无军事权力。

以上是前两个阶段的相职，对于大对卢一职，《周书·高丽传》有载："其大对卢，以强弱相凌夺"，这是大对卢一词初见于史书。而在其后的《旧唐书·高丽传》中亦有载："其官大者，号大对卢，比一品，总知国

---

① 分别引自《三国史记·高句丽本纪》之《山上王》《东川王》《中川王》《西川王》《烽上王》。

② 〔朝〕金富轼著，孙文范等校勘《三国史记》卷17《高句丽本纪·烽上王》，吉林文史出版社，2003，第214页。

③ 〔朝〕金富轼著，孙文范等校勘《三国史记》卷16《高句丽本纪·故国川王》，吉林文史出版社，2003，第201页。

④ 〔朝〕金富轼著，孙文范等校勘《三国史记》卷17《高句丽本纪·西川王》，吉林文史出版社，2003，第212页。

事。三年一代，若称职者，不拘年限。交替之日，或不相祗服，皆勒兵相功。其王但闭宫自守，不能制御。"由"总知国事"可知大对卢一职负责全面管理国家事务；由"不相祗服，皆勒兵相功，胜者为之"可知大对卢手握兵权，且为军事实力最强者。但从另一方面讲，既然有人能领兵与大对卢相争，足见大对卢未能统全国之兵。这也说明大对卢只是本部军事首领，而不是全国的军事统帅。最后，从各路人马用如此野蛮的手段争夺大对卢一职时，王只能采取"闭宫自守"的自保行为来看，大对卢之权已然凌驾于王权之上，此时的相权已有王权化倾向。而后期任大对卢一职的盖苏文弑主另立新王之举亦说明了大对卢实力强大。

其后，盖苏文又自立为莫离支，而之所以创设莫离支一职，是因为当时的盖苏文虽权倾朝野，但大对卢的职权只能够掌控全国的行政，无法自由征调全国之兵。从莫离支"犹中国兵部尚书兼中书令职"①及"其官如中国吏部兼兵部尚书"②的记载中可知，莫离支一职不仅执掌全国之政务，而且已开始独掌王国的军事事务。这一点，从隋丽、唐丽战争这两次重要战争中参战的高句丽兵力上亦可得知。在隋丽战争的历次战役中，各史籍均未见有高句丽各城协同作战、相互应援的只言片语，也未提及高句丽在历次战役中的参战人数，即使是在决定双方命运的萨水之战中，也未见有关于高句丽一方参战人数的记载。这显然是因其人数较少，不值一提。而有关唐丽战争的记载，则与此迥然不同。在唐太宗亲征之战中有"高丽北部傉萨高延寿、南部耨萨高惠贞率高丽、靺鞨之众十五万来援安市城"③的记载。须知，当时高句丽全国之军不过有"强兵三十余万"④，这也就是说，盖苏文将全国军力的一半用于一次战役之中，足见其掌控军队的能力之强。此外，在这场战争中，各城之间已不再孤立作战，从"莫离支以加尸人七百戍盖牟"⑤，"高丽发新城、国内城骑四万救辽东"⑥，"乌骨城遣

① （后晋）刘昫等：《旧唐书》卷199上《东夷·高丽传》，中华书局，1975，第5322页。
② （宋）司马光：《资治通鉴》卷196"唐太宗贞观十六年"条，中华书局，1956，第6294页。
③ （后晋）刘昫等：《旧唐书》卷199上《东夷·高丽传》，中华书局，1975，第5324页。
④ （后晋）刘昫等：《旧唐书》卷199下《北狄·渤海靺鞨传》，中华书局，1975，第5361页。
⑤ （宋）欧阳修、宋祁：《新唐书》卷220《东夷·高丽传》，中华书局，1975，第6191页。
⑥ （宋）欧阳修、宋祁：《新唐书》卷220《东夷·高丽传》，中华书局，1975，第6190页。

兵万余为白岩声援"① 等记载中，也可以清楚地看到高句丽军队协同作战能力的加强。这充分说明，盖苏文不仅掌控着王畿一带的兵权，而且对全国军队都能调动自如。莫离支的产生，促进了各部的统一与协调，并且在盖苏文的专政下，其行动能够高度一致，指令能够迅速执行。

当然盖苏文这样做，也不全是为了自己的利益。对外，高句丽的周边形势可谓每况愈下。其时，高句丽西北面临着来自中原王朝的巨大压力，据史载："天保三年，文宣至营州，使博陵崔柳使于高丽，求魏末流人。敕柳曰：'若不从者，以便宜从事。'及至，不见许。柳张目叱之，拳击成坠于床下，成左右雀息不敢动，乃谢服，柳以五千户反命。"② 此时竟然允许崔柳一次带走五千户，其所承受的压力不言而喻。南面，在新罗和百济的猛烈攻势下，高句丽领地大批丢失。551 年"百济圣明王亲率众及二国兵（原书注：二国，谓新罗、任那也）往伐高丽，获汉城之地，并进军讨平壤凡六郡之地，遂复故地"③。与此同时，新罗大将"居柒夫等乘胜取竹岭以外高岘以内十郡"④。在北面，则有勿吉—靺鞨人对高句丽侵扰不断，尤其是粟末靺鞨，更是"每寇高丽中"⑤。可见当时高句丽周边环境极为不利。在这种情况下，如何应对边境危机，摆脱周边关系的不利局面，实为高句丽朝野上下不得不考虑的问题。而要实现这一目标，就必须尽快结束高句丽贵族集团的内讧，早日实现王国内部的统一与团结，这就必须加强政治集权。而此时高句丽要想重振王权简直势比登天，将权力集中于莫离支盖苏文一人之手乃是唯一的选择。为此，扩大相权，并使相权王权化势在必行，外部环境的紧迫也倒逼了高句丽国内的权力集中。

对内，统一军政大权，消除内讧，减少内斗对国家的损耗。高句丽自建国始，王权与贵族权便同时存在，且两者一直处在博弈状态。在高句丽后期，各部争雄，内讧时有发生，而此时的高句丽王却无法制止各部贵族

---

① （宋）司马光：《资治通鉴》卷197 "唐太宗贞观十九年"条，中华书局，1956，第6334页。
② （唐）李延寿：《北史》卷94《高丽传》，中华书局，1974，第3115页。
③ 田溶新译：《日本书纪》卷19《钦明天皇》，一志社，1964，第335页。
④ 〔朝〕金富轼著，孙文范等校勘《三国史记》卷44《居柒夫传》，吉林文史出版社，2003，第507页。
⑤ （唐）魏征、令狐德棻：《隋书》卷81《东夷·靺鞨传》，中华书局，1973，第1821页。

之争。据史载："六年，高句丽大乱，被诛者众。七年，是岁凡斗死者二千余（中夫人子为王，年八岁。貊王有三夫人，正夫人无子，中夫人生世子，其舅氏鹿群也，小夫人生子，其舅氏细群也。及貊王疾笃，细群、鹿群各欲立其夫人子，故细群死者二千余人也）。"① 可见贵族间斗争之惨烈。而贵族权之复兴，也足见王权之衰落。王权既衰，便不复有统领各部之力，而所谓"国不可一日无君"说的正是统一领导的重要所在。因为若无统一领导，而各部各自为政，则必然导致分裂，国将不国。如此则极易导致人心的涣散。可见，结束内讧已迫在眉睫，故统一军权、相权王权化实属必然。

虽然盖苏文以"水中生"之说迷惑众人，但也不得不说他是位铁腕人物。正如其祖父泉子游。至于泉子游其人，史籍无载，其名仅见于《泉男生墓志》，但种种迹象表明，他就是结束高句丽统治阶层内讧，实现重振高句丽国威的领袖。他雄才大略，带领高句丽军民在战争中屡战屡胜，即使是强大的隋朝对其也束手无策，从而为大对卢一职一家世袭及其职权范围不断扩张奠定了坚实基础。② 盖苏文则同其祖父泉子游一样，是一位雄心勃勃的实权人物。可以说，盖苏文最终得以实现权力的集中，相权的最大化，是与泉子游、盖苏文祖孙二人品性、能力及所建树的赫赫功勋分不开的。

仿效祖父泉子游，盖苏文挑起战端。当然，战争胜利无疑会为其树立个人威望，因此可以说此时的盖苏文必须做出慎重抉择，他所选择的战争只能胜不能败。然而，就当时高句丽的实力而言，还不具备同时攻打新罗、百济这样两线作战的水平。而若是联合新罗攻打百济，则又会因百济与倭国较为密切的关系而形成丽罗联盟对抗济倭联盟的局面。如此，则难分伯仲。若要有更大的把握，唯有与百济联盟，共同抗击新罗，才更有胜算。为达到目的，盖苏文还主动调整了周边关系，主动与百济建立联盟，并不断对倭国示好。而对于高句丽与中原唐王朝的关系亦努力做出了调

---

① 田溶新译《日本书纪》卷 19《钦明天皇》六年、七年条，一志社，1964，第 332 页。
② 刘炬：《盖苏文家世考》，《东北史地》2009 年第 5 期，第 30～35 页。

整，不断遣使朝贡与请奉道教，皆是为此后的攻打新罗做准备。对唐朝示好为的是唐朝不至于出面干涉丽罗之争，进而开疆拓土并树立个人威信，巩固泉氏政权。然而，盖苏文千算万算，却忘了一点，就是一旦成功征讨新罗，将会导致朝鲜半岛三国局势的失衡，而这也会进一步威胁到唐朝所建立的"中华册封体制"。因此，唐朝必然不会接受盖苏文所设计的一系列周边政策。随着唐丽矛盾的不断激化，最终引发了唐丽之战。而高句丽最终也灭亡于唐丽战争之中。也正因高句丽亡于盖苏文之手，才有了隋将羊皿转世之说。

对于羊皿，上羊下皿正好组成了盖苏文的"盖"字。关于参与隋丽战争的隋朝将领，《隋书》中均有记载，且不说如来护儿、周罗睺、周发尚等主将，就连麦铁仗亦为其立传。如若隋朝真的有羊皿这一忠烈之士，且羊皿为炀帝近臣，《隋书》中必会为其立传，但《隋书》中却对其只字未提。因此，笔者认为所谓的隋将羊皿，应是杜撰的人物。

隋将转世复仇的民间传说，认定盖苏文是高句丽国破家亡的罪魁祸首。如果说第一段"水中生"传说论述的是盖苏文妖言惑众，凶狠残暴，弑君夺权，引发战争以致高句丽亡国。那第二段的羊皿转世传说则论述了盖苏文这样做的理由。从因果出发，种恶因则得恶果，将盖苏文亡国解释为一段隋朝大将转世报仇的复仇类传说。因果也好，轮回转世也好，其中都透着浓浓的佛教气息，这段传说出自僧人一然之手也就不足为怪了。想必僧人一然是想借此传说告知世人因果报应，丝毫不爽，劝诫人们多行善、少作恶。特别是国家的权力阶层，不要轻易发动战争，以致生灵涂炭、民不聊生。

传说缘起于隋丽战争，而挑起隋丽战争的人正是盖苏文的祖父泉子游。泉子游敢于到中原捋虎须，是为了树立个人威望，使泉氏家族的利益最大化。盖苏文引发战争的原因与其祖父类似，且其较之祖父更为保守，只是想与新罗开战。只不过未料到唐朝的插手，使得战事扩大，事态严重，最终导致了高句丽国破家亡，盖苏文也因此而成为千古罪人。但若细细想来，盖苏文却为一代枭雄，能力非凡，正是在其铁腕治国下，方才力挽狂澜，稳住将倾之国。在其死后，各方势力蠢蠢欲动，成功离间泉氏三兄弟，导致兄弟阋墙，泉男生投奔唐朝，为唐先导，高句丽终为唐朝所灭。所谓成王败寇，如果盖苏文打败了唐罗联军，统一了三国，那么又将如何呢？如果盖苏文不那么早早离世，历史又将会被怎样改写呢？可惜历史没有如果，高句丽因此而亡国。

盖苏文转世复仇传说的产生，源自他本性中的凶残，他残忍的弑君行为，为中原礼法所不容。对此，中原史籍的记载如下：

> （贞观）十七年，封其嗣王藏为辽东郡王、高丽王。又遣司农丞相里玄奖赍玺书往说谕高丽，令勿攻新罗。盖苏文谓玄奖曰："高丽、新罗，怨隙已久。往者隋室相侵，新罗乘衅夺高丽五百里之地，城邑新罗皆据有之。自非反地还城，此兵恐未能已。"玄奖曰："既往之事，焉可追论？"苏文竟不从。太宗顾谓侍臣曰："莫离支贼弑其主，尽杀大臣，用刑有同坑阱。百姓转动辄死，怨痛在心，道路以目。夫出师吊伐，须有其名，因其弑君虐下，败之甚易也。"[1]
>
> 亳州刺史裴行庄奏请伐高丽，上曰："高丽王武职贡不绝，为贼臣所弑，朕哀之甚深，固不忘也。但因丧乘乱而取之，虽得之不贵。且山东凋弊，吾未忍言用兵也。"[2]
>
> 明年春，藏遣使者上方物，且谢罪；献二姝口，帝敕还之，谓使者曰："色者人所重，然愍其去亲戚以伤乃心，我不取也。"初，师还，帝以弓服赐盖苏文，受之，不遣使者谢，于是下诏削弃朝贡。[3]
>
> 高丽莫离支盖苏文贡白金，褚遂良进曰："莫离支弑其君，陛下以之兴兵，将吊伐，为辽东之人报主之耻。古者讨弑君之贼，不受其赂。昔宋督遗鲁君以郜鼎，桓公受之于太庙，臧哀伯谏以为不可。春秋书之，百王所法。受不臣之筐篚，纳弑逆之朝贡，不以为惩，何以示后。臣谓莫离支所献不宜受。"太宗从之。[4]

---

[1] （后晋）刘昫等：《旧唐书》卷 199 上《东夷·高丽传》，中华书局，1975，第 5322 页。
[2] （宋）司马光：《资治通鉴》卷 196 "唐太宗贞观十六年"条，中华书局，1956，第 6295 页。
[3] （宋）欧阳修、宋祁：《新唐书》卷 220《东夷·高丽传》，中华书局，1975，第 6194 页。
[4] （唐）刘肃：《大唐新语》卷 7《识量》第十四，中华书局，1984，第 100 页。

（六月）丁亥，太常丞邓素使高丽还，请于怀远镇增戍兵以逼高丽，上曰："'远人不服，则修文德以来之，'未闻一二百戍兵能威绝域者也！"……（闰六月）上曰："盖苏文弑其君而专国政，诚不可忍，以今日兵力，取之不难，但不欲劳百姓，吾欲且使契丹、靺鞨扰之，何如？"长孙无忌曰："盖苏文自知罪大，畏大国之讨，必严设守备，陛下少为之隐忍，彼得以自安，必更骄惰，愈肆其恶，然后讨之，未晚也。"上曰："善！"戊辰，诏以高丽王藏为上柱国、辽东郡王、高丽王，遣使持节册命。……九月，庚辰，新罗遣使言百济攻取其国四十余城，复与高丽连兵，谋绝新罗入朝之路，乞兵救援。上命司农丞相里玄奖赍玺书赐高丽曰："新罗委质国家，朝贡不乏，尔与百济各宜戢兵；若更攻之，明年发兵击尔国矣！"①

通过史料可知，对于中原王朝而言，一直将盖苏文弑君当作举兵攻打高句丽的充分理由，而之所以没有马上行动，是因为趁高句丽之乱而征讨，虽胜而不武。当然，这其中也有唐主与民休养生息政策的因素。

前文已述，盖苏文借挑起战端之机缓和国内矛盾的做法是有先例的，此人正是盖苏文的祖父泉子游。从第一段史料中盖苏文嗣位的记载来看，当时大对卢一职无疑已为泉氏一族所世袭，因为所谓"当嗣"，说明盖苏文不是第一位嗣位者，之前必有先例。再结合《泉男生墓志》中的"曾祖子游，祖大祚，并任莫离支，父盖金，任太大对卢，乃祖乃父，良冶良弓，并执兵钤，咸专国政"②，则至少从盖苏文祖父泉子游开始，泉氏家族便已经开始独专国政了。而无论是从古代东方世界的一般规律还是从高句丽的具体国情来看，泉子游的独专国政都必然与战争中的成功有着密切的联系。从隋朝文帝时期曾对高句丽王所降玺书中的"驱逼靺鞨，固禁契丹"内容可知，当时高句丽必定已经在对靺鞨作战中取得了巨大胜利。但从直至隋炀帝初期突地稽才率粟末靺鞨投隋来看，当时高句丽肯定还未彻

① （宋）司马光：《资治通鉴》卷197"唐太宗贞观十七年"条，中华书局，1956，第6311~6317页。

② 《泉男生墓志》，转引自罗振玉《唐代海东藩阀志存》，雪堂自刊本，第2页。

底击败靺鞨。以此推算，当时泉子游的政治地位肯定在不断上升，但并未达到巅峰。此外，还有一条与此相关的史料值得关注，即自《周书》始，各正史《高句丽传》所载高句丽官制几乎皆载有大对卢一职，唯《隋书》无之。有些学者认为该传中列于第四位的对卢即是大对卢，但从后来对卢高正义竟受高延寿指挥这一点来看，对卢肯定不会是"总知国政"的大对卢。考虑到《周书》、《北史》与《隋书》均为唐初所撰，故漏载的可能性不大。以此推之，则隋季之高句丽大对卢一职很可能在某一时期出现了空缺。结合当时的具体情况，我们完全可以做如下推测：当时泉子游因为在对靺鞨的作战中功勋卓著而威信大增，进而执掌了高句丽军政大权，但由于资历尚浅而无法担任大对卢之职，但实权在握的泉子游又不愿在自己之上有一个大对卢指手画脚，故而才使得此职出现了空缺。可见当时的泉子游是有大对卢之权而无大对卢之名。为了获得大对卢一职，泉子游就必须进一步提高自己的威望。树立起一个敢于与强大的隋朝相对抗的形象，则无疑会极大地提高泉子游的声望。

隋朝首征高句丽是以隋文帝第五子汉王杨谅为主帅，但杨谅不久便铩羽而归，隋军损失惨重。杨谅的无功而返，在高句丽完全可以被视为一场值得夸耀的胜利，极大地提高了泉子游的个人威信。从这一角度讲，泉子游已达到挑起这场战争的目的。泉子游通过这次战争已经极大地提高了泉氏家族的势力和威望，从而为泉氏家族独霸大对卢一职奠定基础。同时，隋丽战争的持久化也使得高句丽统治集团必须团结一致、协力对敌。故此，即使有人反对泉氏家族世袭大对卢一职，也不得不面对现实，团结在泉氏家族的旗帜下。这样，泉氏家族便在隋丽战争的硝烟中完成了高句丽历史上的第一次大对卢世袭。

盖苏文祖父泉子游通过隋丽战争获取了个人乃至整个家族的巨大利益，有鉴于此，盖苏文亦想通过此法树立个人威望及加强统治，但不料因朝鲜半岛势力的失衡而激化了与唐朝之间的矛盾，随即引发的唐丽战争使得高句丽最终灭亡。

综上所述，神异的出生传说一般是王者常有的，借以表明其从出生就非平常之人。在高句丽历史中也不乏此类传说，如高句丽始祖朱蒙的感日卵生、太祖大王出生便"生而开目能视"① 传说，等等。而"水中生"传说也是盖苏文想通过神化自己来树立威信，进而更好地统治高句丽。但类似"水中生"的神话传说在高句丽后期社会实难令人信服。正因如此，盖苏文仿效祖父泉子游，发动了对外战争。

羊皿转世之说应产生于高句丽亡国之后，人们再来看高句丽的灭亡，认为这一切源自权臣盖苏文没有领导好高句丽国民，而至于为何盖苏文会如此，又是源自隋将对高句丽的仇恨，借此转世为能左右高句丽国运的权臣，并使其亡国。当然，这也是作者一然想要借此传说警示世人。

在高句丽亡国的惨剧中，盖苏文虽然对其有一定的影响，但这种影响并没有起到决定性的作用，一个国家的存亡有着诸多的原因，即便没有盖苏文，也阻挡不了高句丽灭亡的事实。

二 泣血神像

夏五月，王及莫离支盖金遣使谢罪，并献二美女。帝还之，谓使者曰："色者人所重，然悯其去亲戚，以伤乃心，我不取也。"东明王母塑像，泣血三日。初，帝将还，帝以弓服赐盖苏文，受之不谢，而又益骄恣，虽遣使奉表，其言率皆诡诞。又待唐使者倨傲，常窥伺边隙。屡敕令不攻新罗，而侵凌不止。太宗诏勿受其朝贡，更议讨之。②

夏四月，人或言："于马岭上见神人，曰'汝君臣奢侈无度，败亡无日'。"③

侍御史贾言忠计事还，帝问军中云何，对曰："必克。昔先帝问罪，所以不得志者，虏未有衅也。谚曰'军无媒，中道回'。今男生兄弟阋很，为我乡导，虏之情伪，我尽知之，将忠士力，臣故曰必克。且高丽秘记曰：'不及九百年，当有八十大将灭之。'高氏自汉有

① （北齐）魏收：《魏书》卷 100《高句丽传》，中华书局，1974，第 2214 页。
② 〔朝〕金富轼著，孙文范等校勘《三国史记》卷 21《高句丽本纪·宝藏王上》，吉林文史出版社，2003，第 263 页。
③ 〔朝〕金富轼著，孙文范等校勘《三国史记》卷 22《高句丽本纪·宝藏王下》，吉林文史出版社，2003，第 267 页。

国，今九百年，勣年八十矣。虏仍荐饥，人相掠卖，地震裂，狼狐入城，蚡穴于门，人心危骇，是行不再举矣。"①

总章元年夏四月，彗星见于五车。许敬宗以为星孛于东北，王师问罪，此高丽将灭之征。②

宝臧王五年（646）五月，高句丽王及莫离支盖苏文遣使唐朝谢罪，并献上两位高句丽美女。但唐太宗让其回国，并对使者说："我怜悯她们会远离亲戚，所以不取。"东明王母的塑像流下了如血般的泪水。最开始，太宗将要还朝时，赐给盖苏文弓服，其受之而不谢。且此后愈加骄纵，虽然遣使奉表，其言辞却十分荒诞放纵，对待唐朝使者傲慢自大。不仅如此，还常常窥探唐朝边防的薄弱疏漏之处，屡屡命令其不得攻打新罗而仍旧侵夺不停。于是，太宗下诏不接受高句丽的朝贡，更有征讨高句丽的议论。

宝臧王十三年（654）四月，有人说在马岭上见到了神人，神人说："你国君臣太过奢侈，不久就会亡国。"

派往前线考察军情的御史贾言忠归来之时，唐高宗忙向他了解情况并问他对战争胜负的看法。贾言忠说："高句丽必败。此前先帝问罪于高句丽，之所以无果而还，乃是因高句丽国上下一心、一致对外。正所谓'军队若无向导指路，就无法到达目的地。'现如今泉氏兄弟内讧，泉男生归降我大唐，并为我们做向导，虏之情形，尽在掌控之中。并且，在陛下英明的领导下，我军将士们皆尽忠效力，因此臣说我军必胜。且《高丽秘记》载：'高句丽建国不到九百年时，将有一位八十岁老将来灭国。'如今高氏自西汉建国，至今已近九百年，而李勣又年近八十，这恰好与《高丽秘记》所载相吻合。再加上高句丽近来连年饥荒，国中百姓纷纷卖儿卖女，自然灾害频发，人心思乱，此次东征之举必定成功。"

总章元年（668）四月，彗星出现在五车星的位置。唐朝许敬宗认为，光芒强盛的彗星出现在东北，是高句丽将要灭亡的征兆。

---

① （宋）欧阳修、宋祁：《新唐书》卷220《东夷·高丽传》，中华书局，1975，第6196~6197页。
② 杨春吉等：《高句丽史籍汇要》引《唐会要·高句丽》，吉林人民出版社，1998，第50页。

以上四段史料乃是以泣血神像传说为起始的有关高句丽灭亡征兆的传说。这四段史料贯穿于唐丽战争的始终，对于我们了解这段历史，有着重要的价值。下面分别加以论述。

第一段神像泣血的史料，在《三国史记》与《朝鲜史略》中均有所记录。神像流血泪，有悖常理，具有浓厚的传奇色彩。关于神像流泪，还有如下记载：

> 未几，海南有一巨舫，来泊于河曲县之丝浦。捡看有牒文云："西竺阿育王，聚黄铁五万七千斤，黄金三万分。将铸释迦三尊像，未就。载舡泛海而祝曰：愿到有缘国土，成丈六尊容。"并载模样一佛二菩萨像。县吏具状上闻，敕使卜其县之城东爽垲之地，创东竺寺，邀安其三尊。输其金铁于京师，以大建六年甲午（574）三月铸成丈六尊像，一鼓而就。重三万五千七斤，入黄金一万一百九十八分。二菩萨入铁一万二千斤，黄金一万一百三十六分，安于皇龙寺。明年像泪流至踵，沃地一尺，大王升遐之兆。……今兵火已来，大像与二菩萨皆融没，而小释迦犹存焉。①

由史载，神像流泪，预示着大王离世，神像融没，于是兵火连天，生灵涂炭。

> 国史云："建福三十一年，永兴寺塑像自坏，未几，真兴王妃比丘尼卒。"②

> 太和二十年五月至邺，入治日，暴风大雨，冻死者十数人。桢又以旱祈雨于群神。邺城有石虎庙，人奉祀之。桢告虎神像云："三日不雨，当加鞭罚。"请雨不验，遂鞭像一百。是月疽发背，薨。③

---

① 〔朝〕一然著，孙文范等校勘《三国遗事》卷3《皇龙寺丈六》，吉林文史出版社，2003，第121~122页。

② 〔朝〕一然著，孙文范等校勘《三国遗事》卷3《原宗兴法厌髑灭身》，吉林文史出版社，2003，第114页。

③ （北齐）魏收：《魏书》卷19下《景穆十二王·南安王桢》，中华书局，1974，第494~495页。

塑像的破损，也预示着统治者的离世。鞭罚神像，则当日便受了惩罚。在中原古籍中，也有着一处"人神泣血"的记载：

> 夫运不常隆，代有莫大之衅。爰自上叶，或因多难以成福，或阶昏虐以兆乱，咸由君臣义合，理悖恩离，故坚冰之遒，每锺浇末，未有以道御世，教化明厚，而当枭镜反噬，难发天属者也。先帝圣德在位，功格区宇，明照万国，道洽无垠，风之所被，荒隅变识，仁之所动，木石开心。而贼劭乘藉冢嫡，凤蒙宠树，正位东朝，礼绝君后，凶慢之情，发于龆龀，猜忍之心，成于几立。贼濬险躁无行，自幼而长，交相倚附，共逞奸回。先旨以王室不造，家难丞结，故含蔽容隐，不彰其衅，训诱启告，冀能革音。何悟狂愿不悛，同恶相济，肇乱巫蛊，终行弑逆，圣躬离荼毒之痛，社稷有翦坠之衰，四海崩心，人神泣血，生民以来，未闻斯祸。奉讳惊号，肝脑涂地，烦冤腷臆，容身无所。大将军、诸王幽闭穷省，存亡未测。徐仆射、江尚书、袁左率，皆当世标秀，一时忠贞，或正色立朝，或闻逆弗顺，并横分阶闼，悬首都市。宗党夷灭，岂伊一姓，祸毒所流，未知其极。[1]

上文所引的世祖檄京邑中，所谓的"四海崩心，人神泣血"也是在社稷将倾之时。在人们脑中，自古便对神充满了敬畏，塑造神像，当然也是为了方便人们的祭祀与祈愿。在高句丽，亦很早便有此崇拜意识。东明王母即为高句丽始祖朱蒙之母柳花，柳花乃河伯之女，高句丽人供奉柳花为神，体现了在高句丽国内的祖先崇拜与河神崇拜。这与唐丽战争中进献朱蒙祠的做法十分相似。其时，唐太宗亲征高句丽，在辽东城攻防战中，辽东城守将就是位很有智谋的将军。当时城内有朱蒙祠，祠内有锁甲铦矛，相传前燕时从天而降，具有保佑全城的神通。这位辽东城守将便心生一计，命人粉饰美女，进献于祠内，并且每日杀牛祭祀。又命令巫师称："朱蒙大悦，城必克全。"[2] 以此来鼓舞城内军民的斗志。城内军民果然信

---

①　（梁）沈约：《宋书》卷99《二凶·元凶劭》，中华书局，1974，第2429页。

②　（北宋）王钦若等：《册府元龟》卷369《将帅部·攻取二》，中华书局，1960，第4386页。

以为真，皆奋勇而战。这当然是借助了高句丽人民对祖先的崇拜与信仰方才能做到的。

可以说，神像是人们的一份精神寄托。此处神像的泪水，自然是为众生之苦难而流，神像泣血，则说明情况更为严重，大难将至，社会将生灵涂炭，民不聊生，乃高句丽国危难重重，国家将亡之征兆。而神像泣血事件发生的时间是宝藏王五年，时值盖苏文政变不久，唐丽战争已然爆发且唐太宗已经对高句丽进行了大规模的征讨。

盖苏文弑君另立新主后，为巩固自己的地位，树立威信，让高句丽人民紧密地团结在自己的周围，发动了联济侵罗的战争。宝藏王二年（643），新罗使者入唐求援，在当时，中原唐王朝对其藩属国有着一定的义务，若唐朝坐视不理，必将影响到唐朝的威望。其实，早在唐太宗得知盖苏文弑主的消息后，并没有出兵之意，但在他接见了新罗使者后，马上意识到朝鲜半岛力量均衡的局势受到了威胁。于是，派遣相里玄奖前往高句丽进行调停，但他与盖苏文的谈判却失败了。当第二位前来调节的唐使蒋俨到高句丽后，盖苏文竟将其"置于窟室中，胁以兵刃"①。唐丽关系彻底破裂，唐太宗决计亲征高句丽。自宝藏王三年（644）起，唐朝开始着手准备东征事宜。

宝藏王四年（645），李勣率领先头部队向高句丽境内开进。在一年之内，唐军顺利渡过辽水，攻克玄菟城，且乘胜长驱直入，兵分几路深入丽境。此后唐军又攻取盖牟城，俘城中二万余口军民，缴十余万石粮食。水军程名振攻下卑沙城，俘城中男女八千余口，并一举收复了高句丽已经营二百余年的西北重镇辽东城。在攻取辽东城的战役中，高句丽将士死亡万余，被俘万余，被收缴粮食约 50 万石。随后，唐军又收降了白岩城。

值得一提的是，唐太宗利用白岩城之降的机会，极力笼络人心，让高句丽人民感受到大唐开明政策的深入人心。且说受降之日，唐太宗不仅亲临现场，还赏赐高句丽众人酒食。同时，唐太宗还为此下了一道《废辽东重刑诏》："自莫离支为主，官以贿成，单贫之家，困于税敛，一马匹布，

---

① （后晋）刘昫等：《旧唐书》卷 185 上《良吏·蒋俨传》，中华书局，1975，第 4801 页。

只菟纤鳞，或进城主，或输耨萨，其有自给，类加箠楚，编户饥寒，莫知告诉。至斯责罚，即用夷刑，反接鞭笞，下手无数，疮深快意，然后乃已。所以陈兵伐罪，兼畅皇风，使怀附之徒，同沾声教，息彼贪残，除其弊俗。今辽东之野，各置州县，或有旧法、余风未殄，宜即禁断，令遵国宪。"①

此后，唐军与高句丽战于安市城的群山之间，并最终大获全胜，史称"驻跸山大捷"。此战，高句丽死亡人数超过两万人，另有三万余人降唐。且此战属于唐丽两军的主力会战，丽军的惨败，不仅使其元气大伤，而且更重要的是高句丽军民的信心与精神遭到了毁灭性打击。对高句丽战俘的释放，更是得到了众人的谢恩欢呼。最终，唐太宗亲征止于安市城下。总的来说，此次亲征唐军获得了一系列胜利，正如"拔玄菟、横山、盖牟、磨米、辽东、白岩、卑沙、夹谷、银山、后黄十城，徙辽、盖、岩三州户口，入中国者七万人"②。其实，正所谓杀敌一千自损八百，战争中唐丽双方死伤者众。

从唐太宗的角度来说，他不想将唐丽战争持久化。其在班师途中，便派人"以弓服赐盖苏文"③。很显然，只要当时盖苏文表示臣服，唐太宗也会趁机体面收场。可盖苏文偏偏对唐太宗递来的"橄榄枝"不买账。且虽接受了赐物，却不肯遣使入唐请罪谢恩，对唐使摆出一副傲慢之态，使唐太宗大失颜面。实际上，在太宗亲征之后不久，盖苏文便感到了自己对唐无礼的所作所为是多么愚蠢。时唐朝国势愈发强盛，而高句丽及其盟友处境愈发艰难。唐朝灭薛延陀、降服西突厥，而倭国并未给予高句丽任何实质性帮助，且百济在与新罗的作战中屡屡为新罗所败。这一切的现实摆在盖苏文面前，让其备感压力，就在太宗班师回朝的当年，便"遣使谢罪，

---

① （北宋）王钦若等：《册府元龟》卷159《帝王部·革弊一》，中华书局，1960，第1920~1921页。亦见（清）董诰《全唐文》卷7，拟名《禁辽东重刑诏》。
② 〔朝〕金富轼著，孙文范等校勘《三国史记》卷21《高句丽本纪·宝臧王上》，吉林文史出版社，2003，第263页。
③ 〔朝〕金富轼著，孙文范等校勘《三国史记》卷21《高句丽本纪·宝臧王上》，吉林文史出版社，2003，第263页。

并献二美女"①。其实，这是盖苏文后悔之前所为，想要极力与唐朝修复关系。不过，尽管盖苏文迫切想与唐朝和解，但这次太宗却并未收下美女，且对高句丽使者说："色者人所重，然悯其去亲戚，以伤乃心，我不取也。"② 于是，将两位美女遣返回国。明知这是高句丽君臣的谢罪之举，而太宗却拒绝了高句丽贡献，其实表明了太宗这时已有了再征高句丽之志。而东明王母神像正是在这时泣血三日，王母柳花乃高句丽民族的守护神，神母之像泣血意味着国之将难。唐太宗的亲征令高句丽经济、社会遭到重创，军事力量、人力物力资源损失惨重，而其精神领域更是为唐朝的仁政所感化，继而心向往之。此时的高句丽国亟须与民休养生息，恢复国力，但此时的盖苏文仍不低头表示臣服，导致了唐丽战争的持久化。如此，高句丽将继续处于水深火热之中直至亡国，难怪神母之像会泣血，是为了子民之苦难而感到悲伤吧！神母泣血，也是对国之将倾的预兆。

在高句丽后期史中，第二次提到有关高句丽国覆灭预兆的即是马岭山神人。在马岭山遇到神人，发生在神像泣血事件的八年之后。这八年，高句丽又经历了什么呢？在遣使送二美人于唐朝遭拒之后，唐太宗又进一步降诏阻绝了高句丽向唐朝朝贡的机会，诏书说："高丽余烬，谓能悔祸，故遣停兵，全其巢穴。而凶顽成性，殊未革心，前后表闻，类多不实，每怀诡诞，罪极难宥；见朕使人，又亏蕃礼。所令海云莫扰新罗，口云从命，侵凌不止，积其奸恶，常苞祸心，盖天攸弃，岂宜驯养。自今已后，勿听朝贡。"③ 而在宝臧王六年（647），高句丽王更是"使第二子莫离支任武入谢罪"④。即便如此，唐太宗还是将再征高句丽之事提上了日程。

对于再征高句丽，群臣中有人献计说："高丽依山为城，攻之不可猝拔。前大驾亲征，国人不得耕种，所克之城，悉收其穀，继以旱灾，民太

---

① 〔朝〕金富轼著，孙文范等校勘《三国史记》卷21《高句丽本纪·宝臧王上》，吉林文史出版社，2003，第263页。

② 〔朝〕金富轼著，孙文范等校勘《三国史记》卷21《高句丽本纪·宝臧王上》，吉林文史出版社，2003，第263页。

③ （北宋）王钦若等：《册府元龟》卷996《外臣部·责让》，中华书局，1960，第11696页。

④ 〔朝〕金富轼著，孙文范等校勘《三国史记》卷21《高句丽本纪·宝臧王下》，吉林文史出版社，2003，第265页。

半乏食。今若数遣偏师，更迭扰其疆场，使彼疲于奔命，释耒入堡，数年之间，千里萧条，则人心自离，鸭绿之北，可不战而取矣。"① 太宗采纳了这种对高句丽的讨伐之计，此后唐朝对高句丽的攻击由大规模讨伐变为小规模的袭扰。宝臧王六年（647），唐朝正式发动对高句丽的征讨。当然，此次征讨不似之前的攻城之战，而是意在高句丽国力、民心的损耗与消减。此次征讨，唐朝水陆两军的大小百余场战争均取得了胜利。唐军的袭扰战引起了高句丽国上下的巨大恐慌，为稳定国内局势，安定高句丽民心，盖苏文在紧密备战的同时，尝试进一步改善与唐朝的关系。但唐朝却并未停止进攻高句丽的脚步。如奇袭大行城、攻克泊汋城等唐军所取得的一系列重大胜利，在高句丽国内产生了巨大影响，极大地震慑了高句丽君臣。至此，唐太宗认为时机成熟，可以对高句丽进行下一轮的大规模征讨。可就在他紧锣密鼓地准备再次大举征丽之际，却无奈撒手人寰。宝臧王八年（649），绝代英主唐太宗与世长辞。唐丽之战遂告一段落。

马岭神人的出现即在唐太宗离世之后，那么，唐丽停战的这段时间，高句丽国又做了哪些事情，或者说高句丽权臣盖苏文又做着怎样的政治谋划呢？唐朝新主唐高宗为巩固政权而致力于维护国家内部的稳定，暂且无暇对外征战。而盖苏文又怎能错过这难得的和平时期呢？他抓住时机，在高句丽国内施行了一系列改革，将高句丽大权集中在自己及其家族手中。如《泉男生墓志》记载："十八，授中里大兄。年廿三，改任中里位头大兄。廿四，兼授将军，余官如故。廿八任莫离支兼授三军大将军。卅二，加太莫离支，总录军国……以仪凤四年正月二十九日遘疾，薨于安东府之官舍，春秋卅有六。"② 盖苏文长子泉男生自十八岁便开始参与国政，而从盖苏文死后，泉男建、泉男产及盖苏文之弟渊净土均手握重权来看，盖苏文已然将高句丽国的军政大权尽数收于自家门下。与此同时，高句丽经济得到了一定的恢复，兵力得到了一定的补充。经过数年的休养生息，盖苏文又开始蠢蠢欲动，宝臧王十三年（654）冬，高句丽派遣大将安固率领

---

① （宋）司马光：《资治通鉴》卷198"唐太宗贞观二十一年二月"条，中华书局，1956，第6245页。

② 罗振玉：《唐代海东藩阀志存》，雪堂自刊本，第2~3页。

高句丽、靺鞨之兵进攻契丹，在新城展开一场大战。正是在同年年初，在马岭山现神人，并告知世人高句丽不久将会灭亡。其时的契丹已经成为唐朝的松漠都督府，侵犯契丹，即侵犯唐朝，此战重新点燃了唐丽战火。神人现世的传说，也许是喻示着与唐开战，高句丽又将生灵涂炭，且最终国破家亡。宝藏王十四年（655），唐朝派遣营州都督程名振率兵讨伐高句丽，同时派出左卫中郎将苏定方率军东征高句丽。宝藏王十八年（659），唐朝又派出大将军契苾何力率薛仁贵等助力征辽。十九年（660），灭掉百济后，唐朝开始着手准备大举东征高句丽。二十年（661）唐朝大军奔赴高句丽前线。二十七年（668），大将李勣率军到达平壤，正是这一年，所谓的《高丽秘记》被屡屡引用。如上文《新唐书》中的贾言忠引谚，这是一段唐朝君臣之间的对话，当时正值唐朝大举东征高句丽。时至今日，贾言忠口中的《高丽秘记》早已失传，而《高丽秘记》中所记载的是一种对高句丽未来命运的政治预言，也可以说是一种谶纬之学。这段对话，在《唐会要》、《太平寰宇记》①、《册府元龟》、《文献通考》、《三国史记》等诸多古籍中均有所记载。《文献通考》② 与引文所载相同，其他史料语言表达则略有不同。且对《高丽秘记》的转述亦不尽相同，如"九百年"与"千年"，"大将"与"老将"。但不管怎样，引用《高丽秘记》即是为了说明高句丽灭亡的必然性。那么《高丽秘记》中灭丽的主人公李勣又是何人呢？李勣，本名李世勣，为避太宗名讳而去"世"字，故名李勣。李勣早年投身绿林，后降唐。贞观时期，曾随李靖灭突厥，又独自率兵大破薛延陀，被授予兵部尚书、英国公，在当时与李靖齐名。其时他与丽军激战正酣，《三国史记》载："二月，李勣等拔我扶余城……泉男建复遣兵五万人，救扶余城，与李勣等遇于薛贺水，合战败，死者三万余人。勣进攻大行城。"③ 不仅如此，李勣其人，还是最初支持太宗东征的重臣。

---

① 杨春吉等：《高句丽史籍汇要》，吉林人民出版社，1998，第 90 页。《太平寰宇记·东夷·高句丽》"不及九百年"，其余与（宋）王溥《唐会要》同。

② 杨春吉等：《高句丽史籍汇要》引《文献通考·高句丽》，吉林人民出版社，1998，第 74 页，与引文所载相同。

③ 〔朝〕金富轼著，孙文范等校勘《三国史记》卷 22《高句丽本纪·宝藏王下》，吉林文史出版社，2003，第 270~271 页。

最初，在太宗的朝堂之上，面对是否征丽一事，主战与反战两种声音并存。时任兵部尚书的李勣便认为："近者延陀犯边，陛下必欲追击，此时陛下取魏征之言，遂失机会。若如圣策，延陀无一人生还，可五十年间疆场无事。"① 当时反战者众，而主战者主要是李靖、李勣两人。其时李靖已经致仕在家，且老病在身不便启用，那么李勣此时无疑成为最佳人选。其实这里不仅体现了李勣的能力非凡，也体现了高句丽的民心所向。而李勣果然不负众望，在当年"秋九月，李勣拔平壤"②。

在贾言忠引谚的三个月后，便发生了第四段彗星现东北事件，在《旧唐书·天文志》中更有详载：

> 总章元年四月，彗见五车，上避正殿，减膳，令内外五品已上上封事，极言得失。……敬宗又进曰："星孛于东北，王师问罪，高丽将灭之征。"帝曰："我为万国主，岂移过于小蕃哉!"二十二日星灭。③

从史载可知，彗星现世乃是灾相。而无论是贾言忠引谚还是彗星出现，在朝鲜半岛史籍《三国史记》中均有所记载。正是在出现《高丽秘记》暗喻与彗星的宝臧王二十七年（668），高句丽亡国。

总的来说，传说绝非无中生有，通过上述四段对高句丽灭亡的预兆，除了第四段为唐朝官吏解释星象之外，其他三项其实都表明了高句丽人民的民心所向。即高句丽人民是有意将自己的意愿附着于自然现象之上的，从唐太宗征讨高句丽开始，他就不断向高句丽人民释放善意，广施仁政，而太宗的仁爱之举在高句丽迅速传播开来。唐主的仁政与高句丽国内泉氏政权的暴政形成了鲜明的对比，增加了高句丽人民对泉氏政权的反抗情绪。不仅如此，与强大的唐王朝对抗，无疑是以卵击石，高句丽为此付出了十分沉重的代价。人员伤亡的惨重、物资的消耗与经济的衰退，人民苦

---

① （后晋）刘昫等：《旧唐书》卷 80《褚遂良传》，中华书局，1975，第 2734 页。
② 〔朝〕金富轼著，孙文范等校勘《三国史记》卷 22《高句丽本纪·宝臧王下》，吉林文史出版社，2003，第 271 页。
③ （后晋）刘昫等：《旧唐书》卷 36《天文志下》，中华书局，1975，第 1320 页。

不堪言，处在水深火热中的百姓虽然不满盖苏文的独裁与暴政统治，但是敢怒而不敢言，对于唐朝的开明仁政，更加心向往之。高句丽民心逐渐瓦解，抵抗意志更是逐渐消退，灭亡传说最终成为压垮骆驼的最后一根稻草，高句丽就此亡国。

第七章　高句丽传说的史料价值

在文字尚未被发明的远古社会，人们记录历史完全依据一代代人的口头传承。对于流传至今的传说，有些充斥着怪力乱神，内容荒诞不经，有些则情节跌宕起伏，扣人心弦。传说虽然不具有历史真实性，但它并非完全的虚假，传说只是从另一个角度反映历史真实。正史记载常以王侯将相为主，少有民间之音，而传说多来自民间，这对于正史记载其实是一个很好的补充。我们可以通过传说更多地了解当时的社会，了解生活在那个时代的人们的思想、信仰、风俗习惯等方方面面。可以说，传说是具有史料价值的，而在史料极度缺乏的高句丽史研究中，这一点则更显重要。以下笔者将从高句丽传说所反映的原始宗教、物质文化与社会组织等几个方面展开详细论述。

一　高句丽传说所反映的原始宗教

宗教具有很强的社会属性，其产生于社会之中，满足社会上大多数人的需求，是人们的集体行为。在远古时代，人们无法理解诸多的自然现象，于是便将其解释为神一般的存在，将自然现象归于神的力量，出于对自然力的畏惧而产生崇拜之情，进而对神亦产生崇拜心理。在高句丽的传说中也无不反映着远古高句丽人的这种心理意识，反映着在他们的群体中所萌发的原始宗教。高句丽的原始宗教，即是这种最原始的崇拜意识。远古的高句丽人很早便建立了各种崇拜意识。

对天的崇拜。天空中的风雨雷电现象自古便令人们惧怕不已，对天的崇拜古已有之。在高句丽传说之中，上天之神解慕漱从天而降，与河伯之女柳花同住而生下高句丽始祖朱蒙。朱蒙即为天帝之子，也是天神。将始祖朱蒙神化为天神即是出自高句丽人对上天的崇拜之情。而在传说中对始祖之父解慕漱的描写亦是升天办公、奏报人间之事。始祖朱蒙出生时便感日影而卵生，表明了其作为天神的神异性，而在其死时亦写明朱蒙死后升天。对朱蒙作为天神的身份有一个完整的记事。

对太阳的崇拜。高句丽人崇拜上天，亦崇拜天上的太阳。始祖朱蒙的感日影而卵生的传说即能说明高句丽人对太阳的原始崇拜。至于为何崇拜太阳，笔者认为其中原因主要有二。一是始自远古，黑夜寒冷漆黑，带给远古时期人们更多的是危险与不安，而次日太阳的升起，则重新给人们带来了温暖与光明，让人们渴望，进而心向往之。可以说太阳乃光明的象征，崇拜太阳即是向往光明。因感受到日光而生下的朱蒙遂被赋予了光明之神的神格。而这种对光明的向往亦如一些民族对火的崇拜之情。二是人类进入农耕社会之后，因为农作物的生产离不开太阳的光合作用，唯有充足的光照方才有作物的丰收。从另一个侧面来说，高句丽人对太阳的崇拜也说明了高句丽国内存在农耕生产方式。同时，能够说明高句丽国内农业生产的还有其对大地与水的崇拜。

对大地的崇拜。朱蒙从夫余逃走后，柳花给朱蒙传递谷物的种子。这不仅说明了当时的高句丽已然进入了农耕时代，更加说明了高句丽人已熟知五谷耕作。农作物生长在大地之上，人们取之于大地，对大地自然有一种原始的崇拜之情。柳花送种子则又说明了柳花作为高句丽国之母神，为高句丽建国所做出的贡献。

对水的崇拜。人类对水的崇拜可以说古已有之，所谓的神井、圣水即可为证。水是生命之源，是人类生存必不可少的物质元素。水除了能够维持人体需求，水中的动植物还能为人们提供食物。除此之外，水也是农作物生长不可或缺的必要条件。远古时代人们认为水是有生命、有灵性的。而掌管水的便是水中之神，这其中又可细分为海神、江神、河神等每片水域不同的水神，而后更认为每条流水皆有一位水神管理。朱蒙的母亲即为河神河伯之女，为水之女神。将高句丽母神定义为水神，可见高句丽人对水的原始崇拜之情。

朱蒙之父为天上的天神，母为地上的水神，朱蒙象征着天与地的结合，能够整合天与地的力量，更好地统治高句丽国家，造福高句丽人民。

这也与远古时期的天父地母传说相契合。

除了对自然界的原始崇拜之外，在高句丽传说中亦出现了对动物的崇拜。而对于动物的崇拜，最初是出自人类对其产生的恐惧心理，其后也有出自人类生殖繁衍及成为人类伙伴的动物的崇拜。远古各地的人们因生存环境的不同，所崇拜的动物种类也不甚相同。在高句丽，最早的动物崇拜存在于其祖先传说之中，这种动物就是鸟。始祖朱蒙以卵降世，体现了对鸟的原始崇拜。并且，高句丽人认为白狐、獐子等动物也是有灵性的。

另外，高句丽人对鬼魂也很崇拜。远古人们认为人死后是以另一种形式存在于世。鬼魂脱离肉体的束缚自由地行走各处，相较生时似乎关乎福祸。因此，对鬼魂的崇拜是自然而然产生的。在高句丽传说中，有关于祭祀之猪逃跑的传说。传说中记载琉璃明王类利因掌管祭祀之官断祭祀用猪的脚筋而将其杀掉。而之后琉璃明王便生病了，巫师告诉王，说这是王所杀的两个祭祀官在作祟，王听罢马上忏悔，不久便痊愈。琉璃明王为高句丽的第二代王，可见在高句丽早期便对鬼魂存有敬畏心理。对于高句丽的鬼魂崇拜，史书中也有高句丽人"好祠鬼神"[1]、"祭鬼神"[2]、"敬鬼神"[3]等多处记载。神圣的就是旧有的，鬼魂遂成为崇拜对象。

祖先崇拜与英雄崇拜。其实，从某种意义上来说，祖先崇拜也可以划归为鬼魂崇拜的一种。因为就算是平常百姓家也会认为自己的祖辈死后的鬼魂会观察子孙的言行，并以此为据，对他们或加以惩罚，或给予护佑，可以说祖辈对其后世子孙关系极大。对自家祖辈尚且如此，更何况开国之先祖，人们对祖先自然会更加崇拜，以祈求祖先的庇佑。然而，祖先崇拜与鬼神崇拜所不同的是，祖先在生时也受人崇拜，祖先崇拜是生人崇拜与鬼魂崇拜的结合。高句丽始祖被他的子民奉之为神，而其自身亦以神自居。高句丽始祖朱蒙自出生始便极富传奇色彩，其不仅勇武聪慧，且极富神力。他为高句丽人民披荆斩棘，对外抵御强敌保卫国民，是人们心中的英雄。可以说，高句丽的祖先崇拜与英雄崇拜是一体的。

---

① （南朝宋）范晔：《后汉书》卷85《东夷·高句骊传》，中华书局，1965，第2813页。
② （晋）陈寿：《三国志》卷30《魏书·东夷·高句丽传》，中华书局，1959，第843页。
③ （唐）魏征、令狐德棻：《隋书》卷81《东夷·高丽传》，中华书局，1973，第1815页。

在原始宗教中，宗教行为也极为重要，而能体现这种行为的即为祭祀。对于高句丽的祭祀，史载颇多，如在中国史籍中便有如下记载：

多大山深谷，无原泽。随山谷以为居，食涧水。无良田，虽力佃作，不足以实口腹。其俗节食，好治宫室，于所居之左右立大屋，祭鬼神，又祀灵星、社稷。其人性凶急，喜寇钞。……其国东有大穴，名隧穴，十月国中大会，迎隧神还于国东上祭之，置木隧于神坐。①

好祠鬼神、社稷、零星，以十月祭天大会，名曰"东盟"。其国东有大穴，号襚神，亦以十月迎而祭之。②

多大山深谷，无原泽，百姓依之以居，食涧水。虽土著，无良田，故其俗节食。好治宫室。于所居之左立大屋，祭鬼神，又祠零星、社稷。人性凶急，喜寇抄。③

多淫祠。有神庙二所：一曰夫余神，刻木作妇人像；一曰高登神，云是其始祖夫余神之子。并置官司，遣人守护，盖河伯女、朱蒙云。④

于所居之左立大屋，祭鬼神，又祠零星、社稷。⑤

敬信佛法，尤好淫祀。又有神庙二所：一曰夫余神，刻木作妇人之象；一曰登高神，云是其始祖夫余神之子。并置官司，遣人守护。盖河伯女与朱蒙云。⑥

敬鬼神，多淫祠。⑦

其俗多淫祀，事灵星神、日神、可汗神、箕子神。国城东有大穴，名神隧，皆以十月，王自祭之。⑧

---

① （晋）陈寿：《三国志》卷30《魏书·东夷·高句丽传》，中华书局，1959，第843～844页。
② （南朝宋）范晔：《后汉书》卷85《东夷·高句骊传》，中华书局，1965，第2813页。
③ （唐）姚思廉：《梁书》卷54《诸夷·东夷·高句骊传》，中华书局，1973，第801页。
④ （唐）李延寿：《北史》卷94《高丽传》，中华书局，1974，第3116页。
⑤ （唐）李延寿：《南史》卷79《夷貊下·东夷·高句丽传》，中华书局，1975，第1969～1970页。
⑥ （唐）令狐德棻等：《周书》卷49《异域上·高丽传》，中华书局，1971，第885页。
⑦ （唐）魏征、令狐德棻：《隋书》卷81《东夷·高丽传》，中华书局，1973，第1815页。
⑧ （后晋）刘昫等：《旧唐书》卷199上《东夷·高丽传》，中华书局，1975，第5320页。

好祠鬼神、社稷、零星，以十月祭天，大会，名日"东盟"。其国东有大穴，号檖神，亦以十月迎而祭之。①

有关高句丽祭祀礼仪的史料，主要记载在中国史籍之中。而在朝鲜古籍《三国史记·祭祀志》中却仅写明"高句丽、百济，祀礼不明，但考古记及中国史书所载者以记云尔"②，并继而引用了《后汉书》《北史》《梁书》《唐书》中有关高句丽祭祀礼仪方面的内容。尽管如此，在《三国史记·高句丽本纪》正文中也能够发现一些相关的零星记载。

（东明圣王）十四年，秋八月，王母柳花薨于东夫余。其王金蛙以太后礼葬之。遂立神庙。③

（琉璃明王）十九年，秋八月，郊豕逸。王使托利、斯卑追之，至长屋泽中得之，以刀断其脚筋。王闻之怒日："祭天之牲，岂可伤也？"遂投二人坑中杀之。④

二十八年，（太子解明）以枪插地，走马触之而死，时年二十一岁。以太子礼，葬于东原。立庙，号其地为枪原。⑤

（大武神王）三年，春三月，立东明王庙。⑥

（太祖大王）六十九年，冬十月，王幸扶余，祀太后庙。存问百姓穷困者，赐物有差。⑦

---

① （唐）杜佑：《通典》卷186《边防二·高句丽》，中华书局，1988，第5011页。
② 〔朝〕金富轼著，孙文范等校勘《三国史记》卷32《祭祀志》，吉林文史出版社，2003，第406页。
③ 〔朝〕金富轼著，孙文范等校勘《三国史记》卷13《高句丽本纪·始祖东明圣王》，吉林文史出版社，2003，第176页。
④ 〔朝〕金富轼著，孙文范等校勘《三国史记》卷13《高句丽本纪·琉璃明王》，吉林文史出版社，2003，第178页。
⑤ 〔朝〕金富轼著，孙文范等校勘《三国史记》卷13《高句丽本纪·琉璃明王》，吉林文史出版社，2003，第179~180页。
⑥ 〔朝〕金富轼著，孙文范等校勘《三国史记》卷14《高句丽本纪·大武神王》，吉林文史出版社，2003，第183页。
⑦ 〔朝〕金富轼著，孙文范等校勘《三国史记》卷15《高句丽本纪·太祖大王》，吉林文史出版社，2003，第193页。

（新大王）三年，秋九月，王如卒本，祀始祖庙。冬十月，王至自卒本。①

（故国川王）二年，秋九月，王如卒本，祀始祖庙。②

（东川王）二年，春二月，王如卒本，祀始祖庙。大赦。

二十一年，春二月，王以九都城经乱，不可复都，筑平壤城，移民及庙社。③

（中川王）十三年，秋七月，王如卒本，祀始祖庙。④

（故国原王）二年，春二月，王如卒本，祀始祖庙。巡问百姓老病，赈给。三月，至自卒本。⑤

（故国壤王）九年，三月，下教，崇信佛法求福。命有司立国社，修宗庙。⑥

（安臧王）三年，夏四月，王幸卒本，祀始祖庙。五月，王至自卒本，所经州邑贫乏者，赐谷人一斛。⑦

（平原王）二年，王幸卒本，祀始祖庙。⑧

（荣留王）二年，夏四月，王幸卒本，祀始祖庙。⑨

（宝臧王）李世勣攻辽东城……城有朱蒙祠，祠有锁甲铦矛。妄言

① 〔朝〕金富轼著，孙文范等校勘《三国史记》卷16《高句丽本纪·新大王》，吉林文史出版社，2003，第199页。
② 〔朝〕金富轼著，孙文范等校勘《三国史记》卷16《高句丽本纪·故国川王》，吉林文史出版社，2003，第201页。
③ 〔朝〕金富轼著，孙文范等校勘《三国史记》卷17《高句丽本纪·东川王》，吉林文史出版社，2003，第208、210页。
④ 〔朝〕金富轼著，孙文范等校勘《三国史记》卷17《高句丽本纪·中川王》，吉林文史出版社，2003，第211页。
⑤ 〔朝〕金富轼著，孙文范等校勘《三国史记》卷18《高句丽本纪·故国原王》，吉林文史出版社，2003，第218页。
⑥ 〔朝〕金富轼著，孙文范等校勘《三国史记》卷18《高句丽本纪·故国壤王》，吉林文史出版社，2003，第223页。
⑦ 〔朝〕金富轼著，孙文范等校勘《三国史记》卷19《高句丽本纪·安臧王》，吉林文史出版社，2003，第236页。
⑧ 〔朝〕金富轼著，孙文范等校勘《三国史记》卷19《高句丽本纪·平原王》，吉林文史出版社，2003，第239页。
⑨ 〔朝〕金富轼著，孙文范等校勘《三国史记》卷20《高句丽本纪·荣留王》，吉林文史出版社，2003，第251页。

前燕世天所降，方围急，饰美女以妇神，巫言："朱蒙悦，城必完。"①

综合各类有关高句丽祭祀的史料，可以说，高句丽社会是祭鬼神的。笔者认为这里的鬼神应包括"鬼"与"神"两个部分。而鬼即是上文所提到的高句丽的鬼魂崇拜，那么，神又有哪些神呢？高句丽祭天，每年十月举行盛大的祭天大会，名曰"东盟"，即为高句丽始祖传说中所提到的天神崇拜。又祭隧神，按照史载，隧神祭亦于每年的十月举行，十月是收获的季节，东盟祭与隧神祭选择在这一时段举行，说明其与高句丽社会自身的生产方式密切相关。此时的高句丽国已然步入农耕社会，这从始祖朱蒙掌管太阳、水、谷物中便可得知，能够具有为人民带来丰收能力的王，才具备成为高句丽王的条件。农耕祭，无非是祭天、祭日、祭河神、祭五谷等之类，由高句丽国王担任这一祭祀的司祭。但高句丽社会并未完全脱离原始的狩猎活动，始祖传说中多次突出描写朱蒙的善射，也是在说明这个问题，即朱蒙兼具狩猎神的身份。因此，可以推断出东盟祭与隧神祭所祭祀的应为农耕与狩猎之神。此外，高句丽还祀灵星、社稷。对于这两种祭祀，笔者认为是对中原祭祀礼仪的模仿。在高句丽王的宫殿之侧建有祭祀的神殿，可见高句丽对原始宗教仪式的重视程度。同时，在王宫两侧设立神殿，也说明了王对于祭祀所具有的权威，祭祀是以王为中心展开的。王充当类似于巫师萨满的职能。在高句丽祭祀之猪逃跑，掌管祭祀的职官将猪的脚筋挑断后，琉璃明王大怒，并说："祭天之牲，岂可伤也？"将两人杀掉。从国王层面可见对于祭祀的重视，王认为这是对其祭祀权威的一种挑战。

除了在十月举行的这种大型祭祀活动，高句丽国王还会不定期地祭祀始祖庙。对于高句丽所祭祀的庙，据中国正史所载，一为高句丽国太后柳花之庙，一为国祖朱蒙之庙。柳花虽为高句丽国之太后，却死在夫余国，夫余国主金蛙以太后礼葬之，并为其立神庙。笔者认为此处也有一定的传说成分。也许夫余国会为柳花立庙，但被冠之以神庙之称，恐怕只是高句

---

① 〔朝〕金富轼著，孙文范等校勘《三国史记》卷21《高句丽本纪·宝藏王上》，吉林文史出版社，2003，第258页。

丽人的一个美好愿望。在太祖大王在位的第六十九年曾祭祀过此庙，并称其为"太后庙"。而始祖东明圣王朱蒙之庙，则是在高句丽第三代王大武神王三年所立。太后庙与始祖庙的建成，除了说明在高句丽有祖先崇拜的信仰，还从另一个角度说明了在高句丽有母子神的信仰。祭祀以母神、子神为中心，说明了在当时的高句丽社会有着一定的原始社会以母系为主的影子。对于高句丽国内的子母神，笔者进一步推测，在当时的高句丽，也许对父神并未给予足够多的关注。正如高句丽国之父神解慕漱仅在高句丽建国前传中有与朱蒙母柳花相遇的桥段，此后再无相关记载。而对母神柳花、子神朱蒙均立有神庙，但对于同是天神的解慕漱，却没有得到为之建神庙、受供奉的这般待遇。据此，笔者认为，之所以朱蒙之父神会登场，也应是受到中原文化之影响，在固有宗教的母子神之外模仿中原附加以父系神。再者，对于在高句丽国内立庙，笔者认为，更多的是受到中原汉地的影响。在当时的高句丽国内，是否被称为"庙"是不得而知的。后世史书中，参照中原之"庙"的叫法记载于史籍之中的可能性更大一些。另外，中国正史中多次提及的高句丽"多淫祠"，这"淫祠"又是怎样的存在呢？在当时的中原地域主要有儒释道三教，认为除此之外的祭祀不能被称为正教，因此将高句丽用于祭天地鬼神的神殿都记载为淫祠，尽管这些在高句丽是被广大人民承认的正当的宗教信仰。

在高句丽的祭祀礼仪中，有关祭祀之猪逃跑的传说体现了原始宗教的神圣性。然而，神圣的也是需要禁忌的，体现在传说中的禁忌即是王在处理有关祭祀事宜时的做法。琉璃明王将伤祭祀之猪的职官杀掉，王的处罚太重，触犯了神的禁忌，因此王在杀掉两人之后会生病，这便是有违神意而受到的神的惩罚。正如通过祭祀之猪逃跑而迁都的传说一般，将猪逃至的地点作为都城的新址，这都是将祭祀之猪作为神之旨意的传达者，而高句丽国王则作为神的后裔举行祭祀并接受来自神的旨意。宗教的神圣性被用于举行宗教的祭祀仪式的牺牲之上。

祭祀，不是仅仅因为对神的崇信与敬畏，而是具有一定的目的性。很明显，祭祀农耕神是为了提高农作物产量，获得丰收，过上丰衣足食的生活；祭祀狩猎之神则是为了获取更多的猎物及在狩猎的过程中免受野兽的伤害，等等。无非是想要通过祭祀，得到与神沟通的机会，请求得到神的庇佑。另外，还有一种临时性的祭祀，即在战争开始前的祭天活动，是为了请神相助，扭转危机的局势，获得战争的胜利。其实，从高句丽人节食，却喜欢修建宫室这一点就可以看出人们对于原始宗教的信仰。因为坚信神会护佑高句丽人，而高句丽王又是主持祭祀礼仪的祭司，是神之子，是唯一能够与神沟通的，是人们所顶礼膜拜的。故而人们自发地为其修建宫殿，只为求得神能更好地保佑自己。而对于始祖庙的祭祀，也有求得祖先护佑的意义。结合史料中高句丽国王亲祀始祖庙的例子，这些祭祀祖庙的王大部分是在即位后的第二、第三年。可见，祭祀始祖庙与即位本身似有密切的联系，祭祖也在表明王即位的正统性。当然，王祭祀祖庙也有应对来自社会、来自政局的一些危机的目的。高句丽王亲自祭祀高句丽固有神，加深了与高句丽人民的联系，使高句丽国人能够更加紧密地团结在一起。

祭祀活动的出现说明了高句丽原始宗教的存在，而原始宗教的开始及代代延续则说明了高句丽国家共同体构建的完成，可以说这也标志着高句丽国家在精神层面的构建。

无疑，高句丽原始宗教会受到中原文化的影响。比如其对始祖庙的祭祀，在高句丽的历史上，曾先后两次迁都，但始祖庙始终在高句丽的第一个王都卒本，并没有跟随王都迁移。故王亲祀祖庙就需要回到旧都卒本。而在太祖大王及后期的史料中，开始出现存问百姓疾苦，赐予百姓、大赦百姓的举动，附加之以"巡问""赈给""赐谷"等字眼。这些在固有的祭祀仪式之外的行为，是借鉴了中原王朝，起到了安定社会、稳固统治之政治功能。再如故国壤王九年修宗庙的记载。宗庙是中原王朝的叫法，高句丽古籍中的这例记载，很好地说明了中原佛教的传入及发展对高句丽祭祀礼仪存有一定的影响。对于中原传来的儒释道三教，并非高句丽本土的原始宗教，但其在传入高句丽国后，为高句丽国人所吸收、接受。当然这种精神文化领域的接受，不会改变高句丽的原始宗教信仰，只是在高句丽人固有的思考方式的基础上，逐渐融入这一中原文化，并最终完成了中原三教的高句丽化。在高句丽国内的儒教、佛教、道教，不再是中原的三教，而是被高句丽化之后的三教。

当然,高句丽的原始宗教虽然在其固有的原始信仰基础上糅合融入了其他外来的文化元素,但就像宗教反映着人们的心理一样,经过各类文化撞击融合之后,高句丽的原始宗教仍反映着高句丽人民最原始的心理状态。从广大人民的层面来说,奉自己民族的始祖为神,则自己也为神的后代,这会增加民族自豪感,使大家更加紧密地团结在一起,一致对外。从统治者角度来说,神化统治阶层无疑会麻痹人民,进而加强对人民的统治与管理。再如高句丽国中的母子神,实际上对母神的祭祀与重视和高句丽早期社会重视王后的做法有着密切的联系,通过中川王时期的二后争宠传说,山上王时期王后于氏的专横跋扈,都可以感受到国王来自王后一方的巨大压力。更进一步来说,之所以会有如此现象,说明了国王的即位需要后族势力的鼎力支持,而这也说明了后族实力的强大不可小觑。

总之,宗教是神圣的,是社会上人们共同的信仰。神圣的即是需要禁忌的,对待祭祀礼仪、祭祀牺牲同样如此。神圣的亦是有着超人能力的,是神通广大的,就像传说中的高句丽始祖朱蒙,是天神、水神之子,本身具有天神、日神、农耕神、狩猎神等多重身份,有大神力、有大智慧、有不可思议之现象。对神的崇拜,更多地是想求得神的帮助。

二　高句丽传说所反映的物质文化

高句丽的物质文化包含的内容十分丰富,如高句丽人的衣、食、住,畜牧、猎狩、种植,金石器物,武器,交通工具,等等。但在此笔者仅论述高句丽传说所能体现的几个方面。

农耕。在高句丽传说中,无不体现出人们对天、对日、对水等自然界的崇拜,进而出现日神、河神、天神等具有人格化的神,而人们对这些神的崇拜,亦是建立在自身需求基础上的。那么高句丽人又有什么需求呢?在高句丽国内,多大山深谷,少良田,食物的不足使高句丽人素来有节食的习俗。很容易便可推知高句丽国人是在求丰收,求食可果腹。日神所掌管的日光照射,水神所掌管的水源的充沛,这些都是农耕必不可少的先决条件。从高句丽始祖传说中的原始崇拜,可见高句丽存在农耕的生产方式。从朱蒙渡河建国的传说中,亦暗示了朱蒙受水神庇佑,拥有控制水的能力，同时，作为天神之子，亦拥有调控气候的能力。再结合始祖朱蒙在离开夫余时，他的母亲柳花赠予他的五谷，更加确定了高句丽农耕生产方式的存在，不仅存在农耕的生产方式，且在建国初期便已习得了对谷物的种植。在高句丽"杀牛马者，没身为奴婢"，对农业生产与发展产生重大影响的牛的加倍爱护，也说明了牛被用于高句丽的农业耕作，是农耕的"工具"，高句丽的农耕技术已经进入牛耕阶段。

狩猎。在最初的高句丽始祖传说中，就着重强调了高句丽始祖朱蒙拥有"善射"的技能。且其善于养马，懂马，善骑射。尽管高句丽已经运用农耕进行农业生产，但是由于国内良田少，粮食作物尚供不应求，故高句丽国内还保留着最原始的狩猎生产方式。朱蒙作为高句丽始祖，其自幼勇武、精于骑射，也说明了在高句丽狩猎是一项很重要的生产活动，善射者是人们崇拜的对象。早年朱蒙在夫余的经历也可以很好地说明这一点，夫余王子及大臣贵族之所以联合起来杀害朱蒙，应该也是对朱蒙高超的骑射技能有所忌惮，恐其日后受国人之拥戴而争夺夫余国之王位。对狩猎能力的推崇，说明了狩猎占生产方式的一席之地。在高句丽建国传说中，朱蒙与松让的比试中，包括此前的解慕漱与河伯的比试中都有对射箭技术的比试，而这也体现了在高句丽弓矢文化由来已久。其实，反过来说，高句丽社会半农半猎的生产方式也喻示了传说中高句丽王在狩猎方面所应具有的才能，可以说，善于骑射乃是狩猎社会领导者的必备技能。

饮食。从食物的制作上来说，原始熟食制作的方法主要有两种，一种是烘烧，另一种是烹煮。高句丽沸流源神鼎的出现，说明了在高句丽早期社会已经烹饪主食。而对于高句丽的饮食内容，通过高句丽社会的农耕、狩猎的生产方式，也可得知高句丽人主食五谷，辅之以狩猎所得。

居住。朱蒙初到卒本地域，并未马上建造富丽堂皇的宫殿，而是居住在地穴之中。史载："（朱蒙率众）至卒本川。观其土壤肥美，山河险固，遂欲都焉。而未遑作宫室，但结庐于沸流水上居之。"[1] 在高句丽建国传说

---

① 〔朝〕金富轼著，孙文范等校勘《三国史记》卷13《高句丽本纪·始祖东明圣王》，吉林文史出版社，2003，第175页。

中虽没有详述朱蒙如何声势浩大地建都立国，但在朱蒙与当地土著松让之间的对决中，确立了两者的从属关系，也明确了高句丽国的建成。对于高句丽人的居住环境，与沸流国民一样，依水而居。朱蒙与高句丽百姓一样住在建造简陋的地穴里，而此后朱蒙则住在宫殿中。对于宫殿的建造，在与松让对决的传说中是朱蒙运用自己的神力在极短的时间内，用朽木作为殿堂的支柱建造的，宫殿楼台好像经过了上千年的时间。松让因此而不再敢与之争建都的时间先后。当然，在现实中是百姓为王建造的。而宫殿的建造，说明了在高句丽，国王权威的树立，人们崇拜意识的觉醒，为祈愿国家粮食作物的丰收，为感恩王的护佑，国民自发而为王建造富丽堂皇的宫殿。其实这也从另一个侧面暗示了朱蒙在建国后为国民带来的谷物丰收与安居乐业。

三　高句丽传说所反映的原始社会组织

不论人类发展到了何种程度，都会形成某种形式的社会组织，社会组织是人类文化中极为重要的元素。如语言的形成与发展非个人所能完成，需要社会大环境；经济活动需社会团体协作；宗教信仰亦需社会土壤等，社会组织与各种文化元素的关系都很密切。在高句丽，社会组织同样重要，在高句丽传说之中所能反映的社会组织主要体现在婚姻、妇女地位、部落、族源等几个方面。

婚姻。结婚是人类社会上规定两性关系的重要手段。不仅如此，婚姻又是种族延续，确定生子社会结构地位的一种手段。婚姻关乎人类社会的存在与发展，社会作用巨大。而对于高句丽社会中的婚姻，史籍相关记载甚少，因此高句丽传说中所挖掘出的内容更显弥足珍贵。高句丽社会的婚姻又含有丰富的历史信息，也是解读高句丽历史的一个重要部分。虽然高句丽传说中的记载更多反映的是王室婚姻，但在尚无法律法规约束婚姻行为的当时，婚姻主要还是依赖于长久以来所形成的婚俗。在同样的社会大环境下，鉴于贵族与百姓所具有的同样的风俗习惯与思维方式，民间百姓的嫁娶由此可见一斑。

在高句丽始祖朱蒙出生的传说中，描写了有关朱蒙生父天神解慕漱与其母柳花的相遇相知相爱过程，同时也展现了当时的婚俗。解慕漱与柳花从属于不同的部族，柳花所从属的河伯一族婚俗是男方经媒人得到新娘父母同意后方可结婚，婚后两人在男方家生活。解慕漱所代表的北夫余一族则仅仅将结婚看作繁衍子嗣的手段，婚后女方继续留在娘家生活。至于高句丽婚俗，则史有所载："其俗作婚姻，言语已定，女家作小屋于大屋后，名婿屋，婿暮至女家户外，自名跪拜，乞得就女宿，如是者再三，女父母乃听使就小屋中宿，傍顿钱帛，至生子已长大，乃将妇归家。"① 结合传说内容，可知高句丽国婚俗同时借鉴了两族婚俗，且在其基础上衍生出有别于两者的婚俗。

在高句丽传说中，能够体现结婚状况的除了始祖朱蒙的传说，还有琉璃明王的黄鸟诗传说、二后争宠传说、酒桶村女传说、温达传说等。通过这些传说，可以看出在高句丽王室内部及王室与平民之间的婚姻。总的来说，通过高句丽传说内容，可见高句丽婚姻方面有以下几个特点。

一是高句丽的婚姻还没有完全摆脱原始部落氏族婚姻的影子。高句丽始祖传说中解慕漱拒绝带河伯女柳花共回天庭，而是就住于女方，这体现了高句丽婚俗中的"婿屋制"。而其实在酒桶村女传说中，也有此情形。山上王主动去酒桶村女家居住，而直至其女有孕产子，方才将其接回宫中，并立其为小后。可以说这也是"……至生子已长大，乃将妇归家"②的婿屋制的表现。仅从生子后才接妻回家这一点来看，高句丽的婚姻似以生子为标志，产子后与男方回家才是整个婚姻的最终完成。至于婿屋制，这种在高句丽社会中所保存的居住从妻的遗风，也是在母系氏族社会中的从妻而居习俗的一种遗存，保留着些许氏族社会的痕迹。

高句丽国内实行的娶嫂婚则更能说明这一点。娶嫂婚，也即兄弟妇婚，属于古代社会乱婚的一种类型。兄弟妇婚，即兄死后弟应娶其寡妻，研究乱婚的学者认为这即是乱婚的遗俗。从最初的、最原始的娶嫂婚的目的来看，是为了财产的继承，保证男子死后其财产不会随妻流入外姓人

---

① （晋）陈寿：《三国志》卷30《魏书·东夷·高句丽传》，中华书局，1959，第844页。
② （晋）陈寿：《三国志》卷30《魏书·东夷·高句丽传》，中华书局，1959，第844页。

家。当然，这种风俗的形成很可能是家族之间以结婚为一种契约手段，死者一方的家庭需要承担寡妻的生活，故丈夫死后便再嫁给夫族的兄弟。另外，之所以说娶嫂婚也是原始部落中的遗存，是因为娶嫂婚的婚制，是在家族、氏族这种基于血缘关系的血亲、半血亲，或是假定血亲之外的，稳定社会人群关系的很好的手段。通过没有血缘关系的男女双方的结合，获得两个部族的结合，且这种结合不以男子的死亡为终结，由男子弟弟娶嫂来继续维持两个集团的这种紧密关系。这也是人类社会转而进入非血缘关系联合体部落与部落联盟的一个过渡时期。

在酒桶村女传说中，山上王娶王嫂于氏，国人并没有提出任何的反对意见，且王后于氏也不觉得这种做法有何不妥。可见，娶嫂婚的行为在高句丽应是较为常见的，是被国民广泛接受与认可的。娶嫂婚其实也是兄弟继承向父子继承的一个过渡。这种娶嫂婚同婿屋制一样，都是原始社会遗存在高句丽社会的残迹。而在高句丽王室，这种娶嫂婚除了负担亡夫之嫂生活这层担当与责任之外，更多地还具有一定的政治意图。如山上王娶王嫂于氏即是为了得到高句丽王位，为了取得于氏所在的椽那部部族的支持，继续维系两个部族集团的利益关系。在高句丽，国王们通过娶妻而获得妻族一方的势力支持。

二是高句丽王室婚姻，更多的是一种政治婚姻，不仅是两个人的结合，更重要的是两个部族集团的紧密结合。高句丽后族多出自椽那部。以椽那部之女为王后说明其部族势力的强大，甚或可以左右国王的废立。娶嫂婚的存在也很好地说明了高句丽作为部落联盟王国的特点，王权不够集中。后族又是高句丽固有势力集团，与后族的联姻，也是王权与固有势力集团联合的一种方式，是高句丽国王为了巩固王权，更好地统治国家的一种政治策略。后期在高句丽史料中再未提及此类兄弟妇婚，也隐约说明了这种娶嫂婚形式的逐渐消亡，高句丽国家权力逐渐向王权集中，中央集权进一步加强，国王权力逐渐强化。其实，从于氏前后态度不一中，我们也可看出高句丽社会人们对于娶嫂婚这种婚制态度的转变。最初于氏这样做的时候，表现得很是顺理成章，而在其临终时却说："妾失行，将何面目见国壤于地下？若群臣不忍挤于沟壑，则请葬我于山上王陵之侧。"① 言语中表明自己深知对不起故国川王，觉得没有颜面去面对他。这种态度的转变也说明这种婚制正在逐渐地为社会为人们所排斥。

三是高句丽王室实行多妻制，这在促进王权强化的同时，也使得后宫矛盾重重。多妻制在高句丽始祖传说、黄鸟诗传说、酒桶村得子传说、二后争宠传说中均有所体现。高句丽自始祖朱蒙时期开始，便实行多妻制。先有朱蒙在夫余国内的发妻礼氏，再有到卒本地域时再娶当地势力卒本夫余之王的第二个女儿为妻，并生二子，沸流与温祚。第二代王琉璃明王紧随其后，在原配王妃松氏死后，再娶鹘川人之女禾姬与汉人之女雉姬为妻。实际上，前文已经论述，高句丽后族势力十分强大，在实力雄厚的部族选取王后人选是巩固王权的做法。但高句丽王室所实行的多妻制，也是从另一个侧面强化王权的做法。这是一种制衡后族势力过于强大的手段。就像琉璃明王娶汉人之女，除去两人之间的感情之外，其实更主要的还是琉璃明王想要借娶汉女的机会来联合中原势力，通过引入外部势力来平衡内部各贵族权力过大的问题。但国王的多妻，间接造成了后宫争宠吃醋、宫斗不断上演的状况。就像琉璃明王时期鹘川人之女禾姬与汉人之女雉姬之争，最终以雉姬的离开结束；山上王时期王后椽那部于氏欲害酒桶村女，后村女生子，被接入宫中，封为小后；中川王时期小后贯那夫人与王后椽氏之争，王最后将爱妃贯那夫人投入冰冷的海水中。可以说，王室内部的婚姻，不会像平常百姓一般简单，其中充斥着政治的意味。尽管如此，高句丽的婚姻从整体上来说是自由的。

四是高句丽人的婚姻较为自由，没有过多的限制与规范。史载：高句丽"其俗淫"，高句丽游女"夫无常人"②，这说明了在高句丽婚俗中的自由性与开放性。高句丽女子的贞洁意识较为淡薄，尤其是对于游女，没有固定的丈夫。而在中原则完全不同，婚姻关系的形成需有父母之命、媒妁之言，女子把贞洁看得甚至比生命都珍贵，对待婚姻的思想观念十分保

---

① 〔朝〕金富轼著，孙文范等校勘《三国史记》卷17《高句丽本纪·东川王》，吉林文史出版社，2003，第208页。
② （唐）令狐德棻等：《周书》卷49《异域上·高丽传》，中华书局，1971，第885页。

守。故而，中原史籍记载高句丽的这一婚俗特点为"淫"。而"淫"实则是双方在思想观念层面存有的差异，在高句丽社会并不以为然，且自由恋爱自由结婚在社会上十分流行。正如汉人之女，拒绝琉璃明王的挽留离去一样，婚姻关系也轻易地随之而解除，并不需要讲究责任担当或是走一些繁复的程序，这在王室与平民之间的婚姻上则体现得更为明显。在酒桶村女的传说中，王主动找到她并夜宿其家，在其顺利产子之后，将她接回王宫并册封为小后。可见在王族婚姻之中，除了王后需从五部贵族中的有实力者中选取之外，并无严格的阶级等级的规定。在温达传说中更是如此，平原王想要将爱女嫁给高姓贵族，让她有一个更好的归宿的同时，也想要通过联姻的方式而强化国王对国家的统治。即便如此，在平冈公主固执离宫出走并嫁给了平民温达后，平原王也接受了这个现实。且在温达立战功于沙场时，更是认可了他的驸马身份，并对其大加奖赏。虽然这段传说有着一定的浪漫主义文学色彩，但公主出宫，放弃养尊处优的宫中生活，找到贫苦的温达并与之结婚，说明在当时的高句丽，男女之间的恋爱与婚嫁不受身份地位的制约，即王室贵族的婚姻没有阶级地位的限制，婚姻制度开放，婚姻较为自由。高句丽的婚姻自由，其实也有史可寻。

高句丽妇女的地位。在古代社会，由于耕作、畜牧、渔猎等生产方式都需要大量的体力，而男性较女性有着先天的优势，故而男性地位较高。当然，男性地位高还与战争相关，男性对战争与武器的几近垄断性地占有，使得女性地位受制于战争所带来的权势。即便从整体上来说，远古时期的女性地位并不高，但通过高句丽传说所表述的内容来看，在高句丽社会中，女性还是较为重要的，女性地位还是比较高的。虽然高句丽深受汉文化的影响，但在对于女性的观念上，却更多地保留了自身的特色。从传说的开始，人们所表现出对高句丽国母柳花的崇拜，对其祭拜并奉之为神，就可知在高句丽女性的地位并不低。再有就是两任高句丽国母于氏，传说中王后于氏甚至可以左右高句丽国王位的继承，且其嫁与王弟，人们也未表现出任何的歧视。这体现出了高句丽女性在社会上与家庭中的重要地位。

部落。部落的性质不同于依赖血缘关系所构建的氏族与家族，部落更多的是一种政治文化集团。而史书中常提及的即是高句丽五部。史载："（高句丽）本有五族，有涓奴部、绝奴部、顺奴部、灌奴部、桂娄部。"[1]可见，高句丽早有五族，而后形成了五个较大的部落，即高句丽五部。对于高句丽国所实行的五部制管理，应类似于一种部落联盟的形式。对于完全的狩猎民族来说，并没有很强的部落意识，而且也不大需要这种部落组织，但在农耕民族中部落意识、部落的团结却显得十分重要，故在农耕民族中较为常见。而高句丽五部制的存在，其实也从另一个角度说明了在高句丽具备部落形成的条件，即农业耕作的生产方式。

高句丽传说中多见五部贵族之间的权力争夺，笔者认为，其实这也是源自最初的部落所具有的一个特点，即对外敌视的态度。在高句丽建国传说中，朱蒙自夫余逃走，也是这个原因。部落自形成之日起，便天然地具有排外的性质，这与现代社会不同，这种以己族为中心的做法，很好地弥补了部落中没有血缘联结的弊端，成为整个部落强大的精神纽带。朱蒙本不属于夫余集团，贵族势力与王子们皆恐其多才而危及王位，故对其极力排斥。不仅如此，在高句丽传说中也多次出现权力争夺。就在建国传说的后半段，即朱蒙与松让的沸流水之争，其实也是部族之间的一种争夺，只不过这次争夺的特殊之处在于两王比武之争，而非人民之间的大规模对战。在高句丽建国初期的历史阶段，还处于王者个人魅力与才智武艺比试的阶段。在史籍中的"本涓奴部为王，稍微弱，今桂娄部代之"[2]。有很大的可能叙述的就是这场与松让之间的比试。从高句丽王皆出自桂娄部来看，传说之中朱蒙通过比试而成功收服的沸流国，应为涓奴部的前身。"松让以国来降，以其地为多勿都，封松让为主。丽语谓复旧土为多勿，故以名焉。"[3] 由此推知涓奴部为旧时松让所统治的高句丽当地固有族群沸流国。而朱蒙所带领的王族则为后来居上的五部中的桂娄部。此后，在高句丽传说中，也处处隐含着或大或小的部族之间的权势争夺。可以说，部

---

① （晋）陈寿：《三国志》卷30《魏书·东夷·高句丽传》，中华书局，1959，第843页。
② （晋）陈寿：《三国志》卷30《魏书·东夷·高句丽传》，中华书局，1959，第843页。
③ 〔朝〕金富轼著，孙文范等校勘《三国史记》卷13《高句丽本纪·始祖东明圣王》，吉林文史出版社，2003，第175页。

族之争伴随高句丽国存续的始终。

族源。我们进一步回溯高句丽的族源。对于高句丽的族源问题，存有多种观点。如起源于濊貊、高夷、夫余、炎帝等说法。这些观点各有各说的理论支撑，但仅从高句丽传说的角度来说，从传说中得出的结论更倾向于夫余一族。其实任何民族在形成与发展的过程中，都免不了会通过与其他民族的交往、通婚、人口流动，甚或是战争掠地，与其他民族进行或多或少的民族交融。高句丽也不例外，就说朱蒙从夫余出走直至卒本川地域建高句丽都城。不仅有从夫余国跟随朱蒙出走的夫余人，沿途也有很多部落群体投奔跟随，在高句丽建国之时，就已经进行过民族的交融，真正要明确高句丽民族的由来其实是一项很复杂的工作，而且当下所依据的史料也不够充分。但如果仅考察高句丽是从哪个族群中分离出来，并独立建国，则从高句丽始祖传说来看，无疑是夫余族。

四 高句丽传说所反映的王权嬗变

其实，从前文所述的大部分高句丽传说中，高句丽的王权都备受质疑。就如最初朱蒙建国之时居住在地穴中；琉璃明王之妃离他而去时，身为一国之王的他能做的却仅仅是在树下无比悲凄地吟诗；中川王对于小后贯那夫人与王后椽氏的争斗，只能将爱妃贯那夫人投入冰冷的海中；故国川王在面对左可虑的叛乱之时，能调动的仅是畿内兵马；更有甚者，在高句丽社会后期，在面对各贵族势力对大对卢职位的争夺时，王能做的只是闭关自守，任其自相争夺。这之中，充斥着高句丽国王的种种无奈。不仅如此，高句丽国王一直求贤若渴，比如历代王对能人良将提拔任用，但又对自己的至亲表现得严格而近乎绝情，如大武神王面对邻邦黄龙国，竟对至亲骨肉痛下杀手。对于所有这些令人不解的表现与做法，不禁让我们发问，在高句丽，国王的权力究竟有多大，又有着哪些权力呢？对此，笔者想从对内与对外两个方面来谈。对内王权主要体现在祭祀权与继承权，对外王权主要体现为外交权和指挥作战权。

祭祀权。高句丽国王充当祭司，这是作为高句丽王的另一个重要身份。高句丽王此时行使类似于萨满的职能。在高句丽国，人们崇信君权神授，则高句丽王必然为神，能够代表人类与神沟通。在祭祀之猪逃跑的传说中，猪成了神意的传达者，而能接收到神的旨意，懂得神意的只有高句丽国王。因此，王对猪逃至的地点具有解释权，王也因此而实现了他的迁都计划。在这里，无疑不仅仅将猪当作祭祀的供物，更是将其作为神意传达的使者。再如，对于蛙战，"夏六月，矛川上有黑蛙，与赤蛙群斗，黑蛙不胜死"①。王仍旧拥有解释权，通过自然界的神异现象来感知神意，并借此而推进适合高句丽当时实际情况的内政外交。

可以说，高句丽国王以神之子的身份所主持的祭祀礼仪，是高句丽王权威的重要来源。正所谓国之大事，在祀与戎。高句丽国王对祭祀这一重要的政治活动的垄断，不仅彰显了王权的神圣，也体现了高句丽国人对神异力量的崇信，对作为神之后代的自豪，同时也说明了高句丽是政教合一的国家，政权与神权共存。其实这从高句丽在其王宫宫殿之侧建神殿用于祭祀，就可看出国王所拥有的神权的重要性，高句丽国民对神权的重视程度。宫殿与神殿的对等，表明王权与神权的对等，而国王作为祭司的身份地位尤为重要。

虽然神权加强了王者权威，可是一旦遭遇异常的气候，连年的灾害，人们自然会联想到这是天神水神各路神仙对高句丽国王的惩罚。人们会认为这是国王没有很好地履行职责而惹怒诸神，导致神降罪于高句丽国民。在此时，人们往往会推翻王的统治而另寻能够给人们带来风调雨顺、衣食无忧、安乐太平的善政之王。而那些弑主与逼宫退位的例子，都被归之为高句丽王的失职。这也是神权带给高句丽国王的一种反向效应。

继承权。除祭祀权之外，对内，高句丽国王还有协调各王子之争，确定王位继承人选的权力。在高句丽传说中，不乏对王子的生死、王子之间争夺王位，以及国王与王子互动事件的描述，这些伴随高句丽国存续的始终。而高句丽得以建国，也是源自王子之争，导致高句丽始祖朱蒙因此而逃离夫余国，另立国家。其后，便有朱蒙之子的相关记述，类利寻父，类

---

① 〔朝〕金富轼著，孙文范等校勘《三国史记》卷13《高句丽本纪·琉璃明王》，吉林文史出版社，2003，第180页。

利被立为太子，而随着朱蒙的离世，类利顺利即位。可见，朱蒙在世时能够很好地调控各王子之间的关系，而人们对于高句丽王所选出的继承人也是比较认可的。对于高句丽第二代王琉璃明王类利，则记述得更为详细。先是都切死，再有解明被类利赐死，接着就是如津溺水而亡，最后只剩下唯一的继承人王子无恤，其余王子全部死亡。无恤继任高句丽王，是为大武神王。而在大武神王时期，又发生了王子好童自杀事件，起因也是大武神王元妃害怕好童才能出众并深得王的厚爱，日后与自己所生元子解爱娄争夺王位，便在大武神王面前诬陷好童，最终以好童自杀结束。可以说，在高句丽王宫中，兄弟间夺嫡争王位的情况很多，这些情况都严重妨碍了王权的确立。可见高句丽王对调解王子矛盾、确定王位继承人、避免内乱发生的重要作用。那么，若说王子好童的死是大武神王在调解王子之间的矛盾，慎重选择高句丽继承人的话，王子解明的死又做何解释呢？这就不得不说高句丽王所具有的对外权力，外交权。

外交权。外交权是高句丽王所行使的又一重要职能。外交权是王对外的权力职责所在，如黄龙国遣使送解明强弓而解明当场将其拉断，面对邻国对新立太子实力的试探，解明断弓以显高句丽国威的做法虽能令国人拍手叫好，大快人心，但从国王的角度来看待这一问题，解明的做法却是太过莽撞唐突的，很有可能给高句丽带来不必要的麻烦。从对外交负责的角度出发，高句丽王为防止招来黄龙国的大军压境，对高句丽国泰民安、经济发展等诸多计划造成影响，高句丽琉璃明王对太子解明予以惩罚也不为过，只是解明正是血气方刚的年龄，实在罪不至死，因此后世也才有关于赐死真伪的讨论。不管怎样，解明的做法，都是关乎高句丽对外关系的，而解明之死，亦是因高句丽王对外交负有职责权力之所在。

高句丽王所拥有的外交权导致在牵涉对外关系时，国王必须顾全大局妥善处理，舍弃个人利益与个人感情，也因此而间接导致了王子解明的悲凉离世，令世人为之叹息。除了在国家利益受到威胁时高句丽王需要做出牺牲，在常态下，高句丽王亦需为外交做出努力。比如在黄鸟诗传说中，琉璃明王娶汉人之女为妃，其实也说明了王通过联姻的方式获取汉人势力的支持，高句丽王时刻都在为外交而努力。高句丽王具有为国家外交负责的社会功能。

指挥作战权。在和平时期，高句丽王需要协调与周边国家之间的关系，避免大规模战争的发生。而当战争来临之时，又拥有统领指挥作战的权力。这是高句丽王对外的又一权力职责所在。高句丽王在战争中的绝对指挥权在传说中也有所体现，且不说朱蒙与沸流王松让三战沸流水的个人对决，在对夫余的征讨中，大武神王也是亲自率军出征，指挥作战，对王率军出战的记载较多，此不赘述。不仅是王具有指挥权，王子在成王前也有指挥出战的经历，且这也作为其被选为高句丽国王，具备成王资格的重要评判标准。如鹤盘岭之战中，年少的无恤领兵抵御夫余大军的侵袭，且以少胜多，智胜敌军。无恤一战而成名，被立为太子，委任以军国之事，王离世后，被立为新一代高句丽王，即大武神王。其实，从另一个侧面来说，身为高句丽一国之王，需要具有能够指挥作战打胜仗的出色武艺与统兵能力。

在高句丽传说中对骑射、狩猎着墨较多。这也说明了在尚武的高句丽国需要身强体壮、武艺高强的领导者。这也就能很好地理解在始祖传说中，强调朱蒙名字的由来即因其"善射"，且朱蒙善养马，骑术精湛。骑马与弓矢乃勇武民族必备的技能，不仅关乎狩猎活动，更是与对外征战关系密切。可以说高句丽王需要具备如此的武功才能，只有这样才能令众人信服，更好地统治国家。

尽管高句丽王对内具有祭祀权、平定王位之争的权力；对外具有外交权及指挥作战的权力，但我们仍会发现，在中原地区一向作为权力核心的王权，其实在高句丽并不是十分强大，甚至可以说王权有一些脆弱。如在各贵族对大对卢一职的争夺中，高句丽国王只能任其自相争夺而没有任何的决定权，貌似此时的王在国内仅仅具有在宗教的祭祀权上的绝对权力，而在国内政治纷争中，却显得十分无力。这就很好理解为什么高句丽好战，不仅兼并周边小国，征讨实力部族，且时常侵扰中原边地。这除了从表面上来看的广开疆土，扩充人口，提升经济实力，争夺区域霸主地位之外，从内部来说，从王权所面临的现实处境来说，只有对外战争，只有在对外战争中的绝对指挥权，才能让人民紧密团结在国王周围，听其调遣，绝对服从，而这也是强化王权、树立王者威信的一种很好的手段。既然需要对外征战，就需要得力的人才相辅佐，故高句丽王一直是求贤若渴的。

对人才的获得，亦是强化王权的手段之一。而这也与高句丽的政权组织有关，高句丽自建国始，便由五个部落组成，号称五部。王权与各部贵族权之间的权力争夺从未停止过。为了更好地与贵族势力争权，改变王权衰弱的现实，促使高句丽王不断做出加强王权的企图，王便需要不断寻找自己的心腹，吸纳自己的部下，构建直属自己的人才集团，借以扩充自身实力，制衡贵族势力，进而达到加强王权的目的。

在高句丽传说中，对高句丽王的知人善任多有描述。在高句丽建国传说中，始祖朱蒙从夫余出逃之时，带其亲信乌伊、摩离、陕父一行人，并且在沿途又有再思、武骨、默居三位贤者的加入。自高句丽建国始，便需要有贤者良将等亲信的辅佐。第二代王琉璃明王从夫余出逃之时，与其父如出一辙，也是带了屋智、句邹、都祖三个家臣。可以说，对贤者良将的需求，体现着作为高句丽王的一定的政治诉求。高句丽国王一直求贤若渴，对于真正有才能的人十分爱惜。在后代的王中，对此也有所提及，如在大武神王征夫余的战场上英勇斩杀夫余王带素的怪由"初疾革，王亲临存问"，而当他死后被"葬于北溟山阳，命有司以时祀之"①，从中也可见国王对能臣贤士的爱惜。

五 高句丽传说所反映的社会变化

从母权向父权的演化。在高句丽始祖传说中，对始祖朱蒙父母的相遇相知亦有所记述。其父母的婚姻所展现的更多的是一种原始的乱婚状态。而对于这种最原始的乱婚的婚姻关系，无疑必然会导致母权制的出现，这也是社会演进的一个阶段，当然母权也并非女性对社会的绝对统治，而只是说有类似母系氏族时期的影子。乱婚最明显的标志即是孩子的父亲不可辨认，而这又与高句丽的游女"夫无常人"的风俗相吻合，这也是母系氏族社会所遗留的一种婚姻方式。不仅如此，朱蒙母柳花对高句丽建国起到至关重要的作用，如对朱蒙出逃夫余另建祖国的提议，再如朱蒙出走后派

① 〔朝〕金富轼著，孙文范等校勘《三国史记》卷14《高句丽本纪·大武神王》，吉林文史出版社，2003，第184页。

双鸠神鸟送去五谷，为高句丽农耕做出贡献。在高句丽，不仅祭祀始祖朱蒙庙，同样祭祀国母柳花庙。可见高句丽社会对母神的崇拜，而这也从另一个角度说明了高句丽社会母权制的遗存。当然高句丽的婿屋制，也能说明这一点。行母系制的社会常常是在女方家里居住，男方住在妻家。而行父系制的社会必然是在男方家居住。在高句丽，孩子由母亲抚养，在母亲家长大。这就从子不知其父的阶段过渡到孩子出生后被父亲接回家，由父母共同抚养长大。这说明了在高句丽社会中男子主导权的加大，由母权逐渐向父权过渡，也是高句丽社会的不断进步。

另外，在高句丽始祖传说中，还有一说认为朱蒙来到卒本地域，娶当地国王之女，方才继承王位。而这与罗马国王将王位传于来自外地女婿的做法十分类似。就如在童话中时常有王子到外地出游，在一番磨难之后，与公主相遇并相爱，最终获得爱情与王位。这都是母权制的一种体现。从中可见，在当时，王位只不过是与王族女人结婚的附属物，而王后于氏的例子，即说明了与王后结婚能够取得王位。也因此而有莎士比亚笔下的悲情王子哈姆雷特的出现，历史上也不乏弑君娶王后而图谋篡夺王位的。这种同王族女子结婚便可获得王位的做法，其实也说明了当时母权的地位，而高句丽此后再无此类传说，且在王后于氏的晚年认为下嫁王叔这一做法无颜与地下的故国川王相见的自我认识更说明了在高句丽社会父权意识的觉醒，由母权向父权转变。

从狩猎农耕并存的生产方式向以农耕为主的生产方式的演化。这要从高句丽国家性的祭祀礼仪说起，因高句丽国内同时并存的狩猎与农耕两大类生产方式，故其所祭祀的神为狩猎神与农耕神。而祭祀之猪逃跑的传说，以及由此而引发的迁都事件，则可以看出高句丽社会之变。祭祀之猪逃跑地点不似多大山深谷的建国立都之地，而是丰草水美、土地肥沃，更适宜耕作。由祭祀之猪逃跑而引发的高句丽国疆域逐渐向辽东地域的迁移，说明了高句丽人对沃土的渴求，也说明了在高句丽社会中，开始逐步向以农耕为社会主要生产方式的转变。当然，这不仅仅是因为领域内土地更适宜耕作，还有就是高句丽在中原王朝统治区，受中华文化圈的影响逐渐加大。

王者的才能由狩猎向军事才能的转变，使人们对王者职能的期待有所转变。高句丽第一代王朱蒙与沸流国王松让的对决仅仅是个人之间的比试，是技艺与骑射之术的比试，而非动用国家兵力的大规模的武力对决。朱蒙的善射在比试中赢得了很大的优势，在人们心中树立了崇高的形象。这是人们对国王的个人魅力的认可。然而此后虽然骑射之技能常作为考察王者是否神勇的标准，却并非唯一标准，高句丽国内定期举办的狩猎大会也让人们对狩猎曾经为人们带来食物记忆犹新。但之后牵涉高句丽的对外征战也好，积极御敌也好，则都为大规模出兵对决，而不再有国王之间的比武较量。同时，人们对王的期待也逐渐由高超的骑射技术逐渐转为卓越的指挥作战的能力。指挥能力成为高句丽王实现政治抱负的重要途径。

总的来说，高句丽传说对研究高句丽历史与文化的学术意义主要有四。一是通过掌握传说中体现的当时高句丽人的思维特点促进对高句丽历史与文化的研究。在传说中处处体现着人们的思想活动，对我们理解高句丽人的所思所想有所帮助，而充分了解高句丽人们的内心世界无疑会更好地推进高句丽历史文化的研究。二是通过传说掌握高句丽的社会现状充实高句丽历史研究。人们的想象力与创造力都无法完全超脱其所生活的社会大背景，无法超越当时的物质条件、自然地理状况与技术进展的制约。对社会现实状况的掌握有助于分析历史事件发生的一系列客观条件进而更好地进行高句丽历史研究工作。三是通过分析高句丽传说产生的内在原因、外在影响因素，进一步分析高句丽传说所能起到的社会功能，展现高句丽的社会生活史。传说虽并非信史，但透过传说却可以了解到被隐藏在历史尘埃之中的别样生动鲜活的另类史实。四是补充高句丽史料之匮乏，挖掘传说中所反映的历史真实进而深化高句丽历史研究。在传说中找寻历史的影子，比如传说所反映出的高句丽人对太阳、大地、水等的原始崇拜意识；所进行的农耕、狩猎、饮食、居住等的物质文化活动；高句丽人的族源、部落、婚姻等的社会组织以及传说对于王权嬗变过程所起到的作用。可以说，高句丽传说研究对高句丽历史与文化的研究具有重大而深远的现实意义与学术意义。

图书在版编目（CIP）数据

　　高句丽传说的整理与研究／董健著. -- 北京：社
会科学文献出版社，2024.4（2025.3 重印）
　　（高句丽渤海研究丛书）
　　ISBN 978 - 7 - 5228 - 2997 - 5

　　Ⅰ.①高…　Ⅱ.①董…　Ⅲ.①高句丽 - 民间故事 - 文
学研究　Ⅳ.①I312.073

　　中国国家版本馆 CIP 数据核字（2023）第 237659 号

· 高句丽渤海研究丛书 ·

高句丽传说的整理与研究

著　　者／董　健

出 版 人／冀祥德
责任编辑／周志静
责任印制／王京美

出　　版／社会科学文献出版社 · 人文分社（010）59367215
　　　　　地址：北京市北三环中路甲 29 号院华龙大厦　邮编：100029
　　　　　网址：www. ssap. com. cn
发　　行／社会科学文献出版社（010）59367028
印　　装／唐山玺诚印务有限公司

规　　格／开　本：787mm × 1092mm　1/16
　　　　　印　张：16　字　数：247 千字
版　　次／2024 年 4 月第 1 版　2025 年 3 月第 2 次印刷
书　　号／ISBN 978 - 7 - 5228 - 2997 - 5
定　　价／98.00 元

读者服务电话：4008918866